勇者王ガオガイガー preFINAL

著：竹田裕一郎
原作：矢立 肇

イラスト：まさひろ山根

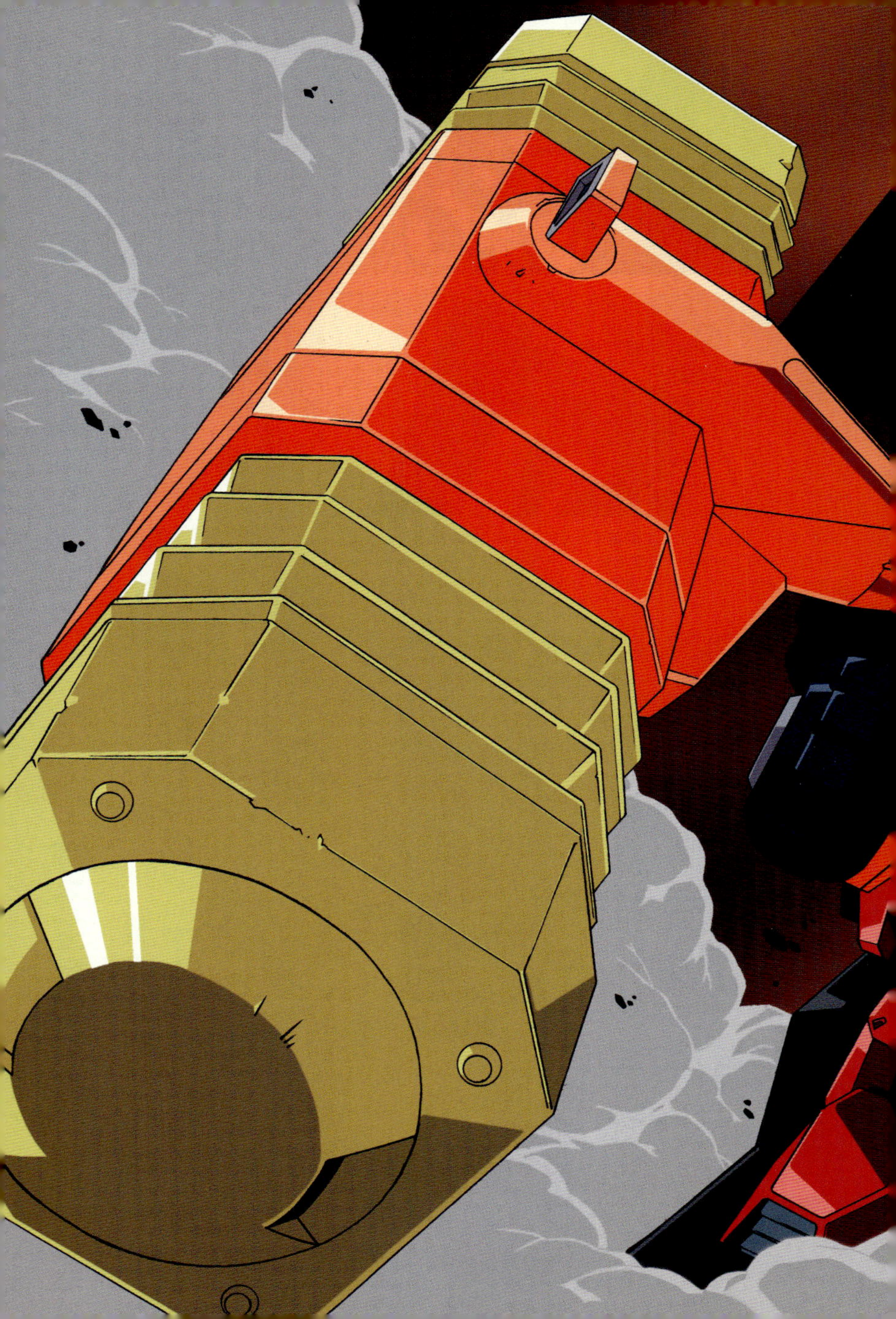

〈獅子の女王《リオン・レーヌ》〉主要キャラクター

GGG フランス技研によって開発されたビークルロボ。天真爛漫な性格の光竜とお淑やかな闇竜がシンメトリカルドッキングすることで合体ビークルロボ・天竜神となる。

ルネ・カーディフ

シャッセール所属の捜査官。14歳の時にバイオネットにさらわれ、サイボーグ手術の実験台となるが、父・獅子王雷牙博士によってGストーンを持つサイボーグとなって一命を取り留めた過去を持つ。

獅子王家の系図

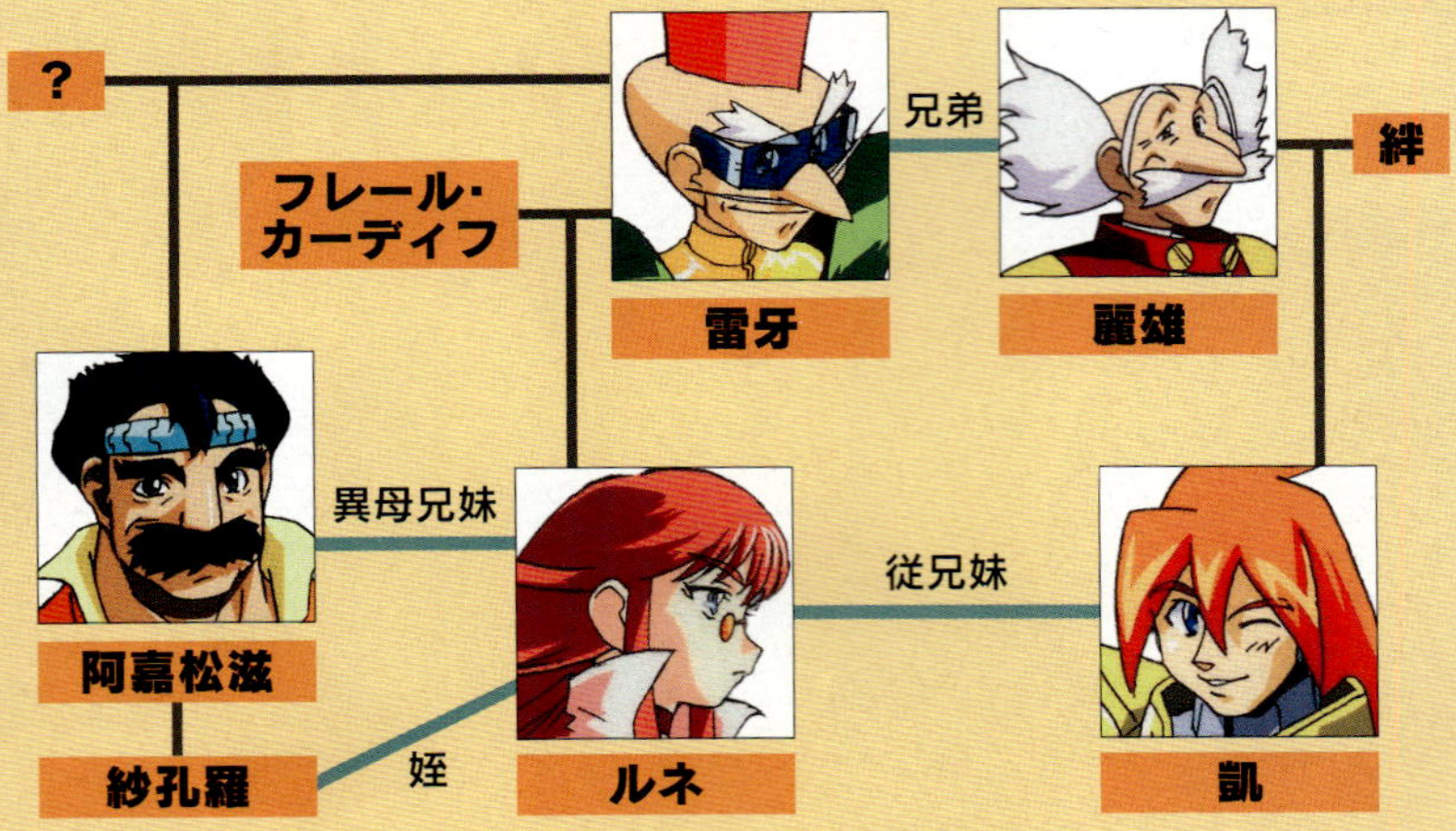

勇者王ガオガイガー
preFINAL

竹田裕一郎
原作／矢立 肇

CONTENTS

勇者王ガオガイガー外伝　獅子の女王《リオン・レーヌ》

勇者王ガオガイガー preFINAL

勇者王ガオガイガー外伝

獅子の女王《リオン・レーヌ》

西暦二〇〇五年、地球人類は地球外知性体ゾンダリアン、及び機界31原種との交戦状態に突入した。迎え撃つは国連下部の防衛組織ガッツィ・ギャラクシー・ガード。

無限情報サーキットGストーンを持つサイボーグ獅子王凱《ししおうがい》は、くろがねの巨神ガオガイガーにファイナルフュージョンして、ゾンダーや原種に立ち向かう。

その“原種大戦”の影に、もうひとりのGストーン・サイボーグであるルネ・カーディフの戦いがあった——

本文イラスト：木村貴宏
　　　　　　　歩き目です

第一章　雨に濡れた翼　―西暦二〇〇五年十月―

1

夜の闇を、女が駆ける。

いや、シルエットからは女としか見えないが、走行速度が尋常ではない。わずかな灯りに照らし出された港を駆け抜けていく、女の姿をした影。法定速度を遵守した車（香港、この地では滅多に存在しないものだが……）ならば、決してその影に追いつくことはできないだろう。性別を問題とする以前に、普通の人間でないことは明らかだった。

その影がたてる硬質な足音が通り過ぎていく間、物陰にひとりの男がうずくまっていた。コンテナとコンテナのわずかな隙間に身を隠して息を殺している、白いスーツに身を包んだ男。

男は知っていた。わずかな呼吸音でさえも、かたわらを通り過ぎていった影に与える情報としては十分すぎる。影に先制攻撃を加えるチャンスは、一瞬しかない。吐息を呑み込んだまま、男はベレッタの銃把《じゅうは》を握り直し、影の背後へ飛び出そうと全身の筋肉を緊張させた。

だが、死の宣告は頭上から降ってきた。

「……見つけた」

エリック・フォーラーは、細く切り取られた夜空を見上げた。通り過ぎていったはずの細い影が、コンテナの上に立っている。月を背負ったそのシルエットは、禍々しい存在であることを忘れさせるほど、美しかった。

両肩から生えた優美な翼が、月光に透けている。だが、エリックの頭上へと一瞬で影を運んだその翼は、飾りなどではありえない。猛禽類が獲物を捕食する際の最大の武器。それが仮にも、人の姿をした影の背にそなわっていた。しなやかな指先では、獰猛な爪が滑る液体をしたたらせている。

その液体が人血であることを、エリックは知っていた。だから、躊躇《ちゅうちょ》はしない。ベレッタの銃口を頭上へ向け、狙点を左胸にさだめる。

もちろん、美しさに目と心を奪われることもない。女性の姿をした破壊神がこの世に存在することを、誰よりもよく知っているから。影の声を聞いてから半秒とたたず、エリックは銃爪を絞り込む。

銃弾は、影の胸に三連星を刻み込んだ。

人間を超越した存在を確実にしとめるため、エリックはわずかに狙いをずらしながら、三連射を放ったのだ。だが、影は微動だにしなかった。三筋の血の流れを拭おうともせず、歪んだ表情を月下にさらした。

「痛いよ……でも、なぜ私はまだ生きているんだろうねぇ」

浮かべているのは、苦痛ではない。美しいはずの顔面を歪ませているのは、愉悦の表情だ。凄絶な光景を眼前にして、エリックは生命を狙われていることを忘れた。

次の瞬間、エリックの顔面は影の右脚に鷲《わし》づかみにされていた。胸の傷から鮮血を迸《ほとばし》らせながらも左脚の爪先で全体重を支え、影の右脚は恐るべき膂力《りょりょく》を発揮する。猛禽に捕らえられた小動物のごとく、エリックの身体は地面から持ち上げられた。

(しまった、奴らに隙を見せてはいけないと……わかっていたはずなのに――!)

悔やむ言葉は、発声されることはない。節くれだった猛禽の脚が、エリックから呼吸の自由までも奪っている。

影が頭上に高々とつきあげた右脚によって、エリックは宙吊りにされた。いや、すでに影は影ではない。エリックの目の前には、月光に照らし出された異様な姿がさらけ出されている。人と鷲、二種類の生物を構成するパーツを醜悪に混ぜ合わせて作り出された、人造のキメラ。

全体的なシルエットは人間に近いものの、体表は羽毛に覆われ、巨大な爪や翼を持っている。エリックは、過去に幾度もこうした存在と相見えたことがあった。国際的犯罪結社バイオネット[※1]のハイブリッド・ヒューマンだ。

木星探査船がもたらした未知のエネルギーによって産み出されたハイブリッド・ヒューマンは、人間と猛獣の遺伝子を合成して培養されるものだ。そのため、通常人に比べて知能が低い存在が多い。

しかし、吊り下げられたエリックを間近にのぞきこんだ女性型鷲人間の瞳には、揺るぎない知性の輝きがあった。エリックも激痛に耐えながら、自分の顔面を鷲づかみにした脚指の隙間から見える瞳をにらみ返す。

「まぁだそんな元気があるの。相変わらずしぶといのね、フォーラー」

「その声……君はまさか！」

ようやく、エリックは思い至った。

香港に到着して以来、自分とパートナーを監視していた視線。この夜、観光客が利用することのない小さな港まで、自分を追ってきた鷲人間。その素性に――！

「さよなら、フォーラー」

「ぐあああああっ！」

確信を口にすることもできず、エリックは絶叫した。鷲人間がじわじわと、脚指に力を込めはじめたのだ。生きながら頭蓋骨を砕かれる瞬間は、数秒後に迫っている。


だが――

エリックを手中に収めかけていた死神は、一発の銃弾で荒々しく追い返された。マグナム弾の直撃に鷲人間の右膝が砕かれ、意識を朦朧とさせたエリックの身体は、力を失った爪の隙間から滑り落ちていった。

「どこだ！　どこから狙撃した！」

二メートル下の地面に叩きつけられたエリックにかまうことなく、鷲《わし》人間は宙へ舞った。脚を折られようと、彼女には翼が残されている。

しかし、その行動を予測している者がいた。

「バイオネットの害虫が、どこへ逃げるっ！」

鷲人間は頭上を振り仰いだ。その声は空中の彼女よりも、さらに高所から浴びせられたのだ。月光の中に黒い染みが浮かんでいる。それはみるみるうちに巨大化して、鷲人間の視界を覆い尽くした。いや、無謀にも翼持たぬ存在が、上空からダイブしてきたのだ。

鷲人間の翼にからみついてきたのは、彼女自身と同じように細く優美なシルエットの持ち主だった。だが、行動には優美さなどかけらも存在しない。落下の勢いで鷲人間をそのまま、地面へ叩きつける。あたかも百獣の王が猛禽をねじ伏せるがごとく。

「ぐはあっ！」

常人なら内蔵が破裂していたに違いない。だが、馬乗りのように押し倒された状態で、鷲は敵意を失うことなく、獅子をにらみつけた。

「お前は……獅子の女王《リオン・レーヌ》！」

自分の異名を呼ばれようともなんら感慨を示すことはなく、ルネ・カーディフは右手に持ったスマイソンを、鷲人間の腹につきつけた。

そして、暴発しかねないほどの至近距離から、二射目を放つ。

「――さよなら」

夜の闇に、銃声と苦痛の呻きが響いた。

2

ルネ・カーディフは苛立っていた。彼女と行動をともにする機会が多いパートナーのエリックであれば、『いつものように』と形容を加えるところである。

だが、彼女の敵と味方双方にとって剣呑《けんのん》なことに、今回はいつも以上に苛立っていたのである。

一七歳にして対特殊犯罪組織シャッセール[※2]の捜査官であるルネの今回の任務は、休暇を取り消す形で指令された。しかし、もともと無趣味な彼女にとって、休暇といっても大した価値を持つものではない。

学生街の狭いアパルトメンで一日中、ぼうっとして過ごす。休日といっても、それだけのことが多い。家具や調度品などほとんどない部屋で、ベッドサイドに置いてあったテレビも壊れたままだ。いや、壊したままだ。この年、二〇〇五年の春頃から、テレビは繰り返し繰り返し、地球外知性体と戦う防衛組織の活躍を報じている。それが㵎に障り、指先で弾き飛ばしたのだ。

一〇キログラム以上の質量が、指先のわずかな動きで壁に叩きつけられる。そして、粗大ゴミとなって沈黙した。

（ふん、もろい機械だ。これだから、メイド・イン・ジャパンは……）

もちろん、テレビを製造した国に問題があるわけではない。素性を問題とするなら、ルネに流れる血の半分も日本製だ。歴としたフランス国籍を持っていても、出生を否定することはできない。だが、出生と近い過去に様々な事情を抱えているルネは、父親とその母国に対して、複雑な想いを抱かずにはいられなかった。指先でテレビを粉砕した力に、その事情の一端が関わっていることは言うまでもない。


シャッセールにおける上司・ジョナス主任から呼び出しを受け、ルネは壁際の古い粗大ゴミの上に、新しいゴミを積み重ねた。一瞬前まで電話機として立派に働いていたのだが、休暇の取り消しを告げると同時にその役目を終えたのである。もともと休暇などに大した価値は感じていなかったはずだが、失われた途端にこの上なく貴重なものであるかのような気がしてきた。こうして、苛立ちはささやかに芽吹いたのである。


パリ大学近くに住むルネは、ラデファンス地区のシャッセール本部に向かう際、交通機関を使うことは少ない。学生街の路地を徒歩で抜け、その日の気分で橋を変えながらセーヌ川を渡り、露天市に寄り道しながら出勤する。

交通機関に頼るよりも、ビルの上をまっしぐらに跳ねて行く方が速いということで決めた通勤ルートだ。もっとも、能力はあっても意欲がないわけだから、定時に本部へたどりつくことなど、滅多にない。この日も早朝の呼び出しに対して、到着したのは日も沈みかけた頃合いであった。

バイオネットが出没した現場へなら、いつも真っ先に到着する。きっと本部への道のりのいずこかに、時計の針を進めてしまうような異常重力場が存在するに違いない。

（……私が間違っているはずはないんだから、つまりそういうことだ）

すでに数百回は導き出したであろう結論を再確認しながら、ルネは本部ビルのセキュリティに、自分の網膜パターンを確認させる。発声によって、それが盗難にあった生体眼球のものではないことも念を押す。

続いて、X線に全身を走査される瞬間が、ルネに最大級の不快を感じさせる。望まずして半分をサイボーグ化されてしまった、自分の身体のすべてを暴かれているような気がするからだ。実際は武器の所持を確認しているのだが、そんなチェックなど誤魔化す方法を、ルネは幾通りも心得ている。しかし、今日のところはフルオートマシンガンも無反動バズーカも持ち合わせていないので、小細工をする必要はない。

「どう、出来の悪い機械人形を鑑賞したご感想は？」

もちろん、答えが返ってくることはない。完全に自動化されたセキュリティは、ルネの悪罵《あくば》も、声紋を確認するための材料としか認識していないのだから。

「いいね、あんたは完全に機械だから、つまんない仕事でも飽きたりしないいんだろ。私もそうなりたいよ」

訪問者の身分確認を終え、エレベーターのドアを開くというつまらない仕事を、セキュリティは黙々と実行した。そして、つまらない仕事を受けるため、ルネもまたドアの内側へと身を滑りこませるのだった。

「カーディフくん、今日は至急といったはずだよぉ」

いつものごとく遅刻したルネに、ジョナス主任がいつものごとくすりよってくる。三十代前半の若さにして現在の地位を獲得した主任は、決して無能な人物ではありえないはずだ。だが、なぜかルネの取り扱いに関しては学習機能を稼動させることがないようだ。無駄な抗議を三分ほど並べ立てる。地位から言っても、年齢差から言っても、本当なら抗議ではなく叱責のはずだ。だが、それなりに整った顔立ちが柔弱さにしか見えない主任の言葉など、ルネの前では弱々しい抗議以外のなにものでもなかった。

「――だから、今日のうちに出頭しただろう」

抗議の前半分を興味なさげに聞き流した後、ルネは一言だけ答えた。苛立ちが錘《おもり》となって、声は低い音域に突入している。

ようやくルネの機嫌に気づいた主任は、後半分を忘れることにした。結局のところ、ルネの苛立ちを増殖させ、自分の胃痛を悪化させただけなのだから、双方にとって益がない。

「で、私の休暇を取り消した理由を聞かせてもらおうか?」

本来なら電話で伝わっているはずだったが、破壊音とともに早朝の通話は中断されていた。ちなみに、携帯電話機能を持つシャッセールの専用端末をルネも持っているはずだったが、前回の作戦行動時に破壊されてしまっていた。もちろん、ジョナス主任は破壊行動の主がバイオネットのエージェントだと信じ込んでいる。

　常人の戦闘能力を遥かに超える無敵のサイボーグが、なぜ頻繁に備品を破壊されてしまうのか。主任にとっては、いつも疑問の種だった。


「お嬢さん、眉間のしわは美貌を損ないますよ」

「私の眉間は、後頭部なんかについてない！」

　背後からかけられた声に、ルネは振り返りつつ、答えた。もちろん、相手が何者かはよくわかっている。シャッセールの捜査官で、不機嫌なルネに軽口を叩ける者はひとりしかいない。

　すでに四十歳を越えたはずなのに、鍛えられた肉体。だが、穏やかで知性に満ちた瞳が、決して粗野な印象を与えはしない。短めに刈り上げられたブロンドの髪の持ち主が、自分の席に座ったまま、年若い後輩を見つめている。

　視線で刺し殺さんばかりの勢いでにらみ返しているルネに、エリック・フォーラーはいきなり核心を告げた。

「シュヴァルツェ・オイレが、GGG《スリージー》フランス技研を狙ってる」

　気持ちの切り替えと与えられた情報を理解すること、ふたつの精神活動を並列処理することを強いられ、さすがのルネも押し黙った。

（シュヴァルツェ・オイレ……聞いたことがある。ドイツで暗躍してるっていう、バイオネットのエージェント！）

GGG《スリージー》※3とは、国連直轄の防衛組織ガッツィ・ギャラクシー・ガードの略称である。全世界に支部を持つGGGは、フランスに最先端科学の技術研究所を有していた。

「たしか、技研には君の友人が勤めていたはずだな」

「ああ、パピヨンの職場さ」

褐色の肌を持つ年長の友人の姿を、ルネは思い浮かべた。パピヨン・ノワールは、もともとルネのサイボーグ・ボディのメンテナンスを受け持つ生体医工学者※4であった。だが、もともと精神的波長に通じ合う部分があったのだろう。ふたりの間には、任務や職務を越えた友情が存在するようになっていた。

そのパピヨンの勤務先が、国際的犯罪結社バイオネットに狙われている。

（GGGの関連機関には、地球外テクノロジーがごろごろあふれてる。バイオネットが目をつけたとしても、不思議じゃない……）

捜査官としての表情で沈思《ちんし》しているルネを、エリックは頼もしげに見つめていた。もともと、サイボーグ・ボディを得たとはいえ、十代の少女であるルネを捜査官として鍛え上げたのは、エリックである。

（……狩人をその気にさせるには、獲物を与えてやればいい）

そのことを、エリックは十分に心得ていた。ルネの不機嫌の原因は、もとをたどればジョナス主任の抗議でも、休暇を取り消されたことでもない。ここしばらく、シャッセール全体が宗教結社によるテロリズムへ対抗する任務に忙殺され、一時的に息を潜めていたバイオネットと対決する機会が失われていたことが、ルネには不満だったのだ。

人類社会の裏面に、影の世界に寄生する、悪の集合体バイオネット。ルネが彼らを憎むのは、正義感からではない。

生身の肉体と、大切の人の生命と、平和で穏やかな暮らし。かつてのルネが持っていたすべての幸福を奪い去ったのが、バイオネットだった。

（バイオネットのエージェントは、害虫だ！　私の手で根絶やしにしてやる！）

ドイツで〝黒梟《くろふくろう》〟と呼ばれたバイオネットのエージェント、シュヴァルツェ・オイレを追う、ルネとエリックの捜査はその日から開始された。

そして、その任務は思いがけず、長期に渡るものとなった。

パピヨンの協力を得て、エリックはまず技研の極秘資料をセルン[※5]へ移送する擬装を工作した。技研職員のなかにルネが紛れ込み、バイオネットの襲撃を退けようというのだ。

力任せの撃退によって、技研の職員に犠牲を出すこともなく、ルネは移送を成功させた。しかし、擬装の移送計画が成功したところで、意味はない。本来の目的であるエージェントの捕獲には、完全に失敗してしまっていた。

「だいたい、捕獲なんて面倒なことを考えるから、しくじるんだ。害虫は駆除すればいい、それで十分だろう」

「……まったく、誰の教育のたまものなんだ、ルネ。それじゃあ、いつまでたってもバイオネットの狙いがわからない。エージェントなんていくらでもいるんだぞ、出るそばから、全部叩きつぶしていくのか？」

「もちろん」

間髪すらいれないルネの返答に、エリックは苦笑を禁じ得なかった。バイオネットを壊滅させることは、エリックたちシャッセール捜査官にとって、手段に過ぎない。あるいは職務を遂行するための、あるいは平和を勝ち取るための。

だが、ルネにとっては唯一の目的であり、生きる意義に他ならない。かつて、サイボーグとなり、生きる意欲を失いかけていたルネをバイオネットとの戦いへ導いたのは、エリック自身だ。当時は、燃え尽きそうな灯火を輝かせ続けたいと願った故の行為であった。しかし、結果的には暴力的馬力を持つエンジンに、ニトロを注入するかのごとき行いであったようだ。

（やれやれ、あの日からルネの生きる意味すべてが、バイオネットとの戦いになってしまった。僕の判断は正しかったのかどうか……）

シャッセールにとっては、優秀で情熱的な捜査官を得たことになり、幸いであったはずだ。時に物質的・金銭的損害が無視し得ないものになろうと、ジョナス主任の胃に穴が開きかけようと、それは疑いない。しかし、ルネにとっては――

(生きる目的をひとつしか持たぬ人生は、もろい……)

妻子との平和な暮らし、犯罪者との戦い、時に非建設的と評される趣味の数々……生きていく意義を託し得る場所をいくつも持っているエリックは、切にそう思うのだ。

それでも、当面はバイオネットとの戦いに全力を注がねばならない。潤沢な資金源と高度なテクノロジーを持つバイオネットに対抗するためには、ルネの力が必要なこともまた、事実だった。セルンから空路で脱出したシュヴァルツェ・オイレを追って、エリックとルネは香港を訪れた。その道中、ルネは苛立ちを高めつつあった。もちろん、彼女とて、エリックの言葉の正しさを、まったく理解していないわけではない。

シュヴァルツェ・オイレが移送車両を襲撃した際、ガラスの破片でパピヨンが軽傷を負った。友人の負傷に我を忘れ、ちょっとやりすぎてしまっただけなのだ。

(結果的に、シュヴァルツェ・オイレは殺し損ねたんだから、別にかまわないじゃないか……)

生かしてさえあれば、情報を得る機会はいくらでもある。結果論とはいえ、その考えは間違ってはいないはずだ。しかし、エリックがことさらにルネの非を追求しないため、声高に正当性を主張する機会もなかった。

もちろん、本来は無用だったはずの出張を非難するジョナス主任を、言葉と視線でやりこめる機会はたっぷり存在したのだが……。

3

そして、ふたたび香港の夜闇のなか――

別行動をとっているエリックからの定時連絡が途絶えたことに、ルネは胸騒ぎを覚えていた。そして、パートナーの姿を捜し求めた結果、異形の存在を見つけたのである。

「あれは……バイオネットの獣人！」

手っ取り早くエリックを見つけ出すため、地元警察から少々強引に借り受けたヘリの機上に、ルネはいた。そして眼下には、エリックを縊《くび》り上げている鷲《わし》人間の姿があった。

ルネはコートのふところから取り出したスマイソンを、真下に向けた。ろくに狙点を定めず、すぐに初弾を叩き込む。

フィーリングの良いS&Wのフレームに精度の高いコルトパイソンのバレルを組み合わせたスマイソンとはいえ、狙撃用の銃ではない。狙ったところで、鷲人間だけに正確に命中させる自信など、ルネにはなかった。もし、自分の銃弾でエリックが傷ついたとしても、鷲人間に殺されるよりはマシだろう。

自分の銃弾で死ぬとしたら――

そのことは、考えないことにした。

幸いにも、銃撃は鷲人間の手から、エリックを解放したようだ。鷲人間は巨大な翼で、宙へ逃れようとする。

「バイオネットの害虫が、どこへ逃げるっ！」

ヘリの外殻を全力で蹴って、ルネは飛び降りた。少々強引に連れてこられたパイロットが、必死に機体のバランスを立て直す。

空中で組み付いたルネは、そのまま鷲人間を港湾区のコンクリートへと叩きつける。

「ぐはあっ！」

悲鳴をあげた……というよりも、体内の空気を強制的に吐き出させられたようだ。鷲人間の身体をクッションとしたルネにダメージは皆無だったが、下敷きにされた方はたまらないだろう。

サイボーグと獣人、ふたり分の全重量が鷲人間の全身を苛《さいな》んだはずだ。おそらく、ルネの苛立ちの分の荷重も加わっているに違いない。それでも、眼光から敵意の光は失われていなかった。

「お前は……獅子の女王《リオン・レーヌ》！」

表情に出すことなく、ルネは悦《よろこ》んだ。それでいい、それでこそ駆除しがいがある。

無表情のまま、ルネはスマイソンを鷲人間に向けた。そして、一瞬も躊躇《ためら》わず、銃爪《トリガー》を絞り込む。

「――さよなら」

マグナム弾に右肩を撃ち抜かれ、鷲人間は絶叫した。普通の人間なら初弾で膝下がもぎ取られ、いまの攻撃で右腕を失っていただろう。しかし、獣人の生命力はルネの想像力を、遙かに上回っていた。

「ルネ、殺すんじゃないっ！」

しわがれた声で必死に叫びながら、エリックが駆け寄ってくる。

「こいつはエージェントじゃない、獣人だ。生かしておいてもしょうが――」

答えかけたルネの身体の下で、鷲《わし》人間は全力を振り絞った。不意をつかれたルネを押しのけ、傷ついた翼で羽ばたく。

「ちぃっ！」

立ち上がりながら、ルネはスマイソンをかまえた。だが、第三射が撃たれることはなかった。岸壁から飛び立ったはずの鷲人間は、そのまま暗い海面へ突っ込んでいったのだ。

サイボーグ・ボディのルネには、海中まで追撃することは不可能だ。神と獣人とパートナーとを交互に罵りながら、月明かりを反射した海面をにらみつける。そして、罵倒の対象を、隣に並んだエリックに限定した。

「……って、聞いてるの！」

いつもなら、とっくにうんざりしたはずの表情を浮かべているはずのエリックだったが、今日はどこか違っている。罵倒に耐えているというよりは、心ここにあらずといった具合だ。パートナーの意識を自分のかたわらに呼び戻すべく、ルネはエリックの足を軽く踏みつけた。もちろん、ルネの感覚で軽く……であり、一般人の感覚にとっての具合など、考慮していない。

「――――！」

この日、幾度目かわからないものの、おそらくは最後になるであろう絶叫が、夜の港に響き渡った。

4

地元警察が用意してくれたホテルに戻ってすぐ、エリックは携帯端末でシャッセールのデータベースへアクセスを開始した。

手分けしてシュヴァルツェ・オイレの足取りを追っていたはずなのに、なぜ鷲人間に襲われていたのか。ルネの詰問にも、一言しか返さなかった。

「……僕が知るか」

ルネは無言でスマイソンの銃把《じゅうは》に手をかける。

「ちょっと待て、僕までバイオネットの獣人と同じ扱いする気か⁉」

「パートナーへの説明と相談は欠かすべきでない。教育係からそう教えられた」

「ああ、それは正しい指導だ。わかった、順序立てて説明する」

――香港へ到着後、ルネはバイオネットとつながりを持つシンジケートへ強引に乗り込んでいった。シュヴァルツェ・オイレが接触するに違いないと信じてのことだ。手がかりが少ない以上、無理もない行為と言えないこともない。

ルネが暗黒街の勢力地図を暴力的に書き換えている間、エリックも独自の調査を開始していた。

GGG《スリージー》フランス技研を狙った以上、バイオネットの目的が超テクノロジーがらみである可能性は高い。しかし、香港にはGGGの支部が存在しない。つまり、この地はただ経由するだけで、すぐに移動するに違いないと推測したのだ。

おそらくは日本の宇宙開発公団、もしくは中国の科学院航空星際部。空路で直行しなかった以上、海路を使う可能性が高い……。

「そこまでわかってて、なんで私に教えなかったんだ！」

「いや、君が暴れれば暴れるほど、シュヴァルツェ・オイレが焦って動き出す可能性が高くなると思ったものでね……」

「私は猟犬か！」

ルネの憤りはともかく、エリックの推理は的確だった。バイオネットが所有する密貿船が入港するとの情報が飛び込んできたのだ。

「そして、船を張っていたとき、いきなり獣人が襲いかかってきたというわけさ」

「だいたい、なんでひとりで張り込むんだ！　捜査はふたり一組が原則だろ！」

「残念ながらお嬢さん、僕のパートナーは携帯端末を破壊されたまま、一向に新品の支給を申請しようとしないんだ。おお、本部の財政難を憂慮するなんと深い思いやり……」

エリックはオペラのごとくに、節をつけて叫んだ。フランスで産まれ育ったとはいえ、エリックの両親はともにイギリス出身であり、彼のメンタリティは完全に英国人のものであった。

ルネがシャッセールで〈獅子の女王《リオン・レーヌ》〉と呼ばれるように、エリックは〈英国紳士《ジェントルマン》〉というコードネームを持っている。自分の立ち振る舞いが優雅であると信じ切っている彼のことを、同僚たちはジョンブルマンと呼ぶ方が多い。

だが、時に彼の言動はルネの神経をやすりがけするかのように、刺激するのだった。しかし、エリックが他人と違うところは、引き際をよく知っていることだった。わずかな忍耐力をルネが使い果たす前に、巧みに話題を変えてしまうのだ。


「――あの獣人、僕のことを知っていたな」

「ああ、私のことも〈獅子の女王《リオン・レーヌ》〉と呼んだ」

「君は悪人たちの間では有名人だから無理もないが、僕のことまで〝フォーラー〟と呼んだんだよ……」

「ジョンブルマンじゃなくて!?」

「……僕のコードネームはジェントルマンなんだが」

「つまり、あんたの知り合いなのか！」

ささやかな訂正を無視され、一瞬だけ寂しげな表情を浮かべたエリックは、携帯端末をルネの方へ向けた。そこには、データベースの検索結果が表示されている。

「この女がどうした？　トバ・ミサオ、日本人……」

ルネは心のなかで舌打ちをした。ＧＧＧがらみの事件では無理もないとはいえ、どうしてこうも日本人がからんでくるのか……。

「鳥羽《とば》操《みさお》というのは偽名さ。本名は不明だし、本当の国籍もわからない」※6
「何者なんだ、こいつ？」

「僕が出逢ったときは、日本の内閣調査室に所属するエージェントだった」

二年前、ある事件により、日本政府は異星文明の産物を入手することになった。超テクノロジーを一国が独占すれば、世界の覇権を握ることも可能かもしれない。日本の動向に危機感を抱いた国々は、一流のエージェントを次々と送り込んだ。

「その時、僕も日本に潜入して、この鳥羽たちと渡り合ったのさ」

「でも結局、日本は超テクノロジーを世界中に提供して、GGG設立の基盤を作ることにしたんだったな……」

「ああ、僕はそのことを知って、むしろ日本のエージェントに手を貸すことにしたくらいさ。だが、彼らのなかにダブルがいた」

「それが……このトバって女だね」

ルネの指摘に、エリックは頷いた。

「ああ、彼女はヴェロケニア共和国との二重スパイだった。そのことをつきとめた僕は日本側に情報を流したんだけどね。拘束される前に、姿を消したらしい。その後の消息は不明だった……」

当時のことを思い出すと、エリックの胸はわずかに痛む。諜報戦のなかで知り合い、親友と呼べるかもしれないと思った男が、鳥羽に殺されたのだ。だが、そんなエリックの思いに、ルネが気づくはずもない。

気づいたのは、携帯端末に表示されている鳥羽の写真、その瞳の輝きに見覚えがあることだった。

「！　もしかして、さっきの鷲《わし》人間が……！」

「ああ、僕は確信した。あいつはたしかに、鳥羽操だ」

ルネとエリックの間に、重い沈黙が横たわった。

（人間を獣人に改造する……バイオネットはそんな忌まわしい技術まで……！）

ルネは激しい怒りを感じた。人間を超兵士として改造するサイボーグ実験を、バイオネットは以前から繰り返していた。他ならぬルネもまた、悪魔の実験の被害者であった。

「エリック、あの鳥羽って女……バイオネットに無理矢理改造されたんだろうか」

「……わからん。僕も会ったのは二年ぶりだからな。ヴェロケニアのスパイが、なぜバイオネットの獣人となったのか。事情はあるんだろうけど、想像もつかないね」

両手でお手上げの仕草をしてみせたエリックを無視して、ルネは携帯端末を操作した。鳥羽のプロフィールが、プリンタから出力されてくる。本来なら自分の端末へ転送すれば良いのだが、故障中なのだから仕方ない。

ルネは無造作に、プリントアウトをコートのポケットにねじ込んだ。

「おい、どうする気だ？」

「フクロウの方は、あんたにまかせるよ。私は……鳥羽を追う」

「おい、ルネ！」

エリックの制止も聞かず、ルネは客室の窓際へ歩み寄った。そして、窓枠を踏み越え、飛び降りていく。

（ここは十階だぞ……！）

あわてふためきかけて、エリックは思い出した。ルネは普通の人間ではない。十階からの落下も、バイオネットの獣人も、彼女にとって怖れるほどのものではない。だが、エリックには気になることがあった。

（ルネ、君は鳥羽《とば》を救おうというのか？　それとも……倒すつもりなのか？）

エリックは窓の外を見つめる。しかし、夜明け直前の香港の景色は、なにも答えようとはしなかった。

5

「存外、ビーストサイボーグってのも、役に立たないもんだねぇ」

耳障りな甲高い声に、培養器のなかに浮かぶ影が反応した。背に翼を生やした鷲《わし》人間、鳥羽操《みさお》である。ルネの攻撃によって破壊されたはずの右膝と右肩は、ほとんど再生を終えていた。

「たかが失敗作にこうまでしてやられるなんてねぇ、ひょひょひょ」

培養器の前に立っている黒ずくめの男が、喉を鳴らして笑う。シュヴァルツェ・オイレと呼ばれているバイオネットのエージェントは、目の前の端末を操作した。培養器の中に満ちていた液体が排出され、透明度の高い強化アクリルの扉が開き出す。

すでに人間のそれからはかけ離れてしまった、異形の裸体を隠そうともせず、鳥羽は培養器から歩み出た。オイレの存在を気にかけることなく、かたわらを通り過ぎると、専用に用意されたスーツを身にまといはじめる。

執拗なオイレの視線がまとわりつく。それが好色なものであったのなら、まだよかっただろう。鳥羽が浴びているのは、侮蔑《ぶべつ》混じりの好奇の視線だ。それでも、鳥羽の心が動かされることはない。

（まだ、私は……生きている……）

鳥羽の目は、小さな丸い窓から外へ向けられていた。暗く沈んだ色の空と海が、ゆっくりと揺れ動いている。

鳥羽とオイレがいる場所は、グレートフロアという名を持つ船の一室だ。そして、船は港に停泊したまま、小さな波に揺られている。本来なら、とっくに出港しているはずだったが、出港許可が得られずにいるらしい。

「君がシャッセールの捜査官どもを始末してくれたら、こんなことにはならなかったんだけどねぇ、ひょひょ」

手の内で、小さな機械を弄びながら、オイレは言葉で鳥羽をなぶり続ける。機械は鳥羽の身体に埋め込まれた筋電流を制御するシステムのコントローラーだ。もしも鳥羽が反抗したなら、普通の人間でしかないオイレは数秒のうちに引き裂かれてしまうであろう。だが、このコントローラーがあれば、指先ひとつで鳥羽の全身を硬直させてしまうことができる。

腕や脚や翼だけにとどまらない。心臓も、だ。

もっとも鳥羽《とば》はコントローラーの機能を怖れてはいなかった。使うなら使えばいい、そう考えている。黒い服で身を固めたこの小男の口調が我慢できなくなったなら、自分の爪とヤツの指先——どちらが素早いか試してみてもかまわない。

(きっと、私の身体はヤツの心臓を貫いた姿勢で硬直するのだろう……)

なんだか、ひどく滑稽な死に方だ。いや、死に方ではない。死出の道連れが、こんな貧相な男であることが滑稽なのだ。

(じゃあ、どんなヤツだったら、私は満足するんだい？　やっぱり、あの男じゃなきゃ満足できなかったんじゃないか……？)

(昨日出逢った男……あいつはエリック・フォーラーだった。あの男の友——あの男の代わりにちょうど良いのかもしれない……)

静かに窓外《そうがい》の海面を見つめる無表情な顔の内には、様々な思いがたぎっている。しかし、深海の出来事が海面に影響を与えないように、鳥羽の表情は凍り付いたままだ。


——！！！

そのとき、ささやかな揺れをかき消しつつ、激しい振動が襲ってきた。無様に転倒したオイレは、顔面を真っ赤にして怒鳴りちらす。

「な、何事だよぉ！　このボロ船がぁっ」

「……着弾ね。多分、迫撃砲」

「このグレートフロアにぃ！　ど、どこの馬鹿がしかけてきやがったぁ」

バイオネットは潤沢な工作資金を使い、この船の上では租界《そかい》のように振る舞える立場を確保していた。港湾当局からの出港許可が下りずにいるが、様々な駆け引きが現在も進行している途上のはずだ。それがいきなり攻撃をしかけてくるなど、襲撃者自身の立場を悪化させる行為に他ならない。

「あなたが連れてきた馬鹿じゃなくって？」

「！　獅子の女王《リオン・レーヌ》か！」


グレートフロアの存在をつきとめたルネは、翌朝を待って、バイオネットの密貿船に攻撃を開始した。朝まで待ったのは、地元警察の武器庫に預けておいた装備を平和裏に持ち出すためだ。出国時まで持ち出さないとの約束であったのだが、出国前に寄り道しないとは誓約していない。

ルネにとって、バイオネットへの敵愾心《てきがいしん》は法と良心に優先される、最大の存在意義だ。

「さあ、鷲《わし》もフクロウも出ておいで！　さもないと、積荷も船も魚のエサだ！　本部に責任とらされるよ！」

脅し文句の割に、ほとんど直撃はさせていない。要はシュヴァルツェ・オイレとその護衛であろう鳥羽操《みさお》をおびき出すことだけが目的だ。

（あんまり被害を増やしたら、後始末するエリックがたいへんだしな）

自分が始末をつけることなどまったく考えていない割には、手加減した奇襲だったと言えるかもしれない。

（よし、このくらいで十分だ！）

スマイソンとレミントンを両手に持ち、ルネはグレートフロアの甲板に飛び上がる。ショットガンを用意したのは、空を駆ける者を落とすためか。

単身、船上に降り立ったルネを船内から現れた十体あまりの獣人たちが取り囲む。猪、熊、虎、いずれも戦闘用に強化された亜人間たちだ。知能の低い獣人たちは、目の前にいる小柄な紅い髪の少女が襲撃者だと気づかずに、戸惑っている。

「オ、オマエ、ナニモノ……」

「怪しい者だよ！」

言うとルネは、両手の銃を宙へ放り投げた。そして、叫ぶ。

「イークイップッ！」

ルネの身体を包んでいたコートが翼のように拡がった。否、コートのように見えたそれは、超薄型形状記憶耐熱耐圧合金を用いて造られた装甲、ルネのサイボーグ・ボディの一部であった。そして、不完全なサイボーグ・ボディを余剰熱から保護する冷却システムでもある。イークイップとは、これらをフルドライブ状態へ組み替え、ルネのボディを戦闘形態へ移行させる行為だ。

長時間のイークイップは、ルネ自身の過剰な発熱によって、生身の部位にダメージを与えかねない。だが、戦闘力を飛躍的に向上させ、〝獅子の女王《リオン・レーヌ》〟の異名にふさわしい強大な力を発揮させるのだ。

全身をバネのようにたわめ、力を開放する。そして、右腕から緑の光が迸《ほとばし》る。

「うおおおおおっ！」

かつて、日本政府が入手したという超テクノロジーの結晶が、ルネの右腕に埋め込まれている。Gストーンが産み出すパワーを、ルネは思う存分、獣人たちに叩きつけていった。ルネに数倍する巨躯の持ち主たちが、次々と甲板上に崩れ落ちていく。

ただひとり立っている者となったルネが、両の手のひらを上に向ける。すると、放り投げたはずの銃器がちょうどそこへ落下してくる。獣人たちを倒すのに要した時間は、数秒に満たなかった。

「……見事なもんだろ」

ルネは後方を振り仰いだ。そこには、ひとりの――いや、一体の影が浮いている。

「ええ、本当にお見事」

鳥羽《とば》操《みさお》は、翼の力で空中に静止していた。ルネはレミントンの銃口を、鳥羽の眉間に向けてかまえた。

「……あんたには、聞きたいことがあった。答えてもらおう」

「いいわよ、なんでも答えてあげる。貴女と私は姉妹みたいなものだものね」

ルネの眉がわずかにつり上がった。続く鳥羽の言葉が予想できたからだ。

「貴女も私も、バイオネットから素晴らしい身体を与えられた身」

「……黙れ」

「悦《よろこ》びを分かち合いましょう。この素晴らしい身体の素晴らしい力を使って……」

「……黙れ！」

「殺し合うことでっ！」

「……黙れと言ってる！」

ルネの右手に握られたショットガンが、スラッグ弾を放った。


「まったく、無茶をやってくれる！」

ローバーミニのハンドルを握っているのは、警察からの抗議の電話で起こされたエリックであった。明け方まで情報収集に費やし、仮眠をとりはじめたところで起こされた。

ルネの性格は十分に把握しているつもりだったが、甘かった。借り物の車に無理をさせながら、エリックは後悔の臍《ほぞ》をかんでいた。

激しい銃撃音が聞こえてきたところで、ギアを落とし、ブレーキを踏み込む。グレートフロアは目前だ。車を乗り捨てたエリックは、慎重に潜入路を探しはじめた。


大型動物をしとめるための散弾も、鳥羽《とば》にはかすりもしなかった。優雅に見えるほどの挙動でルネの頭上を旋回し、笑いかけてくる。

「なにをそんなにむきになってるのかしら。……そう、あなたは自分の身体が嫌いなのね」

鳥羽の言うとおりであった。

ルネのサイボーグ・ボディは、バイオネットに与えられたものだ。もっとも、未完成の技術の被験者にされ、本来なら立ち上がることもできずに死ぬはずだった。それがまがりなりにも復讐の人生を歩めたのは、右腕のGストーンのおかげだ。

（嫌いだ……こんな機械仕掛けの身体！　だから破壊する！　バイオネットの道具は……すべてっ！）

頭に血がのぼったルネは、残弾の計算を誤った。頭上から接近する鳥羽に、レミントンを空撃ちしてしまう。

「しまった！」

「もったいないわ！」

急降下した鳥羽は、ルネを甲板上へ押し倒した。ちょうど昨夜の戦闘と、構図が逆転したことになる。

「あなたはこんなに美しいじゃない。私は力を得るため、人の姿を捨てた。でも、あなたは人間に見えるじゃない！」

鷲《わし》人間としての全身において唯一、人間的な姿を残した部位、それが鳥羽の顔面だ。だが、その口蓋が非人間的なサイズまで開かれ、鋭い牙が姿を現した。醜い姿をさらけ出すことで、最後に残った自分の人間性をも否定するかのように。

「うわあああっ！」

首筋につきたてられた牙の痛みに、ルネは絶叫した。

「人間じゃないんだから、まだ死なないよねぇ。私を殺してくれるまで、戦ってほしいのよっ！」

「お、お前に……聞きたいことがある……」

激痛に耐えながら、ルネは問いかけた。

「お前がその身体になったのは……自分の意志か？」

「そんなこと、どうでもいいじゃない。ねえ、戦って！　私を殺してぇっ！」

ルネは自分の喉元にある、鳥羽《とば》の瞳を見つめた。血走ったその眼光には、昨夜、データベースで見た女の顔を偲ばせるものは、もう残っていない。

「答えろっ、お前の意志かぁっ！」

ルネはかろうじて動く左腕で、スマイソンを鳥羽の背に押しつけた。マグナム弾が片羽根を吹き飛ばし、ようやくルネは鳥羽の身体を押しのけた。

「うふふ、そうよ！　その力よ、その力で私を殺してっ！　私が望んだこの力、この身体、もういらないのぉっ！　もう生きていたくないのぉっ！」

夥《おびただ》しい血を流しながら、鳥羽はルネに迫る。強暴な爪を剥きだしにして。

かつて、ヴェロケニアと日本の二重スパイとして働いた鳥羽は、ヴェロケニアの政変によって帰るべき祖国を失った。地球防衛会議に参加した国々から追われる身となった彼女は、ヴェロケニアの旧政府と深いつながりを持つバイオネットに、身を投じたのだ。

もちろん、ルネはそうした鳥羽の事情を知らない。だが、たったいま得た答えで、ルネには十分だった。

「その身体は……自分の意志か！　なら、お前もバイオネットに使われる道具だ！」

突き出された血塗れの爪を、ルネは右腕で受け止めた。Ｇストーンが放つ緑の輝きが、鳥羽の目を灼《や》く。

「くうっ！」

「お前は自分で、人間であることを捨てたんだ！　だから、お前は人じゃない！　道具だ！　私はバイオネットの道具を破壊するっ！」

破壊衝動が、拳《こぶし》に乗せて叩きつけられる。

ルネの右腕は、鳥羽操《みさお》の胸郭《きょうかく》深くに打ち込まれていた。致命傷だ。

「あ、これで……」

血の塊を吐き出した後、鳥羽の唇は固く閉ざされた。牙をしまい込んでしまえば、そこに残されているのは、ただの人間の顔だ。

激情は消え去っていき、ルネは呆然と、息絶えていく鳥羽の姿を見下ろしていた。激しい戦闘が、全身を炎のように発熱させている。いつしか、雨が降り出したようだ。

ルネの体表で弾けた雨粒が、水蒸気となってその表情を煙らせていく。

「……ルネ、鳥羽を……倒したのか」

エリックの言葉に、ルネは応えなかった。ただ、空を振り仰いで口を固く閉ざす。もしも両眼に光るものがあったとしても、雨に紛れて、エリックにはわからない。

急速に体温を失っていく鳥羽《とば》のかたわらに、エリックは跪いた。全身を紅く彩っていた血も、雨に流されつつある。

（やっとあなたに、会えるのかしら……犬神《いぬがみ》……）

鳥羽の最期の言葉は、エリックの耳には届かなかった。そして――

（私は……違う。私は……こいつとは違う、違う……！）

ルネが小さく繰り返すつぶやきもまた、雨音に紛れてしまっていた。

第二章　涙なきサイボーグ　―西暦二〇〇五年十月―

1

果てしなく続く蒼穹の下、人類にとって最大の建造物が、ルネの視界における地上の姿を二分している。それは二〇〇〇年以上の過去から建設と増強が繰り返された文化遺産、万里の長城だ。

衛星軌道上に存在するＧＧＧ《スリージー》オービットベースからも、その存在を視認できるというこの万里の長城は東は山海関《さんかいかん》に始まり、甘粛省《かんしゅくしょう》北部嘉峪関《かよくかん》まで、総全長は六〇〇〇キロメートル以上とも言われている。現存するのはその半分程度と推定されているが、いずれにせよ、地上では全貌を把握することはできない。

香港における鳥羽操《みさお》との死闘から二週間あまり、ルネは中国・華北省《かほくしょう》の内モンゴル自治区の近くに位置する長城の上にいた。

エリックが気を利かせて用意してくれたパンフレットは、船のなかに置いてきてしまった。だから、長城の存在意義も、現在位置がどんな政治状況のもとにある場所なのかもよくわかっていない。

（――別にかまわないさ。観光に来たわけじゃない）

グレートフロアの一件で、ルネとエリックは治安当局に拘束されることになってしまった。もちろん、ルネは実力で行動の自由を確保しようとしたのだが、結局はエリックが説く常識論を受け入れざるを得なかった。

シュヴァルツェ・オイレを乗せたまま出港したと思われるグレートフロアの追跡と監視は、中国GGG《スリージー》が引き受けてくれたからだ。

その後、上海へ入港したグレートフロアに空路で追いついたのは、四日前のことだ。ルネとエリックは、中国GGGからも要請を受ける形で、オイレを追跡した。バイオネットの狙いが、中国の超テクノロジーの総本山である科学院航空星際局であることに疑いの余地がなくなっていたからだ。


そしていま、ルネの視線の先には、観光客に紛れた黒服の小男が存在する。

（バイオネットのエージェントが、こんなところで何をしているんだ……）

本当なら、力ずくでさっさと捕まえてしまいたいところだった。だが――

「オイレが誰かと接触するかもしれない、ここは監視を続けるんだ」

エリックがそう主張したため、ルネも乏しい忍耐力をフル稼動させている。今頃、オイレを挟んで長城の反対側にいるはずのエリックは任務を遂行すると同時に、ルネが短絡的な行動に出ないよう、熱心に祈っていることだろう。

（まったく、そんなにパートナーが信頼できないのかね）

エリックの抱いている根深い不信感に、せっせと水と肥料を与えているのが誰なのか、ルネに自覚はない。もっとも、そのエリックが別行動をとっていることは、ルネにとって気が楽になる状況だった。

（あのとき、エリックは私を見て、どう思っただろう……）

鳥羽操《とばみさお》の血に全身を染め、雨のなか、立ち尽くしていた自分の姿を、ルネは幾度も夢に見た。鏡に映った姿ではない。夢のなかでは、なぜか自分の凄惨な姿を見つめているのだ。客観的に、エリックの視点で――

笑みを浮かべていたように思う。血に酔っていたように見えた。それは、現在の自分の気持ちが反映された姿なのであろう。エリックが実際に見た姿というわけではない。

だが、香港から移動してくる間、彼との会話はすべてぎこちないものだった。以前と同じように、自分の悪態を笑って受け流してはくれた。その笑いが、ひきつってはいなかったか。自分の視線から逃れるようにうつむくことが、多くはなかったか。

（――らしくない。私のことを誰がどう思っていようと、関係ないじゃないか）

ルネは頭をふって、余計な考えを追い出そうとした。いまはバイオネットのエージェントを監視しているのだ。らちもない考えにとりつかれて、害虫を逃してたまるものか。

そう考えながら、あらためてシュヴァルツェ・オイレの姿を、目で追おうとしたときだ。

――大地が揺れた！

万里の長城が、激しく振動している。

（地震……いや、違う！　これは！）

周囲の観光客たちの悲鳴を圧倒するように、地の底から轟音が響いてくる。

　そして、長城のかたわらに突如として爆煙が発生した。いや、爆発を思わせる勢いで、土砂が噴出したのだ。地中から巨大な物体が出現するとともに！

「なんだあれは！」

　ルネの叫び声に、恐怖——というよりも、畏怖が混入した。

　それは、全長数百メートルはあろうかという、人間の背骨を思わせる物体であった。白く節くれだった本体から、小骨のような触手を生やし、不気味に蠢《うごめ》かせている。あまりにも異質な存在に、ルネは全身が粟立つ感覚を覚えた。

「そうか！　あれは……原種！」

　機界31原種——それは、地球防衛組織ＧＧＧ《スリージー》が抗戦している地球外知性体だ。後に判明することだが、原種はそれぞれ、彼らの創造主である知性体の各部位を象徴する存在となっている。ＧＧＧによってＺＸ－05と認定呼称された眼前の原種は、ルネが感じたように、脊椎《せきつい》原種[※7]であった。

　しかし、現存している原種はすべて、一月ほど前の衛星軌道上における交戦で、その外殻を失っている。地球上に散らばった原種のコアは、新たに自らのボディを創りあげるため、地球上の物質を欲していた。

　——とはいえ、地球を脅かす側の原種の事情も、地球を防衛する側のＧＧＧの事情も、ルネにとっては関心のはるか外に存在するものだ。

混乱のなか、ルネはシュヴァルツェ・オイレの姿を捜し求めた。駆けつけたＧＧＧの勇者ロボと脊椎原種の戦いが始まり、長城の上にいた観光客たちは必死の形相で逃げまどいはじめている。怒濤の勢いで流れていく人の波に逆らいながら、ルネは視線を泳がせた。

「どこだ、黒フクロウ！　どこにいる！」

オイレの姿を見つけることは、不可能だった。たとえバイオネットの悪辣《あくらつ》なエージェントといえど、この状況では無力な群衆の一部に溶け込んでしまう。小柄な男を視覚で捉えることをあきらめ、ルネはまぶたを閉ざした。

激しい戦闘の轟音に、群衆たちの叫喚、それらをフィタリングし、記憶にあるオイレの声紋を検索する。数秒のうちに、サイボーグ強化されたルネの聴覚は、オイレの悲鳴を発見していた。

「――ですから、はやく救助をぉっ！　私が死んだらデータまでぇ」

方角・七時三〇分、距離・推定二〇〇～二五〇メートル。ルネはそれだけを計算すると、長城の上に飛び上がった。途中、ひとりかふたりの頭を踏み台にすれば、オイレのもとへたどり着ける。首の骨を折ってしまわないよう、骨格の丈夫そうな人物を、ルネは空中で見つくろいはじめた。

「私が行くまで、そこにいろよっ！」

だが、無茶な注文を叫びつつ跳躍したルネの眼下で、事態は予想だにしない展開をした。勇者ロボたちの攻撃を受けた脊椎原種が、長城の上に倒れ込んできたのだ。そして、重量に耐えかねて崩壊した構造物が、原種に融合されていく。

（なんだ……これはっ！）

その異様な姿に、ルネは生理的嫌悪感を覚えた。しかも、原種は構造物だけでなく、観光客までも、その内部に吸収しはじめた。このまま落下すれば、ルネもまた、あの異質な存在の一部に取り込まれてしまうだろう。

「イークイップッ！」

サイボーグ・ボディを戦闘形態としたルネは、放熱コートを広げ、爆風を捕まえた。爆圧がルネの身体を、空中で数メートルほど弄ぶ。だが、そのわずかな距離が、恐るべき事態から、ルネを救った。

ちょうど空中で移動した距離分だけ、原種から離れた位置にルネは着地した。この行為を、ルネは意識して行ってはいない。シャッセールに加わって以来、知覚と行動の間に横たわる〝思考〟という夾雑物《きょうざつぶつ》を、非常時には極力排除するように訓練していた。そのことが、脊椎《せきつい》原種の内部に取り込まれる最悪の事態からルネを救ったことになる。

しかし、素早く立ち上がったルネは、任務の失敗を悟らざるを得なかった。万里の長城と融合した原種は、地中へと潜行しつつあった。それも、土砂を掘り返しているわけではない。大地と融合しながら、沈降しているのだ。

難を逃れた観光客は、ごくわずかな数しかいない。そのなかに、シュヴァルツェ・オイレの姿は見あたらなかった。

「くっ、ターゲットが……」

「万里の長城に……呑み込まれた？」

つぶやくルネに、背後から呆然とした声が応えた。

「いや、原種に吸収されたんだ」

振り返りつつ訂正したルネは、思わず吹き出しそうになった。常に紳士たることを標榜《ひょうぼう》していたエリックが、砂塵にまみれて、立ち尽くしている。なんとかいう英国のディーラーで仕立てた白いスーツはズタズタに裂け、全身にまとわりつくだけのボロ切れとなっている。

「……笑わないでくれよ。ここに鏡がないことに、感謝しているところなんだ」

とりあえず、軽口を叩けるだけの余裕は残っているようだ。ルネは緩みかけていた表情を引き締め、宣言した。

「行くよ、エリック！」

「行くって……どこにさ？」

聞いた次の瞬間、エリックの顔に後悔の色が浮かぶ。エリックより二〇歳以上も年若い少女とはいえ、ルネとて歴としたフランス娘だ。機嫌を損ねれば、マシンガン連射のごとき、言葉の嵐が襲ってくる。

――エリックの察しの悪さを三分ほどかけてたっぷりと罵倒した後、ルネは断言した。

「原種を追う！」

「追う……原種を？」

「この手で、機界31原種を倒して……ターゲットを取り返す!!」

そう断言するルネの全身は、激しい烈気を放っている。そして、感情の高ぶりにあわせて放射された余剰熱が、蜃気楼のように空気を揺らめかせる。

「まったく、獅子の女王《リオン・レーヌ》は相手が宇宙人でも幽霊でも、おかまいなしなんだな」

「なにか言ったか！」

「いえ、どこまでもお供しますよ、レディ」

いつものように、エリックはルネのかたわらで肩をすくめる。そんな仕草を横目で見ながら、ルネは考えていた。

（なんだ……いつものエリックと変わらないじゃないか）

――どこか安心を覚えている、自分に少しだけ驚きながら。

2

常人をはるかに超える力を持つサイボーグ捜査官と、豊かな経験とユーモアセンスに恵まれたベテラン捜査官の名コンビ（一方による自称）。たとえ彼らであろうと、地中へ逃亡した原種を追うことなど、もちろんできなかった。

エリックはむきになるルネをなだめすかすと、携帯端末から本部へアクセスし、周辺情報を集めることに専念した。

　現在、事態の解決にはGGG《スリージー》と科学院航空星際部が合同で当たっている。フランスGGGと強いコネクションを持つシャッセールなら、詳細な最新情報を得ることが可能だった。

　いま、荒野に立ち尽くすルネの視線の先には、巨大な墓標が立っていた。いや、墓標に見えるそれは、脊椎《せきつい》原種そのものだ。大地に突き立てられた骨…という映像が、不吉なイメージを喚起したのだろう。

　実際には、直径数十メートルの塔状の姿となって、原種は天空を貫いている。地上からその先端部を視認することはできないが、収集した情報によれば、成層圏まで到達しているらしい。衛星軌道上のGGGオービットベースを狙っているというのが、関係各機関による一致した見解だ。

　そして、シュヴァルツェ・オイレを含む観光客たちの運命もまた、判明していた。

「負の感情を持った者ほど、ゾンダーロボの素体に適しているって聞いたことがある。バイオネットのエージェントのような害虫なら、おあつらえ向きの素材だったたんだろうさ」

　ゾンダーロボとは、有機生命体にゾンダーメタルを埋め込むことで誕生する、機界生命体だ。数メートルから数百メートルまでサイズは様々だが、いずれも素体となった人間の欲望や衝動を反映して、破壊行動を繰り返すようになる。

　原種には、このゾンダーメタルを体内で精製する機能があり、ゾンダーロボを量産できるというのだ。万里の長城で捕らわれた被害者たちは、みなゾンダーロボとなってＧＧＧ機動部隊の前に立ちはだかったらしい。

「どうする、ルネ？　ＧＧＧ《スリージー》に協力を求めた方がいいんじゃないか」

「……彼らは地球外知性体の相手で手一杯だ。バイオネットのような小物のことで手をわずらわせては、申しわけない」

感情を押し殺したルネの口調からすると、その言葉を額面通りの意味に解釈するべきでないことは明白だ。

オイレはすでに、航空星際部開発局への潜入を果たしていたらしい。この研究所は中国ＧＧＧの中核となる予定でもあり、新型勇者ロボ・風龍《ふうりゅう》と雷龍《らいりゅう》が開発された部署である。つまり、ルネとエリックが追っている事件は、ＧＧＧとも決して無関係ではない。ルネとて、そのことはわかっているはずだ。

（どうも、ＧＧＧに対してかたくなにならずにはいられないようだな……）

ルネは無言で、運んできた巨大なトランクを開く。それはスイス入りする前から、持ち歩いていたものだ。

「……こうなったら、これを使うしかないな」

中身を見て、エリックは目の前が暗くなるかのような錯覚を覚えた。記憶に間違いがなければ、それは携帯式小型戦術核のはずだった。

「どこから持ち出して来たんだ、そんなもの！」

「昨年、バイオネットのトゥールーズ支部を壊滅させた時に押収した。ロシアからの流出品らしい」

　思わず、エリックは天を仰いだ。

「押収……って、平然と言うな、お前は。無断で隠匿してたのか」

「バイオネットを壊滅させるのに役立つ」

「それはまあいいとして……本当は良くないんだが、それでどうするつもりなんだ」

「ゾンダーロボを破壊する」

　ルネにしてみれば、当然の論理だった。オイレが航空星際部開発局への潜入後に、何者かに接触した事実はまだ確認されていない。ゾンダーロボと化した彼の存在を抹消することができれば、少なくとも勇者ロボに関する重要機密がバイオネット本部に渡ることだけは、未然に防げるだろう。

（なんでそんな簡単なことがわからないんだ……）

　ルネは慣れた手つきで、戦術核の投射ランチャーを組み立てながら、そう考えた。もちろん、その程度のことは経験豊富なエリックには理解できている。ただ、彼にはバイオネット殲滅の他にも、母国と当地の外交問題、人道的問題など、多用な考慮すべき事情が存在しているだけのことだ。だが、ごく単純な行動原理しか持たない――あるいは持たないようにしているルネには、パートナーがただ迂遠《うえん》なだけの優柔不断な人物に見えるのだ。

（どうやらＺＸ－05は、オービットベースへの攻撃に必要なエネルギーを蓄積しているところらしい。ＧＧＧによる攻撃が開始されるまでは、ゾンダーロボも活動を休止しているはずだ。チャンスはいまのうち……！）

しかし、多くの人にとって幸いなことに、その戦術核が使用される機会は訪れなかった。組立の手を止めて、ルネは叫んだ。

「……エリック！」

声色に含まれた危険信号を受け取り、エリックは身構えた。周囲に敵の姿はない。だが、ここはGGG《スリージー》が戦闘を行った跡地だ。瓦礫や身を隠す窪みなどに不自由はしない。エリックは肩にかついでいた武器をかまえなおした。

「後ろ！」

エリックの耳には聞こえない、わずかな音を捉えたのだろう。姿を現すよりもはやく、ルネが警告した。

岩陰から飛びかかってくる影を避けながら、エリックは大地に転がる。

「またバイオネットの獣人か！」

悪魔のテクノロジーで産み出された生体兵器に向けて、エリックは大口径のダブルバレル・ショットガンを連射した。エリックの脳裏に、一瞬だけ鳥羽《とば》の最期の表情がよぎる。

（――考えるな、余計なことを！）

次々と現れる異形のシルエットは、二〇体を数えた。彼らシャッセールのメンバーにとって、バイオネットの獣人は宿敵とも言える。これまでにも、エリックは数え切れない獣人たちと渡り合ってきた。エリックは一度にふたりの獣人を相手どり、的確な射撃でその戦闘力を奪っていった。

だが、サイボーグであるルネの戦闘力は、シャッセールでも一、二を争うエリックのそれをも凌駕する。冷却コートの下にスリングしていたウラニウム弾搭載357マグナム・スペシャルを右手に、10mmオートマシンガンを左手にホールドし、それぞれ別方向に弾丸をバラまいている。無造作に見えて、その一連射ごとに、確実に獣人を仕留めていた。強靭な生命力を持つ獣人を一射で倒すには、精密に急所を狙わなくてはならない。ルネにはそれが可能であった。

しかし、絶対数で優位に立つ獣人の一体がルネに肉迫する。

熊人間が、巨大な爪を振り降ろす。だが、一瞬前まで存在していた空間のはるか上空に、ルネはその身を跳躍させていた。

「私に触れるな！」

重力の力を借りて、ルネは右拳《こぶし》を熊人間の脳天に叩きつける。その頭蓋は粉砕された……というよりも、爆発したかのような勢いで、血煙を残して消失した。

着地したルネの背後から、カマキリ人間が鋭い刃のごとき前肢で襲いかかる。だが、後頭部に突き刺さるかと思えた瞬間、エリックのショットガンシェルが、カマキリの斧を撃ち砕く。すかさず、ルネは後ろ蹴りをカマキリ人間の胴体部に、字義通りにねじ込んだ。

外見に似合わない巨大な戦闘力を存分にふるうルネと、的確にその背後をフォローするエリック。ふたりはわずか五分足らずの間に、すべての獣人を倒し終えていた。

「まったく、恐ろしいほどに戦闘力を磨いているな。だが、一体くらい残しておいても、良かった

「どうせ、こいつらからは何も聞き出せない。生かしておくだけ無駄だ」

鳥羽操のように、知性を持った獣人は滅多に存在しない。ルネは彼女の存在を脳内から追い出すように、つぶやいた。

だが次の瞬間、ふたりの耳朶《じだ》をかつて聞いたことのない、異様な轟音が震わせた。

（ゾォオオオオンダァアアアアッ……）

振り向いたルネの眼前で、地中から小山がせりだしてくる。いや、二〇メートル近い巨大な物体が、立ち上がったのだ。原種が産み出した悪魔の巨人・ゾンダーロボ！

「地下から出現したのか⁉」

ゾンダーロボはGストーンのエネルギーを分け与えられた物体を除き、あらゆるものに融合する能力を持っている。実際、原種が同様に地中へ沈降していく瞬間も目にしている。しかし、目前数メートルの位置で発生したその事態は、あまりにも衝撃的であった。

ルネは組み立て途中で放り出していた、投射ランチャーを拾い上げる。

「眠ってるんならともかく、活動してる奴には無駄だ！」

「やってみなければ、わからない！」

エリックの制止に応えながら、ルネはランチャーを組み上げていた。ゾンダーロボが放つビームを避けながら、だ。

（なんてテクニックだ……）

エリックは思わず感嘆する。かつて、シャッセールに加わったばかりのルネに、銃器の扱いや戦闘テクニックを教え込んだ彼の目から見ても、それは見事な手さばきだった。先の獣人との戦いにしても、彼女は異常なほどの速度で練達を続けている。サイボーグ・ボディのポテンシャルだけで説明できるものではない。

（バイオネットへの憎しみ故、か……）

そのルネの心の動きを、エリックは悲しいと思う。だが、その能力にシャッセールが頼らざるを得ない状況であるのも、たしかだった。

「こっちだ、デカブツ！」

ルネはランチャーをかまえながら、ゾンダーロボをエリックから引き離すように誘導している。おそらく射撃距離を確保しようとしているのだ。エリックを巻き込まないように。だが、その行為は、ルネに背後への警戒心を忘れさせた。

もう一体のゾンダーロボが、やはり地中からルネの後方に出現したのだ。

「ルネッ！」

エリックが叫んだ瞬間、ルネのいた場所へ、巨大な腕が叩きつけられた。エリックは背筋に冷たいものが走るのを自覚する。だが、幸いにも核弾頭が暴発する事態は避けられた。もちろん、ルネが鈍重にも押しつぶされる事態は、想像すらしていない。しかし、二体のゾンダーロボに挟まれた窮地に変化はない。

「エリック、あんたがいると邪魔だ！　さっさと消えな！」

今にも襲いかかろうとするゾンダーロボの前に、昂然と立ちはだかるルネ。その時、ゾンダーロボのうなり声とは明らかに違う重低音が轟いてきた。

「ルネ、この音は！」

「飛行物体だ。南南西から超低空飛行で接近中……来る‼」

巨大な漆黒の全翼型ステルス機が頭上を通過する瞬間、ルネはエリックの身体を右腕一本で抱えて、跳躍していた。寸分の狂いもなく、コクピット部の脇に降り立つ。暴力的なまでの風圧に耐えながら、エリックは必死に機体表面にしがみついた。


ステルス機のパイロットは二重の驚きにとらわれることになった。いきなり人間が機上に現れた（ようにしか見えなかった）驚きと、その人物が見知っていた者である驚きだ。

「君は……ルネ、ルネじゃないか！」

あわてて速度を落としたとはいえ、飛行中の轟音が静まるものではない。だが、強化されたルネの聴覚は、その一言でコクピットの内側にいるのが誰であるかを悟っていた。

「……久しぶりね、完全サイボーグ」

GGG《スリージー》機動隊長・獅子王凱《ししおうがい》の耳にも、従妹《いとこ》であるルネの言葉は、はっきりと届いていた。

3

ステルスガオーをGGGの高速転槽射出母艦《こうそくてんそうしゃしゅつぼかん》〈イザナギ〉へ帰還させると、凱はルネとエリックを艦橋へ連れて行った。

「ステルスガオーの修理が終わったんで、テスト飛行に出ていたんだけどさ……」

苦笑混じりの凱の報告を聞いているのは、実父である獅子王麗雄《れお》博士だ。つまり、ルネにとっては叔父ということになる。

（ふん、相変わらず父親に素直だね。ガキみたいにさ……）

凱はルネよりも三歳ほど年長だ。これまで、数度しか会ったことはなかったが、そのたびにルネは苛々するものを感じていた。凱の素直な性格や率直な言動が、常に神経をささくれ立たせるのだ。

（……苦労しらずの坊ちゃんだからしょうがないか）

同じGストーンのサイボーグとなってからの短いつきあいだが、ルネはいつも凱を避けていた。それは日の光の眩しさを嫌うような行為であったのかもしれないが、ルネにはその自覚はない。

ともあれ、凱が語る一通りの事情を聞いているうちに、ルネもエリックも、自分たちが救われたのが偶然によるものではないことを知った。

ゾンダーロボが出現する際には、Zセンサーというシステムに特殊素粒子が検出される。その反応と、凱だけが感じられるGストーンの共鳴が、同一地点で観測された。そのため、凱はテスト飛行中のステルスガオーを、ルネたちの戦闘の現場に向かわせたのである。

「つまり、ルネのGストーンが我々を救ってくれたようなものですね」

「ふん……」

エリックの言葉に、ルネの眉根《まゆね》が寄る。凱《がい》はその表情を見逃さなかった。

「ルネ、君が自分のサイボーグ・ボディを嫌う気持ちは、よくわかる。だけど、俺たちが本来亡くしていたはずの生命は、Gストーンのおかげで保ち続けてるんだ。それに俺と違って、君には半分近くも生身の身体が残っているじゃないか……！」

凱の言葉は、これまで会ったときと同じように、ルネの癇に障った。そもそも、凱は大事故によって失いかけていた生命を、サイボーグ化によって救われている。しかし、自分はバイオネットの実験によって、弄ばれるようにサイボーグにされたのだ。同列に語られてたまるものか！

「いっそ、凱くらい完全なサイボーグになってしまえば、自分はもう人間じゃない。機械人形なんだって、思い切れるのにね」

「ルネ！」

「まーまー、凱。その辺にしておけ」

若いふたりの間に割って入りながら、麗雄《れお》はなんとか苦笑をこらえていた。つい数時間前にも、ある人物の中国人にあるまじき非礼な言動の数々に、凱は怒りを爆発させるところだった。ようやくそんな息子をなだめたばかりだったのだ。

（凱のこういう直情は微笑ましく思えもするもんだが、僕としては、もう少し大人になってほしいんだがなぁ……）

七〇歳にして自分を〝僕〟と呼ぶ麗雄のパーソナリティは、機知にあふれ、懐が深い。話題をそらすためにも、援護射撃を頼むためにも、麗雄はエリックを話題に引き込んだ。

「ところでエリックさんと言ったかの。僕の姪が、いつもお世話になっとるそうで」

「いえ、こちらこそ良きパートナーとして、助けられてますよ。それにしても、ルネの親戚の皆さんがGGG《スリージー》にいるとは聞いてましたが、こうしてお会いできるとは……」

「親戚なんかじゃない！」

ルネの激しい語気が、エリックと麗雄の会話に割り込んだ。

「私の肉親は母さんただひとり！　シシオウという名字を持つ者は……私には関係ない！」

「ルネ……まだ、にーちゃんを許す気にはなれないのかい。君の気持ちはわかるが、お母さんと雷《らい》牙《が》にーちゃんが愛し合った結果が、君の生命なんだよ」

麗雄は悲しそうにつぶやいた。だが、ルネの心には、そんな麗雄の感情は伝わっていない。いや、伝わったとしても、入り込む余地こそがそもそも存在しないのだろう。

「そして、あの男の悪行の結果が、この冷たい身体さ！」

叫ぶとすぐに、ルネは艦橋を飛び出していった。

「ルネッ！」

すぐに従妹《いとこ》の後を、凱が追う。残されたエリックは、ふたりの出て行ったドアの方を見る、麗雄の複雑な表情に胸を打たれた。

（どうやら、任務上のパートナーであっても、他人が立ち入りがたい事情が存在するようだな……）

やがて、麗雄《れお》は重い口を開く。

「エリックさん、ルネの父親のこと、聞いてくれるかね……」


「待つんだ、ルネ！」

全力で走るルネに追いつくために、凱《がい》はイークイップによる戦闘形態をとらねばならなかった。イザナギ上部甲板でやっとルネを捕まえた凱は、内心で安堵する。

（……ハイパーモードまで使わずにすんで良かった）

凱に腕を掴まれたルネは振り向き、叫ぶ。

「放せよ、機械人形!!」

凱が無言のままに手を離すと、ルネはあらためて間近にある顔をじっと見た。そして、ただ素直なだけだと思っていた従兄《いとこ》が浮かべている、言いようのない表情に気づいた。

「……悪かった、凱」

「ルネ、君の身体は冷たくなんかないぜ。少なくとも俺よりは温かいし、涙を流すことだってできる」

「泣いた覚えなんてない！」

言った直後に、ルネは気づいた。凱のサイボーグ・ボディには、涙を流す機能が備わっていないのだ。

「ルネ、俺は大切なものを護る力があるこの身体を、誇りに思ってる。そして、俺自身を人間じゃないって思ったことなんか、一度もない」

ルネは応えるべき言葉を持っていなかった。

(そんなことわかってる、わかってるけど……)

「GGG《スリージー》の勇者ロボたちだって、俺は人間だと思ってる。それは……心があるからだ。人間と人間以外のものを区別するのは、身体じゃなくて心だ！　俺はそう思ってる」

あたたかい言葉だった。鳥羽操《とばみさお》も、最期までこんな言葉を求めていたのかもしれない。

ルネの心のうちで、激しく動く何かがあった。だが、彼女はそれを表現する術を知らない。だから、言わなくてもよい言葉の方が、心からこぼれてしまう。

「母さんを捨てたあの人の造った身体で生きなければならない辛さは……あんたにはわからない」

「ルネ……」

最後まで互いだけを愛し続けた両親を持つ凱には、ルネの悲しみは理解できない。その事実に気づかされた凱は、思わずルネから瞳をそらした。だから、気づくことはなかった。

ルネもまた、自分の表情を直視できずにいるのだと……。

4

十月七日夕刻——ＺＸ－05・脊椎《せきつい》原種のエネルギー充填が終了する直前を狙って、ＧＧＧ《スリージー》と科学院航空星際部による攻略作戦は開始された。

ルネとエリックは、イザナギの情報分析室からその戦いの行方を見守っていた。エリックと麗雄《れお》の話し合いの結果、戦闘終了後に浄解されたシュヴァルツェ・オイレを、シャッセールが優先的に確保することになったのである。

しかし、エリックと麗雄は、その合意をオービットベースには報告しなかった。ルネの存在を実父である雷牙《らいが》博士には隠しておくことで、意見が一致したからだ。

エリックはかたわらで戦闘の推移を見守るルネの横顔を見ながら、前日の会話を思い出していた。

「にーちゃんは優秀な科学者なんだが、私生活には問題が多くてなぁ。世界中に二十八人の子供がいるんだよ」

「二十八人！……ですか」

エリックはあきれて言葉を失った。愛妻家である彼には、雷牙の奔放なプライベートを、想像することすらできなかった。

「うむ……当然、にーちゃんを憎んでる奴も多くってな。こういうときに無理に会わせない方がいいって、どうしても経験的にわかってしまうんだ」

「まあ、そうでしょうな……」

実感を持ち得ないまま、エリックはうなずいた。

「だが、にーちゃんは子供たち全員を愛してる。もちろん、ルネだってだ。それは断言できる！」

正直言って、獅子王《ししおう》雷牙なる人物に対して、偏見を持たずにいることはできそうにない。だが、目の前にいる麗雄の言葉は信じられると、エリックは考えた。

「……わかりました、麗雄博士。いまは無理でも、必ず私がルネを雷牙博士のもとへ連れていきます。任せてください」

戦闘の推移を映し出したモニターを見つめるルネの横顔から視線をそらし、エリックはため息をついた。

（もしかしたら、途方もない難事業を引き受けてしまったのかもしれない……）

風龍《ふうりゅう》と雷龍《らいりゅう》、中国で開発された二体のビークルロボがシンメトリカルドッキングすることによって誕生した、撃龍神《げきりゅうじん》。この新たなる勇者の活躍によって、ゾンダーロボのコアにされた人々は救出された。

ルネとエリックはイザナギを飛び出し、ゾンダー化されていた人々が浄解される現場へ駆けつけた。〝浄解〟とは、GGGの特別隊員である天海護《あまみまもる》という幼い少年だけが持つ力だ。少年の呪文によって、ゾンダーが人間らしい姿と心を取り戻していく。

その不思議な光景を目撃しながら、ルネは激しく心を揺さぶるなにかを感じていた。それは、感動と呼ぶべき情動だったかもしれない。それまで、ルネが知らずにいた気持ちだ。

（なんだろう、この気持ちは……）

ルネは自分自身にも理解できない不思議な心地よさに、心を委ねていた。


浄解された人々のなかに、シュヴァルツェ・オイレもいた。

彼の身柄を引き受けたルネとエリックは、万里の長城目当ての観光客を相手にするホテルの一室を借りることにした。尋問を行うためである。だが、そこには強制も拷問も必要なかった。

「なんで、私はバイオネットなんかに加わっていたんでしょぅ！　なんでも協力させてくださいぃ！」

いきなり涙を流しはじめたオイレの姿に、ルネとエリックは戸惑った。浄解された人間は、精神の闇黒面を失い、健全な心の持ち主になるという。知識としては知っていたが、実際に目の当たりにしてみると、あまりにも信じがたい現象であった。

ルネにしてみると、強硬な態度をとれない分、やりにくくてしょうがない。あっさりと尋問を放り出したルネに代わって、懺悔と後悔の言葉の洪水のなかから、エリックは重要な情報を聞き出していった。

それによると、航空星際部に潜入した狙いは、風龍《ふうりゅう》と雷龍《らいりゅう》の機密情報であるという。

「それで……情報はどこに保管してある！」

「原種とやらに捕まる直前、圧縮したファイルを転送してしまったんですぅ！　私はなんてことをぉおっ！」

「お前、そういう重要なことは最初に言え！」

ルネがオイレの首を締め上げる。だが、小男は涙を流しながら、あやまるだけだ。

「泣いてないで答えろ！　バイオネットはそんな情報を手に入れて、なにをするつもりなんだ⁉」

ルネが詰問した次の瞬間、室内にガラスの雨が降り注いだ。いくつもの影が、天窓を突き破ってきたのである。

「ひえええええっ！」

ガラスの破片の上に着地した凶悪な獣人たちを前にして、オイレは失神した。ワニ人間に頭部を食いちぎられる瞬間、意識を失っていたのは幸運と言うべきだっただろう。

（口封じのために、同じ組織の人間まで……）

ルネのうちで何かが弾けた。怒りの衝動に燃えるルネを掣肘《せいちゅう》しようとする者は、精鋭揃いのシャッセールにさえいない。

獅子の女王《リオン・レーヌ》……そのコードネームにふさわしく、ルネの髪が総毛立つ。

「イークイップッ‼」

戦闘形態となったルネは、獣人たちに襲いかかった。常に携帯する重火器をも上回る破壊力の拳《こぶし》が、人ならざる肉体を破壊していく。エリックも慣れたコンビネーションで射撃を続け、ルネの死角に潜り込もうとする獣人を排除していった。だが、あまりにも数が多すぎた。

鋭い牙を叩き折りながらルネがピラニア人間にとどめを刺した時、カマキリ人間の素早い刃がその背中に迫っていた。

（間に合わない……！）

そう感じた次の瞬間、エリックは自分の身体をルネの背と刃の間に飛び込ませていた。

ようやく気配を察して振り向いた瞬間の光景が、視神経を代用するサイボーグ・ボディの情報系に、焼きつけられる。

――迫る刃、視界を塞ぐ大きな背、切り裂かれながら吹き飛ぶ見覚えのある身体。

獣が吼《ほ》えていた。

「うおおおおっ‼」

自分自身の咆吼に鼓膜を揺さぶられながら、ルネは荒れ狂う嵐となって、触れるものすべてを粉砕する。

殴る。殴る。蹴る。殴る。叩きつぶす。殴る。踏みつぶす。

数秒のうちに、立っている者はルネだけとなった。そして、横たわっているエリックのかたわらに、跪いた。

「エリック……」

震える声でパートナーの名を呼びながら、すでにその傷が致命傷であることを、ルネは悟っていた。

「君がシャッセールに入ったばかりの頃、教官として教えただろう……」

いつもと変わらない、穏やかな声が、次第に弱々しくなっていく。

「……お互いの背中を……護るのが、パートナーってもんだ……」

言葉をつむぎ終えても、エリックの口はかすかに動き続けている。いや、声として形をなさなくなっていても、言葉はまだ終わってはいない。

(……だから、俺のことは気にするな)

唇はそう告げている。聴覚に頼らずとも、ルネはたしかに聞いた。エリックの最期の言葉を——

急速に体温を失っていくエリックの遺体を見下ろしながら、ルネはつぶやいた。

「トロいから……死ぬのよ」

第三章　閉ざされし光

―西暦二〇〇五年十月―

1

――小雨降る中、参列者たちはひとり、またひとりと墓地を後にしていった。だが、遺族であるふたりだけは、いつまでもその場から離れようとしない。

傘も持たずに、ルネは木陰からその姿を見つめ続けている。そのサイボーグ・ボディの表面に降り注ぐ雨粒を、余剰熱で蒸発させながら……。

エリック・フォーラーの死に関する詳細は、家族に対しても秘匿されていた。もともと、フォーラー夫人は、自分の夫が対特殊犯罪組織シャッセールに所属していたことさえ、知らずにいる。そのため、シャッセールが用意していた表向きの職場である工場の事故で、エリックは死んだことになっていた。

夫人が手を引いている……エリックの娘であろう三歳くらいの子供の姿から、ルネは目をそらすことができなかった。おそらくは父の死の意味を理解できていない……にも関わらず、母の哀しみを敏感に感じ取っている、その不安そうな表情――

脳裏に蘇ってくる、幼い頃の日々。たまらずに、ルネは身を翻《ひるがえ》す。

……幼児が梢《こずえ》を揺らす音に振り向いたとき、そこにはすでに誰の姿もなかった。


エリックの葬儀の翌日、ノール・パ・ド・カレー地方の小さな工業都市ランスへ向かうTGVの車中に、ルネはいた。

高速で流れる景色に重なって車窓に映る、自分の不機嫌そうな表情を見つめながら。

(あれは、私だった……)

本当は、フォーラー夫人とその娘に会おうとしたのだ。大切な人がどんな最期をとげたのか。たとえシャッセールの内規に対する重大な違反となろうと、ルネはそのことを伝えたかったのだ。

だが、できなかった。親子の姿を見ているうちに、自分と母の過去を思い出してしまった。忘れたはずの、忘れたつもりの、つらい記憶――


誰にも会いたくはなかったが、ジョナス主任から呼び出しを受けていた。葬儀の後で出頭を無視したとしたら、主任はきっと勘違いするだろう。

無用な気遣いを受けないためにも、ルネは本部へ顔を出した。そこで与えられたのが、ランスへ向かう新たな任務であった。

よりによって――と言うべきだろう。

ランスは、今は亡き母親であるフレール・カーディフとルネが、三年前まで暮らしていた街だ。

無数の楽しい思い出もあるが、あの三年前の惨劇の記憶の前には、すべてが色褪せてしまっていた。しかも、ランスで遂行すべき任務とは、ルネが嫌悪してやまない、ＡＩロボットの移送を護衛することなのだ。そういえば、ジョナス主任が指令を伝えた後にもらした一言も、気にかかる。

『……ＧＧＧ《スリージー》フランス技研から連絡があってね、君の新しい相棒が起動したそうだよぉ。ランスで合流できるんじゃないかなぁ』

ランス行きのことで頭がいっぱいになっていたため、それ以上のことは聞かなかった。だが、それもまた、新しい不愉快の種であるような予感がしてくる。

半透明の自分の鏡像に向かって、心の中で文句を言い続けることに飽きたルネは、改めて、指令要綱を思い返した。


今回、彼女が護衛することになるのは、ＧＧＧが提供した技術とＧストーンをもとに、フランス政府が開発した新しい勇者ロボである。コードネームはＧＢＲ－８〈光竜《こうりゅう》〉とＧＢＲ－９〈闇竜《あんりゅう》〉。

（中国で見た二体――風龍《ふうりゅう》と雷龍《らいりゅう》といったか、彼らと同型というわけか……）

光竜と闇竜は、まだ完成したての機体に、未成熟なＡＩを搭載したばかりの状態だという。そのため、ＡＩが機体に〝慣れ〟るには、慣熟運用の期間が必要とされる。ノルマンディー地方ルーアン郊外にある評価試験場でその運用が行われることになり、陸軍の部隊が現地まで移送することになっている。

先日のバイオネットの活動目的が、中国で風龍・雷龍の機密を入手することであった以上、今回の移送にも彼らが何らかの干渉を行ってくる可能性は高い。しかし……

（護衛……といっても、この私に何をしろというんだ）

ルネがそう思ったのも無理はない。すでに軍が輸送小隊を編成している上、護衛対象は勇者ロボだ。あんな巨大な、しかも自分の意志を持ったものを強奪することなど不可能だろうし、最強の戦闘力を有する光竜《こうりゅう》・闇竜《あんりゅう》に対する破壊行動も無意味だ。

ルネがそんなことを考えているうちに、ＴＧＶはランス駅へと到着した……。

2

ランス駅は、記憶のなかに存在する姿とほとんど変わっていなかった。三年程度では、当たり前のことだ。

だが、懐かしいはずの駅前の風景にも目をくれず、ルネは指定された合流地点へ真っ直ぐに向かう。もともと、内装がアール・デコ様式に統一されたアルトワ大学の理学部校舎の他には、とくに見るべきものもない寂れた炭鉱都市である。そして徒歩で約五分、到着した場所は、意外な施設であった。

「フェリックス・ボレールか……」

一九三二年に建設された、歴史ある競技場のグラウンドに、陸軍の輸送小隊が集合している。ルネが一〇歳のときには、ここでもワールドカップの試合が行われたらしい。だが、サッカーに関心のないルネは、一度もこのフェリックス・ボレール競技場を訪れたことはなかった。

　誰もいない観客席の上段から見下ろすと、グラウンドに集結した輸送小隊の編成がよくわかる。三輌のルノー社製前線装甲車と歩兵二個分隊、そして軍人らしからぬいでたちの一団は、おそらく光竜・闇竜の開発チームの技術者たちであろう。

　だが、そこに光竜と闇竜の姿はなかった。

（まだ到着していないのか？　私より遅れるなんて、ルーズなものだ）

　グラウンドに降りてみようかと一歩を踏み出しかけたとき、背後から声がかけられた。聞き覚えのある、若い女性のものだ。

「よく来てくれましたね、ルネ」

「……パピヨン！」

　振り返ったルネの前に姿を現したのは、見覚えのあるGGG《スリージー》隊員服の上から白衣を羽織った女性であった。褐色の肌と短めの水色の髪、そしてエメラルドグリーンの瞳が印象的な彼女の姿と声を、ルネはよく知っていた。

「そうか、パピヨンもAIロボットの開発に携わってたんだ……」

「ええ、あなたも護衛に来てくれると聞いたから、久しぶりに会えるのを、楽しみにしていました」

　パピヨン・ノワール、彼女はGGG研究部に所属する技術スタッフである。フランス技研に勤めている縁もあり、ルネがサイボーグ手術を受けて以来、その右腕のGSジェネレーターのメンテナンスを担当していた。

「光竜《こうりゅう》と闇竜《あんりゅう》に搭載されたGSライドは、最近アップデートされたばかりの最新バージョン。私がメンテナンスを担当してるから……あなたにとっては妹のようなものでしょうか、ルネ」

悪戯《いたずら》をする子供のような表情で、パピヨンは微笑んだ。もっとも生真面目な彼女が、悪戯などすることはない。研究こそが遊びであり、仕事であるのだ。研究成果の披露が、子供にとっての悪戯に匹敵する愉しみであるに違いない。

「妹……光竜と闇竜って、もしかして女性型AIロボなの？」

「GGG《スリージー》が提供したノウハウをそのまま受け入れることに、フランス政府が抵抗を示したらしいのです。AIに設定された性差が、成長過程でどういう影響を及ぼすことになるか……興味深いところですね」

亡きエリックと同じく、ふたつの資質を持つ貴重な人物がパピヨンだ。第一に、ルネの神経をあまり逆撫でしない。第二に、ルネの言動に腹を立てない。ときどき意味の分からないことを長々と話し続ける癖もルネにとっては楽しいもので、パピヨンの奇妙な性格を気に入っていた。端からはあまりそう見えないものの、これも一種の友情であるのかもしれない。

「ところでさ、その新型AIロボ……まだ、到着してないの？」

「このスタジアムの地下に、光竜と闇竜の開発プラントがあるのです。これから、彼女たちを運び出すところ……」

「ここって、フェリックス・ボレールの地下に⁉」

「……見ていてください」

グラウンドでは、まさに作業が始まろうとしていた。中央部から人と車輌が退避し、技術者たちの動きが慌ただしくなる。

様々な種類の轟音が響くなか、ルネはその特殊能力で不必要な聴覚情報をフィルタリングして、数十メートル先にいる技術者たちの会話のみをピックアップした。耳慣れない単語が飛び交っている。

「ディバイディングフィールド開放！」

「アレスティングフィールドの安定を再確認、急げ!!」

みるみるうちに、スタジアム中央部に空洞が出現し、拡大されていった。それは、空間が湾曲されることにより、小さな穴が見かけ上、巨大になっただけのことである。原理はともあれ、ルネの目に見えたのは、グラウンド地表部が円形に切り取られ、黄金に輝くプラントが地底から露出する光景であった。

「パピヨン、あれ……」

「そう、あれがフランスGGGの物質瞬間創世艦〈フツヌシ〉です」

「フツヌシ……変な名前だな」

「もともと、フツヌシは研究開発モジュールとして、GGGオービットベースに連結されるはずでしたから。オービットベースのモジュール〈ディビジョン艦〉は、いずれも日本の神話からネーミングされているのです」

やがて、フツヌシの内部から、二輌の巨大トレーラーが姿を現した。白と黒……対照的なカラーリングに染め上げられたその車体が、変形してビークルロボとなることを、ルネは資料で知っていた。

「あれが、光竜《こうりゅう》と闇竜《あんりゅう》……」

「ええ、その通りです」

しかし、どこか資料で見た姿と違って見える。トレーラーの荷台部に存在する違和感。ルネはそのことに気づいた。

「パピヨン、たしかパワーショベル車とタンクローリー車に擬装してあるはずじゃ……」

「初期のＧＧＧ《スリージー》は秘密防衛組織でしたから、一般車両に見せる必要があったのです。あなたが見た資料は、古いものだったようですね」

「じゃあ、あれは……」

「ええ、メーザー砲塔とマルチプル・ミサイルコンテナです」

「………」

ルネは沈黙した。まったく、重武装のかたまりを、どうやって護衛しろと言うのだろう。そんな戸惑いに気づいた様子もなく、パピヨンは微笑んだ。

「さあ、行きましょう。ルーアンまで、あの娘たちをしっかり守ってあげて下さいね」

3

「……もう一度、言ってみなよ」

　フランス陸軍の兵士たちは、ルネの語気に含まれているものの危険性を知らなかった。だから、虎……いや、獅子の尾を踏みにじるに等しい言葉を繰り返す。

「しょうがないなぁ、お嬢ちゃん、今度はよく聞きなよ。いいかい、俺たちの車は戦争やるためのもんなんだよ。シャッセールみたいなおままごと連中は、自前の乳母車にでも乗っていきな！……っつってんのさ」

　兵士たちの下卑《げび》た笑いがルネを取り囲む。だが、笑い声は潮を引くように一瞬でおさまった。何故か、周囲の気温が急に上昇したかのような錯覚を覚えたからだ。いや、錯覚ではない。ルネの不完全なサイボーグ・ボディが、感情の激発とともに、強烈な放熱を開始したのである。

「黙って聞いていれば、いい気になって！　なんだったら、ここでおままごとついでに二個分隊壊滅させてやろうかっ!!」

　ルネの拳《こぶし》が装甲車の対弾装甲に叩きつけられ、くっきりとその形にへこませる。凄まじいまでの轟音と振動に二〇人ほどの兵士は言葉を失い、幾人かが車体から転げ落ちたようだ。ルネが去っていった後、食い殺される……かとも思えた恐怖からようやく解放された兵士のひとりが、呆然とつぶやく。

「思い出した……あれが獅子の女王《リオン・レーヌ》だ……」

拳《こぶし》と放熱で一通りの不満をぶちまけ終えたルネは、久々の爽快感を感じていた。しかし、実際問題として、移動手段を持っていないことに変わりはない。

「……ああは言ったものの、脚がないのは困ったなぁ」

「お姉ちゃん、乗っていってよ！」

突然、ルネの耳にまだ幼い少女の声が飛び込んできた。辺りを見回すが、周囲に子供などいるはずがない。一瞬の間を置いて、ルネはようやく気づいた。

「今の……あんたが言ったの⁉」

ルネが驚いたのも当然だろう。その声の主は、巨大な白いトレーラー・光竜《こうりゅう》だったのだから。もちろん、AIロボである光竜が言葉を話すこと自体は不自然ではない。だが、中国で見た風龍《ふうりゅう》や雷龍《らいりゅう》は、成人の声と性格を有していたのだが、光竜のそれは少女……というよりも、幼児のものだ。

「光竜、ずるいです。私だって、ルネさんに乗ってもらいたいのに……」

ヘッドライトを点灯させながら、黒いトレーラー……闇竜《あんりゅう》も拗ねたような声を出す。パーソナリティに違いはあれど、やはり五歳児程度のそれを連想させる声であった。

「驚きましたか、ルネ？」

GSライドのチェックを行っていたパピヨンが、光竜の運転席から顔を出して、説明を始めた。光竜と闇竜のAIは、フランス政府の強引な仕様変更によって、氷竜や風龍たちよりも完成が随分遅くなった。そのため、まだ起動から三週間しか経過していないという。

「知識や情報は十分に持っていても、情緒はまだ幼児のままなのです、この子たちは……」

「パピヨン姉ちゃん、ひどいよ！　光竜はもうリッパに戦えるもん！」

光竜の無邪気な抗議に「ごめんなさい」と謝ると、パピヨンはルネに言った。

「私は光竜に乗せてもらうから、あなたは闇竜に乗っていくといいでしょう」

「私が……こいつに⁉」

「少なくとも、あの兵隊さんたちとよりは、楽しいお話しができると思いますよ」

不愉快さで比べるなら、同じようなものだ……そう言いかけて、ルネはさすがに思いとどまった。

「ま、いいや。そっちの白いのよりは、まだ黒いのの方が、おしゃべりが静かみたいだからね。一応、よろしく頼むよ」

「はい、ルネさん！　でも、私のことは〝黒いの〟じゃなくて、闇竜って呼んで下さいね」


やがて、出発の予定時刻が訪れた。

三輌の装甲車の間に光竜・闇竜を挟み込む隊列で、移送小隊はフェリックス・ボレール競技場を出発した。

（昔住んでたアパルトメン……見ておけば良かったかな……）

あえて無視するかのように通り過ぎてきた街の光景が、いまさらのように懐かしく思えてくる。

ルネの胸のうちに、なにか熱いものがこみ上げてきた。

「あの……ルネさん、体表温度が急激に上昇していますが、冷房を入れましょうか？」

言葉は丁寧だが、口調は幼児のものである闇竜《あんりゅう》の声が、ルネの癇に障る。

「うるさいよ！　黙って、ちゃんと前見て操縦しな！」

「大丈夫です。ちゃんと会話と車体機動は、並列処理で制御できるようになってます」

「あったま来た！　あんた、機械人形のクセに人間さまに反論しようっていうの‼　だいたいねぇ……」

普通の人間なら、圧倒的な語勢とボキャブラリーでまくしたてるルネの悪口雑言《あっこうぞうごん》に一〇分と耐えられるわけがない。だが、闇竜は普通どころか人間ではない。今回に限っては、勝負は最初から見えていた……。


――気配を完全に殺しながら、移送小隊を追跡している影がある。静穏性に優れた地上用ホバーカーだ。普段なら、ルネの聴覚はその存在を察知していたはずだった。だが、闇竜の運転席の高い密閉性が、追跡者たちに幸いしていた。

ホバーカーのなかで、密やかな会話がかわされる。

「……あれがフランス製の勇者ロボであるな、ラプラスくん」

「左様、光竜《こうりゅう》と闇竜だ。ロジックボムの準備は完了しているカネ、メビウスくん」

「無論である」

「よかロウ、ターゲットは……」

メビウスと呼ばれた人物の重々しい口調、ラプラスと呼ばれた人物の語尾が甲高い発声、いずれも著しい特徴があり、一度聞いたら忘れる者はいないだろうと思えた。

　そして、ルネはすでにふたりの声を記憶している。耳にするたび、即座に殺意を覚えるほどに、深く深く――

4

　鋼鉄の忍耐力と幼児の口調ながらも豊富な語彙を有するＡＩとの舌戦に、さすがにルネも疲れ果てていた。

　だが、輸送小隊がアミアン市とアップヴィル市の中間地点あたりに至り、前方に巨大な橋が見えてきたところで、本来の任務を思い出す。

（あれは……ソンム川か。バイオネットが襲撃してくるとしたら、絶好のポジションかもしれない……）

　ルネがそう考えた時、まさに先頭の装甲車が橋の上に差し掛かっていた。そして、狙い澄ましたように装甲車の前方に爆発が起きる。

「砲撃か！」

　爆炎を視認したルネは、車外に躍り出た。光竜に乗っていたパピヨンも、路上に降り立ち、指令する。

「光竜《こうりゅう》！　変形……できますね？」

「もっちろん！」

「では、許可します。橋を支えてください！」

「うん、パピヨン姉ちゃん！……システムチェーンジ!!」

メーザー砲塔を搭載した白い巨大トレーラーが、人型ロボットへと変形を開始する。

「あなたもです、闇竜《あんりゅう》！」

「はい！……システムチェーンジ!!」

続いて、闇竜もまた、ミサイルコンテナ車形態から、ロボット形態へと変形していく。

（……なんて派手な姿だ）

巨大な女神像を思わせる白と黒のあでやかな姿に、ルネはあきれた。前方投影面積を極端に大きくしたその姿は、兵器として欠陥品なのではないかとさえ、思わせる。

だが、被弾率を向上させることは、勇者ロボにとって回避すべき事態ではない。むしろ、積極的に意図している側面もある。

変形後の勇者ロボたちは、頑強な装甲と被発見率の高いカラーリングを有している。これは敵の攻撃を引き受けることで、周囲の人間や建造物への被害を抑制しようという思想に基づいて、デザインされているためだ。

先に変形を完了した光竜は、川の中へその美しい機体を飛び込ませた。装甲車を乗せたまま崩れそうになっている橋の構造物を両腕で支える。川といっても、巨大な光竜の腰までの深さしかない。

それは容易な作業であった。

わずかな時間差で、闇竜も川に飛び込もうとする。だが、そのとき、ルネは上流での爆発音を聞いた。

(これは……川の水が大量に流れてくる⁉)

ちょうど闇竜が飛び込んだ瞬間、大量の土石流が襲いかかってきた。脚をとられ着地に失敗、転倒してしまう。

「闇竜⁉」

濁流に呑み込まれた妹の姿を目撃した光竜が、凍り付く。

闇竜の転倒は、彼女のＡＩのベーシックパターンに刻まれていた、固有の癖とも言うべきものが原因であった。無論、浅い川における転倒などで、ＡＩロボットがダメージを受けるはずもない。

だが、その瞬間、自らの肉体をサイボーグ手術の実験台とした、バイオネットの誇る悪魔の二大科学者・メビウス教授とラプラス博士は、作戦の成功を確信していた。

「絶好の機会である！」

川の上流を爆破したメビウス教授は、続いて自らのサイボーグ・ボディを変形させて、左腕をバズーカ砲とした。そして、光竜が支える半壊状態の橋に、砲撃を加えたのである。

「おい、崩れ落ちるぞ！」

ルネの叫びに、光竜は反応しなかった。直撃を受け、さらに崩れる橋から落下していく装甲車を、何故か対応の遅れた光竜は受け止めることもできなかった。

「どうしたの、光竜《こうりゅう》⁉」

すかさず立ち上がった闇竜《あんりゅう》が、川の中から装甲車を救出する。だが、光竜は闇竜の言葉にも反応せず、凍り付いたままでいた。

「あ……あ………」

光竜に起きた異常現象の正体に思い当たったのは、パピヨンだった。

「……まさか、フリーズ⁉」


装甲車の乗員たちを川から引き上げている闇竜の横に、光竜が呆然と立ち尽くしている。

「ちぃっ、あの〝白いの〟、なにやってるんだ！」

ルネは光竜を殴りつけてやろうと、駆け寄った。だが、頭上から回転ローターの音が聞こえてくる。突如、飛来した戦闘ヘリは、獣人たちを降下させた。

「バイオネットめ！　イークイップッ‼」

あわてて応戦しようとする兵士たちを制して、ルネが突進する。

「あんたたちには無理な相手！　私にまかせな‼」

パピヨンもまた、闇竜に指令を下す。

「闇竜、武装の使用を許可します。戦闘ヘリを近づけないで‼」

「わかりました！　ナイトメア・カーテン‼」

闇竜の背部の巨大ミサイルコンテナから、無数の小型ミサイルが発射された。ミサイル群のノズルから黒煙が吹き出し、戦闘ヘリの視界を闇が訪れたように包み込む。

いきなり視界を塞がれた戦闘ヘリは、たまらずに離脱する。

（良かった……）

パピヨンは安堵した。闇竜に全力を出させずに、ヘリを撤退させることができた。まだAＩのロジックが未熟な闇竜に、バイオネットとはいえ、人命を奪いかねない指令を出したくはなかったのだ。

一方、ルネは獣人たちを薙《な》ぎ倒しながら、違和感を感じていた。奴らの動きに、戦術を見いだせない。ただ場を混乱させるためだけに、投入されたようですらある。

「いったい、何が目的なんだ！　こいつらは⁉」

ルネもパピヨンも、気づいてはいなかった。

獣人や戦闘ヘリが陽動を行っているうちに、小柄なラプラス博士のサイボーグ・ボディがフリーズしたままの光竜の肩に飛び乗っていた。本命の目的は、たった一言を囁くことであった。ラプラスは光竜の音声センサーに向かって、ある言葉をつぶやく。

「……………」

ごく小さな囁きに気づく者など、いないはずだった。

バイオネットの悪魔の科学者によって与えられた、超高性能の聴覚の持ち主以外には。

「あんたは……ラプラスッ‼」

「ほう……失敗作のルネではなイカ。そうか、シャッセールまで動いていたトハネ！」

闇竜《あんりゅう》が放った煙幕の向こうに、ルネは見た。自分を実験の道具として弄んだときと同じ、ラプラス博士が浮かべる邪悪な微笑みを!!

「さあ、やっておクレ、光竜《こうりゅう》。そうすれば、まだお前は人間に奉仕することができるノダ、私という〝人間〟ニ…!!」

「わかり……ました、ラプラス博士……」

「まさか!!」

ルネは我が目を疑った。光竜がラプラス博士の言葉に素直に従ったのだ。背部のパワーアームにマウントされたメーザー砲がゆっくりとルネの方を向き、狙点を定める。そして――ルネの視界が閃光に包まれた。

だが、身構えたルネの覚悟に反して、集約されたマイクロ波はあらぬ方向へ放たれていた。次々と連射されるメーザー光線は川沿いのアスファルトを穿《うが》ち、熔解させていく。そして、陸軍の装甲車のうち無人となった一輌が撃ち抜かれたとき、ルネは確信した。

(人間を……避けている?)

光竜は強力無比な殺人兵器の威力でルネや輸送小隊の兵士たちを牽制し続けているものの、その攻撃によって生命を失った者は、まだひとりもいない。

「やはり、人命を奪う攻撃の実行には、強烈なプロテクトがかかっていルナ……」

地上から二〇メートル近い、光竜の右肩の上でラプラス博士はつぶやいた。

「もういい、光竜！　お前は十分に役に立ってくれタ。さあ、撤退するノダ！」

「了解……です……博士、システムチェーンジ！」

鋼鉄の巨体が、ビークル形態へと変形していく。

「逃げる気ね。闇竜、追いなさい！」

「はい！　パピヨンさん!!」

システムチェンジの完了までには、二〇秒近くを必要とする。パピヨンの指令に従った闇竜が巨大トレーラーに変形中の光竜を掴まえるには、十分な余裕があるはずだった。

「待って、光竜！」

メーザー砲の死角に回り込んだ闇竜は、両腕を光竜の車体に伸ばす。だが、白い車体を捕まえることなく、黒い機体はその全身を硬直させた。不自然な姿勢では重力に抗えず、巨体がそのまま大地に叩きつけられる。

「緊急停止コード!?　なぜ、闇竜にそんなものを使ったんです！」

「こいつにまで暴走されたら、たまったものじゃないだろう！」

詰め寄ったパピヨンに、輸送小隊の隊長が怒鳴り返した。部隊の責任者として所有していたコードを、隊長が自分の端末から入力したのである。ＡＩをシャットダウンされた闇竜は、自分で目覚めることのない深い眠りについていた。

「愚かな……わざわざ好機をくれるとハナ！　行くゾ、光竜！」

ほくそ笑んだラプラスが乗り込むと同時に、ＧＳライドの産み出す高出力が、巨大な車体を急発進させる。だが――！

「このままあっさり行かせてもらえると、思ってんじゃないよ！」

光竜《こうりゅう》の運転席の屋根の上には、ルネがとりついていた。

獅子の女王《リオン・レーヌ》が足元に向けて、小型対戦車ミサイルをかまえる。装甲板の裏側には、決して忘れることのできないラプラスの短躯《たんく》があるはずだ。しかし、手慣れた動作でセーフティを解除した瞬間、ルネの背後からもうひとりの仇敵の声が響く。

「ラプラスくんにばかり気をとられて、吾輩を忘れるとは遺憾である！」

いつの間にか、光竜と併走していたホバーカーから、長身のサイボーグ科学者が身を乗り出している。

「メビウスッ‼」

「罰を与えるである」

至近距離から発射されたバズーカ弾の直撃をかろうじて避けられたのは、常人を超越したルネの反射神経の功績であろう。だが、宙に投げ出されたその全身は、空中で爆風に激しく煽られた。

（ちくしょぉっ、メビウスを忘れてたなんて……）

次の瞬間、ある単語の羅列が閃光のようにルネの脳裏に蘇った――

『お前の……未熟のせぃダ！』

それは、ＡＩをフリーズさせた光竜に向かって、ラプラスが囁いた言葉であった。おそらくは、その一言で光竜のＡＩを打ちのめし、支配下に置いたに違いない。そして、全身を激しく地面に叩きつけられ、薄れていくルネの意識もまた、その言葉に支配されていた。

（私の……未熟の……）

走り去っていく光竜の車体から放り出されたルネを目がけて、メビウスの第二射が放たれる。だが、忽然とその場に現れた影が、楯となって彼女を守った。しかし、ルネ自身はその瞬間を知覚してはいない……。

「わかりました。もうけっこうです……！」

パピヨンは小隊長を説得することを断念した。今から闇竜《あんりゅう》を再起動させたところで、光竜を捕捉することは不可能だろう。

光竜がバイオネットの指示に従って行動したことは暴走としか見えないだろうし、同型ＡＩを搭載した闇竜へ小隊長が不信感を抱いたことも理解できる。

（このために……バイオネットは、中国からＡＩロボットのデータを入手したのですね）

光竜と闇竜のＡＩ開発は、中国における風龍《ふうりゅう》と雷龍《らいりゅう》のそれと、ほぼ同時に開始された。女性型ＡＩに仕様変更したことによって開発が遅れたが、ともにＧＧＧ《スリージー》に所属する氷竜《ひょうりゅう》と炎竜《えんりゅう》のＡＩを参考にしたものであることに違いはない。雷龍と闇竜に共通して存在する、炎竜から受け継がれた固有の癖を発見することに、バイオネットは成功したのだろう。

彼らの真の目的……すなわち、光竜のＡＩを支配することは、闇竜のシステムチェンジ後の着地失敗の瞬間を目撃させることで、可能となった（闇竜《あんりゅう》のＡＩがまだ機体のウルテクエンジンに慣れていないことも、中国で得たデータから予測済みであっただろう）。つまり、経験値の少ない光竜《こうりゅう》のＡＩにとっては、自分と同型である闇竜に生じたアクシデントが〝恐怖〟として、認識されたのだ。

勇者ロボたちの超ＡＩには、より人間に近い感情パターンを再現するために喜びや欲望、恐怖といった〝情動〟のサンプルがプログラムされている。その結果、恐怖に支配されたＡＩは被支配性が強化されてしまう。バイオネットはその特性を解析し、利用したに違いない。

（まだ情緒が未成熟な光竜の〝恐怖〟につけ込むなんて……）

ＡＩをシャットダウンされ、沈黙してしまった闇竜の機体を見上げながら、パピヨンは悔しさに震えた。だが、兵士たちがかわしている言葉が、彼女の心を現実に引き戻す。

「なんで、ＧＧＧ《スリージー》と連絡がとれないんだ！」

「軌道上の電離障害が異常に激しくなっていまして…」

この日、光竜強奪――という非常事態が、ＧＧＧオービットベースに連絡されることはなかった。しかし、その報がもたらされていたとしても、ＧＧＧが出動してくることは不可能であっただろう。あえて護衛の多い輸送中に光竜奪取作戦を実行したのは、バイオネットがこの機会を狙っていたからだ。

光竜強奪と同時刻、衛星軌道上ではＺＸ－06・頭脳原種[※8]が地球に小惑星群を降らせようとしていた。この迎撃作戦に、ＧＧＧはその持てる戦力のすべてを投入していた……。

第四章　少女の過去　—西暦二〇〇二年十月—

1

活気の少ない街だった。

もともと炭鉱都市だったため、東欧や南アフリカなどとの競合から炭坑の閉鎖が相次ぎ、失業率の高さが深刻化していったという。もっとも、八十年代も終わりになって誕生したルネ・カーディフにとって、それらは産まれる前からずっと続いてきた、故郷の当たり前の姿である。

パリまでTGVで一時間とかからない便利さと、フェリックス・ボレール競技場だけが取り柄のこの街で、ルネは暮らしていた。

家族はたったひとり、母親のフレールだけだ。小さなアパート暮らしだが、ルネにとっては母がいてくれるだけで、なにも不満はなかった。

美しく、仕事も家事も一流にこなしてみせるフレールは、格闘技や様々な知識までルネに教え込んでくれた。どうも知識が偏っているようにも思えたが、後の人生で大いに役立つものばかりではあった。

（私の母さん、すごいんだから！）

近所に住む子たちの両親の価値を合計したその何倍も、母さんは素晴らしい！　ルネはそう思っていた。不満なんて、なにもない。ううん、たったひとつだけ――

（アメリカに住む日本人だとかいう、その人の話を毎日することだけ、やめてくれればなぁ……）

ライガというその人物が、ルネの遺伝学上の父親にあたるらしい。

もともと、ルネにしてみれば、目の前にいない人間のことなどどうでもよかった。憧れも憎しみも特に抱いてはいなかったのだが、フレールにはそのこと自体が悲しかったようだ。ルネはできるだけ、母が語るその話に関心を持ったふりをするよう、心がけていた。もっとも、父の話を嫌だと思ったことは、一度もない。

『愛してはいけない人を愛してしまったの』

……そう語るときだけ、フレールの笑顔が恥じらう少女のようになる。母のそんな表情が、ルネは大好きだったからだ。

夕食の後、ふたりでホットチョコレートを飲みながら、ライガの話をする。フレールの話に、本当はどうでもよい質問をわざと投げかけてみることもあった。ときには嬉しそうに答えたり、ときには複雑な表情ではぐらかしたり、フレールの表情は万華鏡のように変化するのだった。そのことに気づいてから、〝ライガの話〟は不満の種ではなくなった。

そんなささやかなひとときが、いちばん大好きな時間だったのだと、後にルネは気づく。

失われてからはじめて、人はその空間や時間の価値に気づくことができるのだろう。

ルネが大切な日々のすべてを失ったのは、十四歳を迎えた秋の一夜のことである。

2

それは、二〇〇二年の十月の出来事だった。

思い返せば、母の様子におかしな部分はたくさんあった。後のルネにとっては、それは警戒心のあらわれだとわかる。

姿の見えぬ監視者に気づき、逃げ出す準備を進めていた。幼い娘を不安がらせないよう、旅行に出かけるだけだ……という演技をしながら。

（きっと、母さんは気づいてたんだ。自分たちの周辺に、バイオネットの手が伸びていたことを――！）


食事の後かたづけを終えた母に、ルネはチョコレートをねだった。

「明日から、楽しみにしてた旅行よ。はやく寝なさい」

「だって、お父さん《ペール》の話を聞きたいんだもん」

ウソだった。別に、父親の話など聞きたいわけではない。ただ、夜が更けるまで、母と話をしていたかっただけだ。おそらくそんな気持ちは見抜かれていたのだろう。

フレールは苦笑しながら、ふたり分のカップを温めた。

そして、それが最後のホットチョコレートとなった。

吹きすさぶ風の音が怖かった。だから、いつまでも話し込んでいたかった。しかし、結局は睡魔に勝てず、ルネはソファーにもたれるように眠ってしまった。

そこからの記憶は、断片的なものでしかない。なにかが破壊される音とともに、見知らぬ男たちが、ふたりの家へ押し入ってきた。仮面で顔を隠している男たちが、全部で何人いたのかさえ、わからない。ただ、凶暴な鉄のかたまりを抱えていたことだけはたしかだ。

灯りが破壊され、暗闇に包まれた室内に、銃火だけがフラッシュする。

耳を塞いで、うずくまることしかできなかったルネは、自分に覆いかぶさってくれた母の重みを、いまでもよく覚えている。永遠に続くかと思われた、銃声と銃火が途絶えたとき、母の身体はずぶ濡れだった。

熱く、ドロリとした液体に――

血にまみれた異様な感触に、ルネは泣き叫んだ。だが、泣いている自分を、母が抱きしめてくれることはなかった。

わかってはいた。ルネは十四歳だったのだ。身近に経験することはなかったが、人の死というものを、知識としては正確に理解していた。

だが、理解が実感に変わる瞬間は、こうも突然にやってくるものなのか。

自分を護ろうとして、母は死んでしまった。ルネはそのことを理解し、実感した。血にまみれ、動かない物体と化した身体に押しつぶされながら――


そこからの記憶は、しばらく単調なものとなる。

母娘の生活を破壊したバイオネットは、ルネをリヨン支部に拉致、監禁した。優秀なエージェントの素材となる少年少女は、バイオネットにとって貴重な存在だ。

彼らはルネに、エージェントとしての教育を施そうと試みた。しかし、いかなる脅迫にも洗脳にも、ルネは屈しなかった。心が挫けそうになったときは、母の最期を思い出してみた。すると、闘志が湧いてくる。

どんなにつらくとも、母の最期を忘れてしまうつもりはなかった。

(私が忘れたら、誰が母さんのことを思い出す！　私が死んだら、誰が母さんの仇をとるんだ！)

一年半にも渡る監禁を経て、バイオネットはルネをエージェントに仕立てることをあきらめた。そして、ルネを与えたのである。悪魔の科学者たちに、実験材料として――

3

メビウス教授とラプラス博士は、遺伝子操作によって獣人を産み出すテクノロジーを完成させた後、次の段階へ移行しようとしていた。獣人たちは知能が低く、高度な任務に就けることはできない。

ならば、知性ある人間を改造強化してしまえばよい！

彼らは最終的に、自分たちをサイボーグ化することで、究極の目的を達成することになる。だが、それまでの途上に、無数の実験が必要だ。

メビウスとラプラスの手によって、ルネの身体には実験中のメカニズムが埋め込まれた。バイオ・サイボーグとして改造されたルネは、ついにエージェントとしての訓練に参加するようになった。未成熟な技術の実験に使われたため、激しい苦痛に苛まれる日々のなか、ある決意が固まりはじめていたのだ。

「バイオネットに忠誠を誓わなければ、お前の体は生き続けることはできない」

こう告げて、バイオネットの幹部はルネを脅迫した。ルネはうなずいた。

目の前にいるこの幹部の言葉は、正しい。だから、選ぶべき道はひとつ。

「だから……私は、戦って死ぬ！」

たったひとりで、ルネはバイオネットの支部に戦いを挑んだ。戦闘訓練を受けることは、たったひとりの叛乱を起こすための作戦だったのだ。

自分を脅迫した幹部の胸に、銃弾を叩き込むことには成功した。だが、そこまでだった。未完成のサイボーグ・ボディが激しい戦闘に耐えるはずもなく、ルネは機能不全で発熱するボディに、生身の部位を灼《や》かれた。

だが、とどめを刺しに来る者はいなかった。

奇しくも、フランス政府直属の対特殊犯罪組織が、バイオネット・リヨン支部を壊滅させるため、精鋭部隊を突入させてきたのである。

混乱のなか、ルネはシャッセールの捜査官に救い出された。そして、折しもフランスGGG《スリージー》を訪れていた高名な科学者が、彼女のサイボーグ・ボディを安定させるための再手術を行うことになる。世界十大頭脳のひとりとして数えられる、その科学者の名は――獅子王雷牙《ししおうらいが》。


獅子王雷牙は、ルネの身体に超テクノロジーの産物を与え、Gストーン・サイボーグとして蘇らせた。それ以後、バイオネットへの激しい敵愾心《てきがいしん》と常人をはるかに超える戦闘力を併せ持つルネは、シャッセールの一員となり、戦い続けてきた。

だが、彼女にとって許しがたい存在は、バイオネットだけではない。

(ライガ・シシオウ……あんたに関わってなければ、母さんはバイオネットに殺されずにすんだんだ……!!)

シャッセールのデータバンクで、ルネは父の素性のすべてを知った。奔放な私生活から、バイオネットに憎まれるに至った科学者としての活動まで。

本当なら、直にこの強化された右腕で殴ってやりたいところだった。だが、卑怯にも彼は、サイボーグ手術を終えた後、逃げるようにフランスから去っていったという。手術後、意識を取り戻す前に、ルネは雷牙の言葉を聞いたような気がした。おそらく、見苦しい言い訳だったに違いない。

（私は……絶対にあんたを許さないっ！）

4

憎しみに燃えるルネを、すぐ近くで支え続けたのが、ベテラン捜査官であるエリック・フォーラーだった。

エリックは教導員として、ルネに様々な知識や技術を与えてくれた。そして、弟子が一人前になったと認めると、自分のパートナーに指名した。

国籍こそフランスだったものの、両親はともにイギリス出身で、エリックのメンタリティは、完全に英国人のものだった。コードネームは〈英国紳士《ジェントルマン》〉――もっとも、同僚たちはジョンブルマンと呼ぶことの方が多かった。

――四〇歳を超えた年齢のエリックであったからこそ、技術的にも人格的にも未熟なルネにとって最高、もしくは唯一のパートナーとなりえたのだろう。ルネ自身は気づいていなかったが、メビウス教授が攻撃をしかけてきたポイント……そこは、常にエリックがフォローしてきた死角であったのだ。

だが決して、ルネはエリックに心を開いてはいなかった。その葬儀を目撃するまで、ルネはパートナーの家族構成さえも知らなかったのだ。

おそらく彼のことだ、ルネの前で家庭の話をすることを意図的に避けてきたのであろう。


『トロいから……死ぬのよ……』

受け入れがたい事実を前につぶやいてしまった言葉を、エリックの幼い娘の姿を目撃して以来、ルネは後悔し続けていた。

(……私はエリックを死なせてしまった。あの子から……大切な人を奪ってしまった)

あの日以来、冷たく横たわるエリックの姿が脳裏に焼きついて離れない。毎夜、自責の念が眠りという安息を奪い去っていく。

そして、あの言葉が蘇る――

『お前の……未熟のせいダ!』


やがて、ルネの意識は現実へと帰還した――。

第五章　輝ける闇　―西暦二〇〇五年十月―

1

「お目覚めですか、お嬢さん？」

ふと感じた懐かしさに、ある人物の名を呼ぼうとして、ルネは思いとどまった。豊かな情感を含んだ声音であるにも関わらず、それが合成音声であることに気づいたからだ。

自分のいる場所を見渡して、すぐにルネは合成音声の主の正体に思い当たった。そこは走行中の車内であり、乗っているのは彼女ひとりである。

ルネの態度から、彼女が到達した結論を推測し得たのだろう。声はうなずくようなニュアンスを含ませながら、名乗った。

「……そう、僕はポルコート。君のパートナーとして開発された超ＡＩロボ――ＧＧＧ《スリージー》の言葉で言うなら、勇者だ」

「パートナー？　勇者ぁっ⁉」

ルネの両の眉根《まゆね》が急接近する。彼女のひととなりをよく知っている人物なら、一瞬で退却を決意させられる事態の兆候だ。

「はん！　機械人形の私には、機械仕掛けのパートナーてわけね。あのジョナス主任の考えそうなことだね。いい、言っとくけど、私は超ＡＩなんて信頼しない。信頼するに値しないモンだって、今日あらためて思い知らされたんだからっ!!」

超ＡＩに対する論戦がどれほど不毛であるか思い知らされているはずなのに、ルネの舌鋒《ぜっぽう》は止まらない。だが、ポルコートは、ルネの言葉の矛盾点をひとつひとつを丁寧に検証し、論破していくような冷血の所行には及ばなかった（闇竜《あんりゅう》にはやられたのだ）。言いたいことをすべて言わせてから、巧みに話題を本題へ、光竜《こうりゅう》追跡の方へとそらす。

「……現在、僕のイオンセンサーで痕跡をトレースしている。どうやら、バイオネットは光竜を連れて、北東へ向かったようだ」

「イオンセンサー……あんた、匂いを嗅《か》いでるの？　そんなことしなくても、ＧＳライドの固有パターンを追尾すればいいじゃない」

「……それが駄目なんだ。どうやら、彼女の機体を何らかの方法でシールドして、パターンを遮蔽しているらしい。唯一、追尾できそうなのが、僕のイオンセンサーだけなんだ」

「止めなっ！」

国道を走行していたポルコートはルネの指示に従い、路肩に停車する。即座にドアを開けたのは、一瞬でも遅れたら蹴破られる危険性を、彼女の語気に感じたからであろう。

「どうするんだい、ルネ？」

すでに時刻は深夜となっていた。肌を刺すような冷たい外気の中へ降り立ちながら、ルネは言い返す。

「あんたに呼び捨てにされる覚えはない！」

「おいおい、パートナーに向かって、そりゃないだろう」

「誰もパートナーなんて、認めてないんだからね！　とにかく、私は私のやり方で捜査する。あんたのご自慢の鼻なんかに頼るなんて、冗談じゃないっ」

そのとき、携帯端末が、振動でルネに着信を報せた。

『諜報員二一〇号がカレー市にて、光竜を発見』――受信したメールは、それだけを報せてきた。第一報ということらしい。

「カレー……イギリスに逃げる気⁉」

ルネは道路脇の標識を見た。現在地点はボーモン・アメル公園の西。ここからならカレーまで、北へ一〇〇キロといったところだ。

軽く舌打ちして、ルネはポルコートに宣言した。

「しょうがない、あんたに乗ってってあげる。ありがたく思いなよ！」

「いや、待ってほしい。僕のセンサーの情報では、光竜がカレーに向かったとは思えないんだが……」

「あと三秒以内にドアを開けないと、ぶち破るよっ」

正確に三秒後、ポルコートはドアを開けた。その三秒間は彼の葛藤……というより、ささやかな抵抗だったのかもしれない。だが、乗り込もうとして、ルネは英国車を模した車体のルーフの上に積んであるものを見つけた。ジュラルミン製旅行ケースの隣に、複雑に折り畳まれた金属フレームの塊。

とたんに、ルネは機嫌を良くした表情でボンネットをなでる。

「えらいよ、あんた！　こいつを持ってきてくれたんだ」

「ああ、ジョナス主任の指示でね」

「よぉし、じゃあ、さっそくバイオネットと、連れてかれた〝白いの〟を追うよ！」

「了解！　それではお嬢さん、靴の泥を払ってお乗り下さい」

せっかく成立しかけた友好関係は、そのジョークによって霧散した。急速に精神的気圧を低下させたルネは、わざと路傍に落ちていた犬の糞を踏んでから、乱暴にシートに座り込む。

「ルネ、臭いよ、とても臭い！　僕のセンサーは匂いには敏感なんだ！」

「そう？　私のパートナーになるには我慢が必要ってこと、教えてあげる。それと、私のセンサーは〝指図〟に敏感ってこともね！」

「そんな！　僕は指図じゃなくて、レディとしてのマナーというものを……」

「あと、イギリス人みたいに気取ったジョークにも敏感なのっ!!」

サイボーグならではの腕力で、強引にドアを閉めるルネ。軋《きし》むような音がしたが、意に介する様子はない。

「ああ、そんなに強く閉めたら、チタン合金のボディが歪む……」

「早く出さないと、アクセルペダルも歪めるよっ!!」

運転席の床を踏み抜かれる恐怖を感じたのか、パートナーの言葉が終わる前に、ポルコートは車体を急発進させた。

2

英仏海峡の海底を貫通するユーロトンネルは、鉄道専用のトンネルとして一九九四年から両国の交通網を連結している。ドーバー海峡トンネル、英仏海峡トンネル、チャネルトンネルなどとも呼ばれ、ふたつの国をひとつの経済圏として結ぶ重要な役割をになっている。そのフランス側の入口に当たるのが、カレーターミナルだ。

課報員に発見されたバイオネットは、このターミナルを武装占拠し、白い大型トレーラーを運び込んだという。そこでシャッセールは、陸軍と合同でターミナルの周囲を完全に封鎖した。すでに英国側のフォークストンターミナルにも、イギリス軍の地上部隊が展開しているはずだ。だが、彼らは包囲を完成させたまま、動こうとはしない。

たとえ正規軍といえど、光竜《こうりゅう》と正面から戦闘することになれば、大きな被害を出してしまうことは避けられない。そのため、フランス政府は両ターミナルとユーロトンネルを檻として、バイオネットを閉じこめることにしたのである。

もちろん、永遠に封鎖を続ける必要はない。原種との戦闘を終えたＧＧＧ《スリージー》が来援するまでの時間を稼げれば良いのだ。

極限に近い緊張をともなった奇妙な静寂が、フランス北端の街を支配していた……。

朝靄《あさもや》が漂う夜明け直前の時刻、東ゲート付近の警備を命じられたバイオネットの熊人間七三号は、無造作に近づいてくる老婆の姿を見つけた。老婆はスカーフで髪と顔を覆い、曲がった腰で乳母車を押している。何故こんなところに……と少ない知能で訝しんだ次の瞬間、乳母車の中身を見て、七三号は混乱した。

そこには大量の缶飲料が詰めてあったのだ。

「コーラ、飲む？」

意外に若い声に続いて、コーラの缶が投げつけられた。だが、その速度が尋常ではない。時速三〇〇キロに達しようかという勢いで七三号の頭部を直撃した缶は、そのまま激しい炎を噴き上げた。

「グウォォォォッ!!」

たまらず絶叫した七三号の声を聞きつけて、獣人たちが集まってくる。

（来た来た……！）

スカーフの下からのぞく唇が、薄く笑みを浮かべた。直後に迫る戦いを喜んでいることは間違いない。

「さあ、ソンム川での借りはキッチリ返してやるからね！……イークイップッ!!」

老婆姿の変装を解き、戦闘形態となったルネが、次々と缶を投擲《とうてき》する。コーラ缶を模した焼夷《しょうい》爆弾とビール缶型煙幕弾によって混乱が起こり、オレンジジュース缶そっくりの超小型ロケット弾が獣人たちを直撃する。

（どこよ……〝白いの〟はっ‼）

GGG《スリージー》を待つ……という基本方針に納得できなかったルネは、命令違反を承知の上で単身突入してきたのである。無論、ターミナル内で光竜《こうりゅう》の巨体を収容できそうな施設の位置は、事前にチェック済みだ。自ら作った混乱に紛れ、おおざっぱなように見えて、実は効率的に片っ端から当たっていく。

そして、輸送貨車整備工場のなかに、ついに巨大な白いトレーラーを見つけた。

「ちっ、さすがにここは警備の数が多い！」

獣人だけでなく、バイオネットは人間のエージェントたちも配備している。彼らは、バズーカ砲や対戦車ライフル、そして装甲車まで持ち出してきた。

「ようやく、私との戦い方を学習したってわけね。上等じゃないっ！」

躊躇《ちゅうちょ》もせずに包囲網の一角に飛び込むルネ。懐に入れば撃たれまい……そう判断したのだ。

「か、かまわん……撃て！」

だが、バイオネットの指揮官らしき人物は、顔色も変えずに非情な命令をくだす。無数の銃口がルネとその周囲のエージェントたちの方に向けられ、火を噴いた。だが、銃弾はルネの眼前に現れた茶色のローバーミニによって弾かれる。

「……まったく、無茶な行動だ。これでは作戦が台無しだよ」

「つき合えなんて誰も言ってないでしょ！」

「これはパートナーとしての僕の独断さ!!」

ポルコートはルネを守るように車体をバイオネットの前にさらし、宣言する。

「さあ、僕の真の力を見せてやろう。システムチェーンジッ!!」

ローバーミニが変形し、ロボット形態となって屹立した。その姿を見たバイオネットのエージェントたちの間に動揺が走る。

「あ、あれは勇者ってヤツかっ……!?」

「そう、僕は新たなる勇者ポルコート！　覚えておくがいい!!」

ポルコートはもともと、GGG《スリージー》諜報部に所属するボルフォッグの同型として設計されていた。だが、小型化を追求したためにウルテクエンジンを搭載することができず、ミラーコーティング機能も省略された。そのため、ビークル形態のモデルを大衆車に求め、より隠密性を高めたのである。

全長三メートルの小型勇者とはいえ、エージェントや獣人が対抗できる相手ではない。突進するポルコートに、恐慌と比例して激しくなる銃火が襲いかかった。だが、勇者ロボとしては小柄な分、抜群の機動性を誇るポルコートに、当たるはずもない。背部に背負っていた旅行ケースを、ポルコートは両腕でかまえる。ケースの内部には、小型ホーミングミサイルランチャーが収められていた。的確なミサイル発射により、次々と装甲車が破壊されていく。激しい炎が、夜明け直前の空を赤々と染め上げた。

そして、ルネも走り出していた。直感したのだ。ポルコートが敵を引き受けているのは、私に〝白

い の〟を追わせるためだと――！

（よく自分の役割をわきまえてるな！）

だが、必死で追いすがるルネの眼前で、白いトレーラーがゆっくりと動きはじめていた。光竜《こうりゅう》の車体は輸送貨車に乗せられていたのだ。必死に追うルネをあざ笑うかのように、貨車は引き込み線のレール上で加速していく。

（ちくしょうっ……追いつけないっ！）

追撃も虚しく、イギリスへと続くトンネルの闇の中へ、光竜の姿は消えていった……。

（まだだ、イギリスへなんか、渡らせない！　決着は私がつけるっ！）

ルネの指先がロック解除ボタンを押しこむと、乳母車は一瞬にして、その姿を組み変えた。缶型爆弾を満載していた乳母車の正体は、ポルコートが運んできたルネ専用のツール――路上そり《ストリートリュージュ》・クリアリットだったのだ。

専用ツールといっても、その実態は小型軽量強化プラスチックフレームのボディに二〇〇ＣＣ・二ストロークエンジンと小径ホイールを組み合わせただけのものに過ぎない。諜報活動用として開発されたものの、超人的な体力と反射神経を併せ持つイークイップ状態のルネにしか、乗りこなせなかったというシロモノだ。

（〝白いの〟を牽引した貨車は旧式のものだった。こいつ《クリアリット》でも……追える！）

レール上に設置したクリアリットのエンジンを始動させ、仰向けに寝そべるように乗る。トリガーアクセルを引いた途端に、ルネの頭のすぐ後ろでエンジンが咆哮した。暴力的なまでに巨大な出力が、車体前部を浮き上げる。

「言うこと聞きなっ！」

両脚で強引にフロントを押さえ込むと、ホイールからレールへトルクが伝わり、クリアリットは急発進した。

「よしっ！」

バイオネットに強奪された光竜を追い、海底へと通じる暗闇のなかへ、ルネのクリアリットは突入していった。


バイオネットのエージェントたちを、ひとり残さず生命を奪わずに捕縛したポルコートは、その身柄を包囲部隊に引き渡すと（獣人の取り扱いには苦労していたようだが、そこまではかまっていられない）、周辺情報の収集を開始した。むろん、光竜とその後を追ったルネがトンネル内に侵入したことはすでに知っている。

「まったく、ひとりで突っ走って……」

だが、シャッセール本部のデータホストにアクセスした次の瞬間、ポルコートの超ＡＩは事態の緊急度レベルが飛躍的に上昇していたことを知った。

ＧＧＧ《スリージー》は衛星軌道上におけるＺＸ－06・頭脳原種迎撃戦で大きな被害を出した模様。さらに光竜のトンネル突入を知ったイギリス政府は、フォークストンターミナルに展開した陸軍部隊に即時攻撃指令を発したという。

トンネルから出てきたところに一斉攻撃を加えれば、いくら光竜《こうりゅう》でもひとたまりもないはずだ。だが、それでは貴重な勇者ロボが失われるばかりか、ユーロトンネルの施設が長期間に渡って使用不能になってしまう。そして、フランス政府は地球防衛会議席上における面子をつぶされる上、イギリスに対して外交上、大きな借りを作ることになるだろう。何よりも、熱くなったルネがイギリス軍の攻撃に巻き込まれてしまう事態も、十分に考えられる。

「急がなくてはならないな……システムチェーンジッ!!」

人間にとってはわずか数瞬にすぎない間に重ねた熟慮によって結論を下し、ポルコートはビークル形態に変形した。

(あまり無茶なことはしないでくれよ！　無理だとは思うが……)

光竜とルネの後を追って、ポルコートもまた、ユーロトンネルの内部に自分の車体を飛び込ませていった。

時速一五〇キロを越す速度で追撃するルネのクリアリットに、無数の銃撃が襲いかかってくる。機動性の違いからわずか数分で追いついたものの、さすがに貨物車輌に同乗したバイオネットのエージェントたちの応戦も激しい。狭い閉鎖空間内で、ルネはその能力のすべてを、銃弾を避けるためだけに動員しなければならなかった。

(まずいな……このままじゃ、フォークストンに着いちまう……)

ルネは脳裏で現在位置を計算した。すでにカレーターミナルから二〇キロ余りは進んでいるはずだ。おそらくトンネルのほぼ中心近くに、自分たちはいる。

（多少強引でも、そろそろしかけないと……！）

イギリス政府の決断を知らないルネではあったが、国家諜報機関の捜査官として、光竜を国外脱出させるわけにはいかないと考えていた。両脚でクリアリットをコントロールしながら、レミントンM40A1をかまえる。多少の擦過《さっか》弾は気にしないことに決めたルネは、距離をつめながら、スナイピングライフルで的確にエージェントたちを撃ち倒していった。

（よし、このままとりついて……！）

貨物車輌に直接乗り込むため、無理矢理にでもクリアリットを光竜に接触させようとした瞬間、ルネの聴覚は銃声とレールが軋《きし》む轟音の向こうに、かすかな異音を捉えた。

（え⁉……しょうがない、たしかにそっちの方が確実みたいだね！）

一旦、クリアリットを後退させ、ルネはウイング状に展開するコートの下面にスリングされていたハンディTOWをかまえる。そして、素早く狙点を定めると、有線式誘導弾を発射した。

光竜を乗せた貨物車輌と牽引車輌の上方を、二次曲線の軌跡を描きながら飛び越えていった誘導弾は、前方壁面に走る二本の太いパイプに直撃した。

通常時にこのユーロトンネル内部を走行する鉄道車両は、一万キロワットもの熱を放出している。そのため、冷却の必要があり、氷水を循環させる冷水管がトンネル内部に設置されていた。このシステムこそ、ルネが狙った標的であった。激しく吹き出す冷水の中に突入した牽引車輌は、気化熱と引き替えに夥《おびただ》しい水蒸気を発生させる。

白く煙る視界のなか、突如出現した影が跳躍する。その姿を視認したルネも光竜《こうりゅう》の車体にとりつき、水蒸気の中でパニックに陥るエージェントたちをスマイソンで蹴散らし、貨物車両の運転席にたどりつく。力尽くでドアを引き剥がすと、ルネは無人の運転席へ飛び込んだ。

「いくよっ！」

壊さない程度に抑制した力で、ブレーキレバーを捻り込む。同時に全長三メートルの影が、牽引車輛と貨物車輛の連結器を破壊する。牽引車両は走り去っていったが、光竜を積んだ貨物車両は、その場に取り残された。

「うまいぞ、ルネ！」

「当たり前でしょ！　あんた、私があの程度の作戦もこなせないと思ってんのっ⁉」

水蒸気の霧が晴れていく。だが、視覚が本来の機能を発揮するまでもなく、すでにルネは影の正体を知っていた。自称パートナー――ＡＩロボのポルコートである。戦意を喪失したエージェントたちに銃をつきつけたルネは、手早く武装解除していった。

「牽引車輛はフォークストンターミナルへ逃走したようだが、これはイギリス軍にまかせていいだろうな」

イギリス軍の展開を知り、ビークル形態でユーロトンネルに突入したポルコートは、列車用のメイントンネルではなく、併走するサービストンネルでルネたちの後を追ってきたのである。保守点検用のサービストンネルは直径が四・八メートルしかないが、小型乗用車を機能モデルとするポルコートならば、侵入は可能だ。

「……だいたい、今時モールス信号なんて、アナクロもいいところだ」

「しょうがないじゃないか。バイオネットに気づかれずに作戦を伝えるには、君の聴覚に期待するしかなかったんだ」

合成音声に苦笑の響きが混入する。たしかにトンネル越しの騒音の中から、かすかな信号音を聞き分けられる者は、ルネしかいないだろう。ポルコートもまた、猛烈な水蒸気の発生をイオンセンサーで感知すると同時に、気圧調整弁を突破してメイントンネルに侵入、電撃的に奇襲を成功させたのだ。シャッセールに帰還後、作戦評価官から満点に近い点数を与えられることになる見事な連携であったはずだが、ルネの表情は相変わらず憮然としたままである。

「まあいいか。誰の作戦だろうと、とにかく〝白いの〟は取り戻せたんだから……？」

言葉の途中で、ルネの目が細められた。視線に続いて、拳《こぶし》が光竜の車体に叩きつけられる。だが、スーパーモノコックでできているはずの表面装甲は、破片を撒き散らしながらあっさりと砕け散った。

「ルネ、これは⁉」

「やられた……偽物《フェイク》だよっ」

覆い被せられた防護シートを引き剥がす。すると、そこから現れたのは、光竜を模したハリボテをかぶせただけのただのトレーラーであった。荷台には酒瓶が山と積まれている。

「……酒税の低いフランスへ酒の買い出しか。バイオネットにはたちの悪い皮肉屋がいるようだな」

「はめられたってわけね……」

ルネが悔しさに我を忘れたにしろ、それは数瞬のことでしかなかった。

「……行くよ」

「行くって……光竜《こうりゅう》を取り戻しにかい？　だけど、どこへ？」

「あんた、そのくらいもわかんないの？　ソンム川で盗んだ〝白いの〟のニセモノを、なんでわざわざユーロトンネルに持ち込んだのさ。ホンモノは反対方向へ向かったに決まってるでしょうがっ！」

納得したポルコートはフランス国内地図を検証しようとした。だが、検討する必要はなかった。ルネの携帯端末とポルコートの通信機が、同時にシャッセール本部からの連絡を受信したからである。

『勇者ロボ・光竜が、ランス市フェリックス・ボレール競技場に出現』

その文字列の意味を理解した瞬間、ルネはドクン！……という巨大な音を聞いたような気がした。だが、それは幻聴ではない。怒りのあまりに、自分自身の鼓動が強く脈打ったのだ。

3

時刻は早朝、ちょうどポルコートのユーロトンネル突入と同時刻――

フェリックス・ボレール競技場地下に存在する、物質瞬間創世艦フツヌシのディベロップルームにおいて、パピヨン・ノワールは回収した闇竜《あんりゅう》の超ＡＩに、システム調整を行っていた。

（いくら同型ビークルロボのデータを入手されていたとはいえ、光竜が奪われたのは私の責任……。でも、闇竜までは……！）

やがて作業は完了し、シャットダウンされていた闇竜が、再起動する。

「パピヨンさん、光竜は……？」

「いま、ルネが捜してくれています。ごめんね、きっともうすぐ会えるはずです」

「はい……でも、光竜が連れて行かれたのは……私のせい、ですよね。私が着地に失敗したから……」

「気にしなくていいの。すべてはバイオネットのせいです」

バイオネットのロジックボムによって光竜が強奪された事実は、闇竜の超ＡＩに深い傷を残していた。むろん、システム調整の際に、その記憶をデリートすることは可能である。だが、パピヨンはあえてその作業を行わなかった。

まだ未成熟な段階で、超ＡＩがこれほど深刻なショックを受けてしまうことは、たしかに想定外であった。だが、喜びや悲しみといった情動こそ、超ＡＩを〝勇者の心〟へと育て上げていくために不可欠な要素なのだ。この試練を避けて通ることはできない。パピヨンは己の罪深さを自覚せずにはいられなかった。

「あの、パピヨンさん……」

「ごめんなさい、ちょっと考え事をしていて……どうしたの、闇竜《あんりゅう》？」

「複数のセンサーからもたらされる情報に、論理矛盾を発見したんです」

パピヨンの手元のモニターに、闇竜は自分の発見した状況を転送した。一目でパピヨンも状況を理解する。たしかに、光学情報と静電容量センサーからの情報との間に、明白な食い違いがあった。

「フェリックス・ボレールのグラウンド上に、〝見えない何か〟がいるということね」

「はい、私もそう思います」

すぐにパピヨンは、状況をシャッセールに連絡した。現在、フランス陸軍とシャッセールの主力はユーロトンネルの封鎖に動いており、このフェリックス・ボレールの警備は手薄になってしまっている。

すべてはバイオネットの計画のうちだったのだ。

「パピヨンさん、私を出させてください。私のセンサーなら騙されません」

「たしかにその通りだけど……」

パピヨンは決断をためらった。すでに、闇竜と同じように、彼女もまた侵入者の正体に気づいていたからだ。だが、この対決を避けて通れないこともたしかである。そのことを、パピヨンも闇竜も十分に承知していた。

「……行きなさい、闇竜」

「はい、必ず……光竜《こうりゅう》を取り戻してみせます！」

虚空に向かって、闇竜が呼びかける。

「光竜に悪いことをさせているバイオネットの人、もう無駄な迷彩はやめてください！」

サッカーグラウンドを挟んで闇竜の向かいの空間に、不自然なゆらめきがある。ちょうど闇竜の頭部ほどの高さから、メビウスとラプラスの声は響いてきた。

「ほう、さすがは勇者ロボというわけであるな……」

「いいだろう、光竜！　愛しい妹に、お前の姿を見せてやるノダ！」

「はい……ラプラス博士……」

ふたりの科学者を肩に乗せた、白いビークルロボが姿を現した。光竜の機体に対して、メビウスとラプラスはミラーコーティングとホログラフィックカモフラージュの複合迷彩を施していた。ミラーコーティングがGSライドの発する固有パターンを遮蔽し、ホログラフィックカモフラージュで何者にも気づかれることなく、ソンム川からフェリックス・ボレールまで、光竜を引き返させたのである。ふたつの技術が奪取された情報をもとに再現されたのか、彼らが独自に開発したものなのかはわからない。だが、少なくとも光竜のGSライドがあって、はじめて実現可能となった能力であろう。

しかし、所詮は疑似テクノロジーの限界ゆえか、時間経過とともに不自然なゆらめきが生じ、センサーに感知されてしまったのだった。

「光竜……ごめんね、怖い思いをさせて。でも、もう何も心配しなくていいんです。だから、そんな人たちの言うことは聞かないで！」

「闇…竜《あんりゅう》……」

光竜《こうりゅう》の発声に、微妙なテンポの乱れが生じている。それが超ＡＩの葛藤であることは明白だった。

だが、ラプラスは確立した支配性を利用する。

「なにをしていル、光竜！　戦エ！　それこそが未熟なお前が人間の役に立つ唯一の途なノダ!!」

「はい…攻撃……します！」

光竜が背部のパワーアームを展開させる。最大の武装であるメーザー砲を使おうというのだ。だが、その隙に闇竜は光竜の懐に飛び込んでいた。パワーアームの基部を押さえ込み、説得を続ける。

「お願いです、光竜！　戦いをやめて!!」

「いや……あたしが人間の役に立てることをジャマするお前は……嫌いっ！」

光竜のパワーアームが、最大出力で闇竜に叩きつけられる。巨大なパワーアームは単なるメーザー砲の支持腕ではなく、近接戦闘時の格闘用兵装でもあるのだ。

「きゃぁっ！」

闇竜の巨体が、スタンドに吹き飛ばされた。構造材をへし折られながら、無人の観客席が崩れ落ちていく。

「ラプラスくん、その欠陥ロボの相手は光竜にまかせて、我々は作戦を進めるである！」

「わかってイル、メビウスくん！　さあ、光竜！　闇竜の相手は頼んダヨ！」

「わかってい…ます、ラプラス博士……」

ようやく起き上がった闇竜の前に、またも光竜が立ちはだかった。メーザー砲を先端にマウント

歩き目です.

したパワーアームが、獲物を狙う蛇の鎌首のように、闇竜《あんりゅう》を捉える。

「やめて、光竜《こうりゅう》……！」

「お前を倒せば…あたしは……‼」

「スターナイト・カーテン！」

メーザー砲が放たれる直前、闇竜はミサイルコンテナから小型ミサイルを発射した。光竜の眼前で破砕したミサイルから、対光学兵器用防護幕が展開される。光線を乱反射させる小型金属片と、直撃した熱エネルギーを減衰させながら蒸発する特殊生成プラスチック片を組み合わせたもので、メーザー砲に対しても有効な防御手段となるはずだ。ただし、それも距離が一定以上開いていれば、の話である。

至近距離からのメーザー砲撃を完全には減衰させきれず、無数の光条が闇竜の装甲表面を縦横に走り回った……。


一方、メビウス教授とラプラス博士は、競技場の管制室を占拠していた。管制室に設置されているスコアボードや可動スタンドを制御するためのコンピューターは、フランスＧＧＧ《スリージー》が設定したシークレットコードを入力することにより、フツヌシのメインコンピューターにアクセスすることが可能となるのだ。

「ふふフ……このような原始的セキュリティなど、我々にかかれば、ガラスの防壁に等しいノダ！」

「急いで、ディバイディングフィールドジェネレイターを始動させるである！」

フツヌシ内部のパピヨンは、すでにバイオネットの両科学者の目的に気づいていた。ソンム川で、彼らは光竜のみを強奪し、強制停止コードを使用された闇竜には関心を示さなかった。つまり、彼らにとって勇者ロボは道具であり、目的そのものではない。

そんな彼らの真の目的、それはこのフツヌシ以外にありえない。

中枢センターに駆け込むと、パピヨンはフツヌシ常駐研究スタッフの全員を、対ハッキングに当たらせた。だが――

「そんな……GGG諜報部が、耕助《こうすけ》※9が開発したセキュリティが、次々と破られていく……」

メビウスとラプラスはバイオネットの科学部門を支える重鎮である上、サイボーグ・ボディの能力を活かして、自分の頭脳を直接コンピュータに接続させることができる。ふたりがフツヌシの全管制システムを掌握するまでには、数十秒とかからなかった。

「フツヌシが占拠された……仕方ありません、総員退避して下さい！」

事態を把握したパピヨンの判断で、研究スタッフたちは脱出を開始した。

（でも、なぜフツヌシなんかを……？）

パピヨンが疑問に思ったのも無理はない。フランスが管理するディビジョンⅤ〈フツヌシ〉はある事情でGGGオービットベースへの採用を見送られたのだが、光竜と闇竜を〝創世〟した後、メインのGSライドを取り外されている。内部設備だけでも研究センターとしては貴重な存在だが、ディバイディングフィールド発生用の小型GSライドのみでは、本来の機能は発揮できないのだ。

しかし、パピヨンの脳裏にはある考えが閃いた。

（まさか……！　いえ、でもそう考えれば、バイオネットの一連の計画の辻褄があうわ！）

傷つき、グラウンドに横たわる闇竜《あんりゅう》の機体に、ゆっくりと光竜《こうりゅう》が歩み寄る。

「人間の役に…立つため…あた・しは……」

「光竜……やめてくれますよね……？」

闇竜は信じていた。自分の受けたダメージで、致命傷となったものはひとつもない。おそらく、スターナイト・カーテンだけでなく、光竜の〝迷いの心〟も、メーザー砲の破壊力を奪ってくれたに違いない。混乱した光竜の超ＡＩが判断に正確性を欠き、あいまいな判断が攻撃の精度を低下させたのだ。

「今から…私があなたを助けます！　さあ、私を信じて……シンパレートをっ!!」

シンパレート……その単語を音声センサーで認識した光竜の機体が硬直する。必死に呼びかけを続ける、この時の闇竜の声音を聞いた者ならば誰でも、超ＡＩが〝感情〟と呼ぶにふさわしいアルゴリズムを持っていることを信じたであろう。

「シンパレートを高めて！　私と光竜は、ひとつになるのです!!」

「ひとつに……」

「そう！　ひとつにっ！　シンメトリカルドッキングッ!!」

闇竜の発した言葉が、光竜の超ＡＩのうちに眠る、あるプログラムを起動させた。

（な、なに…この〝気持ち〟は……!?）

『竜』シリーズと呼ばれるビークルロボの機体には、他の勇者ロボには存在しない特殊機構が存在する。それは二体をシンメトリカルドッキングさせ、一体の合体ビークルロボ[※10]を誕生させるシステムだ。

(これが……シンメトリカルドッキング……?)

自分の超AIが半身を受け入れようと変貌していく……そう感じた次の瞬間、光竜は思わず叫んでいた。

「ダメぇぇっ!!」

まさに合体寸前だった二体の同調が崩れる。機体と機体が弾きあい、光竜と闇竜はフェリックス・ボレールのグラウンドに叩きつけられた。

「ダメよ、闇竜……今のあたしとシンメトリカルドッキングしたら……」

「光竜……!?」

闇竜ははっきりと感じた。光竜の震える声は、メビウスとラプラスの支配下に置かれていた時の声と、明らかに何かが違っている。

「ごめんね、光竜。怖い想いをさせてしまって……でも、もう大丈夫。私のところへ帰ってきて!」

その時、フェリックス・ボレールのグラウンドが割れた。

物質瞬間創世艦フツヌシ搭載の小型GSライドによって稼働したディバイディングフィールド・ジェネレイターが、この巨艦直上の空間を湾曲させていく。

かつて、この幻のディビジョンを管理することになったフランス政府は、防衛上の懸案とごくシンプルな用地確保の問題から、フツヌシの収容場所をサッカー場の地下に求めた。ディバイディング・フィールドを利用されなければ、もっとも安全な保管場所というわけである。だが、想定外の事態が、いままさに起きていた。

フェリックス・ボレールのグラウンドは、あたかも大地が割れるかのごとく湾曲空間で分割され、フツヌシの威容を外気にさらけ出した。

これらの作業をわずかふたりでこなしながらも、メビウスとラプラスは光竜《こうりゅう》へのモニタリングを怠ってはいなかった。

「むぅ……予想より早いである、ラプラスくん」

「うむ、超ＡＩの自我が急速に回復しつつアル。さすがはＧＧＧ《スリージー》のテクノロジーといったところカ……」

「作戦を次の段階へ移行させるである」

「急がねばなるマイ」

4

ユーロトンネルからカレーターミナルを経て、ふたたびランスへ。ビークル形態のポルコートは、GSライドに負担を与えるほどの高速で走破した。

「……いくら急がなきゃなんないとは言っても、この乗り心地はなにっ……！」

場外から直接、フェリックス・ボレールのスタンドまで乗り上げた車体から降りながら、ルネがぼやく。

「仕方ないじゃないか。僕の運転席のシートはあくまでダミーであって、本当に座ってもらうためのものじゃないんだ」

「口応えすんじゃない！　だいたい……⁉」

さらに言い返そうとしたルネは、湾曲空間に面したグラウンドの端で対峙する、二体の勇者ロボに気づいた。

「あれは……〝白いの〟と〝黒いの〟⁉」

ルネはポルコートから飛び出すと、スタンドから駆け下り始めた。

「あんたはパピヨンを捜して合流して！」

「わかった！」

最上段からほとんど飛び降りるように下りながら、ルネは嫌な予感を感じていた。

（メビウスとラプラスめ……〝白いの〟に何かをやらせようとしている……！）

「苦しいの、光竜《こうりゅう》……？」

光竜が苛まれている激しい葛藤を感じ取った闇竜《あんりゅう》は、おずおずとその手を伸ばした。だが、姉妹の手を握り返そうとした瞬間、光竜の超ＡＩに、強烈に彼女を支配しようとする声が響く。

『光竜……お前のせいダ！』

白い機体が全身を硬直させる。

（あたしの…せ・い……）

それは暗号化された通信であったため、意味そのものは闇竜には理解できない。だが、その言葉を聞いてはならない……それだけは確信できた。

「聞かないで、光竜！」

光竜の超ＡＩのうちで、ソンム川での出来事がリピートする。

『我々に従ってこそ、お前は人間の役に立つのである！』

「光竜、だめですっ！」

闇竜の叫びが虚しく響く。だが、彼女自身が自分の無力さをもっともよくわかっていた。メビウスとラプラスの言葉に導かれた光竜は、グラウンドの大穴から、フツヌシに向かって身を躍らせる。

（……帰りたい…闇竜……！）

その時、闇竜は光竜の声を聞いたように感じた。だが、それが単なる通信ノイズであることを否定するだけの材料はない。

フツヌシの艦内スタッフとともに脱出したパピヨンは、競技場の外でポルコートによって保護されていた。

「パピヨンさん、あなたには今回のバイオネットの作戦の目的、わかっているのではありませんか？」

「いえ、まだ彼らが何をやろうとしているかはわかりません。ただ、手段なら……いえ、おそらくは手段のひとつなら、はっきりしました」

続いてパピヨンの語った内容は、事態の重大さを一瞬にしてポルコートにも理解させた。

メビウスとラプラスに導かれた光竜が目指しているのは、フツヌシ船体の最後部……主ジェネレイター部であった。無論、ＧＳライドを外されたジェネレイターなどには、大した価値はない。

だが、追撃するルネはパピヨンの説明を聞いていないにも関わらず、深刻な危険の存在を感じ取っていた。巨大な白い機体を視認すると、スリングされていた携帯ランチャーを一挙動でかまえる。

（あんたには気の毒だけど……奴らに利用させたままにしておくわけにはいかないんだ。止まってもらうよ！）

ルネの指がロックを外し、ためらわずに発射スイッチを押し込む。

「やめてください、ルネさん！」

その声はルネの聴覚にたしかに届いたのだが、一瞬遅かった。ランチャーから射出されたミサイルは、狙い違わずに光竜《こうりゅう》を目指す。

「ナイトメア・ハードレイン！」

横合いから飛び込んできた闇竜《あんりゅう》が、多弾頭ミサイルを発射する。空中で分離した無数の弾頭は、ルネが発射したミサイル群を正確に撃墜した。

「何を考えてるんだ、〝黒いの〟！　これだから、ＡＩロボなんて……‼」

「ごめんなさい、ルネさん。でも、光竜はまだ完全にバイオネットのものになってしまったわけではないんです！」

「お前、甘いよっ」

その時、メビウスとラプラスの指令を受けた光竜のメーザー砲が、正確にルネに狙いを定めていた。

「やるである、光竜！」

「そいつはサイボーグだ、人間ではナイ。遠慮なく攻撃するノダ！」

「は…い……ライトニング・ランス！」

大出力のメーザーが放たれる。無論、光速で迫るエネルギーを避けることなど、サイボーグの反射神経をもってしても不可能だ。だが、攻撃の直前、標的がルネであることをメーザー砲の射角から知った闇竜が、その身を躍らせていた。

「きゃぁぁっ！」

「く、〝黒いの〟‼」

スーパーモノコックの胸部装甲板が、メーザーの直撃によって熔解する。ルネの眼前で、我が身を楯とした闇竜の巨体は、ゆっくりと崩れ落ちていった。

「お願いです……ルネさん、光竜を…助けて…あげてくだ…さい……」

ルネの脳裏に、いくつかの光景がフラッシュする。母の、エリックの、最期の表情――

（また…またなのか……？　みんな、私のために……⁉）

ルネと闇竜の追撃を排除した光竜は、メビウスとラプラスの指示に従い、フツヌシの主ジェネレイター部へ入り込んでいく。だが、その光景を瞳に映していながら、ルネは一歩も動けずにいた。

「しっかりしろ、ルネ！」

声の主は、ルネたちを追ってきたロボ形態のポルコートである。素早く闇竜の損傷をチェックすると、パートナーを安心させるかのように力強く断言する。

「大丈夫、軽傷だ！　強力な電磁波の干渉で一時的に超ＡＩがシャットダウンしているだけに過ぎない！」

「ほ、ホントだね⁉」

安堵のあまりに、目眩《めまい》が襲う。

「それで光竜は⁉」

「あ、フツヌシの中に……」

つぶやいたルネの言葉に、ポルコートの語調が切迫する。

「しまった、遅かったか！」

「遅かった……って、あんた、バイオネットが何をたくらんでるのか、知ってるの⁉」

「ああ、彼らはディビジョンV・物質瞬間創世艦フツヌシの真の能力を目覚めさせるつもりなんだ」

そこまでを聞いて、ルネも理解する。

「まさか、〝白いの〟をジェネレイター・ユニットとして⁉」

「そうだ、取り外されたGSライドの代わりとして、光竜《こうりゅう》を利用しようとしているんだ。勇者ロボに搭載されたGSライドなら、ディビジョン艦のジェネレイターとしても十分だ！」

愕然としたルネたちの頭上に、メビウスとラプラスの声が響く。

「遅かったナ、すでに作業は完了シタ」

「そこでフツヌシの起動を見守るである！」

フツヌシの巨大な船体が震え出す。本来の機能を封印され、眠りについていたディビジョン艦が、ついに目覚めたのだ。

「ウルテクエンジンが作動したのか。離れろ、ルネ！　僕たちだけで相手できるようなシロモノじゃない。後退するんだ‼」

「……くっ、バイオネーットッ‼」

猛獣の咆哮にも似た叫びをあげるルネ。だが、ポルコートの言葉の正しさも認めざるを得なかった。ふたりは闇竜《あんりゅう》とともにフェリックス・ボレールから脱出、パピヨンとの合流地点を目指した。

5

湾曲空間を経由して、地底から地上、そして空中へ。全長五〇〇メートルにもなろうかというフツヌシの巨体が、ランス市の上空に影を落としていたのは、わずかな間でしかなかった。

ウルテクエンジンを作動させたフツヌシは、ゆっくりと南西へ移動を開始する。その目的は、ただひとつしか考えられない。

「パリ制圧……それがバイオネットの真の狙いだったの？」

「フツヌシの能力なら、それも可能です」

パピヨンの言葉の正しさは、やがてルネたちでなく、フランス中の人間が思い知ることになる。パリを目指すフツヌシの周囲を警戒飛行する空軍の戦闘機部隊が、一瞬にして殲滅されてしまったのだ。

応急処置で機能を回復させた闇竜を連れ、パリに向かう途上、ポルコートの車内でパピヨンはフツヌシの真の能力をルネに語った。

「この写真を見て下さい。空軍と交戦する時の連続写真です」

そこには、フツヌシが全身から無数の砲塔を針鼠《はりねずみ》のように生やし、攻撃を開始する異様な姿が映し出されていた。

「まるでゾンダーロボね、こいつ……」

中国で目の当たりにした、地球外テクノロジーによる異様な怪物の姿を、ルネは思い出した。

「ええ、それこそが、フツヌシがオービットベースに採用されなかった理由なのです」

〈物質瞬間創世艦〉――その名称に誇張は含まれているにしても、決して虚偽ではない。フツヌシの全身は、自律型コンピュータシステムに集中制御された巨大なマテリアル／メカニックプラントなのである。GSライドが発生させる巨大なエネルギーすべてを使い、メカニックを瞬間的に〝創世〟し、量産する。

「たしかに、フツヌシは強大な力を産み出すことができます。でも、機械そのものによる自己増殖はゾンダーにも通じるもの……そう考えた地球防衛会議は、フツヌシのオービットベースへの採用を見送り、その機能の大部分を封印したのです」

強力な自己増殖システムである〈ゾンダー〉は、その進化と発展の末の究極の判断として、有機生命体を〝非効率的な存在〟と認定、排除を目論むようになった。宇宙メカライオン〈ギャレオン〉からもたらされた情報によって、人類は〝機界昇華〟の危険性を知悉《ちしつ》していたのである。

「でも、そんなものがよりによって、バイネットに奪われてしまったわけだ……」

「ええ、彼らは最初から光竜《こうりゅう》を、フツヌシを起動させるためのジェネレイターとして狙っていたのでしょう」

無理をして、二機目の勇者ロボを確保しようとしなかったのは、フツヌシを甦らせるためのジェネレイターは、一基で十分だったからだろう。

「気に入らないやり口だね……」

姉妹を守ろうと必死だった闇竜《あんりゅう》の姿を、ルネは思い浮かべた。そして、そのルネの想いを、パピヨンもまた共有している。

「ええ、なんとしてもバイオネットの野望を挫かねばなりません。でも……」

――決定的に戦力が不足している。

パピヨンがそう口にしかけたとき、ポルコートはシャッセール本部からもたらされた情報を伝えた。

「……初めての朗報だな。もうすぐ、援軍がこちらに到着するそうだ」

「援軍……って、もしかして!?」


フランス空軍の抵抗を排除したフツヌシは、ゆっくりとパリに近づきつつあった。次第に人口密集地も増え、進路上にあたる各都市の住人には避難勧告が出されている。それでも、都市上空ではうかつな攻撃を加えがたいことも事実だ。

フランス政府の悲鳴に近い要請を受けた国連地球防衛会議は、衛星軌道上の防衛戦で受けた少なからぬ被害からの回復を、いまだ果たしていないことを承知の上で、GGG《スリージー》に出撃を指令した。

気遣いを見せる国連事務総長に対して、連戦の疲労をものともせず、GGG長官は言ってのけたという――

「お忘れですか？　我々は地球防衛勇者隊です。いままさに危機に瀕している人々を救うことができぬのなら、勇者を名乗る資格など返上いたします!!」

シャッセール本部からの指示を受けたルネたちは、軌道上から降下してきた高速転槽射出母艦《こうそくてんそうしゃしゅつぼかん》〈イザナギ〉と合流した。

イザナギ艦橋において、GGGスタッフ《スリージー》とパピヨンたちの作戦会議が始められたのだが、出席要請を無視したルネは、発進デッキへやってきていた。中国で乗り込んだときに、艦内構造は把握済みだ。

（バイオネットと戦うのに……なんでGGGの手を借りなきゃならないんだ……）

鳥羽《とば》との死闘、エリックの死、光竜《こうりゅう》強奪、そして闇竜《あんりゅう》の損傷……この一月たらずの間の出来事を思い返したルネの胸中では、バイオネットへの怒りがさらに深く激しいものとなっていた。

（それに……母さんの仇は私が討つ。GGGの……あいつの力なんて借りるもんか！）

そのとき、ルネの聴覚は、近づいてくる小柄な人物の足音を……少し遅れて、その人物が発した声を、聴いた。

「こんなところにおったのか。パピヨンちゃんたちが捜しておったぞ、ん？」

芽生えた感情の存在を意識するよりも早く、拳《こぶし》が動いていた。眼前に迫る、人間の頭など容易に粉砕してしまうであろう拳の一撃を、獅子王雷牙《ししおうらいが》はまばたきもせずに見つめていた。ほんの数ミリ手前で静止するまで。

「なんで……避けないっ⁉」

「お前はそんな無茶なことができる子じゃないからな～」

平然と言ってのける雷牙の顔と声は、ルネの予測のうちには存在していない種類のものだった。

自分と出会ったなら、涙を流して前非《ぜんぴ》を悔いるか、姑息に逃げ出すか……いずれかに違いないと考えていたのだ。

「あんたは……！　あんたが私の何を知っていると言うんだっ!!」

「そうだなぁ、身体機能は一通り把握しておるよ。後はフレールがどんな子育てをするであろうか……という予測かな」

「母さんの名前を……口にするなっ!!」

「どちらにしても、個人的な感情で作戦会議をすっぽかすとは、昔の僕ちゃんそっくりだのぉ！」

大口をあけて笑い出す。そんな雷牙の姿から目をそらしつつ、ルネは吐き捨てるようにつぶやいた。

「……バイオネットとは、ひとりで戦う」

「お前ひとりで何ができる。思い上がるんじゃない!!」

ルネは息を呑んだ。飄々《ひょうひょう》とした軽薄そうな老人の口から、これほどに語勢のある叱咤が飛び出すとは予測していなかったからである。

「後は自分で考えて、答えを見つけ出すんだな。僕ちゃんとフレールの娘なら、それができると……信じとるよ」

立ち尽くすルネを置き去りにして、雷牙は艦橋へ続くエレベーターの方へ歩き出した。そして、思い出したようにデッキ片隅の暗がりへ声をかける。

「あの子をよろしく頼む……と言ってしまうのは非常に心苦しいんだけどなぁ。なんせ、苦労と迷惑をたっぷりかけるだろうし……」

「いえ、それが僕の……パートナーの役目ですから。ところで、ひとつお聞きしてもよろしいでしょうか」

姿を現したポルコートの問いの内容を予想しつつ、雷牙《らいが》は頷いた。

「せっかく会えたルネに、わざとあんな話し方をされた理由、聞かせていただけますか？　僕には雷牙博士が、つとめて悪役になろうとしているように見受けられました」

「ほっほ〜、まいったな、こりゃ……」

雷牙の顔に苦笑が浮かぶ。

「それじゃ、君を信じて、僕ちゃんの恥を聞いてもらうとするか。ただ、約束してほしい。この話はルネにはしないでくれ。それと……あの子を護ってやってほしい……」

「お約束します。英国紳士《ジェントルマン》としての誇りにかけて……」


「……ルネさん」

幾度目かの呼びかけで、ルネはようやく我に返った。常人をはるかに上回るはずの聴覚にして、呼びかけを聞き逃すほどの集中力の欠如……ルネ自身、少し驚かされた。

振り向いたルネは、そこに馴染みのある黒い車体を見つける。

「そっか、修理完了したんだね。ちょうどいいや、良かったら乗せてってくれない」

「はい、喜んで！」

GGG《スリージー》スタッフの手で完全なメンテナンスを受けたビークル形態の闇竜《あんりゅう》が、運転席のドアを開く。

今度はルネも、すんなりと乗り込んだ。

「……〝黒いの〟、あんた、〝白いの〟を取り戻したいんだよね」

「はい。私、どうしても光竜《こうりゅう》を助け出したいんです。あの、ルネさん――」

「いいよ、手伝うよ」

「え……？」

ふと幼いエリックの娘の姿を思い浮かべながら、その頭を撫でるように、ルネは闇竜の運転席のコンソールに触れた。

「あんたにも借りがあるしね。それに……」

闇竜の車内カメラは、ルネの寂しげな微笑を捉えた。

「証明しなくちゃいけないんだ。私の生命は……私の力は……あいつのくれたもんなんかじゃない。あいつが知ってるより、もっともっとすごいことができるんだって……！」

イザナギの艦橋では、オペレーターたちが騒然としている。

「リボルバーカタパルト、作動中！」

「闇竜からの遠隔コントロールです！」

「止められない！　闇竜、射出されます!!」

慌てふためく艦橋スタッフたちの中で、雷牙《らいが》はこの日、二度目の苦笑いを浮かべていた。

(ルネめ……)

艦首カタパルトから一筋の光条が射出されていく。

それは、ミラーコーティングを施された闇竜《あんりゅう》の車体である。その運転席で強烈なGに耐えながら、ルネが叫ぶ。

「さあ、行くよっ！　〝黒いの〟!!」

「はい、ルネさん！　でも、私のことは闇竜って呼んでくださいね!!」

「わかったよ……闇竜!!」

流星はまっしぐらに、パリ上空のフツヌシを目指して、蒼穹を駆け抜けていった。

第六章　獅子たちの戦い　―西暦二〇〇五年十月―

1

「どんな事情があろうと、ルネはそれに真正面から立ち向かわねばならない。この戦いが終わった後、僕は必ずルネを雷牙博士のもとへ連れていこう……そう考えています」

窮屈な姿勢で車内に座っている髪の長い男に向かって、ポルコートは語りかけた。

「俺の言うことは聞きそうにないけど、君だったら……できるかもしれないな」

彼らは知らなかった。たったいま告げたポルコートの言葉は、かつてルネのパートナーであった人物が、中国で抱いた決意と同じだった。

やがて、GGG《スリージー》機動隊長を乗せたポルコートの車体は、弾丸状に蒸着されたミラーコーティング粒子に包まれ、イザナギの艦首リボルバーカタパルトから、フツヌシへ向けて射出された。

パリ北東からゆっくりと進行してきたフツヌシは、一九区のビュット・ショーモン公園前方の空中に、静止していた。

この巨大な物体を撃墜するならば、直下の地上に与える被害も考慮しなければならない。つまり、パリ中心部へ侵入を阻むためには、この公園こそが最終防衛線である。

フランス陸軍が展開させた部隊の指揮官たちは、そう認識していた。一斉砲撃が指令され、戦車隊による攻撃が開始される。だが、陸軍の将兵たちは、空軍の僚友たちが知ることのなかった、フツヌシのさらなる驚異を目撃することになった。

「せ……戦車を喰ってる⁉」

その巨体の全身から放つ、無数の火砲による圧倒的な力で戦車隊を制圧したフツヌシは、機械触手を地上へ伸ばしはじめた。そして、あたかも猛獣が捕食を行うがごとく、戦車の残骸を吸収し始めたのである。それは、単に物質瞬間創世を行う際に必要な物資を補給する行為にしか過ぎないはずであった。だが、見守る兵士たちの心に、ごく原初的な恐怖を呼び覚ました。

恐慌にとらわれ、潰走する兵士たち。彼らは見逃していた。はるか彼方から飛来し、フツヌシに直撃した光の弾丸を――

「……気をつけてください、ルネさん」

「ああ、気に入らないね。灯りも消して、ジャミングまでガンガンに効かせてる。何をたくらんでるんだか……」

凱《がい》たちよりも先にフツヌシ艦内に潜入したルネと闇竜《あんりゅう》は、ミラーコーティングを解除して、艦の中心部へと向かっていた。創世されたらしい自動防衛マテリアルの群が襲いかかってくるが、勇者ロボとGストーンサイボーグの前には、敵ではない。

（おかしい……こんなに簡単に侵入できたうえ、警備が甘いなんて……）

「！……ルネさん、ＧＳライドの波動が接近してきます!!」

「まさか、光竜《こうりゅう》!?」

「いえ、違います、これは……」

身構えたルネと闇竜に、横合いの通路の暗がりから、鋼鉄の獣が襲いかかってきた。しかも、その装甲の隙間からは、緑の光が漏れている。

「ＧＳライド……いいえ、違う！　でもこの波動は!?」

激しいイオン臭をまき散らしながら、牙にも似た超振動ブレードを稼働させ、四本脚のメカニックがルネに襲いかかる。五メートルほどのサイズにもかかわらず、その機動性は防衛マテリアル群とは比較にならないほど高かった。

「速い！　さっきのとは全然違う！」

戦闘形態のルネといえど、攻撃を避けるのが精一杯で反撃の余裕はない。援護をしようと武装をかまえる闇竜であったが、通路内では巨体が災いする。正体不明の敵を、照準内に捉えることさえできなかった。

「ふふふ……実験は大成功ではないか」

邪悪な笑みを浮かべながら、モニターに映し出されたルネと闇竜の苦戦を見つめる視線がある。メビウスとラプラスのものではない。ふたりの科学者は、新たに到着したばかりのふたりの前で、恭《うやうや》しく低頭した。

「すべてプロフェッサーの計画あってコソ……」

プロフェッサー・モズマと、ドクター・タナトス。[※11]バイオネットの総帥と、その副官である。彼らが乗ったヘリは、フランス空軍の機体が次々と撃墜されていった空域を堂々と通過して、フツヌシに着艦した。乗っていたのが、暗黒社会に君臨する悪の巨魁であったことを知れば、みすみす見逃してしまったことを悔やむパイロットたちも多かっただろう。

だが、モズマとタナトスにしてみれば、フツヌシが制空権を確保したことを確認した上で、ようやく表舞台に姿を現したのだ。

勇者ロボたちの情報入手、GGG《スリージー》が活動できない隙をついての光竜《こうりゅう》強奪、そしてフツヌシ起動。すべては計画通りに進行している。そう、一連の計画の真の立案者は、悪魔の科学者たちの頂点に立つモズマとタナトス、彼らバイオネットの最高幹部たちに他ならなかった。

「よくぞやった、メビウス教授、そしてラプラス博士。この〈フェイク〉こそ、我らバイオネットの野望をさらに前進させるものだ」

おのが計画を完璧に実行してみせたラプラスとメビウスを、モズマは賞揚《しょうよう》する。

「仰せの通りであります。いま、失敗作のサイボーグや勇者ロボ・闇竜《あんりゅう》と戦っている戦闘メカ〈シェンドガルデ〉も、フェイクを中枢ユニットとして使用したものであります」

「ですが、これだけではありませンゾ。シェンドガルデはあの失敗作を足止めする、時間稼ぎにすぎマセン。間もなくフェイクを使った、最強の兵器が誕生しマス」

モズマの口が三日月型に歪む。笑みを浮かべているのだが、邪悪な眼光の下で、それはただ顔面の筋肉が歪んだようにしか見えはしない。

「うむ、ここでデモンストレーションを行えば、我らの力とフェイクの性能を全世界に宣伝できるというものだ……」

モニター上で数十秒後にも映し出されるであろうルネと闇竜の最期を幻視して、モズマの瞳は輝いた。


「くっ、なんて奴だ！」

シェンドガルデの名を持つ鋼鉄の獣のスピードに、闇竜の巨体は翻弄され、追随することができない。そして、ルネはパワーで圧倒されてしまう。

（ちっ、覚悟を決めるしかないかっ！）

ついに通路の奥に追いつめられたルネは、とどめを刺そうと迫る鋼鉄獣の姿に、相打ち覚悟の反撃を決意した。飛びかかってきたシェンドガルデの牙から身をかわそうともせず、スマイソンをかまえる。

「いまのうちに行け、闇竜！」

「ルネさん、無茶です!!」

「あんたにはやらなきゃならないことがあるだろっ!!」

闇竜は必死にルネのもとへ駆けた。だが、各々の距離と速度を把握しているＡＩは、数秒の差で間に合わないことを知っている。否定する材料を見いだせず、闇竜はルネの最期を未来予測した。

だが、ルネの前に突然降ってきた影が、その予測を覆す。

「ウィルナイフ！」

ガオーブレスから抜き放たれた刃が、鋼鉄の獣の牙を受け止めた。

「ポル・ミシル！」

続いて、トランク型ポッドから発射された小型ホーミングミサイルが襲いかかる。驚異的なまでの高機動で全弾を回避するシェンドガルデ。

だが、その機動は急激に安定さを失い、減速しきれずにフツヌシの内壁へ激突した。

「センサーをくるわせるジャミング弾だ。たっぷりと酔ってくれたまえ」

「ルネ、仲間を信じずに突っ走るのは良くないぜ！」

絶体絶命の危機に現れたふたりのことを、もちろんルネはよく知っていた。

「凱《がい》！　ポルコート！」

「おや、初めて僕の名前を呼んでくれたな。どういう心境の変化だい？」

「あんたたち……」

安堵の表情を浮かびかけている自分を自覚して、ルネはあわてて怒ってみせる。

「光竜《こうりゅう》を取り戻すのは、私と闇竜《あんりゅう》の仕事なんだ！　誰の手も借りないよ‼」

「もちろん！　クライマックスは名優のものさ。でも、あの四つ脚を倒す役くらい、脇役にゆずってくれてもいいんじゃないかな」

ジャミング剤の拡散によって、シェンドガルデの機能は回復しようとしていた。おそらくは失われたセンサーを切り捨て、二次システムを起動させているのだろう。

「……わかったよ。ここはゆずるから、しっかりやりな!!　行くよ、闇竜！」

フツヌシの艦尾方向へ向かって、珍しく素直にルネは走り出した。一瞬だけ戸惑った闇竜も、ポルコートと凱に頭を下げると、ルネの後を追う。

後ろ姿が、かすかな声でつぶやく。

「……死ぬなよ」

ポルコートの音声センサーは、その言葉をはっきり聞いた。

「……この前は、悪かった」

凱もまた、自分に向けられた言葉を聞き逃さなかった。遠ざかっていく従妹《いとこ》の背を見送りながら、正直な感想を口にする。

「あいつ……変わったな」

「いえ、あれが本当のルネなんですよ。きっと……ずっと以前からね」

凱はごく自然にポルコートの言葉を受け入れ、うなずいた。だが、感慨にふける余裕はない。システムの再構築を終えたシェンドガルデが、凱とポルコートを敵性物体として認識したのである。

「よし、じゃあ〝本当のルネ〟を、雷牙《らいが》おじさんのところへ連れていってやろうぜ！」

「はい、そのつもりです！」

2

暗闇の奥から、うめき声が聞こえる。フツヌシ艦尾の主ジェネレイター部へ脚を踏み入れたルネと闇竜《あんりゅう》は、ついに光竜《こうりゅう》の姿を見つけだした。

だが、あたかもそれは……罪人が磔にされているかのような光景であった。光竜の全身は、異形のメカニックのなかに埋め込まれている。GSライドのエネルギーを媒介するGリキッドを抽出している様子は、あたかも血液を抜き取っているかのようだ。

「ひどいことをする……」

「光竜、いま助けます！」

動力パイプを引きちぎろうとした闇竜の足元に、メーザーが直撃する。

「来ないで…闇竜……」

「光竜!!」

「もうあたしにはどうすることもできない…また闇竜を攻撃しちゃう……」

いまだ、光竜はロジックボムによる支配からの回復を完全に果たしてはいない。苦痛と葛藤が、その声ににじんでいた。

「バイオネットは…あたしのGSライドでこんなものを創世させるの……」

ルネと闇竜は、周辺のプラントが絶え間なく創世し続けている、異様な物体に気づいた。小さいものは十センチ程度から、大きなものは一メートルほどの大きさで、シェンドガルデと同じ緑の光を放っている。

「これは……GSライドときわめて近い波動パターンです！」

「闇竜、それは〈フェイク〉よ。フツヌシの物質瞬間創世能力であたしのGSライドから複製した偽物《フェイク》……でも、本物のGSライドに近い性能を持ってるの……」

「光竜、帰ってきて！　私のところへ！」

「ダメだよ、闇竜…あたしはもう……」

光竜の言葉を聞いていたルネのうちに、熱いものがかけめぐる。拳《こぶし》が握りしめられ、ギリギリと音をたてる。自分でも驚くほどの意志の強さを込めて、ルネは叫んでいた。

「くっ……光竜！　お前、いつまでバイオネットの支配に従わされてるんだ！」

光竜はこれまで触れたことのない、人間の感情の激しさに驚いた。

怒り、悔しさ、希望、熱い熱い思いが、光竜の超ＡＩを揺り動かす。

「ルネ…さん……」

「そこから逃げ出す意志はないのか！　お前はバイオネットの道具のままでいいのかっ！　お前の〝心〟は、なにを望んでるっ！」

「あたしの…心……」

「そうだ、ないとは言わせないっ。お前の心はどちらを選ぶ！　戦え、戦って自分を取り戻すんだ！お前が心ある存在として生きるなら、私はお前とともに戦う！　だが、バイオネットの道具のままでいるなら、いまここで破壊してやるっ‼」

ルネが投げかける言葉は、闇竜《あんりゅう》のＡＩにも届いていた。そうだ、私の心も、いま戦うべきなんだ！

「ルネさんの言う通りです、光竜《こうりゅう》！　でも、あなたひとりで戦うことはない……私がいます！

もう一度、シンメトリカルドッキングを!!」

「ダメだよ…そんなことしたら、闇竜まで……」

シンメトリカルドッキングとは、機体の合体だけでなく、ＡＩの統合をも意味している。光竜はフェリックス・ボレールにおいて、自分の意志でドッキングを拒否したのだ。ロジックボムに支配された自分の影響を、闇竜にまで及ぼさないため。

（あのときもいまも、合体したら、闇竜までもバイオネットに……！）

「大丈夫です！　ふたりの超ＡＩの力をあわせれば……そんなもの乗り越えられます！　だって、私たちも……勇者なんだから!!」

その時、光竜の全身に激しいスパークが走った。これまでにない巨大なエネルギーを、フツヌシの創世炉がＧＳライドに要求したのだ。

「ああ……何これ!?　すごくイヤなものが創世されようとしてる……!!」

「光竜、急いで！　シンパレートを!!」

「……うん、やってみる、闇竜!!」

その瞬間、ルネは感じた。光竜と闇竜の間に、目に見えない何かがつながっていく。ＡＩの同調率シンパレートを高めるために交換されるデータ。それこそが、彼女たちの絆だ。

「シンメトリカルドッキング!!」

白と黒の機体が変形し、合体していく。それは新たなる勇者の誕生の瞬間であった。

だが、合体していく間にも、その内部では統合ＡＩとロジックボムが熾烈な戦いを繰り広げている。

（ダメ……やっぱりロジックボムが！）

（あきらめないで……私がいる！）

電子世界で繰り広げられた熾烈な戦いは、一秒の数百分の一にも満たぬ間に、決着した。

だが、それは決して見逃すまいとにらむルネの目にも映らない。

やがて完成した合体ビークルロボは、自我を失ったかのようによろめき、ついに崩れ落ちていった。そして、四五〇トンにも達する自重でハッチを突き破り、艦外へと落下していく。

「闇竜、光竜っ！」

外壁に空いた巨大な穴に駆け寄り、ルネは見下ろした。地上へ落下していく天竜神《てんりゅうじん》の巨体は、指先すら動かそうとはしない。

（くっ、失敗だったのか……!?）

さらに、ルネは全身に加速を感じた。

「フツヌシが……墜落してる!?」

「その通りだ、なんということをしてくれたのだ！」

闇竜と光竜の戦いに意識を集中させていたためだろう。ルネは近づいてくる気配に、気づくことができずにいた。聞き覚えのある声に振り向いたルネの前に姿を現したのは、バイオネットの二大巨頭である。

「光竜《こうりゅう》のGSライドを失ったことで、フツヌシのウルテクエンジンは稼動を停止した」

「そして、創世炉も機能を停止した……」

「貴様らは……プロフェッサー・モズマ！　ドクター・タナトス！」

「ふふふ……我々のことを覚えていたか。かつて、エージェントとして育ててもらった恩を忘れていないのかな」

「忘れるものか！　お前たちになにをされたのか、決して忘れるものか！」

モズマとタナトスは、たった一度だけ、リヨン支部でルネと対面したことがあった。多くのエージェント候補の前に現れたふたりは、哀れな少年少女たちを未完成の道具として扱ったのだ。だが、かつてのルネは、彼らに抗う力を持っていなかった。

「恩は返したよ。このまま、フツヌシとともにお前たちの野望も潰えるんだ！」

モズマはふたたび、口を三日月型に歪めた。

「たしかに、フツヌシを失うのは大きな痛手だ。フェイクGSライドを生産することは、もはやかなわぬ……」

「いえ、プロフェッサー。先刻までに創世させた分のフェイクだけでも、我らは全世界を制圧することができるでしょう。これでバイオネットは地上最強の組織となったのです」

タナトスの言葉を、ルネはせせら笑った。

「ふん、たかが偽物《フェイク》で、私たちのGストーンを超えられると思うの！」

「くく……それを今から証明してやろうというのだ。もうすぐ、最後に創世させた最強の力が、君の前に現れるだろう」

「では、プロフェッサー、我らも脱出するといたしましょう」

ルネの存在に関心を失ったかのように、ふたりは悠然と身を翻した。

「待てっ、逃げられると思うな！」

追いすがるルネ。だが、モズマとタナトスが消えていった通路の入り口に、ふたつの影が立ちはだかる。

「メビウス、ラプラス!!　……その光は⁉」

二博士の胸には、緑色の輝きがある。

「そうか、あんたたちも、フェイクでサイボーグ・ボディを強化したってわけか」

「さあ、ようやく失敗作を処分する時が来たである」

「我々の完成作品の脅威を思い知りながラ、死んでいくガイイ……！」

ルネの血液が逆流し、沸騰する。だが、身体以上に熱いものが心のうちに燃えていた。

「面白い……ここで本当に決着をつけてあげるよ。獅子の女王《リオン・レーヌ》の本当の恐ろしさ、そして本物のGストーンの力、思い知らせてやる!!」

フツヌシの艦体が大地に激突するまで、あとわずかしか残されてはいないだろう。だが、この忌《い》むべき因縁を終わらせる機会を、ルネは逃すつもりはなかった。

真なる緑の輝きを放つ身体が、偽なる光を持つふたつの身体と激しく激突した。

3

その日、パリの全市民は、悪夢の光景を目撃することになった。

ビュット・ショーモン公園の上空に現れた異形の巨大物体は、陸軍の部隊を全滅させた後、不気味な沈黙を保っていた。だが、突如として、落下を開始したのである。

五〇〇メートル近い巨艦の墜落は、パリ全市に巨大な衝撃波を浴びせかけた。いくら低空からのゆっくりとした落下であったとはいえ、場所が大公園でなければ、深刻な被害を出したであろう。

だが、人々は犠牲が少なかったという喜びが、束の間のものであったことを、すぐに思い知らされることになる。

――真の悪夢はここから始まったのだから。

まず、フツヌシの頭頂部に不気味なひび割れが走った。数キロメートルの彼方からその光景を目撃した者はみな卵からの孵化を連想し、非現実感にとらわれたという。だが、その連想も無理はない。その瞬間、異形の巨人がフツヌシの外殻を引き裂き、たしかにこの世に誕生したのだ。

落下の衝撃で破損した外殻の隙間から、ルネと二博士にも巨人の姿は見えていた。

膂力《りょりょく》を増したサイボーグ・ボディで攻め立てながら、メビウスとラプラスは自分たちの傑作を自慢する。

「見たカネ、あれが我々の最終兵器……フェイクGSライドの力で稼働スル、フツヌシが最後に創世した巨人〈Gギガテスク〉[※12]ダ！」

「あんなものまで……！」

「GGG《スリージー》の戦力もあてにはできぬ！　そして、光竜《こうりゅう》と闇竜《あんりゅう》を失った君たちにもはや打つ手はないはずである！」

「そこで黙ってパリ壊滅を見守るノダ！」

Gギガテスクはパリ市街に向けて、右腕を突き出した。

格闘兵装に見えた腕が展開され、内蔵されていた超巨大コンデンサーが露《あらわ》になる。フェイクの発生する高エネルギーによって、数千度の熱量を持つプラズマ光球を発生させているのだ。

パリの街を焼き尽くさんと、プラズマ光球が放たれる！　だが、奇跡は起きた――!!

「天《てん》・竜《りゅう》・神《じん》!!」

フツヌシの残骸の下から、Gギガテスクにも匹敵する巨体が立ち上がる。大地に落下し、フツヌシの巨体に押しつぶされたはずの合体ビークルロボが、蘇ったのだ。

「クリスタルシールド・リフレクトモード！」

Ｇギガテスクの至近に出現した天竜神《てんりゅうじん》の胸部装甲板が、プラズマ光球の直撃を受けた。だが、竜神シリーズの最新鋭モデルである天竜神には、超竜神《ちょうりゅうじん》のミラーシールドを上回るクリスタルシールドが装備されている。対物理攻撃と対エネルギー攻撃にモードを変換させることで、鉄壁の防御力を発揮するのだ。

弾き返されたプラズマ光球が、Ｇギガテスクに直撃する。上半身をプラズマに包まれ、Ｇギガテスクはたまらずに苦悶の唸りを響かせた。


「馬鹿な、なぜ合体ビークルロボがまだ生きているノダ！」

「しかも、Ｇギガテスクにダメージを与えるとは……信じがたいである！」

天竜神の誕生に、ルネが微笑みを浮かべる。むろん、年相応の少女の愛らしい笑みではない。勝利を確信した猛獣の王が浮かべる、獰猛な笑みに近い。

「甘いね。これまでにも、あんたらの計算はくるい続けてきただろ。あいつらの力を見くびるんじゃない！　それに……」

ルネの全身がバネのように撓《たわ》む。そして、二博士の方へ、弾かれたように飛び出した。

「私の力もね‼」

その頃、シェンドガルデを倒した凱《がい》とポルコートも残骸と化したフツヌシから脱出し、Ｇギガテスクと天竜神の戦いを目撃していた。

「あの攻撃で、倒せたのでしょうか？」

「いや、きっとまだだ。ポルコート、ルネのことは頼んだぜ！」

「わかりました、それであなたは……？」

ポルコートの問いに、凱は笑みを返した。

「俺はイザナギへ戻る」

「では、ようやく終わったのですね……原種との戦いで傷ついた、ガオーマシンとギャレオンの整備が」

「ああ、バイオネットに見せてやるぜ、勇者王の力を！」


「パリの街は私が守ります！　勇者として!!」

もだえ苦しむGギガテスクの眼前で、天竜神は翼を開いた。いや、一対のフレキシブル・アームド・コンテナを展開したのだ。白と黒の巨体が、空中に躍る。

「輝け閃光！　貫け闇黒！　光と闇の舞い[※13]!!」

ミサイルコンテナから放たれた無数のジャミング弾が、Gギガテスクを包み込む。巨人は視界を塞がれ、闇黒のカーテンのなかでもがきあがいた。そして、幾筋もの光条が暗闇ごと巨人を貫く!!

(グオオオオオオッ!!)

闇に包まれ、光に貫かれたGギガテスクの断末魔が、パリ中に轟いた……。

一方、ルネは持てる限りの力を、技を、スピードを駆使して、メビウスとラプラスを圧倒していた。


「馬鹿ナ！　失敗作にこれほどの戦闘力があるはずがナイイッ!!」

「いや、これはGストーンの力であるぅっ!!」

「私の力だって言ってんだろっ！」

ついに、ルネの拳《こぶし》が、二博士のサイボーグ・ボディを壁にめり込ませた。

「とどめっ!!」

まさか使うまい……と思っていた切り札を使わざるを得なくなったことを、彼らは悟った。

「ま、待つである！　ルネ・カーディフ!!」

「お前の母の正体を知りたくはナイカ!?」

「母さんの正体？　何を言いたい!?」

「吾輩がフレール・カーディフの真の姿を教えてやるである！　よく見るである！」

メビウスのサイボーグ・ボディに仕込まれていたホログラフが、空中に映像を投影する。それはまぎれもなく……ルネがよく知っているはずの、母の若き日の姿であった。

「よく見るがイイ！　お前の母、フレール・カーディフはバイオネットのエージェントであったノダ！」

「そんな……」

信じがたい……信じられない事実であった。だが、目の前のホログラフは、たしかにモズマやタナトスとともに、悪事に手を染めているフレールの姿が映し出されている。

「ラプラスくんの言う通りである！　お前はバイオネットのエージェントにされるために、我々の実験材料にされるために、フレール・カーディフに育てられたのである!!」

メビウスの言葉が、物理的なダメージ以上の衝撃を持って、ルネの心を直撃した。

これまで信じていたことが根底から覆されていく、暴力的なまでの喪失感に、ルネは我を忘れた。

「メビウスくん、いまダ！」

「了解である！」

ラプラスのサイボーグ・ボディが変形し、無数の銃口を突き出した兵器となった。そして、メビウスの腕のなかに収まる。

「消滅するである！」

メビウスに保持されたラプラスカノンが火を噴いた。ガトリング砲の斉射をも上回る銃撃が、立ち尽くすルネに迫る。

だが、目前に迫る破壊と死を遮る者がいた。ルネは非現実感と既視感にとらわれる。

（あの時も……大きな背中が私の前にあった……）

「ルネ、奴らの言うことを……信じるな!!」

無数の銃弾が、突如現れ、ルネの楯となったポルコートの機体を引き裂いた……。

――絶叫が、響く。まだ、悪夢は終わってはいない。

4

声にならない、かすれた呼吸音がルネの口からこぼれていく。

（ポル…コート……）

我が身を投げ出してルネを守ったポルコートの機体はラプラスカノンの直撃を受け、その全身をズタズタに引き裂かれていた。

「ちぃっ、邪魔が入ったである！」

「ラプラスくん、いまの斉射で弾切れダ！」

「うむ、戦略的方向転換である！」

潰れかけた艦内で、奇跡的に残っている通路の奥へ、二博士は駆け出していった。

だが、呆然と立ち尽くすルネは、そのことに気づいていない。

「心配……するな。僕なら大丈夫だ」

「ポルコート！　死んでないんだな⁉」

震える手で、鋼鉄の指が通路の奥をさした。

「メビウスとラプラスを…追うんだ……」

「馬鹿っ、それどころじゃ……」

言いかけて、ルネは気づいた。

（私の背中を守るのがパートナーの役目なら、パートナーの期待に応えるのが、私の……役目だ）

いまここで禍根を断たねば、災いはまた繰り返されるだろう。

「……わかった。すぐに片づけてくるから、待ってろよ！」

「ああ、もちろんさ……」

遠ざかっていく二博士の足音を追って、ルネは通路に駆け込んでいった。怒りに燃えるルネの聴覚に、倒れたままのポルコートのつぶやきが飛び込んでくる。

「ルネ…走りながら……聞いてくれ……」

一瞬だけ立ち止まりかけて、そのまま振り返らずにルネは進んだ。もちろん、その強化された聴覚は、一言たりとも聞き逃したりはしない。

「……そうだ、止まってはいけない、進み……続けるんだ、ルネ」

ポルコートの超ＡＩは決意した。

真実をルネには話さないよう、たしかに雷牙《らいが》博士と約束した。だが、いま約束は破られるべきだ。

ルネのために、雷牙のために、亡きフレールのために――

「ルネ、僕は雷牙博士から真実を聞いた。君のお母さんは、たしかにバイオネットのエージェントだったらしい。だが……」

ひとつひとつの言葉がルネの心の奥底にまで染み込んでくる。

――かつて、獅子王《ししおう》雷牙はひとりのフランス人女性を愛したという。フレール・カーディフ……

しかし、彼女はわずか二年ほどの時間を共有した後、ある日突然、雷牙《らいが》の前から姿を消してしまったという。

必死にフレールを捜した雷牙であったが、一年の後、思いも寄らぬ方法をとった、彼女からの連絡を受け取ることになる。あらゆる検閲を突破して、雷牙の職務用アドレスに暗号化されたメールが届けられたのだ。この当時、彼が勤務していた先はアメリカ国防総省情報局である。

フレールがただの女性でないことには、雷牙も薄々気づいていた。

だが、彼女が世界最高レベルのセキュリティを突破するほど優秀なエージェント（しかもバイオネットの！）であった事実は、雷牙を打ちのめした。だが、もちろんその事実が、フレールへの愛を揺らがせるわけではない。

もともと、世界十大頭脳のひとりである雷牙に対して、フレールは任務として意図的に接近したはずであった。そんな彼女がなぜ雷牙を愛してしまったのか……それはフレール本人にしかわからない。いずれにせよ、バイオネットから愛する人を守るための選択肢は、自分自身が去っていく以外になかったのであろう。

メールに綴られていたのは、雷牙への想いと、それ故に彼のそばを離れるしかなかった……という決意である。当時、産まれたばかりのルネに関する記述はなかった。

「だが、雷牙博士は知ってしまったんだ。ルネ、君の存在を……」

皮肉にも彼が我が子と対面することになったのは、それから十数年を経て、GGG《スリージー》フランス技研の手術室においてであった。不完全なサイボーグ技術の実験台とされた少女を前にした雷牙は、DNA鑑定の結果を待つことなく、父親としての直感で、自分とルネの絆に気づいたのだ。

　フレールがバイオネットに殺害された真の理由は、裏切り者への制裁に他ならない。しかし、愛し続けた母の正体を知ってしまうよりも、自分を悪人と思いこんでいる方がよい。それが、雷牙なりの愛情であり、贖罪《しょくざい》であったのだ。

「ルネ……君の生命を、父さんと母さんの絆を信じるんだ……！」

　ポルコートの声は遠く、しかし確かにルネの聴覚から心へ届いていた。


　背後から急速に接近してくる異様なエネルギー反応に、脱出ヘリに乗り込む寸前のメビウスとラプラスは振り向いた。

「うん？　何事であるか？」

「！……あ、あれハ!?」

　ふたりが見たもの……それは、金色の光を全身から放ちつつ、矢のように迫るルネ！

　怒りによる余剰エネルギーがサイボーグ・ボディの作動効率に限界を超越させ、あたかもハイパーモードと呼ばれるサイボーグ・ガイのそれのように、全身をエネルギーの塊に変えていたのだ。

　メビウスもラプラスも、ただならぬ恐怖に支配され、身動きすらできない。

「エリックの仇！　闇竜《あんりゅう》と光竜《こうりゅう》の心を弄んだ酬《むく》い！　母さんの名誉を汚した罪！　すべてをその生命で贖《あがな》え!!」

光り輝く拳《こぶし》が、悪魔の科学者たちの機械の身体を打ち砕く。

「メビウスッ！　ラプラスッ！」

フツヌシの艦内へリポートに、破壊音と断末魔の悲鳴が……同時に響いた。

5

反射された自らのプラズマ光弾の直撃を受け、必殺技〈光と闇の舞い〉に蹂躙《じゅうりん》され、Ｇギガテスクは完全に沈黙したはずであった。だが、天竜神《てんりゅうじん》は残骸の中枢に、高レベルのエネルギー波動を感知した。フェイクＧＳライドを回収しようと身を乗り出すが、驚くべきことに巨人は再生を開始する。

「……まだ、フェイクが生きているの⁉」

フェイクのエネルギーで自らの構造を〝再創世〟したＧギガテスクは、与えられた指令に従い、パリ中心部へその巨体を向けた。

『フェイクの能力をアピールせよ！』

「行かせるわけには――！」

天竜神はＧギガテスクの胴体部に、背後から組み付いた。だが、勇者の中でも最大級を誇る〈竜神〉のパワーが、こともなげに組みほどかれ、フツヌシの残骸の上に叩きつけられる。Gギガテスクは左拳に電磁ナックルを装着すると、天竜神の胸部へ叩きつけた。

「くうっ！」

クリスタルシールドの鏡面装甲が輝きを失い、幾条もの亀裂が走る。


「嘘つき……何が、大丈夫だよ……」

ポルコートの機体と超ＡＩは、いまにも機能を停止しようとしている。引き返してきたルネは、一目でその状況を理解した。

「ああ言っておかなきゃ……奴らを逃がしてたろう。それから……フェイクはどうなった？　量産されたあれも見逃すわけには……」

「そんなことはどうでもいいっ!!」

ルネの語気の烈《はげ》しさに、さすがにポルコートも言葉を失った。

「私は自分の任務をまっとうしたよ。だから…あんたも……ずっと私のパートナーを続けてくれなきゃ……」

わざと表情を隠すように、ルネはうつむいた。こういう時にどんな顔をすればよいのか……ルネにはそれがわからない。

だが、ルネの聴覚は未知の物体が接近してくる音を聞き逃さなかった。ホバーエンジンの駆動音、そしてかすかな女性の話し声。

救いを求めて、ルネは声の主を呼んだ。

「パピヨーンッ！」

「ルネ、そこにいるのですか！」

接近してきたのは、ＧＧＧ《スリージー》の諜報用ガンマシン〈ガンドーベル〉であった。

「ほっほー、こいつはたいへんなことになってるようじゃの！」

「ドクター雷牙《らいが》、急いで処置が必要です。ここは私にまかせてください！」

獅子王《ししおう》雷牙が操るホバーモード・ガンドーベルから、パピヨン・ノワールが飛び降りる。ポルコートの状態を一目で判断したパピヨンは、その超ＡＩを救うべく、迅速に作業を開始した。

「んじゃ、ここはお願いして、僕ちゃんは先を急ぐかの～」

「ちょ、ちょっと待てよ！　あんたポルコートを見捨てて行くのか⁉　こいつはいま……」

「うろたえるんじゃない！」

イザナギ発進デッキのときと同じく、雷牙の鋭い叱咤がルネを黙らせた。

「まだ戦いは終わっておらん！　バイオネットの巨大ロボを倒さねば、パリにたくさんの被害が出る。僕ちゃんがここへ来たのは、ガオガイガーをサポートするためなのだ！」

「！……ガオガイガーが来るのか⁉」

思わずルネは、破損した外殻の隙間から空を見上げた。太陽を背にした巨大な人影が、宙を舞っている。もちろん、その巨躯は人間のものではない。

獅子王凱《がい》がフュージョンした戦闘用メカノイド〈ガイガー〉である。

「ファイナルフュージョンッ!!」

ガイガーと三機のガオーマシンが宙を舞う。

竜巻状のEMTフィールドのなかへ消えていくマシンたち。フィールドが障壁としての役目を終え、消失した時……そこには漆黒の鋼鉄巨神がそびえ立っていた。

「ガオッガイッガーッ!!」

巨神の咆哮を聞いた瞬間、感動にも似た衝撃がルネの全身を走り抜ける。

初めて我が目で見るガオガイガーの姿は、圧倒的な力強さをもって彼女の心を揺り動かしたのだ。

「ルネ、あなたはドクター雷牙と一緒に行ってください」

「私が!?」

反論しようとして、ルネの視線はパピヨンの神秘的な色を浮かべた瞳に吸い込まれた。

「行きなさい、ルネ。あなたは自分の身体に流れている、生命の色を知らなくてはなりません。それがあなたの運命……私のささやかな感知能力が、そう告げています」

パピヨンの特殊能力・センシングマインド[※14]のことは、ルネもよく知っている、その能力への、そしてパピヨンへの信頼に従い、ルネは素直にうなずいた。

(パピヨンの言葉なら、間違ったりはしないはず……)

雷牙の身体を後ろに押しのけ、ルネはガンドーベルの操縦席にまたがる。

「しっかり捕まってないと、落とすよ!」

「ひょぉ、わかっとるよ!」

乱暴な操縦で、ガンドーベルが急発進する。雷牙《らいが》の指示する方角へ機体を向けながら、ルネは横目でポルコートの機体を見た。

（ポルコート、私は私の役目をやり通す。バイオネットの野望……全部、叩きつぶしてくるから！）


「うおおおっ、ブロウクンマグナムッ！」

ガオガイガーが放った鋼鉄の拳《こぶし》に貫かれ、Gギガテスクは轟音とともに倒れ込んだ。しかし、即座に再創世された構造物が、胴体中央に空けられた空洞を埋めていく。

「くそっ、キリがない！」

またも起き上がってきたGギガテスクに、背後から天竜神《てんりゅうじん》がしがみつく。

「ガオガイガー、このまま攻撃してくださいっ！　私のGSライドを爆発させれば……!!」

「ダメだ！　仲間を犠牲にしての勝利なんて、本当の勝利じゃない!!」

衛星軌道上の戦いにおいて、我が身を犠牲としてESウインドウの彼方へ消えていった仲間※15の姿を、凱《がい》は思い出した。

「俺たちは一緒に勝利を掴みとるんだ!!」

「は、はい！　ガオガイガー!!」

だが、ガオガイガーの右腕に宿るべき最強ツール・ゴルディオンハンマーは、まだ先の戦闘からのオーバーホールを終えていない。

「雷牙おじさん……はやく、アレを!!」

凱の声に、焦りがにじんだ。

制御能力をはるかに越えた出力に、ガンドーベルのGSライドが弾け飛んだ。

「しまった、ガンドーベルでは駄目か！」

フツヌシの最深部に格納されていた巨大な物体……その中枢ブロックに接続されたガンドーベルの機体とそのGSライドは、黒煙を噴き出して、機能を停止した。

この物体こそ、ガオガイガーのために開発された決戦ツール〈モレキュルプラーネ〉[※16]。その強大な破壊力によってゾンダーコアまでも粉砕してしまうために封印された、幻のツールである。フツヌシと同様にGSライドを取り外されているため、起動にはジェネレイターユニットを必要とするのだが、ガンドーベルのそれでは力不足だった。

「く、出力が巨大すぎる。計算が甘かったのか……」

「後悔はやることとやってからにしなっ!!」

絶望しかけていた雷牙に向かって、ルネは自分の右腕を掲げてみせる。

「Gストーンならまだある、ここにっ!!」

6

巨大な力を持つ勇者たちを相手として、Gギガテスクはなおも抵抗を続けていた。

（くそっ、使うしかないのか……ヘル・アンド・ヘブン[※17]をっ!!）

Gギガテスクの再創世能力を封じるには、その中枢のフェイクを直撃、破壊するしかない。しかし、ガオガイガーに残された必殺技は、凱《がい》の生命力を削る諸刃の剣だ。

（――そんなこと、考えている場合じゃない！）

凱が決意を固めかけた瞬間、フツヌシの残骸のなかから、轟音が響いた。

「待たせたね、凱！」

フツヌシ艦体の構造材をへし折りながら浮上する、巨大なツール。

モレキュルプラーネ――その内部から聞こえてくる、従妹《いとこ》の声。

「ルネ、なぜそこに!?」

「話は後！　あのバケモノを片づけるよ!!」

「お前、そういうことか……!!」

ガオガイガーのもとへ飛来する、コネクト前のモレキュルプラーネを破壊しようと、Gギガテスクはプラズマ光球を右腕に発生させた。だが、天竜神《てんりゅうじん》も同時にアームド・コンテナを展開していた。

「邪魔はさせないっ。輝け閃光！　貫け闇黒！　光と闇の舞い!!」

ふたたび、Gギガテスクの全身を天竜神の必殺技が斬り裂いた。たとえ、さらに再創世されるとしても、このわずかな時間こそが、貴重な勝利の鍵に等しい。

「うおおおっ、ツールコネクトッ!!」

ガオガイガーの両腕が、巨大な決戦ツールにコネクトされる。

「モレキュルプラーネッ!!　一気に行くぞ、ルネッ!!」

「おおっ!!」

再創世を終え、突進してくるGギガテスクの巨体に、ガオガイガーが頭上から決戦ツールを叩き付ける。

同時に爆発ボルトが炸裂し、アンチメゾトロンフィールドを発生させるモレキュル・ラム部が高速で往復した。

中間子を対消滅させることで物質の分子結合を完膚無きまでに破壊する究極の決戦ツール、それがモレキュルプラーネだ。Gギガテスクの上半身は、一撃で微細な芥子粒《けしつぶ》へと分解された。

だが――

(ぐうっ！　なんて衝撃だよっ!!)

ルネのサイボーグ・ボディは、雷牙《らいが》の作業によってモレキュルプラーネにジェネレイターユニットとして組み込まれていた。

自ら申し出たことではあったが、攻撃時の衝撃と大出力を制御する際の苦痛は、予想をはるかに上回っていた。

「大丈夫か、ルネ!?」

「……当たり前だ、私を誰だと思ってる！」

「雷牙《らいが》博士……僕は約束を破ってしまいました。申しわけありません……」

機能低下のせいか、ポルコートの声はかすれている。パピヨンから機体の修復を引き継いだ雷牙は、作業の手を止めずに応える。

「いや、いいんだ。君があの子のパートナーでいてくれたことに、僕ちゃんは心から感謝しておるよ……」

「ドクター雷牙、ポルコート、一緒にルネたちの勝利を見届けましょう」

「ああ……！」

だが、パピヨンの言葉に返事を返したのは、雷牙だけだった。

ふたりの見守る前で、双眸《そうぼう》を模したポルコートの光学センサーから、ゆっくりと光が喪われていった……。


モレキュルプラーネの二撃目で、Ｇギガテスクの上半身は完全に消失した。ついにフェイクＧＳライドがその姿を露出させる。

「ルネ、最後の一撃だっ!!」

「ああ！　思いっきり行けっ!!」

――ガオガイガーからモレキュルプラーネへ、Ｇリキッド[※18]が流れ込む。

いや、獅子王凱《ししおうがい》からルネ・カーディフへ、獅子の血が流れているのだ。いまふたりはともに、同じサイボーグの肉体で感じとっていた。自分たちには、たしかに同じ熱い血が脈打っている！

「忘れるな、ルネ！　俺とお前は地上最強のサイボーグ……地球の平和を守る力を神さまに与えられたのは、俺たちだけなんだぜっ！」

「わかってるよ！　私だって……獅子の女王《リオン・レーヌ》なんだからっ!!」

凱とルネの声が、重なり合うように響く。

「芥子粒《けしつぶ》になれぇぇぇえっ!!」

モレキュルプラーネはラム部表面に発生させたアンチメゾトロンフィールドにGギガテスクの巨体を呑み込み、その分子結合を破壊しつくした。

素粒子レベルまで還元された〝削りクズ〟が、空中に排出されていく。もはや、再創世能力が、その真価を発揮することはない。

パリの街に繰り広げられた獅子の勇者たちの戦いは――終わった。

地上の星座のように街の灯がまたたきを始めた頃、来援した全域双胴補修艦《ぜんいきそうどうほしゅうかん》〈アマテラス〉とフランス陸軍の共同作業によってビュット・ショーモン公園の戦場跡は整理され、パリは落ち着きを取り戻し始めていた。

――夕陽が沈む。

シンメトリカルアウトを果たした光竜《こうりゅう》と闇竜《あんりゅう》の傷ついた機体も、巨大なクレーンアームによって、アマテラスに収容されていった。

「ルネ姉ちゃん、いっぱい心配させて……ごめんね」

「誰も心配なんかしてないよ」

「修理が終わったら、また私に乗ってくださいね」

「ああ、また一緒に暴れよう……な」

二体とも、超ＡＩと機体の双方に深刻なダメージを受けている。だが、ＧＧＧ《スリージー》スタッフの手による修理が完了すれば、ともに戦える日がまたやってくるだろう。

しかし、フツヌシの艦内から運び出されてきた鉄塊を見た瞬間、ルネは深い喪失感に打ちのめされた。その鉄の塊は……かつて、ポルコートと呼ばれていたのだ。

「……いつも、いつもあんたは私の背中を守ってばかりで……！」

一瞬のうちに心の器に満たされた感情が、こぼれ落ちるように……溢れ出た。

「でも、二度も私のために死なれちゃ、迷惑だよぉ……!!」

だが、涙が落ちることだけはない。

（母さんが死んだあの日……すべての涙は流しつくしたはずだ。どんなにつらくとも、泣くほどのことなんてない……）

亡き母への想いが、そう考えるだけの強さと頑なさを、ルネの心に与えていた。

「〝二度も〟……と言いましたね。気づいていたのですね、ルネ……」

傍らに、パピヨンがやってきていた。

「……ポルコートのＡＩモデルが、エリックさんだったこと……」

「当たり前じゃない！　あんな……カッコつけでジョークが下手でいけ好かない奴、世界中にふたりもいてたまるもんか！」

「ルネ、たしかにポルコートの機体はもう救いようがなかった。だから、機能停止する寸前の超ＡＩから、ドクター雷牙《らいが》はバックアップをとっていかれました」

――それは、ポルコート自身が望んだことであった。機体とともにオリジナルの超ＡＩが失われたとしても、バックアップの〝自分〟が、ルネと在り続けてやりたい。いや、在り続けたい。

一方、ルネが言葉の意味を理解するには、数秒の時間が必要だった。

「助かる……の？」

うなずくパピヨンの姿が、ぼやけてにじんでいる。後から後から溢れてくる大粒の涙を拭うことも忘れ、ルネは幼い子供のように泣きじゃくった。

「よかった…よ…かった……」

悲しみの涙を封じ込める方法なら、いくらでも知っていたはずだ。だが、喜びの涙を我慢することは、はるかに難しい。

――この日、初めてルネはそのことを知った。

7

そして、季節は巡り、冬が訪れる。

パリ市七区の繁華街の外れで、小さな女の子の手を引いた母親が、タクシーを呼び止める。そんな光景も、ありふれた日々のありふれた夕刻の一コマでしかなかったはずだ。だから、目の前に停車した茶色の小型車が本物のタクシーであることを疑わず、母親は子供を抱いて乗り込んだのである。

車内に入ってすぐ親子の耳をとらえたのは、ラジオから聞こえてくるGGG《スリージー》長官の放送[※19]であった。彼らはこれから、機界31原種との最終決戦に臨むことになる。フランス語の同時通訳は、力強い言葉を込められた想いまで余さずに翻訳していた。

『ひとりひとりが勇気を失わぬ限り、最後に勝利するのは……』

「GGGは絶対に勝つよね！」

「ええ、もちろんよ」

無邪気な我が子の問いに、母親は笑顔で応えた。それが自分を安心させるための作り笑いであることまでは、幼な子にはわからない。

「……行き先は？」

ハンドルを握ったまま無愛想に催促してきたのは、赤い髪の少女であった。母親はあわてて、自宅のブロックの住所を告げる。

乱暴な運転ながらも、走り出した車は最短距離を通って母子の目的地へ向かっていた。車内に満ちていた奇妙な沈黙を破ったのは、幼い女の子である。

「この車、ペール《お父さん》の臭いがするよ！」

（プ・プーッ！）

いきなりクラクションが鳴った。運転手の少女がおかしそうに吹き出す。

「あ、失礼！　この車、ボロくてね」

楽しそうにダッシュボードを叩くと、彼女はまたクラクションを鳴らしてみせる。豚の鳴き声にも似たその音が、母子の心を和ませた。


やがて、自宅の近くまで無事にふたりを送り届けた運転手……ルネは、シャッセール本部まで帰る途中の車内でつぶやいた。

「不思議だな……姿形が変わっても、通じ合えるもんなんだね」

「ああ、親子ってのは、そういうもんだ」

応えたのは、茶色のローバーミニ自身である。

フランスＧＧＧは割り当てのＧストーンを使い果たしたため、もはや新たに勇者ロボを建造することはできない。ポルコートの超ＡＩは変形機構を持たないシャッセールの特捜車に搭載されることになり、今日やっとルネと再会したのである。

「そういえば……良かったのかい？　ＧＧＧ《スリージー》が木星に出発する前に、雷牙《らいが》博士に会っておくべきだったんじゃないか……？」

ポルコートの予想に反して、ルネは苦笑していた。そして、神妙と言ってもよい表情が浮かぶ。

「親子か……見習わなくちゃね。私にもよく判ったよ。自分の中にも〝シシオウ〟の血が流れてるってさ。今度会った時は、あの人をペール《父さん》って呼べるかもしれない……」

物思いに沈んだルネの意識が自然と帰還するのを待って、ポルコートは問いかけた。

「……そういえば、知っていたかい？　君のコードネーム〈獅子の女王《リオン・レーヌ》〉を日本語でなんというか」

「……さあ？」

「シシオウ、さ……」

わけもなくおかしくなり、ルネは腹を抱えて笑い転げた。それが実に久しぶりの笑顔であることに、彼女自身気づいていない。

陽気さは伝染するようだ。ポルコートも気分を良くしたのだが、それが彼にとっての新たな不幸の種子となった。

場をなごませるつもりのジョークがルネの癇に障り、本部へ帰還するまでの間、ポルコートは悪口雑言《あっこうぞうごん》とダッシュボードへの蹴りに耐え続けなければならなかったのだ……。

『獅子の女王《リオン・レーヌ》』完

余章　獅子の女王《リオン・レーヌ》、その後《アプレ》　―西暦二〇〇六年六月―

1

ルネの眼前で、その幼い少年は機界生命体へと変貌していった。

いや、少年だけではない。中年の紳士も、息も絶え絶えな老婆も、美しい少女も、視界のなかにいるすべての人々が、ゾンダー化しつつあった。

少年へ差し伸べようとした自分の両腕を見て、ルネは衝撃を受けた。ＧＳジェネレイターが埋め込まれた黄金の右腕は、普段となにも変わりはない。だが、生身の部位を多く残している、形の良いすらりとした左腕は――無骨で醜い機界触手へと、変わり果てている。

ルネは絶叫した。

「ゾォォォンダァァァッ！」

自分が吼えた雄叫びに、愕然とする。ルネの声帯もまた、すでにゾンダー化してしまっていたのだ。

「ゾォォンダァァーッ！」

「ゾォオォォンダァァァァッ！」

周囲の人々も、みな同じ言葉を叫び続けている。

ここは、すでに機界の世界。有機生命体が存在することは許されない。生機融合体のみが蠢《うごめ》く、ゾンダーの楽園[※20]。

いや、わずかに抵抗を続ける物質がある。ルネの身体の半分は、Gストーンから与えられた力で、頑強にゾンダー化を拒み続けている。しかし、生身のままの部位は、天空から降り注いだゾンダー胞子によって、機界生命体へと転生させられてしまった。

ひとつの身体のなかに、Gの生命とZの生命が同居している。ルネの半身と半身は、互いを排除しようと激しくせめぎあう。

自分の体内で繰り広げられる激烈な闘争による苦痛と、目の前の人々を救えない無力感に、ルネの心はズタズタにされていた。しかし、泣くことすらかなわない。涙腺もまた、ゾンダーとなっているからだ。

「ゾォオォォンダァアァァ――――ッ！」

もうすぐ、脳までゾンダー化されてしまうだろう。

心は？　想いは？　悲しみは？　憎しみは？　喜びは？

すべては機界世界の電子記号になってしまうのだろうか――？

「ああああああぁッ!!」

自分の叫び声で、ルネは覚醒した。一瞬、自分がいる場所がわからずに、目の前の壁を見つめる。

見慣れた壁の染みが、記憶の整理をうながす。

（そうだ、ここはあの日のシャンゼリゼじゃない。私のアパルトメン、もうあれから半年が経っているんだ……）

ベッドは汗に濡れていた。サイボーグ・ボディの発熱による発汗ではない。忌《い》まわしい記憶が、冷たい汗を絞り出したのだ。まだ覚めやらぬ恐怖の余韻に震え、ルネは両腕をまわして自分の身体を抱きしめた。


二〇〇五年十二月、地球防衛組織ＧＧＧ《スリージー》は、木星において機界31原種との決戦に臨んでいた。だが、木星の未知のエネルギー〈ザ・パワー〉を得た原種たちは、三十一種融合体〈Ｚマスター〉となって、そのすべての力を発揮した。

その結果、衛星軌道上のＥＳウインドウからゾンダー胞子が地表の広範囲へ降り注いだ。そのため世界の半分がゾンダー化され、フランスもまたその被害から逃れることはできなかったのだ。

その日、シャルル・ド・ゴール広場でバイオネットのテロリストを追っていたルネは、降り注ぐゾンダー胞子の下、人々がゾンダー化していく光景を目撃した。いや、ルネ自身が胞子の直撃を受け、半身をゾンダー化される恐怖を経験したのだ。

もっとも、悪夢は一昼夜と続いたわけではない。ＧＧＧがＺマスターを倒したことにより、全宇宙のゾンダーは活動を停止した。ゾンダーとなった人々も、もとの肉体と心を取り戻すことができたのだ。

ゾンダーとなっている間の記憶は、素体となった人々には残らない。だから、全人類の半数が経験したはずの恐怖を、記憶している者はいない。

――ただひとりの例外が、ルネだ。

ゾンダー化へのワクチンとも言うべきGストーンの力をサイボーグ・ボディに宿しているルネは、意識まで支配されることがなかった。そのため、半身を機界化されながら、ルネはすべてを目撃し続けたのである。

そのときの記憶が、いまでも夜ごとにルネを苦しめる。たったいま起きた出来事のような鮮烈さをもって、恐怖と無力感がルネの心を苛み続けている。

(くそ、もう終わったはずなのに……)

ルネはベッドから立ち上がり、浴室へ向かった。冷水のシャワーを頭から浴びる。夜明け前の時刻だが、冷たさは感じない。むしろ、火照りが冷まされていく感覚が心地よい。ようやく落ち着きを取り戻したルネは、バスタオルを頭からかぶったまま、荒々しくソファーに座り込んだ。

もう朝までは眠れそうにない。この半年間、すでにこれが生活のリズムとなっていた。

だが、この日はいつもと違っていた。支給されたばかりの携帯端末が、着信を告げたのである。

2

ポルコートは不思議な気分だった。

深夜と早朝のいずれに属するとも言えないような、払暁《ふつぎょう》の時刻。こんなときに連絡を入れるのは気が進まなかったのだが、ほんの数回の着信音のみで、ルネが通話に出た。そして、機嫌を損ねるでもなく、呼び出しに応じてくれたのだ。

「なんだか、イヤな予感がするなぁ……」

ポルコートがそうつぶやいた時、ウインドウが軽く叩かれた。ルネのアパルトメン前の路上に停車していたポルコートは、あわててドアを開いた。

すぐに身体をすべりこませてきたルネは、ポルコートの予測……もしくは怯えに反して、気分をあまり害していないようだった。安心が、つい余計な一言を言わせてしまう。

「お嬢さん、ようやくノックを覚えてくれたようですね」

――ガスッ！

ハンドルに蹴り込まれたのは、ただのブーツの踵《かかと》ではない。サイボーグ・ボディの一部だ。獣人たちを幾体も倒してきた硬質の突起が、幾度も幾度も打ち付けられる。

――ガスッ、ガスッ！

「す、すまない、ルネ！　すぐ本題に入るとしよう！」

　真摯な反省が込められた声に、さすがにルネも攻撃をやめた。

「……ったく、あんたもいつになったら、パートナーの性格くらい記憶できるようになるのさ」

「まったくだ。自分で自分がイヤになる」

「自己嫌悪なら、シャッセールのガレージでやってくれ。壁さんと床さんが話し相手になってくれるよ」

　たしかに、ルネよりは思いやりのある話し相手だろう。ポルコートはそう考えたのだが、口に出すような愚は犯さなかった。学習機能が、ようやく働きだしたようだ。

「……こんな時間に私を呼び出すってことは、なにか進展があったんだろ」

　現在、ルネはある事件を担当している。なかなか捜査の糸口がつかめずにいたのだが、きっと事態に変化が起きたに違いない。少なくとも、ルネの機嫌を壊しかねないほどの危険を冒すだけの事態のはずだ。

「良い情報と悪い情報がある。どちらからがいい？」

「私の性格、覚えてないの？」

「——悪い方から話そう。パピヨン・ノワールが消息を絶った」

「シャッセールが警備をつけていたんじゃないのか！」

「ああ、しかし、結果としては無力だった……」

　ルネたちが担当しているのは、一か月ほど前から連続して発生した誘拐事件である。それが特殊犯罪と認定され、シャッセールが関わるようになったのは、被害者たちにきわめて特殊な共通点が存在したからだ。

彼らはみな、超能力者だったのだ。

サイコキネシス、テレパシー、ダウジングなど、様々な超常能力が、現在では国家機関の研究対象になっている。ルネの友人であるパピヨンなどは、研究のために自ら能力を習得してしまったようなものだ。

いずれにせよ、被害者の多くは国家機関や民間の研究所に所属し、厳重な警備を受けることができた。にも関わらず、みな忽然と姿を消してしまったのだという。パピヨンは、六日前にルネたちが着任してから、最初の被害者ということになる。

「誰の仕業か知らないけど、やってくれるね。パピヨンを狙うなんて……」

パピヨン・ノワールの特殊能力は、センシングマインドという超感覚だ。過去、現在、未来の時制を問わず、本人が知り得ないはずの事象を、自然界に伝わる微弱な信号から推測できるという。

シャッセールはもちろん、パピヨンがターゲットとなることを考慮して、ルネを担当捜査官に選んだ。だが、ルネとて永遠に護衛対象のそばに居続けられるわけではない。昨夜は交代要員にまかせて、五日ぶりに帰宅したのだが、そこを狙われたということになる。

「犯人は、君の恐ろしさを知っている人物、ということになるのかな」

「で、パピヨンはどういう状況でさらわれたんだ？」

「状況もなにも、さらわれたわけじゃない」

「どういう意味だ？」

「彼女は消息を絶った、自分の意志で」

パピヨンの護衛を担当していた同僚の話を、ポルコートは順序立てて説明した。


三時間ほど前、午前二時を過ぎた頃の出来事だ。

GGG《スリージー》オービットベースへの転属が決まったパピヨンは、様々な引継事項があるため、連日のようにGGGフランス技研へ泊まり込んでいた。今夜も、シャッセールの護衛をともなって、バイオラボに詰めていたという。

夜を徹した作業に疲れたパピヨンは、気分転換をしたくなったのだろう。手ずから夜食を作り始めた。

「……それって、どうせキノコ料理だろ」

「なんでわかったんだい、ルネ？」

「いや、まあ、パピヨンとはつきあい長いからな」

護衛にあたっていたふたりの捜査官も、夜食を振る舞われた。だが、食事中に意識が遠くなり、一時間ほど眠り込んでしまったらしい。

「そして、お目覚めしたときには、パピヨンはいなくなってたというわけか」

「技研の夜間出入り口には、監視カメラが設置されている。パピヨン嬢が自分でロックを解除して、抜け出していった様子がすべて記録されていたそうだ」

ポルコートのシートに身を深く沈め、ルネは考え込んだ。たしかに状況からは誘拐されたとは考えにくい。超能力者たちの行方不明が連続して起きていなければ、問題とされるようなことはなにもない。

「彼らとパピヨン嬢は、同じ料理を食べたそうだ。念のために分析にまわしているが、昏睡させるような成分が入っていたとも思えない……」

「それはどうかな。パピヨンは刺激物に対する抵抗力が、異常に強いんだ。それにキノコの種類にも詳しい。自分だけが眠らずにすむような料理を作るぐらい、パピヨンなら簡単だったはずさ」

——味は別としてね。心のなかで、ルネはそうつけ加えた。

「わからないな、なぜそんなことをする？　彼らは護衛であって、監視じゃない。行きたい場所があるなら、行動に制限を加えたりはしないはずだ」

「考えられるとしたら、パピヨンの行動ではあっても、パピヨンの意志ではない……ってことかな」

ルネの言葉で、ようやくポルコートも同じ推論に達した。

「なるほど！　精神操作を受けている可能性は考えられるな。いや、そこまで高度なものでなくても、催眠術程度でかまわない」

「ああ、だけどさっきも言ったように、パピヨンは薬物で操られたりすることはない。別の方法ができる相手を考えないと……」

言いかけて、ようやくルネは気づいた。先ほどから、ポルコートはいずこかへ向かって走り続けている。会話に支障はないので気にも止めなかったのだが——

「おい、なんだって遊園地なんかに行くんだよ！」

「言っただろう、良い情報もあるって。パピヨン嬢の衣服にはトレーサーが仕込まれているそうだ。僕はさっきから、その信号を追っていたんだ」

きらびやかなゲートをくぐり、ポルコートは巨大遊園地のバスターミナルへ侵入していった。本来の駐車場は、エントランスとは動く歩道で結ばれた位置にある。このターミナルへつければ、エントランスは目の前である。本来なら、営業時間外なので門は閉じていたはずだ。だが、国家機関の権限による強制アクセスを発動して、制御コンピューターに開かせた。

その間、ルネは目を丸くして、窓外《そうがい》の光景を見つめていた。あきれたような声がもれてくる。

「じゃあ、パピヨンはここにいるっていうのか……」

「ああ、そのはずだ」

ポルコートは急制動をかけながら、きっちりとコンクリートの上に描かれた白線の内側に停車した。

「さあ、朝陽が昇り始めた。開園時間まで三時間しかない。それまでに、消えたお姫様を見つけ出そうじゃないか！」

3

どうしようもない違和感を感じながら、ルネは巨大遊園地のなかを歩き回っていた。携帯端末に表示させたトレーサーの情報を信頼するなら、パピヨンはアトラクションが複雑に入り組んだこのあたりにいるはずだ。小型車とはいえ、ポルコートでは入り込むことが難しい場所も多い。そのため、ルネは単独行動で目的地を目指すことにしたのだ。

すでに朝の光に照らし出されているが、電源が落とされ、沈黙しているアトラクションの姿は不気味だ。

しかも、ルネはこうした場所に馴染みがなかった。巨大映画会社が運営しているこのテーマパークは、ヨーロッパ中の子供たちにとって、憧れの場所だ。もちろん、幼い頃はテレビで紹介されたりするたびに、ルネもこの夢の王国に心を奪われていた。だが、母とのふたり暮らしでは、経済的な事情や時間的な余裕に、制限が多い。ねだればきっと、母は連れてきてくれただろう。しかし、母に無理をさせたくはなかった。それに、アトラクションやイベントなどなくても、母とふたりでいれば、そこがどこよりも楽しい空間であったのだ。

（まさか、こんな歳になって来るとはね……）

肩をすくめてみたものの、ルネはまだ一八歳でしかない。男友達とデートで訪れても、おかしくはない年齢のはずだ。だが、バイオネットとの抗争に明け暮れる日々を過ごしている自分は、この場にどうしようもなく似合わない……そう思えて仕方ないのだった。

（母さんも……父《ペール》さんと一緒に、こんなところへ来たりしたのかな）

最近、やっと心のなかでは〝父さん〟と呼べるようになった。だが、本人を目の前にすると、〝じじい〟呼ばわりが精一杯だ。実際、ルネよりは五十五歳も年長なのだから、感覚的には祖父であった方がしっくり来る。

若く美しい母と、小柄で老いた父が、ふたりでこの遊園地のなかを歩いている姿を想像すると、あまりにも不似合いでおかしかった。それでも、想像のなかの両親が親しげに笑い合っているのは、ルネの心のうちに少なからぬ変化があった証拠だろう。かつては、フレールと雷牙《らいが》がともにいる瞬間を、想像するだけで不愉快になっていたのだから。

ひとりでほくそ笑んでいたルネの耳に、かすかな音が聞こえた。柔らかい靴が、コンクリートの上を慎重な摺《す》り足で移動している音だ。方角は……うしろ。サイボーグ強化されたルネの聴覚でなければ、捉えることはできなかっただろう。身のこなしにかなり長けた相手であることは間違いない。

愉快そうな微笑が、ふてぶてしい笑いへと変化していく。トレーサーの反応は、もう目前に迫っている。ここまで接近してなにもリアクションがなかったら、外れクジを引いたかと、不安になるところだ。

ルネはなにも気づいていないふりをして、目当てのアトラクションへ近づいていった。美女が眠る城をイメージした建物だ。パピヨンがあそこで眠っているのなら、ふさわしいシチュエーションかもしれない。

（救出に来た王子様としては、まずザコから掃討しないとな）

普通の王子様には、〝掃討〟などという言葉は似合わないはずだ。だが、ルネはそんなささいなイメージにこだわるつもりはない。期待感に胸をふくらませながら、エントランスで拾ってきたパンフレットを読みふける演技をする。さあ、王子様による掃討作戦のはじまりだ――！

ルネの背後に近づいてきた人物は、予想に反して、銃器を使おうとはしなかった。ルネの姿を見て、普通の少女だと油断しているのだろう。〝獅子の女王《リオン・レーヌ》〟に関する噂を耳にしたことがあれば、問答無用で後ろから重火器による攻撃をしかけたに違いない。実際、ルネもそのつもりで身構えていた。

だから、その人物が素早い動きでルネを羽交い締めにしてきたとき、あまりの意外さに拍子抜けしたほどだった。

「……抵抗するな、聞きたいことがある！」

低すぎもせず、高すぎもせず、なかなか感じの良い男の声がルネの耳元で聞こえた。だが、緊張感がかなりの割合で混入されている。身のこなしはなかなかだが、意外と場慣れしていないのかもしれない。

「ご、ごめんなさい！　私……お金がなくて、でも！　お姫様のお城に入ってみたかったんです!!」

精一杯普通の女の子の口調を想像して、叫んでみる。とても上手く演技できたとは思えないのだが、背後の男は腕の力を緩めた。

（甘ちゃんが！　どこの組織のザコだ！）

ルネは右腕を後ろに伸ばし、背の高い男の襟首をつかんだ。そのまま、自分の頭上へと持ち上げる。柔道の技やテコの原理など、まったく駆使してはいない（もともと、知りもしない）。ただ力任せに、強引に持ち上げたのだ。

「うわぁっ」

男は悲鳴をあげた。きっちりと体術を磨いていたような人間なら、ルネの常識を無視した力がより信じられないだろう。ルネは上を向き、ようやく男の姿を見つめた。

まだ若い、東洋人らしいが背の高い青年だ。蒼いノースリーブのシャツと茶色の革パンツ姿は、とてもエージェントやテロリストには見えない。整った顔立ちと柔和な顔つきも、犯罪者のものには見えなかった。

もっとも、見た目と中身のギャップを問題とするなら、ルネのそれの方が著しいだろう。自分より二〇センチ以上は長身の男を、片手で軽々と頭上へ持ち上げているのだから。

男はルネの右手から逃れようと、全力であがく。しかし、指一本すらふりほどくことはできない。襟首をつかまれているため、息もつらそうだ。だが、強い精神力を込めて、ルネの瞳をにらんだ。

「くそ、ただの女の子だと思っていたら、この力……君は、バイオネットのサイボーグだなっ！」

その言葉が、少し事態を楽しんでいたルネの気持ちを、灼熱に変えた。

「誰がバイオネットのサイボーグだ！　誰がっ！」

ルネは手加減なしの力で、前方へ男の身体を放り投げた。そこにはコンクリートの壁がある。人間の柔らかい身体を、荒々しく受け止めてくれるだろう。だが、男は空中で巧みに姿勢を変え、両脚でコンクリートに着地した。いや、重力に対して横向きなのだから、着地と言うのは適切ではない。しかし、五階から落下したほどの衝撃を、男は下半身のバネだけで吸収したのだ。

壁から地面に降り立った男は、反撃しようとはしなかった。ただ、ルネの瞳を見据えて、にらみつける。

「僕の眼を見ろっ！」

反射的に、ルネは男の言葉に従ってしまった。のぞきこんだ蒼い眼は、ルネの視線を無限の深淵に引きずり込んだ。

（そうだ……僕の眼を見ろ。この眼は、君を従える者の眼だ。僕は君の支配者だ、君は僕に従う者だ……！）

言葉に拠《よ》らずして、男の意志はルネの頭へ忍び込んできた。全身が硬直し、自由が奪われていく。

（そう、それでいい……僕の質問に答えてもらおう。君は拒むことはできない……）

男の言葉は魅力的だった。抗いがたい力を秘めている。そういえば、パピヨンも何者かに心を操られていたのではなかったか。自分がみすみす罠にはまったことに、ルネは気づいた。しかし、もう手遅れだ。四肢が自分の身体から、一キロメートルも離れたところに放り出されたような感覚にとらわれていく。

だが、身体の自由が奪われていくその感覚は、ルネにある記憶を思い起こさせた。

（ゾォォォンダァァァッ！）

「――――――！」

甦った憎しみと怒りが、強い誘惑を凌駕《りょうが》した。かろうじて動いた右腕を、固く握りしめる。そして、拳《こぶし》を自分のみぞおちに打ち込んだ！

「ぐふぅっ！」

少し強すぎた。ルネでなければ、内臓破裂で即死していただろう。さすがに膝が崩れ、うずくまる。

「だ、大丈夫か！」

男はルネのもとへ駆け寄ってきた。心底から気遣う表情を見せ、ルネを介抱しようとする。その手を払いのけようとして、ルネは思い出した。

（そう言えばこの男、私に向かって『バイオネットのサイボーグ』と呼びかけた……）

「お前は……何者なんだ？」

「君こそ、バイオネットのエージェントじゃないのか？　いや、違う……僕は、君を知っている」

ようやく回復して立ち上がったルネの表情を、男はまじまじとのぞきこんだ。

「そうだ、君は……〝獅子の女王《リオン・レーヌ》〟！」

4

男は、〝ソウル〟とだけ名乗った。

「まあ、君と同じで組織内のコードネームなんだけどね」

「どこの組織だ。催眠術はともかく、それ以外はなっちゃいない」

ソウルは肩をすくめてみせた。

「そりゃ、シャッセールの捜査官にはかなわないさ。僕が所属しているのは、学術機関なんだ。でも、非合法なところじゃない。GGG《スリージー》と同じように、国連の下部組織さ」

ルネは眉をひそめた。いったい、どんな学術機関が職員にコードネームを与えるというのだ。

「それにしても、なぜ私をバイオネット・ボーグだと思いこんだんだ？」

「すまない、君はあのアトラクションを警備していると思ったんだ」

ルネが目指していたお姫様の城を、ソウルも見上げた。

「じゃあ、あんたの目的も……私と同じ？」

携帯端末に表示されているトレーサーの画面を、ルネはソウルにつきつけた。点滅する光の意味は、一目瞭然だ。

「ああ、僕はさらわれた仲間を捜している。そうしたら、バイオネットのエージェントに襲われてね。逆にこの場所のことを聞き出してやったのさ」

「じゃあ、今回の件の裏にいるのは、やっぱりバイオネットか……」

「ああ、たとえ国際的犯罪結社が相手でも、僕はエラーブルを取り戻す！」

「……そうか、気を付けろよ」

言うと、ルネは無造作に歩き出した。呆気にとられたのもつかの間、ソウルは必死に追いすがる。

「ちょ、ちょっと待ってくれ。君も捕まった人を助けに来たんだろう？」

うなずきはするが、脚は止まらない。いや、止めようとしない。

「だったら、僕たちは協力しあえるんじゃないか⁉」

「あんた、東洋系だよね。中国人？」

「いや、日本人だ……」

なんとなく予想していた通りだった。物も、人も、気にくわないことがあると、メイド・イン・ジャパンであることが多い。もっとも、最初は気に入らなくても、次第に大切な存在となっていくことが、このところ増えている。しかし、ルネ自身はまだ、そのことを自覚してはいない。

「——だったら、よけい一緒になんか行動できないね。私は知ってるんだ。日本人の男なんて、口ばかり。いつも大切な時には手遅れになる……」

自分がなにを言っているのか、ルネはわからなくなってきた。横を並んで歩き出したソウルは、心得たような表情でうなずいている。

「そうか、じゃあ君の信頼を裏切った日本人男性の代わりを、僕にさせてくれ」

「誰も信頼してない！　いや、裏切られてない！　妙な勘ぐりをするな！」

興奮したルネを、ソウルは片手で制した。

「静かに……獣人がいる」

さすがにルネも押し黙った。ふたりは自動販売機が並んでいる一角で、機械の間の隙間に隠れた。少しだけ顔をのぞかせ、様子をうかがってみる。ソウルの言うとおり、ネズミ人間が二匹で歩き回っている。

「あれが歩哨か……」

「小銃を持ってなかったら、遊園地の着ぐるみ《マスコット》と間違えるとこだったな」

ソウルの軽口に、ルネは吹きだしかけた。ユーモアの波長は、パートナーよりもルネに同調しやすいらしい。もっとも、この日本人を調子づかせるのは面白くない。ルネは笑顔を見せないようにうつむき、冷却コートにスリングされていたスマイソンを取り出す。

「どうするつもりなんだ、獅子の女王《リオン・レーヌ》！」

「決まってるだろう、バイオネットの害虫は駆除する」

「待ってくれ、人質がいるんだぞ！　慎重になってくれ！」

「じゃあ、どうする？」

「……こうするのさ」

ソウルは無造作に自販機の影から歩き出し、ネズミ人間たちに近づいていった。

「やあ、新作は戦争ミュージカルかい？」

小銃をソウルの方へ向けつつ、ネズミ人間たちは戸惑った。営業時間中でもないいま、アトラクションに近づく人間は不自然だ。だが、男からはまったくと言っていいほど、敵意が感じられない。

知能の低い獣人だからこそ、悪意や敵意に対しては敏感なのだ。

「そうだ、僕は敵じゃない。僕の眼を見てくれ……」

ソウルの双眸《そうぼう》を見つめたネズミ人間たちは、小銃を手から落としながら、全身を硬直させた。


――結局、ルネはなにもする必要がなかった。

これは潜入などと呼べるものではない。ソウルはただ無造作に歩いていき、出逢ったエージェントや獣人たちに、自分の眼をのぞきこませる。ただ、それだけだ。

あっという間に、ルネとソウルはお城の奥深くまで潜り込むことに成功していた。

「便利なフリーパスだな、それ」

「ああ、普段は自分でもイヤになることが多いんだが、こういうときは役に立つ」

「ふうん、催眠術なんて便利なものだと思うけど、イヤなこともあるのかい？」

薄い笑みが、ソウルの口元に浮かむ。社交辞令というよりも、自嘲しているようだ。

「これは催眠術とは違うんだ。似たように見えるけどね」

「へえ、どう違うんだ？」

「専門家は擬示能力と名付けてくれた。僕の眼を見た相手は、僕が見せたいと思う姿で、僕のことを見てくれるんだ」

「う……どう違うのか、よくわからない、な」

「わからなくていいさ、その方がありがたい」

ソウルは口のなかでつぶやいた。彼の力は、意識によって常に制御されているわけではない。誰かと眼をあわせたとき、無意識のうちに発動してしまうことも多いのだ。

必死に自重を心がけてはいるが、ソウルとて人間だ。他人にはよく思われたい。その結果、彼は誰にも好かれる好青年となった。しかし、彼の周囲の人間が抱いてくれるのは、擬示能力による偽物の好意だ。たとえ本物が存在していたとして、どうやって偽物と区別することができるだろう。

そして、ソウルは常に追い続けなければならない。自分がこうありたいと望んだイメージ。自分をこう見せたいと望んだ理想の姿。決して追いつくことのできない蜃気楼を、ソウルは追いかけ続ける宿命を背負わされているのだった。

5

何人目になるだろう、擬示能力で従わせたエージェントに、ソウルは一枚の写真をつきつけた。

「この女性だ、知っているだろう。どこにいる！」

「はい、龍の巣穴に……」

「龍の巣穴？」

ルネはパンフレットのページを開いた。

「近日オープン予定の新アトラクションだ。このお城と、地下でつながっているらしい」

「他の超能力者たちも、そこにいるのか！」

「はい、一箇所にまとめられています」

ソウルは嬉しさに顔を輝かせた。その表情を見れば、彼が捜し求めているのは、ただの同僚ではないということがわかる。

エージェントを縛り上げて、掃除用具のロッカーに放り込む作業にソウルが励んでいる間に、ルネはかすめとった写真をまじまじと見つめる。

「……へえ、綺麗な人じゃないか」

年齢はルネとソウルの中間ぐらいだろう。東洋人特有のきめ細やかな肌と、エキゾチックな美しさが、ソウルとお似合いだ。ルネは素直にそう思った。

「いつの間に、油断ならないな」

一仕事終えたソウルが、ルネの手の内から写真をつまみあげる。

「その人がエラーブルか。仲間じゃなくて、恋人なんだろう？」

「ああ、心の底から、愛してる」

照れも気負いもまじえずに、ソウルは断言した。

（なんだ、つまらない。こっちが恥ずかしくなってくるじゃないか……）

当てが外れて、ルネは苦笑した。そういえば、この女性もバイオネットに囚われたということは、パピヨンと同じように特殊な能力を持っているのだろうか？　龍の巣穴への道を歩きながら、訊ねてみた。

「ソウル、この人も……やっぱり超能力者なのか？」

「ああ、ダウジングを使うことができる。僕と彼女は、似た者同士だったのかもしれない。互いを理解し合える相手を、僕たちはずっと捜し続けていたんだ……」

ソウルの横顔に、ルネは胸をつかれたような気がした。自分の両親も、このふたりのような関係を築き上げていたのだろうか？　いや、同じ日本人とは言っても、ソウルと雷牙《らいが》とでは違いすぎる。

年齢や容貌ももちろんだが、誠実さがあまりにも違う。

ソウルはエラーブルという人のことだけを、一途に想っているようだ。だが、雷牙は七人の女性との結婚歴があり、二十八人の子供をもうけている。子供の母親には、フレールのように正妻でなかった女性も多いらしい。

そんな事情は承知しているのだが、雷牙は雷牙なりにそれぞれの愛に真摯であったのだろうと、最近は思えるようになっていた。

黙ってしまったルネの表情に、ソウルも好奇心を刺激されたようだ。

「君はどうなんだい、獅子の女王《リオン・レーヌ》？」

「え？」

「恋人は……いるのかな」

お決まりのセリフだった。これで自分をくどき始めたりしたら、興ざめだな。そう考えながら、ルネは答える。

「残念だけど、私には似た者がいないからな。ひとりだけ心当たりがあるけど、親戚だから対象外。

それに、私と一緒にいるには、相当タフなヤツでないとね……」

だから、自分は誰も好きになったりしないだろう――ルネは考えた。

「似た者がいないなんて、決めつけることはないさ。誰だって、その相手と巡り会うまでは、そう思ってる。でも、それはまだ出逢っていないだけのことなんだ。誰にとっても、どこかに自分と似た相手が必ずいる。僕はそう信じてる」

それは、ルネを口説こうなどという軽薄な言葉ではなかった。わずかとはいえ、ソウルの気持ちを軽く見たことを、ルネは後悔した。だが、謝ったのはソウルの方である。

「悪かったな、説教じみたこと言って」

「いや、いいよ。あんた、日本人にしてはマジメだね」

「またそれか。いったい、誰と比べられてるんだ？」

「さあね！」

――ほんの数分の楽しい道のりは、そこで終わった。ふたりの行く手に、巨大な鋼鉄の扉が立ちはだかったからだ。そこにかけられているプレートには、〈龍の巣穴〉と刻み込まれていた。

6

油圧式のシリンダーで開閉されるべき鉄の扉が、ルネの膂力《りょりょく》に屈していく。

途中で手伝うことをあきらめたソウルは、人ひとり分の隙間が生じるとともに、身をすべりこませていった。

「おい、一番乗りをゆずるとは言ってないぞ！」

「すまない、ゆずられてないが、もらった！」

ルネもあわてて、ソウルの後に続く。

(恋人をさらわれたあんたも心配でつらいんだろうけど、こっちだってパピヨンを連れてかれてるんだ！)

ふたりが飛び込んだ先は、巨大な龍の模型が眠る、洞窟を模した空間であった。

「いらっしゃいませぇ〜〜〜！」

まぶたを閉じた龍の頭上で、仮面のピエロがおどけている。

「いやぁ、特殊能力の持ち主とはいえ、こ〜んなに簡単に潜入させてしまうなんて、バイオネットの獣人やエージェントもたいしたことありませんなぁ〜〜。これならこれなら、私もあっという間に出世できちゃったりして！」

「お前はエージェントではないのか！」

ソウルの指摘に、ピエロは含み笑いを浮かべつつ、答える。

「いえね、私は新参者でして。以後、お見知りおきを！　ギムレットちゃんで〜〜〜す!!」

ギムレットと名乗ったピエロは一瞬だけ仮面を外し、醜い顔をあらわにした。彼は三か月前、バイオネットに加わって最初の大きな作戦で、ガオガイガーを相手に手痛い敗北[※21]を喫している。どうやら獅子王家の人間とは、因縁深い関係にあるらしい。だが、この時点でルネがそのことを知るよしもない。ただ不愉快な容貌から、思わず眼をそむけただけだ。

「ギムレット、連れ去った人たちを返してもらう！　彼らはみんな、自分の能力に関係なく平和に暮らしたいだけなんだ！　バイオネットにそのささやかな幸せを、踏みにじらせはしないっ！」

「ほうほう、あなたもまた、素晴らしい能力をお持ちのようですからね。私も催眠術が得意なんですがね、あなたのお力にはかないませんな〜〜！」

その言葉で、パピヨンを操ったのが何者だったのか、ルネは理解した。

「あなたのお力も超能力と呼ぶにふさわしい！　よ〜くエスパーの皆さんの気持ちがわかるわけですな〜〜。バケモノはバケモノ同士！　麗しい連帯感！」

「挑発に乗るなよ、ソウル」

ルネはソウルの注意を喚起しようと囁いた。

「あいつ、どこかで監視してたんだ。あんたの擬示能力も知られてるぞ」

「その美しいお嬢さんの言うとおり！　あなたもみんなもご一緒に、エスパーサイボーグにしてあげましょ〜〜！」

「エスパーサイボーグ？」

驚いたルネに、玩具を自慢する子供のような口調で、ギムレットが答える。

「そうで～す！　超能力者をサイボーグに改造すれば、圧倒的な力と特殊能力を持つ、エスパーサイボーグの完成で～す。このギムレットちゃんの素晴らしいアイデア！　もう出世街道超特急って感じぃ～～～？」

「そこにいるのか？」

「あん、なにか言いました？」

「パピヨンたちは、その龍のオモチャのなかにいるのかって聞いてるんだっ！」

ソウルは思わず、後ずさった。ルネの全身から、耐えがたいほどの熱が放出されはじめたからだ。

「そうですよ～。このアトラクションは、夢と勇気を与え、ちょぴりお金をいただくものですから。龍退治を楽しんだ方々には、お腹のなかから出てくる財宝をプレゼントしちゃうんですよ～～！」

「それだけたしかめれば、十分だ。……イークイップ」

怒りがあまりに強いとき、感情は小さく静かに押し固められる。だが、それは噴火寸前の静けさだ。ルネが小さくつぶやいた言葉も、数秒後に荒れくるう嵐の前触れである。

だが、ギムレットはそのことに気づかずにいた。冷却コートを展開させたルネの姿を見て、無邪気に喜んでいる。

「むひょ～～、ちょっとばかしプロポーションに不満がありますが、なかなかにお美しいスタイルですね～～！」

「……獅子の女王《リオン・レーヌ》、ひとりで戦うのか？」

爆発を怖れたソウルの言葉も、もう耳に届かない。

「重すぎる宿命を背負わされた人たちに、もっとつらい未来と身体を押しつけようだなんて……」

「ひょひょ、そこの男、いまなんて言いました？　『獅子の女王《リオン・レーヌ》』？　聞き覚えありますねぇ～～はっ！」

ギムレットの全身が揺らめいた。動揺が肉体に現れたのだろう。残念ながら、仮面に隠れて、表情に現れた分はうかがいしれない。

「あ、あ、あなたが！　バイオネットの支部をことごとく壊滅させ、エージェントを残酷に殺し回っているという、シャッセールの犬！」

「――犬じゃない」

「じゅ、獣人たちよ、あの猛犬をなんとかしなさい～～～！」

ギムレットの指令で、洞窟内に隠れていた獣人たちが姿を現した。その数は五十をくだらないだろう。

「――私は……獅子の女王《リオン・レーヌ》だぁぁっ！」

人間の形をした活火山は、ついに噴火した！

呆然と見つめるソウルとギムレットの前で、荒れくるうマグマのように、ルネの拳《こぶし》が獣人たちを粉砕していった……。

7

「まったく、ジョナス主任の怒りっぷりはたいへんだったんだぞ！」

「そうかな？　私はなにも言われなかったけど……」

「当たり前だ、主任はすべての不満やうっぷんを、君の分まで僕にぶつけることにしたんだ！　まったくこっちが手も足も出せないと思って！」

「あ、いまのジョークはいいセン言ってたかな」

シャルル・ド・ゴール空港への車中で、ルネはポルコートの愚痴を聞き流していた。

あの日、ルネとソウルの活躍によって、超能力者たちは無事、助け出されていた。もちろん、パピヨンにも実害はない。動画サイト越しにギムレットの催眠術に操られた後遺症は、残っていなかった。

しかし、結局開園時間までに事件を解決することはできなかった。それどころか、遊園地の入場客の前で、ルネは獣人との立ち回りを演じてしまった。イベントと勘違いした親子連れたちの歓声を浴びながら――

「まあ、いい宣伝になって、遊園地も助かったんじゃないか？　バイオネットにアトラクション用地を貸し出すくらい、経営に困ってたみたいだし……」

「僕が言いたいのは、そういうことじゃなくて――」

「あ、ついたついた！」

　ポルコートが空港の敷地内に至ると、ルネは強引に扉を開けて、車内から飛び出していった。これ以上、愚痴を聞かされるよりは、走った方が良いと思ったのだろう……。

「まったく……パートナーをなんだと思ってるんだ」

　悲しげにヘッドライトを点灯させながら、ポルコートがつぶやく。もっとも、それは幾度も繰り返された日常的な光景であり、彼自身もルネに翻弄されることを楽しんでいるようにしか見えない。人間だけでなく、ＡＩロボもまた、自分のことはよくわかっていないのだ。


　空港へ駆け込んだルネは、第二ターミナルの出発ロビーへたどりついた。そこでは、三人の男女が彼女を待っている。

「遅いですよ、ルネ」

「来てくれたんだぁ〜〜」

「嬉しいよ、獅子の女王《リオン・レーヌ》」

　パピヨン、エラーブル、ソウルの三人だ。これからソウルとエラーブルは、仕事で日本に渡るらしい。パピヨンに誘われ、ルネも見送りにやってきたのだ。意外なことに、パピヨンは以前からふたりと面識があったのだという。

　奇妙な縁で巡り会った男に、ルネは軽く右手を挙げて、応えた。

「たいしたことないさ。ところで……こんな場所で、〈獅子の女王《リオン・レーヌ》〉なんて呼ばないでほしいな」

ルネは苦笑した。思い込みかもしれないが、行き過ぎる人々が、怯えながら眼をあわさないようにしているように、見える。

「――すまない。でも、しょうがないだろう。その名前しか知らないんだから」

「そうか……あ、でも、私もあんたたちを〝ソウル〟と〝エラーブル〟としか聞いてないぞ。コードネームなんだろ、これ」

ソウルとエラーブルは顔を見合わせた。いままで、彼らも気づいていなかったのだ。ソウルは笑って、右手を差し出しながら、名乗った。

「忘れてたよ。彼女は紅楓《くれないかえで》、僕は……八七木翔《やなぎしょう》※22」

ルネもGストーンを持つ右腕を、ためらわずに差し出した。そして、八七木の手を握りながら、ごく自然に微笑みを返す。

「私は……ルネ・カーディフ・獅子王《ししおう》」

八七木と楓は、名残惜しそうに手を振りながら、搭乗ゲートへ向かっていった。これからしばらく、彼らはルネとパピヨン、双方にとって縁の深い人々と日本で行動をともにすることになる。

だが、それはまた別の物語である――

飛び立っていく飛行機を見送りながら、パピヨンはつぶやいた。

「いつから、ああいう風に名乗るようになったのですか?」

「――さあ? いつからだっけ、忘れたよ」

ルネは嘘をついた。かつて名乗っていたフルネームを知らない相手で試してみたかっただけのことだったのだが、横にパピヨンがいたことを忘れていた。

「あのじじいには黙っててくれよ、調子に乗るから」

「ええ、いいですよ。ただし、心境の変化をじっくり教えてくれるなら」

ルネはため息をついた。結局、パピヨンには勝てそうにない。きっと、ポルコートも一緒になって追求してくるだろう。

(似た者同士でつるんだ方が[※23]、楽なのかな……)

そんなことを考えながら、ルネはパピヨンとともに、駐車場へ向かって歩き出した。

『獅子の女王《リオン・レーヌ》、その後《アプレ》』完

勇者王ガオガイガー preFINAL

西暦二〇〇六年、ガッツィ・ギャラクシー・ガードは機界31原種と機界新種を斃《たお》し、地球に平和をもたらした。

かつて、サイボーグとなった獅子王凱《ししおうがい》は戦いの中で生身の身体を取り戻した。だが、その肉体には多くの謎が秘められていた。

国際的犯罪結社バイオネットが暗躍する中、地球には新たな戦いの影が忍び寄り、凱たちの前には出会いと別れが訪れるのだった。

本文イラスト：木村貴宏
中谷誠一
まさひろ山根

第一章　人機の狭間にて

—西暦二〇〇六年三月—

1

わずかな輻射熱を除けば、ほぼ絶対零度に近い宇宙空間。

様々な電磁波や放射線が皮膚を灼《や》き、体内の気体は〇気圧への解放を求めて、内側から膨れあがる。さらに体表のわずかな水分が凍り付いていく感覚が、喩えようのない不快感となって、獅子王《ししおう》凱《がい》の全身を苛んだ。

（……不快感？）

凱は、思わず苦笑を浮かべた。真空のなかへ普段着で泳ぎ出たにも関わらず、自分の身体はささやかな不快感しか感じていない。それが妙におかしかった。

獅子王凱が宇宙空間を訪れたのは、これが初めてではない。

西暦一九九八年、有人木星探査船[※24]の乗組員として選抜された母・獅子王絆《きずな》とともに見つめた獅子座流星群の下で、凱は遠い遠い彼方まで行くことを決意した。

それから二年後、探査船が木星圏で消息を絶ったことで、幼い決意は果たすべき目標へと変わった。もともと、健康と知識欲に恵まれた少年であった凱だが、ほんの数年のうちに目標を達成しえたのは、強い想いが巨大な加速力となったからに違いあるまい。

二〇〇三年、凱は一八歳にして、日本の宇宙開発公団が開発した新型スペースシャトル〈スピリッツ号〉のパイロットに選ばれた。高性能AIの搭載による、史上初の単座型往還艇の実機テストである。少ない経験というハンディをくつがえし、凱が選抜されたことにはいくつかの理由がある。意欲、技量などが高い評価を得たことももちろんだが、AIとの親和性が群を抜いて優れていたのだ。

「AIとの親和性？　イヤだなぁ、俺はただ……あいつらをただのメカ扱いしたくなかっただけなんだ。俺たちと一緒に、このプロジェクトを成功させたいと思ってる仲間さ」

こんな凱のコメントが報じられた直後には、世代論で武装した守旧派たちからの攻撃が集中した。もっとも、テレビゲームの経験がそれほど多いわけではなかった凱まで、〝ゲーム世代〟などという内実のない言葉でくくろうとする程度の戦術で、わずかでも戦果があがるはずがない。

同年六月、凱を乗せたスピリッツ号は軌道上へと打ち上げられた。実機テストとはいっても、宇宙開発公団が担う使命の大きさ（投入された予算に比例して、果たすべき使命も多くなるものだ）を考えると、もちろん試験飛行のみで終わるはずがない。この当時、特異な軌道要素を持つことで知られるギャレオリア彗星が地球に再接近しており、その観測もスピリッツ号の数多いミッションのひとつであった。

実際に観測を始める前、光学望遠鏡の動作不良を解消するため、凱《がい》は船外作業でユニット交換を行うことになった。地上訓練によって、その作業手順は完璧に呑み込んでいる。ＡＩ制御されたロボットアームの力を借りて、凱は船外作業服を装着する。加圧空気の調整を確かめると、圧縮ガスによる推進装置の力を借りて、凱は宇宙空間におずおずと第一歩を記した。大地に産まれた人類は、やがて海へ、空へ、活動範囲を拡げていき、ついに宇宙空間へ到達した。

そう、それは数百時間に及ぶ高度な訓練と、数十億円を費やした高価な装備によって、ようやく達成することが可能な、よちよち歩きだったのだ。

それから、三年。

わずか、三年の間に地球人類は異星文明の一部を入手し、そして地球外知性体との交戦状態に突入した。異星文明と地球外知性体――スピリッツ号の試験飛行時に奇しくも、双方とのファーストコンタクトを経験することになった凱は、その戦いのなかで常に最前線に立つことになった。

そして戦いは、凱の肉体に数奇な変転を強いた。ファーストコンタクトの際、生まれ持った肉体が著しい損傷を受けてしまったのだ。そのため、実父・獅子王麗雄《ししおうれお》博士が入手したばかりの異星文明テクノロジーを用いて、脳以外の大部分を機械化するサイボーグ手術を施した。だが、凱はその境遇に打ちのめされることなく、人工の肉体で地球外知性体との抗争〈原種大戦〉を戦い抜いた。そして、その最終決戦時、凱のサイボーグ・ボディは機界新種の物質昇華に蝕まれた。しかし、異星文明の象徴とでも言うべき無限情報サーキット〈Ｇストーン〉が奇跡を起こし、機能停止寸前であった機械の体は、熱い血のかよった肉体へ再構成されたのである。

だが、その肉体は、あらゆる意味で生命体の常識をくつがえすものだった。


「凱、もうすぐ太陽が昇ってきマス、ウズメに戻ってプリーズ！」

通信波に乗せられたスワン・ホワイトの声を、凱は生身の耳で聞いた。現在の凱の脳内には、通信を意味のある文章に変換するプログラムが存在しているらしい。もちろん、存在が確認されているわけではない。通信を〝聞く〟ことができるという事実を、そんな論理で定義づけしてみたというだけにすぎない。

（大丈夫さ、スワン！）

さすがに自分の言葉を通信波に変換、発信するまでの能力は持っていない。言葉の代わりに、表情で自分の意志を伝えようと、凱は自信に満ちた笑顔を浮かべた。GGG《スリージー》に所属する〈五式機動研究所ウズメ〉に搭載された光学センサーは、美しきアメリカ人オペレーターにその表情を伝えているはずだ。

白い歯を浮かべて見せた凱の背後で、地球の影から太陽が姿を現してきた。正確には、ウズメの機体と凱の身体が、周回軌道に乗って地球の夜側から、昼側に到達した……ということになる。その結果、凱の肉体はさらに膨大で強烈な、放射線の嵐にさらされた。

（……不快感がなくなった。氷が溶けて、一瞬で蒸発したんだな）

いまだ、超人と呼ぶにふさわしい凱の肉体の秘密は解き明かされていない。たしかなことは、通常人にとって過酷を極めた訓練と国家予算規模のプロジェクトの成果を、この身体のポテンシャルは悠々と追い越していったということだ。

（アストロノートを目指したことに、なんの意味があったんだろう？）

そう思うと、凱《がい》の心のうちには、虚しさがこみあげてくるのだ。

2

「お帰り、凱！」

衛星軌道上に定位するGGGオービットベース《スリージー》に帰還した凱は、ウズメが収容された中央ゲートの与圧が完了するとともに、エアロックの出口で待ち受けている小柄な人影を見つけた。少女と思われても不思議のない幼い容貌だが、凱とともに数々の苦難を乗り越えてきたGGG隊員——そしてかけがえのない存在である、卯都木命《うつぎみこと》だ。

「ただいま、命！」

駆け寄ってきた命の身体を、凱はおどけて抱え上げた。恋人の頭上に持ち上げられたまま、命は頬を染めて手足を振り回す。

「やだ、凱。いきなりどうしたのよ」

「オウ！　凱と命、熱々でベリうらやましいデス！　スワン、まいっちんぐ！[※25]」

「スワン、どこでそんな言葉覚えてきたの⁉　って、いい加減におろしてよぉ、凱」

「はは、悪かった悪かった」

命の身体を床へ下ろすと、凱はスワンの方へ向き直った。

「さ、身体検査の時間だろ。また、俺の身体をオモチャにしてやってくれよ」

「イエーイ、凱もやっと覚悟ができたデスね。その通りデス！　今日はこれから二七項目の検査が待ちかまえてマース」

凱の右手は、ラビットヘア[※26]にまとめられた赤毛を優しくかきまわした。

「悪いな、命。続きは勤務時間が終わってからだ」

「う、うん……」


三年前、スピリッツ号が接触した地球外知性体の存在は、宇宙への進出を目指す人類にとって、最大の脅威となった。日本政府は即座に秘密防衛組織ガッツィ・ジオイド・ガード――通称ＧＧＧを結成して、有事に備えた。

やがて地球外知性体の侵攻が本格化すると、ＧＧＧは国連の管轄下へ移行し、ガッツィ・ギャラクシー・ガードとして再編された。この新生ＧＧＧの根拠地が、宇宙空間に浮かぶ地球防衛の牙城〈ＧＧＧオービットベース〉である。

国際宇宙ステーション〈アイランド２〉[※27]を改装することで、緊急に建造されたオービットベースは、その内部に人工重力の発生をも可能とした一大宇宙基地である。原種大戦が終結した後も、その果たすべき役割にはなんら変わることはない。凱《がい》や命《みこと》をはじめとするＧＧＧ《スリージー》隊員たちは、この地球防衛の最前線基地を日常の住処として、生活していた。

その日、二〇時間の連続勤務を終えた卯都木《うつぎ》命は自室の前の通路で、扉によりかかるように座り込んでいる影を見つけた。

「凱、こんなとこでどうしたの⁉」

「……あ、命か。悪い、寝込んじまってたみたいだ」

「もう、なにやってんのよ。さ、入って」

凱の右腕をつかんで立たせた命は、扉のロックを解除して、部屋へ引っ張り込んだ。

「わざわざ部屋の前で待たなくってもいいじゃない。ヘンな凱」

凱の私室はむろん、男性隊員の居住区にあるのだが、互いの部屋は２ブロックしか離れていない。いや、それ以前に凱は、恋人とそれぞれの部屋のパスコードを教えあっていた。

（誰かに見られてたら、どうするのよ。……って、そのこと自体は、実はそんなに悪い気はしないんだけどぉ）

うつむいた凱の表情は見えない。そのため、命は罪のない無邪気な考えを浮かべながら、凱を椅子に座らせようとした。だが――

「………」

いきなり、凱は無言で命を抱きしめた。恋人の頭を自分の胸板に強く押しつけようとする、きつい抱擁。少し速い鼓動が、命の耳のすぐ近くで、生命のリズムを刻んでいた。

どうしたの……とは聞かなかった。代わりに命は、自分の胸を押し当てた。落ち着いた命の鼓動が、凱の血液の流れに乗って身体の奥に伝わっていく。やがて、ふたりの鼓動はゆっくりとした、共通のリズムを刻むようになっていった。

「……ごめんな、命」

両腕の力を抜いた凱は、命から顔をそむけながら、椅子に座り込んだ。いじわるな気分が芽生えた命は、反対側に回り込む。表情をのぞきこまれた凱は、右手で自分の顔をわしづかみにした。

「よ、よせよ」

「もう、いまさらテレる仲じゃないでしょ」

こういう時の凱は少し上気して、指の隙間から見える表情が少年のように[※28]さえ見える。命はそんな凱の顔が好きだった。

「さ、なにがあったのか、聞かせてもらおうか」

「……別になにもないさ」

「………」

そっけなく答えた凱を、命はじっと無言で見つめた。勝敗はすでに決している。視線に耐えきれなくなったところで、ようやく凱は敗北を認めた。

「……わかったから、そんなに見るなよ」

「ん、素直でよろしい。ご褒美にコーヒーを煎れてあげよう」

コーヒーカップで両手を暖めながら、凱《がい》は様々な検査の結果がもたらした、一応の結論を語り始めた。

超人とも言うべき高い身体能力。全身の神経が一種のネットワークとなり、コンピューターへのダイレクトリンクを可能とする能力。それらを兼ね備えた凱の肉体には誰もが想像できるように、大きな秘密が隠されていた。

「俺の全身の細胞には、Gストーンが融合しているらしいんだ」

「Gストーンが⁉」

Gストーンは、GGG《スリージー》に所属する勇者ロボたちや、数々の超メカニックのジェネレイターとなる無限情報サーキットである。異文明の使者であり、EI－01との初コンタクト時に凱を救った宇宙メカライオン〈ギャレオン〉がもたらしたものだ。もともと、地球人類はそれほど多くのGストーンを入手したわけではない。だが、Gストーンには結晶構造を保ったまま分割することで、微細なかけらまでが機能を維持できる特徴があった。GGGが世界各国に支部を持ち、複数の国にGストーンを持つ勇者ロボを配備することができたのも、そのためだ。

スワン・ホワイトや、GGGフランス技研に所属する生体医工学者パピヨン・ノワールは数々の検査の結果、このGストーンが凱の全身に融合していることを突き止めた。つまり、凱の全身の細胞は極微少サイズのGストーンと融合した、まったく未知のものになっているというのだ。

「パピヨンたちに言わせれば、この身体は『生機融合体』なんだそうだ」

「生機融合体？　それって、たしか……」

「ああ、ゾンダリアンが自分たちを指していた言葉さ」

地球外知性体の戦闘指揮官とも言うべき存在、ゾンダリアン。北海道苫小牧《とまこまい》に建設された実験施設イゾルデにおける攻防※29において、凱たちは初めてゾンダリアンと接触した。その際、彼らが自身を定義する言葉として用いたのが、『生機融合体』であった。

「あいつらは、地球の生物すべてを、生機融合体にしてしまおうとした。俺は全力で、その野望を阻止した。阻止したはずなのに……」

「凱……」

「俺自身が……その戦いの果てに、生機融合体になってしまった。ゾンダリアンを否定したはずの俺が、あいつらと同じ存在に……」

命《みこと》には、凱の気持ちが痛いほど、理解できた。一度は生命を失いかけ、また実際に温かい肉体を失った凱だからこそ、ゾンダリアンの野望が赦せなかった。すべての生命体を機界化することで、マイナス思念を消滅させる……それが、ゾンダリアンの究極の目的だ。だが、もろくもはかない生命であるからこそ、人はマイナス思念を抱き、また相反するプラス思念をも抱けるはずだ。冷たい身体で、凱は必死にそれを信じて、戦い続けてきた。

だからこそ、戦いの果てに手に入れた新しい身体を、『神さまのご褒美』と信じて喜んでいたのだ。命自身もあの日、三年ぶりに温かく柔らかい凱の肌に包まれた感動を、忘れることはないだろう。

「まいったな、てっきりあの時……普通の人間に戻れたと思ったのに……」

コーヒーを一口すすって、凱《がい》は顔をしかめた。命《みこと》が煎れるコーヒーはいつも苦い。GGG《スリージー》首脳部でも喜んで飲むのは、低血圧でいつも朝には刺激物を摂りたがるスワンくらいのものだ。

(でも、苦さを感じることができるのって、味覚が戻ったからだよね)

命はそう思った。たとえ、生機融合体という特殊な肉体であったとしても、命のコーヒーを自分の舌で苦いと感じられる。抱きしめて、体温と鼓動を伝えることもできる。

(それだけでも、サイボーグ・ボディよりは、ずっと素敵だと思う。特別な力なんて、どうでもいい)

そんな想いを伝えようと、命が口を開きかけたとき——

「なぁんてな!」

「凱……」

「……俺が普通の人間に戻ったら、ゾンダーや原種がまた現れたとき、地球がピンチだもんな!」

晴れ晴れとした表情の凱が、おどけて右腕に力こぶを作ってみせる。

「俺の身体は、神さまが与えてくれたものなんだ。サイボーグ・ボディにも果たすべき役割があったように、この身体でもなすべきことがあるはずさ!」

「うん、そうだよね……」

恋人が無理をしていることに、命は気づいていた。だが、無理をできる余裕だけでも、ないよりはあった方が、確実に良い。

その時、いきなり時報のメロディが室内に流れ始めた。キャラクター物の時計から流れるコミカルな曲は、普段から凱にからかわれている物だ。

「あ、もうこんな時間か。悪い、命も明日の勤務までに休まなくっちゃな」

あわてて立ち上がった凱は、命の不機嫌そうな表情に気づいた。

「……命？」

「もう帰っちゃうなんて、ひどいんじゃない。たったいま、この身体でなすべきことがある……って、言ったばかりなのに」

「あ、いや、それは……ごめん」

今度は優しく、壊れ物を扱うように、凱は命を抱きしめた。正解を出した生徒をほめる教師のような表情で、命は小さくうなずく。


ふたりは翌日の勤務開始時刻に六〇秒だけ、遅刻した。

3

「エヴォリュダー⁉」

耳慣れぬ響きに、凱《がい》は幾度もその単語を繰り返した。

「エヴォリュダー……」

「ええ、超進化人類とでも言うべき、意味が込められています」

「ワタシたち、研究スタッフは凱のボディに、人類の未来を感じたのデース」

オービットベースの主司令室であるメインオーダールームに集まった一同は、みな熱意を込めてうなずいた。

「地球外知性体との戦いは、一段落を迎えた。だが、我々地球人類は宇宙の孤児でないという事実を、あの戦いの日々は教えてくれたのだ。遙かな外宇宙へ進出し隣人たちと親しくなること、悪意ある来訪者の襲撃に備えること、どちらも我々に与えられた大いなる使命だ」

GGG《スリージー》長官である大河幸太郎《たいがこうたろう》は、凱の瞳をじっと見つめて、言葉を続けた。

「凱、君に与えられた肉体は、君ひとりのものではない。人類が隣人や来訪者とつきあっていくために、これから獲得していかなくてはならない力……その象徴がエヴォリュダーなのだ」

「まあ、早い話、これからはケンカが強いだけじゃいけねえってことだ」

「む、火麻《ひゅうま》くんの口から語られると、説得力が薄れるな」

「そいつぁねえぜ、たまにはいい話もしないと、参謀らしくないと思ったのによぉ」

「自分で『たまには』などと言っていてどうするんだね」

「しまったぁ！」

火麻激《げき》参謀が、ゴジラモヒカンそびえ立つ自分の頭をぴしゃりと叩いた。長官と参謀の会話には、つきあいの長さに比例してか、他愛のない毒の含有量が多い。


「長官、俺……決して忘れません、いまの話」

凱は大河の目を見て、静かに語り出した。

「俺の身体や力が、人間が進化していくべき先にあるものなら、俺は走り続ける。進化の最先端を。たとえ俺が倒れても、後に続く者が進むべき道を……一歩でも二歩でも長く、切り拓いていきたい」

「うむ、それでこそ……勇者だ」

それは戦いの渦中、幾度も叫ばれ、聞き慣れた言葉だ。だが、こうして静かに語られると、あらためて凱の胸中に深く静かに染みこんでいく。

（そうだ、俺は勇者……でなければならない）


天井近くに浮いていた研究部主任がジェットスケボーを凱の眼前に滑らせてきた。前任の故・獅子王麗雄《ししおうれお》博士にもジェットローラーで壁面を爆走する奇癖が存在したこともあり、兄の雷牙《らいが》博士の言動に動じる者は、GGG《スリージー》スタッフには皆無だ。命《みこと》にとっては（凱の普段の言動が実父や叔父に似ないで欲しい）という祈りに近い願いもあるのだが、今のところは大丈夫そうである。

「凱《がい》、エヴォリュダーの肉体で生きていくことは、もしかしたらサイボーグ・ボディの時よりつらいかもしれん。でも、僕ちゃんや研究スタッフみんながお前の味方だ。なんでも頼ってくれよ」

「ええ、その分、たっぷり研究に協力させてもらいますよ！」

「ありゃ、見抜かれてたのねん」

もっとも、獅子王雷牙《ししおうらいが》は近いうちにオービットベースを離れることが発表された。この日のブリーフィングは、メインオーダールーム勤務スタッフの人事異動に関する話題が中心だったのだ。

雷牙がもともと所属していたアメリカ航空宇宙局は、新生GGG発足時にアメリカGGG宇宙《スリージー》センターへと再編されていた。原種大戦の終結にともない、センターからは復帰の要請が再三届いていたのである。

「オービットベースには、キレイなお姉さんがいっぱいいるから、僕ちゃん帰りたくないいんだがなぁ〜」

ついにGGGオービットベース側が折れることになったとき、雷牙がもらした感想である。それは七度の結婚歴があり、世界中に二十八人の子供がいる彼らしいものだった。NASA時代からの助手であったスタリオン・ホワイトを連れ帰ると同時に、その妹であるスワンの転属をもいつの間にか決めてしまったあたり、先の感想が冗談ではなく、本心であったことがうかがえる。

スワンが転属することにより、空席となった研究部担当オペレーターの座には、パピヨンが就くことになった。

「私としても、エヴォリュダーの肉体構造にはとても興味がありますから……凱さんの側にいられるオービットベース勤務は嬉しいです」

あらためて一同に紹介されたパピヨンは、そう挨拶して、深々と頭を下げた。

（な、な、なによそれ……！　凱の側にいられるのが嬉しいって、どういうこと⁉）

意外な言葉に命《みこと》はパニックに陥った。もちろん、パピヨンがオペレーターチーフである猿頭寺耕《えんとうじこう》助《すけ》と、互いに温かい視線で見つめ合っていることに気づく余裕などない。ほんの数日程度のうちに、凱に対するパピヨンの関心は純粋な知的好奇心がすべてだと、命も理解することになるのだが、彼女と猿頭寺との関係に気づくにはさらに数か月が必要だった。

「スワンさんの後任にパピヨンさんが来るとして、研究部主任とスーパーバイザーの座はどうなるんですか？」

園芸とミリタリーというおよそ両極端な趣味を持つ整備部オペレーターの牛山一男《うしやまかずお》が、一同を代表して質問した。

「ああ、すでに決まっている。紹介しよう！」

大河《たいが》は右の手のひらを頭上にかざした。通常時、そこには大河がシートごと長官室と行き来する、専用エレベーターが設置されている。つまり、このエレベーターが重い動作音を響かせる時は、常に彼が黒く長い制服をマントのように翻して登場する時であった。

だから、完全に降りきったエレベーターから現れたその人物が、地味な白衣に包まれたそろそろ老年にさしかかろうという姿と、ひどく穏和で頬を紅潮させた顔を見せたとき、一同は拍子抜けするはずだった。少なくとも、大河《たいが》はそう考えていた。

しかし、エレベーターから彼が一歩を踏み出した時、精鋭揃いであるはずのGGG《スリージー》スタッフたちは驚愕の表情を浮かべ、三歩を後じさった。

「あのぉ、皆さん、どうされたんですか？」

「た、た、た、高之橋《たかのはし》博士!?」

「はい、私が高之橋両輔《りょうすけ》ですが、なにか？」

「なんで博士がここに～～！」

パピヨンの言葉によるパニックが一気に吹き飛ぶほどの衝撃を受けた命《みこと》は、年長者への礼儀も忘れて、高之橋に指先を突きつけていた。

高之橋博士は御殿山《ごてんやま》科学センター主任を務め、麗雄《れお》・雷牙《らいが》博士とともに世界十大頭脳のひとりに挙げられる、高名な人物である。しかし、原種大戦のさなかにまた別の地球外知性体に精神を支配され、全世界の雄性体……つまり男性の根絶を図ろうとした過去があったのだ。凱《がい》や大河らも戦闘能力を失ったなか、地球外知性体の陰謀を打ち破ったのは、命やスワンたち、女性陣である。

その際の記憶も生々しい命にとって、高之橋博士の姿は悪夢の再来に他ならなかった（当時の記憶[※30]をまったく持っていない博士にとっては、無実の罪に他ならないことではあったのだが）。

「あ～この度、GGG《スリージー》研究部主任を務めさせていただくことになりまして、それでここにいるんです、はい」

「ああ……卯都木《うつぎ》くん、気持ちはわかるが、例の事件に関しては、高之橋博士もまた被害者なのだ。

わかりがたいとは思うが、わかってくれないかね」

「あ、はい……被害者……そう、なんですよね……」

「Ｏｈ、ミコート、私もユーの気持ち……よくわかりますデス……」

ＧＧＧオービットベースには、原種大戦における被害者が幾人もスタッフとして勤務している。高之橋のようなケースは決して珍しくない。それでも、命とスワンにとっては、にわかに受け入れがたい出来事ではあった。

「いやぁ、僕なんかがこんな大任を仰せつかるなんて、九十八パーセントあり得ないと思っていたんだけどねぇ」

女性陣の当惑をよそに、高之橋博士はその人徳を象徴する、穏やかな春の日差しのような笑顔を浮かべ続けていた。

4

二〇〇六年三月中旬、天海《あまみ》護《まもる》は忙しかった。

小学三年生の冬休みにちょっと遠くへ出かけることになった。すぐに戻るつもりだったのだが、帰宅が遅れ、結局は三学期のほとんどを欠席することになってしまった。

カモメ第一小学校の教職員たちが事情は理解していてくれたため、補習などを受けることによって、四年生へ進級することはできそうだ。

（よかったぁ……これで新学期からも、華《はな》ちゃんやみんなと同級生でいられるんだ！）

もちろん春休みまでの間、放課後は補習のスケジュールでぎゅうぎゅう詰めだ。春休みに突入すれば、これが朝から夕方までということになる。

遊ぶ暇など、とてもない。ラジロボバトルの全国大会予選もあきらめなければならないだろう。それでも、護《まもる》には勉強が楽しくて仕方なかった。いきなり向学心が芽生えてきたわけではない。黒板や教科書とにらめっこする退屈な時間が、平和な日常へと帰還したことを、実感させてくれるからだ。


護が出かけていた先は、太陽系第五惑星近傍・木星圏である。

その目的は、人類存亡をかけた地球外知性体との最終決戦である。


地球外知性体の戦術は、ゾンダーメタルの生成、ゾンダーロボの成長に徹底されていた。妬み、恨み、悲しみ、憎しみなどの負の思念を持つ人間に、ゾンダーメタルを植え付けることで、ゾンダーロボは誕生する。

そのため、防衛組織であるＧＧＧ《スリージー》はゾンダーロボの撃破だけでなく、素体とされた人間の救出も常に作戦目標としなければならなかった。

まだ素体の存在が明らかでなかった、ゾンダーロボとの初交戦時。獅子王凱《ししおうがい》が操るくろがねの巨神〈勇者王ガオガイガー〉は、最初のゾンダーロボ〈ＥＩ－02〉を新宿新都心における対決で、易々と撃破した。

だが、ガオガイガーがＥＩ－02から抜き出したコアを握りつぶそうとした瞬間、奇しくもその場に居合わせた天海護《あまみ》は、自分にも意味を理解し得ない叫び声をあげていた。

「それを壊しちゃ……ダメぇぇぇっ！」

（あのときのことを……僕は忘れない）

護の身体の奥に眠る、なにかが弾けた。

全身の皮膚が熱くなり、白く輝く。心地よい浮遊感を感じた瞬間は、まだ背に翼が生えたことを自覚していない。ただ強い想いに導かれ、気がついたときには、ガオガイガーの掌《てのひら》の上に立っていた。

そして、目の前にあるゾンダーコアが、慈しむべき生命であることが、わかった。中指と薬指を立て、軽く左手をかざす。

（待っててね……いま、助けてあげる。あなたの……本当の姿に！）

想いは、護が知らないはずの言葉となって、唇から紡がれた。

「クーラティオー！　テネリタース・セクティオー・サルース・コクトゥーラ！」

言葉とともに、指先から光が迸《ほとばし》る。だが、そこに攻撃的な力や獰猛《どうもう》な意志は存在しない。穏やかな波が、優しくゆっくりと解きほぐしていくかのように、ゾンダーの組織を変質させていく。そして、光が薄れていくと、そこには強く心を揺さぶる感情に滂沱の涙を流す男がいた。ゾンダーメタルを埋め込まれていた被害者に他ならない。

〝浄解〟――それが、ゾンダーを人間に戻すことができる、護《まもる》の能力につけられた名前だ。そして、彼にはもうひとつ、ゾンダーの出現を感知する能力が備わっていた。護と接触したGGG《スリージー》はその事実を知って協力を依頼、特別隊員として少年を迎え入れた。

天海《あまみ》護にとって、GGGの隊員たちとの出逢いは、喜ばしいものとなった。本人すら由来のわからない浄解や感知の能力。そうした力の存在は、根元的な不安で少年の心を押しつぶそうとした。

(僕はいったい……何者なんだろう……)

だが、人は秘密を分け合う相手がいるだけで、救われることがある。そして、必要とされることが、強さを与えてくれることもある。

ゾンダーと戦うサイボーグの青年、獅子王凱《ししおうがい》。小学生の護から見れば、テレビのヒーローが目の前に現れたようなものだ。そんな彼が護と秘密を共有し、ともに戦う仲間として、必要としてくれている。そして、凱の存在が、護の心をひとつの出口に導いた。

「僕……なんとなくわかったよ。この力は、世界中の人たちを助けるために、神さまがくれたものなんじゃないかって」

自分の浄解能力を受け入れた護が、凱に語った言葉である。だが、護は知らなかった。それは奇しくも、その二年前に凱が口にした言葉と、そっくりだった。

『父さん……なんとなくわかったよ。俺のこの身体は、世界中の人たちを助けるために、神さまがくれたものなんじゃないかって』

生身の肉体を喪ってしまった現実に、当時の凱は傷つき、苦しみ、悩んだ。そして、懊悩《おうのう》という長い長い暗闇の果て、眩い光に心が照らし出されるかのような結論に辿りついたのだ。

自分の半分も生きていない幼い少年が、自分と同じ答えに到達した。そのことが、凱には嬉しくてたまらなかった。

もちろん、そんな凱の心のうちを、護は聞かされていない。ただ、自分の言葉に——

「ああ、きっとそうさ……！」

と応えてくれた凱の口調が、とても温かかった。ガオガイガーの鋼鉄の顔に、力強い微笑が重なって見えた。それだけだ。それだけでも——

(凱さんは、僕のことを全部わかってくれてる！)

護の心はそんな安心感で満たされた。

〝凱兄ちゃん〟——そう呼びかけるようになる、直前のことである。

5

キッチンHANAは、Gアイランドシティの海岸沿いに立ち並ぶ店のなかでも、人気の高い洋食店だ。シーフードメニューを中心とした家庭的な料理で、宇宙開発公団で働く職員たちにもひいきにされている。

海に面したテラス席はペット同伴で食事ができるため、愛犬を連れている家族連れの姿を見ることが多い。もっとも、いちばん隅の日当たりの良い席は、いつも指定席として埋まっている。キッチンHANAを営業している初野《はつの》家の愛犬、よーぜふのお気に入りの昼寝場所だからだ。

相変わらず、天海護《あまみまもる》の補習に追われる日々は続いている。日曜日といえども、同級生たちの温かい協力（護に言わせれば、それは監視に他ならなかった）のもと、山と積まれた宿題を片づけなければならなかった。

「はぁい、シーフードカレー五人前、お待ちどう！」

キッチンHANA主人の姪にあたる中学校を卒業したばかりのあやめが、器用に六枚の皿を抱えて、テラス席にやってきた。

「あやめちゃん、手伝うよ」

席から立ち上がった店の看板娘、初野華《はな》が半分を受け取って、机の上に並べ始める。食欲をそそる香ばしい匂いが立ちこめた。

「うわっはぁ、美味しそう！」

「おい、護！　午前中の書き取り、まだ終わってないぞ」

「そうそう、全部百文字ずつ写さなきゃいけないんだからね」

ウッシーこと牛山末男《うしやますえお》と、数納鷹泰《すのうたかやす》が護の両側から責め立てる。数納はともかく、ウッシーはいつも成績が超低空飛行で迷走し、教師に怒られている。他人を勉強で注意できる機会など、これを逃したら一生来ないかもしれない。

「でも、もうお昼どきだよ」

「そうだよ！　漢字の書き取りなんて、何文字書いたかより、覚えられたの方が大事なんだから！」

「あっらぁ、初野さんってば、相変わらず天海くんには甘いんだからぁ。これが愛妻の内助の功ってヤツぅ？」

護をかばった華の態度は、狐森《こもり》レイコにとって格好の娯楽材料だった。初々しく真っ赤になる華と護、ふたりの態度が面白くて仕方ない。

（やだなぁ、狐森ったら相変わらずで……）

護にとっては、狐森の内心などミエミエだ。放っておけばよいと思うのだが、華ちゃんがいつもお約束のように耳まで赤くしてしまう。その姿を見ていると結局、自分までやはり赤くなってしまうのだ。

「まあ、護くんの言うとおりだよ。書き取りは冷めないけど、カレーは熱々のうちに食べないとね！」

「は～い！」

中学生（三月中はまだ中学生ということになる）であるあやめの正論に、小学生たちが声をそろえて返事をした。ウッシーや数納にしても、護《まもる》をからかってみたかっただけで、シーフードカレーの誘惑に抵抗するつもりなど、最初からなかったのだ。

「……やっぱ、初野《はつの》の母ちゃんの作るもんは美味ぇなぁ！」

しみじみとウッシーがつぶやく。彼の家は大食らいの四人兄弟なので、質より量の食事ばかりで、あまり凝った料理などは食べる機会がない。もちろん、ウッシーの基準を満たしているというだけでなく、キッチンＨＡＮＡの料理は絶品揃いだ。

「最近ね、華《はな》ちゃんもこの味が出せるよう、練習はじめたんだよ」

「やだ、あやめちゃん、それは秘密！」

慌てた華が、あやめの口を塞ごうとする。

「それで天海《あまみ》くんに毎日食べさせてあげるのね、新妻の鑑だわぁ」

「ホントだよなぁ、お前らはやく結婚しちまえよ！」

「そうそう！」

「もう、やめてったらぁ！」

いつものように、いつもの話題で盛り上がる友人たち。だが、護の耳にはにぎやかな団らんが聞こえていなかった。食事の手も止めて、物思いに沈み込んでいる。今朝、出かける直前にＧＧＧ《スリージー》ポケベルを通じて知らされた情報が、気になっていたからだ。

（ギャレオン、どこへ行っちゃったんだろう……）

つい先日の機界新種ゾヌーダとの決戦の後、ＧＧＧオービットベースで損傷を完全に修復されたギャレオンは、役目を終えたかのように眠りについていた。だが、日本時間で今日の未明、外部ハッチを突き破らんばかりの勢いで飛び出し、地球重力から解き放たれる脱出速度で、いずこかへ消えていったという。

しかし、不思議と護の胸のうちには、不安はなかった。ギャレオンが自分の前から消えたりはしないという確信があり、差し迫る新たな脅威といったものも感じられなかったからである。だが、不安はなくとも、疑問はあった。

（ほんとにいったい、どこへ行っちゃったんだろう……）

「ちょっと天海くん、聞いてんの!?」

胸ぐらをつかまんばかりの勢いで迫るレイコの剣幕に、護は我に返った。

「ご、ごめん、なんだっけ？」

「もう聞いてなかったの！　チョベリカチョチャパロンさまはカレーがお好きかって聞いてるのよ！」

「チョベリ……なに？」

護は周囲の子どもたちに救いを求める視線を送った。だが、〝チョベリカチョチャパロン〟の意味を知っているどころか、復唱できる者すらいない。

「もう、そのくらい常識でしょ！　〝超ベリーカッチョいい茶髪のロン毛〟よ！　ああ、もう一度お会いしたいわぁ」

やっと護《まもる》にも理解できた。その複雑怪奇な単語は、レイコが憧れている獅子王凱《ししおうがい》を指すものだったのだ。機界新種との決戦時、凱のサイボーグ・ボディはエヴォリュダーと名付けられることになる、生身の肉体へと再構成された。その結果、燃料電池であった頭髪は、生来の茶色がかった髪そっくりなものとなったのである。それにともない、以前からレイコが使っていた〝チョベリカチョロン〟という単語に、さらに新しい要素が加わったらしい。

「ねえ、狐森《こもり》さん。凱兄ちゃんには、命姉《みこと》ちゃんっていう恋……」

「お黙りなさいっ！」

「は、はい！」

「いい、手近なところですませようとしてる、あんたたち子どもにはわからないかもしれないけど……」

〝手近なところで〟という単語を耳にして、護と華《はな》は思わず見つめ合った。ウッシー、数納《すのう》、あやめの視線もふたりに注がれている。そんな様子にかまうことなく、レイコは怒濤の勢いで言葉を続ける。

「大人の恋ってのは、もっと深刻なのよ、切ないのよ、本気なのよ！　愛しい人との間に障害があったところで、それがなんなのよぉっ！」

「障害ったって、どう見ても勝ち目はねえよなぁ」

「黙れ、無神経～っ！」

レイコラリアットが、ウッシーの顎にヒットした。しかし、ひっくり返るウッシーの身体は、一枚の皿もひっくり返してはいない。食べ物を粗末にしてはいけません……という正しい常識が、レイコにも備わっていたからだ。もっとも、無神経なヤツには三倍返し……という独自のルールを実行することにも、ためらいはなかった。

ひっくり返ったウッシーの介抱と食事の後かたづけを終え、再開された護の宿題も、夕方までには片づいた。

あやめは夕食どきに備えて、下ごしらえを手伝うバイトに戻った。ウッシーたちも自分の家に帰っていく。帰り際にはこんな話もした。

「護、ラジロボの予選、絶対来いよな！」

「ウッシーがエントリーしといたんだよ、護は絶対出るって！」

「わかった、絶対に補習終わらせるよ！」

臨海ブロックのキッチンＨＡＮＡから護の自宅へは、歩いて五分ほどである。他の子たちと違う方角への道のりをひとりで歩き出した護の耳に、犬が吠える声が聞こえてきた。

振り向いた護が見たのは、華を引きずりつつ近づいてくる、よーぜふだ。本当はよーぜふを散歩させている華の姿のはずだったが、とてもそうは見えない。

「華ちゃん！」

「護くーん、またヒザすりむいちゃった……」

よーぜふの散歩時には欠かせない絆創膏を貼り終えて、ふたりは並んで歩き出した。今度は護も一緒によーぜふのリードを握っている。いくらよーぜふでも、ふたりを引きずるほどの力はないであろう、多分。

「華《はな》ちゃん、いつもこんな時間によーぜふの散歩してるの？」

そろそろ、陽も落ちようとしている時刻だ。夏場ならともかく、まだ肌寒いこの季節なら、昼間の散歩の方が、よーぜふにも嬉しいだろう。

「ううん、朝も一度散歩したんだけど……」

小さく答えて、華はうなずいた。

（あ、えと、そういうこと……）

やっと二度目の散歩に出てきた意味に、護《まもる》も気がついた。華と同じようになんだか恥ずかしくなり、護もまた視線を落とす。

お互いに眼をあわせないままではあったが、ふたりは自然と遠回りをした。護の家にまっすぐ帰るときなら通らない、海沿いの散歩道を並んで歩く。ここからは、東京湾の彼方に見えるビル街が西日に照らし出されて、とても美しく輝いて見える。

「ねえ、護くん……」

脚を止めた華が、思い切ったように口を開いた。

「なに、華ちゃん？」

「もう……終わったんだよね？」

護には、省略されている主語がなんなのか、よくわかった。怖かった戦いの日々。そして、護を連れ去ってしまうかもしれない、非情な運命。

「うん、終わった。終わったんだよ」

もちろん、確信はなかった。だが、信じたかった。いま過ごしている毎日の時間が幸せであればあるほど、もう失いたくはない。


だが、護と華のそんな願いは、まだかなえられることはない。

——使者が、訪れる。


夕空にくっきりと奔《はし》る光の筋に気づいたのは、華である。

「護くん、あれ……」

「流れ星？」

流星に見えた光は、轟音とともに護に近づいてきた。天空から降りてくる巨大な影。華は思わず、うずくまった。

「怖くない、怖くない……」

「大丈夫だよ、華ちゃん。あれは……敵じゃない」

「え？」

見上げた視界に、見覚えのある姿が降りてくる。護にとって、常に運命の使者となった鋼鉄の獅子。護と華を吹き飛ばさないよう、逆噴射を低出力に抑えながら、ギャレオンはゆっくりと着地し

NAKATANI

た。

「ギャレオン、戻ってきてくれたんだね！」

護《まもる》は、嬉しそうに駆け寄っていった。

だが、なぜか――

いつもは守護神として頼もしく見えたその姿が、この日の華《はな》にとっては、不吉なものに思えていた。赤い夕空を背景に浮かび上がる黒いシルエットが、よからぬことをもたらす使者に見えたのだ。

そして、その予感は間違っていなかった。

6

ギャレオンと再会して、三日後――

天海《あまみ》護は、Ｇアイランドシティの海岸に座り込み、海を眺めていた。最初は意味もなく、寄せては返す波を数えてみたのだが、途中でわからなくなった。そして、数えることをやめてしまったことにさえ気づいていない。

頭のなかには、いくつもの考えや迷いが渦巻いていて、自分でもどうしてよいのかわからなかった。

あの日、初野《はつの》華を家に帰らせた後、護はギャレオンの口蓋部に入ってみた。そうするよう、ギャレオンの眼が求めているような気がしたからだ。

護《まもる》を乗せて、ギャレオンは浮上した。すでに、日は没している。星灯りの下を、ギャレオンはゆっくりと飛行した。

（なんだか、不思議だな。こんな風に、ギャレオンと一緒に飛ぶのって……）

思えば、護がギャレオンと行動をともにするときは、緊急事態ばかりであった。ゾンダーや原種たちに追われる戦闘機動。全身にのしかかるＧに耐えながら、不思議と恐怖を感じたことはなかった。

（ギャレオンと一緒にいれば、なんにも心配することない……）

そう信じることができた理由は、木星決戦時に明かされた。ギャレオンのうちには、護の実の父親である異星人カインの人格コピーが眠っていたのだ。

カインの遺志に導かれ、ギャレオンは護を三重連太陽系から、地球へ連れてきた。そして、天海《あまみ》夫妻を選び、護を託した。その後も人知れず、護を見守り続けてきたに違いない。そんな深く固く結ばれた縁を、護もギャレオンの瞳に感じとっていた。

だから、散歩でもするかのように、ギャレオンとともに夜空を渡ったこのひとときは、護にはとても心安らぐものだった。やがて、まぶたが重くなってさえきた。

「ラティオよ……」

現実から夢の水面下へ沈みかけていた護の意識は、懐かしい声によって引き上げられた。

「その声……カイン？」

「その通りだ、我が子よ。そう呼んでもよければ……」

護の目に、涙があふれた。

正直言って、護にはカインが実の親であるという実感はない。たとえ血がつながっていなくとも、護にとって自分の両親は天海夫妻以外に考えられない。だが、自分に呼びかけるカインの声にも、まぎれもない真摯な想いが込められていた。

（お父さんやお母さんと同じ……僕を想っていてくれる気持ち……）

護はカインの呼びかけに応えようとして、かすかな罪悪感を感じた。一瞬の躊躇《ちゅうちょ》に、カインは、護の葛藤を感じとったようだ。

「すまなかった、いまさら。そなたを我が子と呼ぶ資格は、あの優しい地球人たちのものであった……」

その言葉を聞いて……罪悪感も、躊躇も、消え去った。

「ううん、そんなことない！　そんなことないよ！　お父さんもお母さんも……あなたも……僕の大切な人だよ！」

「……ありがとう、ラティオ」

「あ、でも、カインの人格コピーは……」

三年前にＥＩ－01と接触した際、ギャレオンのうちに保存されていたカインの意識は、大きく損傷した。もはや人格ある存在として語りかけることはできなくなっていたはずだ。木星において、ザ・パワーの力を借りることで出現した人格コピーと対話した凱《がい》が、護にそう語っていた。

「そなたの言いたいことはよくわかる。ギャレオンに保存されている私の意識の複製は、すでに破壊されてしまっていた」

「じゃあ、いま話しているあなたは……」

「――新たにギャレオンのなかに送り込んだ、いま現在の私の意識だ」

思わず、護《まもる》は息を呑み込んだ。カインの言葉の意味が、ゆっくりと心の奥深くまで染みこんでくる。ようやく理解できたとき、心臓が大きく高鳴った。

「そう、私はいまも生きている。三重連太陽系において」


星の夜を行くギャレオンのなかで、カインの新たなる人格コピーは、ゆっくりと時間をかけて、護に事情を語った。

かつて、緑の星が機界昇華されたとき、死を覚悟したカインは、自分の人格コピーを遺したギャレオンに、我が子を託した。だが、未知なる世界へつながる次元ゲートにギャレオンが飛び込んだ後、事態は一変した。

機界31原種もまた次元ゲートの彼方へ、ギャレオンを追っていったのだ。すでに三重連太陽系の機界昇華は、ほぼ完全に終了していた。だが、原種が去ったことで、カインを含め、わずかな生命が生きながらえることができたのだ。

これは、カインにすらも予想していなかった事態だった。ギャレオンに託したのは、護と〝自分亡き後の戦い〟であったのだから。

「残念ながら、取り残された我らはわずかな数しか残されていなかった。次元ゲートの彼方の機界31原種を追う力すらなかった。そなたと、地球の人々にはすまないことをした。そう思っている……」

「ううん、地球人は強いんだ！　原種なんかに、負けたりしなかったよ！」

「ああ、そなたが心強き人々の惑星に辿りついてくれためぐりあわせとその幸せに、私は感動している」

　原種大戦の終了後、ギャレオンはカインに組み込まれた指令のまま、次元ゲートを訪れた。その指令の存在を知らないＧＧＧ《スリージー》が慌てたのも、無理はない。

「じゃあ、ギャレオンは三重連太陽系へ行ってきたの⁉」

「その通りだ。そして、私はＺマスターが滅んだことを知り、いま一度人格コピーをギャレオンに託したのだ」

「……どうして？」

　聞くまでもないような気がした。だが、聞かずにはいられなかった。

「三重連太陽系の復興に、そなたの力を貸してほしい。いや、もしもそなたの気持ちに甘えてもよいのなら、本当の気持ちを語ろう。私が求めているのは、そなたの力ではない。そなたの存在そのものだ。父としていま一度、我が子と対面してみたい。勝手と承知してはいるが、偽らざる願いだ――」

カインの真摯な声が、護《まもる》の心のうちに、幾度も幾度も甦る。

あれから三日間、護はずっと考え続けていた。三重連太陽系の復興に、自分の力が役立つのなら、いますぐ飛んでいきたい。そして、自分を強く想ってくれているカインにも、会いたい。

だが、気持ちは千々《ちぢ》に乱れていた。やっと平和な日常へ帰還したのに、また家族や友だちと離ればなれになるのは耐えがたい。Ｚマスターが滅んだ以上、脅威となる敵は存在しないのだろう。しかし、未知なる世界での復興作業がどれほど危険をともなうことなのか、想像もつかない。

（ううん、みんなに会えないとか、危険かもしれないとか、そんなことはどうでもいい）

打ち寄せる波を見ながら、護はいちばん気になっていることを、つぶやいた。

「僕がカインに会いに行くって言ったら、お父さんとお母さんはどう思うだろう……」

きっと、両親は止めたりはしないだろう。笑って送り出してくれるに違いない。ＧＧＧ《スリージー》に参加したときや、木星へ旅立つときも、そうだったように——

（でも、きっと悲しいよね。僕がカインを選んじゃったみたいで……）

護は空を見上げた。晴天のなかに、白い筋が見えている。凱《がい》兄ちゃんにとって、深い縁のあるギャレオリア彗星だ。そして、いまや自分の運命とも切り離せない存在であったことを、護は知った。ギャレオンが抜けてきた三重連太陽系へ通じる次元ゲート、それがギャレオリア彗星の正体だったのだ。

（僕はあそこからやってきて、あそこへ行く……ううん、帰っていくんだ……）

そう、護自身にもわかっていた。自分がどんな選択をするであろうか。

ただ、自分の選択によって、誰かを悲しませたくない。そう思うのだ。

（……でも、無理だよね。僕だって、お父さんやお母さんや華《はな》ちゃん、凱兄ちゃん……大好きな人がすっごく遠くへ行ってしまったら、悲しいもん。誰も悲しませないなんて、無理だ）

――そのとき、護の心のなかに三か月前に聞いた言葉が甦った。

『君は……哀れだな』

木星へ旅立つ直前、戒道幾巳《かいどういくみ》がつぶやいた言葉だ。

『……僕たちは、地球の子じゃない。いつかは必ず、別れの時が来る。だから、僕は誰も愛さず、愛されないように生きてきた。僕がいなくなっても……誰も悲しむ者はいない。君のように、つらい思いをしなくてすむ』

あのとき、護は戒道にかける言葉が見つからなかった。ただ、戒道の養母が彼を真剣に案じていたことは知っている。だから、

『君だって……愛されてるよ』

そう言いたかった。だが、なぜかためらわれた。

（そうだ、あのときの僕は、戒道の言葉の意味を……よくわかっていなかった。だから、戒道のお母さんのことを言っていいのかも、わからなかったんだ）

（いまならわかる。あのときの戒道の気持ち――）

（そして、きっと……戒道《かいどう》もわかってたよね。お母さんのこと……僕に言われなくても）

その戒道幾巳は、いまはいない。木星決戦の際に生死不明となり、その行方は杳《よう》として知れない

ままだ。

護《まもる》は戒道《かいどう》と話してみたかった。いまの自分の気持ちを、語りたかった。

（――戒道、いまならわかるよ。戒道は……僕にウソをついてたんだろ。ウソをつかなきゃならない気持ち……それが、あのときの僕にはわからなかったんだ）

7

Ｇアイランドシティ――それは東京湾上に建設された、一大研究都市である。宇宙開発公団タワーが中心にそびえ、様々な研究施設と、その職員たちの居住区画で構成されている。研究都市と言っても、居住性や美観までもが十分に考慮され、臨海ブロックの大部分は公園として一般に開放されていた。居住区画の電力の大部分を供給する風力発電システムでさえ、美しいオブジェのように整列し、海風を全身に浴びて、力強く回転している。

久しぶりの休日、オービットベースからやってきた凱《がい》は風車の脇の小道をひとりで歩いていた。眩しい太陽も、長髪をかき回し続ける海風も、すべてが心地よかった。

かつて、旧ＧＧＧ《スリージー》のベイタワー基地はこのシティの直下にあり、職員のほとんどがここで暮らしていた。にも関わらず、サイボーグであった頃の凱は、自由に街中を歩き回ることがほとんどなかった。組織によって行動を規制されたわけではない。常に臨戦態勢にある緊張感と責任感が、凱自身を縛り付け、休息を許さなかったのだ。

だが、今の凱は差し迫る脅威から解き放たれ、自然を感じる肉体を手に入れた。目的地へ歩いていく行為そのものが、楽しくて仕方ない。約束の時刻よりかなり早く、待ち合わせの場所に着いてしまったのだが、時間をつぶす苦労は考える必要もなさそうだ。ヨットハーバーを一周しようかと考えた凱は、海の方を眺めて、小柄な影を見つけた。

「護、もう来てたのか！」

いきなり呼びかけられた声に、護は驚いた。

「凱兄ちゃん、あれ……もうそんな時間⁉」

GGGポケベルに時刻を表示させる。まだ、約束の時刻まで一時間もあった。凱は照れ笑いを浮かべつつ、近づいてきた。

「いや、散歩でもしてるつもりだったんだけど……護こそ、早いじゃないか」

カインからのメッセージについて、相談できる相手は凱しかいなかった。あの夜、ギャレオンに家まで送り届けてもらった護は、すぐに彼と連絡をとった。もちろん、詳しい話はなにもしていない。そのため、凱の休日にGアイランドシティで待ち合わせることになり、三日が経過していたのだ。

しかし、なにをどう話すべきなのか、護の心は定まっていない。朝食の時間よりもはやく家を出てきてしまい、今日も海辺でずっと考え続けていた。

「えっと……」

口ごもった護《まもる》の困惑を、あえて凱《がい》は無視することに決めたようだった。

「護、腹減ってないか?」

近くにあったテイクアウトの店で、ふたりは牛丼を買ってきた。ちょうどお昼どきが過ぎたばかりでもあり、並ばされることもなかった。

食欲をそそる香りに、護はやっと空腹を思い出す。ほとんど箸を休めずに、並盛りを一気に食べてしまった。

「美味しかった……!」

「ああ、やっぱり牛丼は最高だよな!」

言いつつも、凱は護の食欲を気にしていた。小食だったわけではない。むしろ、ありすぎた。まるで朝からなにも食べていなかったかのように。

そう言えば、約束よりも一時間も早く着いた凱よりも、護は先にやって来ていた。

(いったい、いつからここにいたんだ――?)

心配している凱の様子に気づくこともなく、三日ぶりに晴れ晴れとした気分になった護は、砂浜から海水のなかへ踏み出していった。三月の水は冷たかったが、高揚した気分でいるときには心地よい。

護は両の掌《てのひら》で窪みを作ると、冷たい海水をすくって、凱へ浴びせかけた。

「うわっ!」

「へへ、凱《がい》兄ちゃん、スキありだよ！　えいっ！」

「このぉ、やったな！」

続けられた塩辛い攻撃に、凱もまた応戦した。すでに両手がサビる心配もないのだから、凱の反撃にも容赦がない。

ふたりは延々と、お互いに海水をかけあった。思えば、原種大戦のさなかに知り合って以来、こんなにも時間を浪費するようなつきあい方をした覚えはない。

やがて、どちらからともなく息をきらし、小さな戦いは終結した。晴れた日差しが水分を連れ去り、取り残された塩分で護《まもる》の髪の毛はバリバリになっている。凱はそんな護の頭を、かき回した。

「まったく、こんなにしやがって。後で護の家に行って、俺もシャワーつかわせてもらわなきゃな」

「……ごめんなさい」

「別に怒っちゃいないよ。さすがに、命《みこと》もこんな遊びにはつきあってくれないからな。楽しかったぜ」

卯都木《うつぎ》命の名を聞いて、ついさっきまで悩んでいたことを護は思い出した。

(そうだ……僕にお父さんやお母さんや華《はな》ちゃんがいるように、凱兄ちゃんには命姉ちゃんがいる。凱兄ちゃんは、命姉ちゃんにウソをついたり、隠し事をすること……あるのかな)

一瞬ためらったものの、護は思いきって聞いてみた。

「……凱兄ちゃん、こういうこと、命姉ちゃんに話せる？」

護の声音に、少しだけ真剣な成分が含まれた。気づかないフリをして、凱はおどけてみせる。

「ムリムリ、女ってやつは男をすぐ子供扱いしたがるからな。こんな格好見せたり話したりしたら、絶好の材料与えちまうぜ」

「そっか……」

凱のささやかな気遣いにも関わらず、護の心は晴れなかった。

（……なにを聞いてるんだろう、僕。こんなつまらないこと話そうと、隠してようと、どっちでもいいことだよね）

護は両膝を抱え込むように、砂の上に座り込んだ。いつの間にか、日が暮れようとしている。西日の意外なまぶしさに眼を細めた瞬間、小さな身体は凱の肩の上に担ぎ上げられていた。

「見ろよ、護！　夕日だ！」

ほんのちょっと視点が高くなっただけで、夕日はいつもと違って見えた。

「うわっはぁ、すっごい!!」

「お、やっといつもの護に戻ったな」

「え……僕、いつもと違ってた……？」

「『うわっはぁ！』が出たの、今のが最初だぞ」

護の父親である天海勇《あまみいさむ》は、興奮したときや感動したときに、いつもその叫び声をあげている。幼い頃から真似ているうちに、護にもうつってしまった口癖だ。だが、牛丼を食べている最中にも、海辺で遊びはじめてからも、今日はその言葉を口にしていない。

やはり、心のどこかに引っかかっているものがあるとき、目の前の驚きや感動は薄れてしまうのだろうか。護《まもる》自身、凱《がい》に指摘されるまで、そのことに気づいていなかった。

なぜか、胸のうちに熱いものが込みあげてくる。護は凱の肩から飛び降りると、自分の表情を隠すようにうつむいた。

「どうしたんだよ、俺にも言えないようなことか？」

——優しい声だった。

（違うよ！　僕、凱兄ちゃんに話せないことなんかない！）

勘違いされたくなくて、護は思いっきり首をふった。だが、うまい言葉が見つからない。

「ううん、そんなことない、そんなことないよ……」

それだけ口にするのが、精一杯だった。表情を見せぬまま、護は海の方を向いて座り込む。

三重連太陽系という、いずことも知れぬ異境からやってきた、翼持つ緑の髪の少年。

機界生命体により、ゾンダーへ変えられてしまった人間を、元に戻す浄解能力の持ち主。

Gストーンの絆で結ばれ、凱のサイボーグ体の機能維持を担当した、GGG《スリージー》特別隊員。

様々な能力によって、様々な呼び方をされてはいるが、天海《あまみ》護の素顔は普通の九歳の少年のそれとなんら変わることはない。いや、普通を遥かに超えた、勇気ある少年だ。常ならざる運命に翻弄されながら、護は小さい身体で周りの人々を〝護る〟ために戦ってきた。養父がその名前に込めた想いを裏切ることなく。

だから、護のことを仲間として、友人として、心の兄弟として、凱は誇りに思っている。少年が自分から口を開くまで、無理に心中を聞き出そうとは思わなかった。

8

「……………」

かたわらに、凱の気配があった。同じように海を見ているのか、なにも語りかけてはこない。だが、互いに無言のままでいることが、不思議とつらくはなかった。静かでおだやかに流れる空気が、護の心のうちの不安を氷解させていく。

いつしか、夜空にギャレオリア彗星が輝いていた。昼間見えた天体が、同じ日の夜の世界にまた存在している。普通なら、ありえないことだ。だが、護はギャレオリア彗星が人工的に作られた存在であり、それ故に特異な軌道要素を持つことを知っている。

次元ゲートが放つ光を見つめながら、護のうちにはある決意が、固まりつつあった。

「ねえ、凱兄ちゃん……ウソっていけないことだよね」

「ウソ……つきたいのか？」

「ううん、つきたくない！　つきたくなんかないよ！」

護は思いっきり首を振った。隠し事をしなければならないとしても、そのことで凱兄ちゃんには嫌われたくない。だが、凱の反応は護が予測したものと違っていた。

「なら、別にいいんじゃないか」

「え……」

護の横に座り込み、凱はギャレオリア彗星を見上げた。

「つきたくないウソ……ならそれは、自分のためじゃなく、誰かのためのウソなんだろう？　だったら、俺もいっぱいついてるさ」

意外な言葉だった。凱《がい》はいつでも真っ直ぐに正しい生き方を選び、決してウソなどつくことはない。護《まもる》には常に、そう見えていたからだ。

「凱兄ちゃんも？」

「ああ、そうさ……」

凱は自分の手のひらを、護の目の前で握って……開いてみせた。

「俺の身体……どう見える？」

「暖かくて、大きくて、大好きだよ。あ、もちろん、サイボーグの時も大好きだったよ」

「サンキュ、護。俺もこの身体が大好きさ。でも……」

凱は手のひらを裏返してみせた。護の目に飛び込んできたのは、手の甲に浮かんだ、緑色に光る〈G〉の文字だ。それはGストーンの奥に輝き、そして――

（僕のひたいに浮かぶのと……同じ文字）

凱は不安と戸惑いが入り交じった、静かな笑みを浮かべた。それは護が見たことのない表情だった。

「護の前でこんなこと言うの、みっともないけどな……俺、怖いんだ」

「怖いの？　凱兄ちゃんでも？」

「ああ、怖いさ」

護にはとても信じられない。どんなに強い相手でも、凱はいつも怖れずに立ち向かっていた。そしていつも、眩しいくらいの笑顔で、自分たちを安心させてくれていた。

「そんな目で見るなよ、護。なあ、勇者ってなんだと思う?」

「勇者――勇気ある者、だよね」

少し考えて、護は答えた。だが、国語のテストに解答しているようで、とても凱が望んでいる返事ではないような気がする。しかし、凱は大きくうなずいた。

「そうさ。勇気っていうのは、怖いって気持ちを乗り越えるエネルギーだ。怖いってことを知らないヤツには、勇気なんて必要ない。だから、決して勇者にはなれない」

「そっか……そうなんだ……」

「ああ……そして、俺はいま、自分の身体が怖いんだ」

やっと、護にも凱の言いたいことが理解できた。あんなに強い凱兄ちゃんでも、あのときの自分と同じような気持ちになることがあるのだ。

「うん、わかるよ。僕も、浄解能力のことがわかったとき、怖かったもん」

「そうだろうな」

凱は深くうなずいた。自分が必死に乗り越えようとしている恐怖を、この少年はすでに乗り越えてきたのだ。

「俺のいまの身体を……みんなはエヴォリュダーって呼んでる」

「エヴォリュダー?」

「ああ、でも、もうひとつの呼び名もある。生機融合体って言うのさ」

護《まもる》の顔色が変わる。

「それって……」

〝生機融合体〟——それは、機界生命体が自分たちを指していた言葉ではなかったか。だが、護の表情に浮かんだ疑問を、凱《がい》は否定しなかった。

「そうさ、俺はゾンダリアンと同じような存在になってしまったんだ。でも、同じ心になったわけじゃない！　そして、みんなが俺のことをそう信じてくれている。だからこそ、生機融合体となったことを俺に隠さずに話してくれ、エヴォリュダーという新しい希望を込めた名前をつけてくれたんだ」

「……うん」

「いつか、自分がゾンダリアンのような存在になってしまうんじゃないか……そう思うと、怖い。でも、信じてくれている人たちの前で、そんな気持ちを表に出してしまうわけにはいかないんだ！」

「……うん、でも凱兄ちゃん、ヘンだよ」

心に浮かんだ疑問を、護は素直に口にした。

「だって、怖いから勇者になれるんだ……って言ってたのに、一生懸命、怖いのを隠そうとしてるんだもん」

護の疑問は、予想していたものであった。だから、凱は迷うことなく答える。

「そりゃ隠そうとしてるさ。ただ、隠しきれない相手もいるからな」

「僕と……命《みこと》姉ちゃん？」

「よくわかったな」

「うん、なんとなくそんな気がしたんだ」

「護は……俺より先に、この怖さに勝って、立派な勇者になってるからな」

凱は服のポケットから、小さなロケットを取り出した。蓋を開くと、そこにはつきあいだした頃の、命の写真が収められている。

「命は、あいつは……なんでかな、あいつの前だと、いつも心が裸にされちまうんだ」

さすがに、護にはまだ成人の男女の仲についてはよくわからない。納得したような、していないような……あいまいにうなずいた。

「命には、俺のことをなんでもわかってほしい……そう思うからかな、弱くてカッコ悪いとこまで見られちまう。本当はすっごくイヤなんだけどさ」

「うん、それってわかるよ。僕も華《はな》ちゃんにはカッコ悪いとこ、見られたくないもん」

「だろ！　でもな、だからこそ……命と護が、俺を勇者にしてくれるんだ。俺の心のなかにある、怖さを知っていてくれるから……」

「凱兄ちゃん……」

護は、胸のうちが誇らしさで熱くなるのを感じた。

（でも、僕だって、凱兄ちゃんがいたから、強くなれたんだ。浄解能力は、神さまがくれたもの……って、信じることができた！）

「なんだか、俺の話ばかりしちゃったな。悪い、護《まもる》」

「ううん、悪いことなんてないよ！」

「話は戻るけど……俺は、ウソをたくさんついてる。護や命《みこと》が俺を勇者にしてくれたから、俺は俺を信じてくれている人たちを、誰も不安にさせたくない。その人たちの前で、俺は勇者でなければならないんだ。もうとっくに、怖さを越えてしまった者として」

少し、護は混乱した。凱《がい》の言葉はどこか矛盾してしまっているような気がしたのだ。だが、たとえ明晰な少年と言えど、そんな矛盾をはっきりと認識できるほどには、護も大人ではない。怖くないふりができるというのは、ウソではなく、本当の勇者ではないのだろうか？　でも――

（よくわからないけど……凱兄ちゃんは、自分の気持ちを全部話してくれてる。僕の前では、本当の気持ちを話せる……そう言ってくれてるんだ）

ひとつひとつの言葉に込められた、凱の想い。そして、それを自分に向かってなにも包み隠さずに本気で話してくれる凱の気持ちが、護には嬉しかった。

「わかったよ、凱兄ちゃん。それが、誰かのためのウソなんだね」

「ああ、そういうことだ」

護はふたたび、ギャレオリア彗星を見上げた。あそこへ向かうことを、隠すことはできない。でも、向かった理由について、ウソをつくことはできる。

（僕を大切に思ってくれる人を不安にさせないために……。僕も、凱兄ちゃんと同じように……勇気ある者になりたいから……）

　かたわらで、凱もまた同じ星を見上げている。護とは別の意味で、凱にとってもギャレオリア彗星は特別な存在であるはずだ。

「凱兄ちゃん、僕……みんなにウソをつくね」

「……ああ、護がそれを正しいと信じたなら、そうするといいさ。それが、自分のためでなく、誰かのためのウソであることを……俺だけは知ってる」

　ふたりは、同じ星を見上げながら、言葉をかわした。

　本当は、もっともっと話をしていたかった。だが、凱と護が過ごした不思議な神聖さに満ちたひとときは、意外な形で破られた。ふたりの胸のポケットに納められていたGGG《スリージー》ポケベルが、同時に『緊急事態』を意味するコードを受信したのである。

「そんな！　特A級の緊急コードが何故⁉」

「凱兄ちゃん、あれ……マイクだよ！」

　護が指さした先には、夜空をジグザグに駆ける光点があった。それはマイク・サウンダース13世を乗せたバリバリーンの姿となり、ふたりの前に着地してきた。

「へーイ、護に凱、迎えに来ちゃったもんね！」

「なにがあったんだ、マイク！」

「うーん、それがマイクにもよくわかんないんだよね。オービットベースと通信がつながってるから、聞いてみてほしいんだもんね」

凱《がい》は前部ハッチからバリバリーンの内部に潜り込んだ。コスモビークルであるバリバリーンは、マイクのサポートメカであると同時に有人シャトルとしての機能も有している。多少の電波妨害なら、その通信機能が失われることはない。

「こちら凱、どうしたんだ、命《みこと》！」

小型モニターの向こうで大河《たいが》の指示を受けていたらしい命は、正面に向き直った。

「ああ、凱、緊急事態よ！　ドルトムントに巨大ロボットが現れたの！　全長は四〇メートル、市街地を破壊しているわ！」

「ドルトムント……ドイツか。そいつはゾンダーロボなのか⁉」

「素粒子Ｚ０《ゼットゼロ》反応は観測されていないわ」

地球外知性体ゾンダリアンが操るゾンダーロボは、特殊な素粒子を発生させる。ＧＧＧ《スリージー》はその素粒子を観測するＺセンサーの開発成功により、被害拡大を防いできた。Ｚセンサーに反応しなかったということは、その巨大ロボがゾンダーではないことを意味している。

不安げな面持ちで小型モニターをのぞきこんでいるかたわらの護《まもる》の方へ、凱は振り向いた。

「相手はゾンダーじゃない、護の力を借りなくても大丈夫そうだ」

一瞬、原種が活動を開始したころのことを思い出した。原種核を浄解できない自分は、凱たちにとって、不必要な存在であるかのように、思えたのだ。

「そんな顔をするなよ、護。誰も護の力が必要ないって言ってるわけじゃない。ただ、今日の敵は護抜きで楽勝……って言ってるだけさ！」

「……うん、わかった。僕、家に帰るよ」

「ああ、お父さんとお母さんを安心させてあげるんだ。それも立派な任務だぞ！」

「うん！」

凱の言う通りだった。自分には、両親に話さなければならないことがある。

夜空へ消えていくバリバリーンを見送った後、護は自分の家へ向かって、駆け出した。

第二章　未知への帰還

――西暦二〇〇六年三月――

1

凱《がい》を乗せたバリバリーンは、弾道軌道でドイツへ向かっていた。

(原種大戦は終わった。もう人類を脅かす者はいないはずなのに……)

物思いに沈んでいた凱の意識を、通信機から流れてきた命《みこと》の声が、現実に引き戻す。

「凱、ガオーマシンとギャレオンを乗せたカナヤゴが、あと一七〇秒でバリバリーンと邂逅予定よ！」

「了解！」

「……あ、待って、ボルフォッグからの通信が入った。転送するわ」

画面が切り替わる一瞬のノイズに続いて、凱の視界に現れたのは、ＧＧＧ《スリージー》諜報部に所属する勇者ロボ〈ボルフォッグ〉である。正確には、ボルフォッグの見た目の映像に、彼のＡＩ固有の声がかぶせられていた。

「凱機動隊長、これが現在のドルトムントです。ご覧になられますか?」

「ああ、立派な建築の教会が破壊されてるな」

「……残念です」

「いや、謝ることはない。市民の避難は？」

「そちらは完了しています。負傷者は軽傷のみに留まり、すでに搬送済みです」

「よし、後は俺の役目だ！」

凱は憎々しげに、ボルフォッグに撮影されている巨大ロボをにらんだ。黒く巨大な全身に禍々しい力をみなぎらせ、ただ一心に破壊のみを行っている。しかし、その姿に地球外知性体のテクノロジーに由来する異質さは感じられなかった。

むしろ、ガオガイガーにも通じる、人類文明の結晶としての存在感がある。むろん、人類の守護神たるガオガイガーとは存在ベクトルは正対していると言って良い。

「ボルフォッグ……この巨大ロボ、もしかしたら……」

「はい、私も感じます。九十七パーセント以上の確率で、あのロボットの動力源はフェイクGSライドであると考えます」

フェイクGSライド、それは前年に国際的犯罪結社バイオネットが手に入れた、超動力源である。その機能を封印されたはずの幻のディビジョン艦フツヌシによって創世された、GSライドのイミテーション。その超エネルギーは、かつての人類文明ではGストーン抜きに実現しえなかった巨大ロボを誕生させた。

フェイクGSライドによって駆動した、最初のバイオネットロボ〈Gギガテスク〉は、フツヌシをめぐる攻防の際、ガオガイガーと決戦ツールの前に敗れ去っている。だが、フランス製勇者ロボ〈天竜神《てんりゅうじん》〉に深刻な大ダメージを与えるなど、その禍々しい力を十分に発揮していた。

「バイオネットロボか……ボルフォッグ、生体反応は？」

「観測されません、おそらくは無人の自律型ＡＩ制御によるものと思われます」

「遠慮する必要はなさそうだな」

「はい、存分にやってください！」

ボルフォッグの言葉にうなずいた凱《がい》は、映像の中に意外なものを見つけた。バイオネットロボの上空に、一機のヘリコプターが飛行している。しかも、ひとりの男が身を乗り出した状態で。

「あいつは……」


——その男は、異形であった。

特殊な美的感覚にデザインされたと思われる異様な衣装に身を包み、ピエロにも似た仮面で表情を殺している。

ドルトムントの上空、報道関係者さえも侵入を禁じられた空間で、平然とヘリを乗りこなすのは、男が事件の当事者であるからに他ならない。

「いけませんね～～」

その男、バイオネットの作戦指揮官・ギムレットは不満だった。これは彼が担当する最初の大きな作戦であったにも関わらず、ドイツＧＧＧ《スリージー》※31とＧＧＧ諜報部の連携によって、ギガテスク・ドゥの活動が、著しく制限されていたからだ。

特に、ミラーコーティングやホログラフィックカモフラージュなどの特殊装備で身を隠したボルフォッグの存在は面倒だった。すでに避難が完了した無人の地区へと、巧妙に進路を誘導されてしまう。

「う～ん、これでは大して死傷者が出ませんね～。お客さま方へのアッピールが足りませ～ん。ラプラスちゃんやメビウスちゃんの二の舞はごめんですよ～」

かつて、Gギガテスクによる作戦に失敗し、命を落とした作戦指揮官たちの名前を、ギムレットは口にした。

自分は彼らのようにはならない。ギムレットには確信があった。効率よく作戦を展開し、短時間で大きな制圧力を発揮することを証明し、他の国際テロ組織に売却することで莫大な利益をあげてみせよう。ギムレット自身の脳裏では、その野望は確実な未来予想図となって、仮面の下の頬を緩ませている。

もっとも、組織内における栄達以上に、若き日に彼に手ひどい仕打ちを加えた女性の出身地を灰《かい》燼《じん》と化す暗い愉悦の方が、より強く顔面の筋肉を支配していたかもしれない。いずれにせよ、市民にとっては受け入れがたい事情によって、歴史ある街は壊滅させられようとしていた。だが――

「ファイナル……フュージョンッ！」

身長二〇メートルほどの白い巨人が叫んだ。やがて、巨人は飛来した三機のマシンとともに、EMトルネードのなかへその姿を隠していく。

EMトルネードが放つ、暴力的なまでの磁束密度は、ギガテスク・ドゥのセンサーを眩惑《げんわく》させた。

そのため、ＥＭトルネードが消失したところに現れた、さらに巨大な黒い人型の姿は轟く名乗りによってはじめて認識するところとなった。

「ガオッガイッガーッ‼」

原種大戦を戦い抜いたくろがねの巨神〈ガオガイガー〉。ようやく機界新種との決戦で受けた深刻なダメージも修復され、いまギガテスク・ドゥの前に立ちはだかる。

「凱《がい》、ディバイディングドライバーが使用可能になるまで、あと七〇〇秒、なんとか時間を稼いで！」

「そんな必要はないぜ！」

ようやく光学センサーにガオガイガーを捉えたギガテスク・ドゥが、突進を開始する。

「街に被害を出さずに……」

ガオガイガーは一瞬だけ腰を落とすと猛然と大地を蹴り、背部スラスターを全開にした。

「ヤツを倒せば、いいだけのことだあっ！」

瞬間的に両者の距離は縮まった。ガオガイガーを射程に捉えたと判断したギガテスク・ドゥのＡＩは、機体の右腕を鋭いサーベル状に変形させた。サーベルはガオガイガーの額を直撃する！

「ガオガイガーが、そんなものにっ！」

ガオガイガーの額には、ＧＳライドを保護する緑色の装甲が設置されている。眩い輝きのなか、直撃したはずのサーベルは、粉々に砕け散った！

「はああっ！」

ギガテスク・ドゥに体勢を立て直す余裕を与えることなく、ガオガイガーは両腕で敵の全身を捕まえた。そして、両膝のドリルニーを交互に叩きつける。一撃ごとに、ギガテスク・ドゥの装甲は薄紙のように貫かれ、内部メカは飴細工のように砕かれていった。

「あひゃ～、ギガテスク・ドゥがこんなにあっさりと、これではいけませ～ん！」

フツヌシの創世炉を取り込んだGギガテスクと違って、ギガテスク・ドゥには再生能力は備わっていない。だが、その真の能力は戦闘力以外に存在していた。

「あひゃひゃひゃ、これで終わったと思ってはいけませんよ～」

「これは……⁉」

もはや、残骸と化したかと思われていたギガテスク・ドゥに異変が起きつつあった。無数のケーブルやフレームが、まるで触手のようにしなり、ガオガイガーの全身にからみついたのだ。そして、触手は装甲の継ぎ目から、排気口から、ガオーマシンとガイガーのドッキング部から、内部に侵入を開始した！

「ぐあああああっ！」

「卯都木《うつぎ》くん、いったいどうなっている！」

「わ、わかりません……物理攻撃としての脅威レベルは低く、エネルギー攻撃としての反応もありません……！」

大河《たいが》の問いに、命《みこと》は戸惑った。だが、現実にガオガイガーは全身を触手に蝕まれ、凱は苦しみの極みにある。

「凱《がい》、返事をして、凱っ！」

「ボルフォッグ、触手だけを切断できないか！」

猿頭寺《えんとうじ》の指示に、すかさずボルフォッグが応答する。

「ダメです、巧みにガオガイガーの装甲を楯としていて、こちらの攻撃を受け付けません。むしろ、ガオガイガーを傷つけてしまいます！」

「むう……バイオネットがこれほどの作戦を実行できるとは……」

「長官、アレは情報攻撃ではありませんカ⁉」

「そうか、そういうことか！」

スワンの推測に、雷牙《らいが》が補足を加える。

「凱からガオガイガーの全身へ送られるコマンド……その中継地点に侵入し、命令を途絶させているのだ！　いや、むしろ積極的に偽のコマンドを発信しているかもしれん！」

「だが、ギャレオンの意識が自己防衛を図るのではないか？」

「その通り！　だが、コマンドが送られなくなったガオーマシンは、ガイガーの全身を縛る重りとなっているはずだ！」

「それでは、凱はどうなる！」

雷牙もスワンも、大河《たいが》の問いに対して即答できなかった。もしも、バイオネットの狙いが推測通りだとすれば……

「いやぁ～こんなに上手くいくとはいけませんね～」

　ギムレットは満悦の極みにあった。ギガテスク・ドゥ一体くらい、失われたところでどうということはない。その代わりにガオガイガーを入手できるのなら、バイオネットは全地球の支配者となることもできるだろう。そうすれば、自分はすべての歪んだ欲望を満たせるに違いない。

「くっくっく、もうたまりませ～ん！」

　仮面の視線の先では、全身を侵食されたくろがねの巨体がもがき苦しんでいた。

「ぐ……身体が、ガオガイガーが動かない……」

　ファイナルフュージョン中は、ガオガイガーの機体そのものが、凱にとって自らの手足同様の存在となる。その鋼鉄の全身が、じりじりと自由を奪われていく。それどころか、自分のものでない意志が、全身を支配しつつあった。それは、己の身体そのものを異物に乗っ取られる恐怖と同義だ。だが、凱の心は屈しなかった。

「こんなことで……ガオガイガーを、勇者王を、渡すわけにはいかないっ！」

　恐怖を乗りこえるエネルギー――勇気が、凱の全身に満ちていく。これまでの戦いにおいて、勇気満ちる時、Ｇストーンは常に力を貸してくれた。エヴォリュダーとなったいま、そのＧストーンが細胞の一片にまで存在しているのだ。

「俺はエヴォリュダー……俺の全身は、ひとつのプログラムと同じなんだっ！」

　その瞬間、凱の意識はガオガイガーの全身へ散っていった。神経組織が超常的なまでの伝達速度を持つシステムとなり、プログラム化された凱《がい》の意識は異物を排除していった。

ギガテスク・ドゥの触手に送り込まれ、ガオガイガーを支配しようとしたハッキング・プログラムは、急速に書き換えられていった。

「俺は、俺は……エヴォリュダー・ガイだっ‼」

ついにガオガイガーは、全身にからみつくハッキング触手を振り払った。


「オウ、こんなことができるナンテ……」

ガオガイガーの制御が、凱によって取り戻されていく様子は、メインオーダールームのモニターにも図示されていた。優秀なオペレーターたちを総動員するよりも速く、効果的にそれは達成されていく。GGG《スリージー》隊員の中で、もっともエヴォリュダーに関する知識が豊富なスワンにとっても、それは驚くべき能力だった。

「凱は一〇〇パーセント、ガオガイガーのコントロールを奪い返しマシタ！」


「プラズマホールドッ！」

ガオガイガーの左腕から放たれる、防御フィールドを反転させた捕縛プラズマが、ギガテスク・ドゥを包み込む。いや、それは全身を寸断されつくした残骸に過ぎない。

「はあああっ！」

頭上で残骸を振り回すガオガイガー。その風圧は、ギムレットが搭乗するヘリのバランスを、大

NAKATANI

きく崩させた。

「あひゃ～いけませぇ～んっ！」

墜落するヘリにかまうことなく、ガオガイガーはプラズマホールドを、無人の鉱山跡に叩きつけた。地中深くに残っていた鉄鉱石が舞い上がり、ギガテスク・ドゥであった鉄屑の上に積もっていく。この衝撃では、フェイクGSライドもひとたまりもないであろう。

「……はあ、はあ」

さすがに全身の神経を極限まで酷使した戦いに、凱《がい》は荒い息をついていた。

「大丈夫、凱！」

「ああ、もちろん……」

だが、命《みこと》からの通信には明るい声を出す。

「俺は……地上最強のエヴォリュダーなんだぜ！　この程度、どうってことないぜ！」

――またひとつ、凱は〝誰かのためのウソ〟をついた。

2

翌日――

宇宙開発公団に泊まり込んでいた天海《あまみ》勇《いさむ》が昼過ぎに帰宅した。

天海家の居間のテレビには、昨日のドイツにおける事件の様子が映し出されている。すでに戦闘ロボは国際的犯罪結社バイオネットのものであることが発表され、ガオガイガーに撃破された瞬間の映像が、幾度も繰り返されていた。

室内着に着替えた天海勇は食い入るようにテレビを見ながら、護《まもる》に話しかけた。

「いやぁ、バイオネットって本当に悪い奴らだなぁ」

「でも、これからもガオガイガーがいれば、安心よね」

天海愛《あい》もまた、テレビをじっと見つめる護に語りかける。護は深呼吸をして、決意した。今こそ、〝その時〟なのだ。

「ねえ、お父さん、お母さん。僕……話さなくちゃいけないことがあるんだ」


夕方まで、親子はたくさんのことを語り合った。護が物心つく前に、両親がどんな思いで我が子を育てていたか。箱根の温泉へ旅行したとき、勇が語った〝護〟という名前の由来を、護自身がどれほど誇らしく思ったか。

他愛もない話から、いつか伝えなければと思っていた気持ちまで、話題はつきることがなかった。

決して、本題を避けていたわけではない。その証拠に、勇《いさむ》はまだまだ話したそうにしている護《まもる》の言葉を、そっと遮った。

「さあ、もういいだろう、護。いま話さなきゃならないことを、まず話そう。他の話は、またいつでも話せるさ」

父親の優しい口調に、護は涙がこみあげてきた。しかし、まだ泣くわけにいかない。決然とした表情を作り、護は語り出した。

「僕……宇宙へ旅立とうと思うんだ」

勇と愛《あい》の瞳に（ああ、やっぱり……）と言いたげな光が浮かんだ。この日が来ることを、ふたりとも悟っていたに違いない。

「良かったら、理由を聞かせて……くれるかい？」

自分の両親が、頭から反対をするような人たちでないことを、護は知っていた。だからこそ、これからウソをつくのだ……と思うと、胸が痛い。つい、視線は床を捉えてしまう。

（でも、カインに会いに行くことを、お父さんとお母さんには知られたくない。ごめんなさい、帰ってきたら……絶対に本当のことを……）

意を決して、護は見上げた。自分のことを心配そうに見つめている両親を。その表情を、決して忘れまい。自分の心にそう誓いながら、護は語り出した。

「宇宙のあちこちで、新種のゾンダーが産まれてるかもしれない。僕にはそれを倒す力はないけど……でも、困っている人たちの手助けをすることはできると思う。地球を護ったのと、同じように……」

ゾンダーが侵攻を繰り返していた星々に機界新種が誕生している可能性は、GGG《スリージー》研究部でも指摘されていた。凱から聞かされたその話をもとに、考えたウソだ。

だが、リアリティなど必要なかった。それがどんな決意であれ、勇と愛は最初から認め、受け入れるつもりだったのだから。

無言で息を呑んだ勇のかたわらで、愛が強い口調で断言した。

「……行ってきなさい。護ちゃんにしか、できないことなら」

うなずきつつ、勇はムリヤリ笑い顔を作る。

「迷わず……進め！」

そこまでが限界であった。勇と愛は同時に、瞳に浮かんだ光をあふれさせた。目頭を押さえた愛の指の隙間から、大粒の涙がこぼれ落ちる。護もまた、こみあげる熱いものをこれ以上、我慢することはできなかった。

「ありがとう……お父さん、お母さん！」

「護ちゃん……！」

勇と愛が我が子を抱き寄せ、護は両親のもとへ飛び込んだ。三人はひとかたまりになって、強く強く抱きしめあった。

「僕、行ってきます！」

「いつでも、帰ってこいよ。ここは……護の家なんだからな」

もうなにも、言葉はなかった。ただ両親の胸に顔をうずめ、幾度もうなずき続ける。

（ごめんなさい。僕、きっと帰ってくるから！　この家に帰ってくるから！　お父さんとお母さんのところへ……帰ってくるから！）


護《まもる》の決意は、凱《がい》を通じてＧＧＧ《スリージー》の知るところとなった。

もちろん、大河《たいが》長官をはじめとするＧＧＧ首脳部は、護の決断を支持することを表明した。だが、国連地球防衛会議においては、ギャレオンが護とともに旅立つことに、難色を示す声も多かった。それはつまり、勇者王ガオガイガーが出撃できなくなることを意味しているのだから。

大河の依頼により、獅子王雷牙《らいが》は一編のレポートを国連に提出した。それはギャレオンに代わる純地球製のコアマシンを開発することにより、より信頼性の高いメカノイドを誕生させる計画の草案である。計画を現実的なものとするためのアイデアを多数提示する一方で、いくつかの局面におけるギャレオンの自律的判断……すなわち暴走の可能性を過大に盛り込むことも、忘れてはいない。

その他、様々な工夫と工作の結果、護とギャレオンの旅立ちは、国連から承認された。当然ながら、そうした過程が護の耳には入ることのないよう、ＧＧＧ諜報部が情報操作に腐心したという。

その一方で、護自身もまた、もうひとつの大きな問題を抱えていた。


その日、いつものように護と同級生たちは、キッチンＨＡＮＡで護専用に用意されていた宿題に取り組んでいた。いつもと違っていたことといえば、ウッシーと数納《すのう》は新作映画の試写会に、レイコが家の都合で、それぞれ昼過ぎには帰ってしまったことだ。あやめはキッチンの方で、ディナーメニューの下ごしらえを手伝っている。

テラス席にいるのは、よーぜふを除けば、護と華《はな》だけだった。

（今日なら、話せるかも……）

あの日、ギャレオンと出逢ったときのことを、華は決して話題にしようとしなかった。幾度か旅立ちのことを話そうとしたのだが、いつも周囲に人がいて、なかなか切り出せなかった。もちろん、華の方にしてみれば、わざとそうしていたのだ。だが、護はそんな心理に、まったく気づいてはいなかった。

「ねえ、華ちゃん……」

おずおずと切り出した護の言葉に、華はびくっと全身を震わせる。

「あの、算数はあやめちゃんに教えてもらいたいから……呼んでくるね」

「待って！」

立ち上がった華の手首を、護は思わずつかんでしまった。自分の大胆な行動に護自身が驚き、頬を染めながら手を放す。

「あ、ごめん……！」

「……」

華は無言のまま、席に戻った。護もまた、かける言葉を見失い、ふたりの間には沈黙が淀む。酸欠の苦しさにも似た時間を意外な言葉で破ったのは、華の方だった。

「……戒道《かいどう》くん、どこに行っちゃんだろう」

「え?」

「戒道くん、もう帰ってこないのかな」

護《まもる》と華《はな》の同級生だった戒道幾巳《いくみ》の本当の姿は、三重連太陽系の赤の星で産まれた生体兵器〈アルマ〉である。護とともに木星決戦に臨んだ戒道は、Ｚマスターと差し違える途を選んだ超弩級戦艦ジェイアークに乗り込み、そして還ってこなかった。※32
「なんだか、最近思うんだ。戒道くんと護くんって、どこか似てるって……」

華をはじめとする同級生たちにとって、戒道は半年前に消息を絶ったままだ。アルマとして覚醒した際に、彼は日常生活のすべてを捨ててしまっていた。護は無論、真実を知っているものの、口に出してしまうことはためらわれる。

「……私、怖いの。護くんも戒道くんみたいにいなくなってしまうんじゃないかって」

「ごめん、華ちゃん」

「そんなことないよね、護くんはずっと、私たちと一緒だよね」

「ごめん、僕……もうすぐ、行かなくちゃならないところがあるんだ」

突然、華は両耳を手で塞いだ。閉ざされたまぶたに、涙がにじんでくる。

「やめて!」

「華ちゃん……」

「どうしてそんなこと言うの!　護くんが木星に行ってる間※33、私……怖かった!　とってもとっても怖かった！　やっと帰ってきてくれたのに、どうしてまた行ってしまうなんて言うの！」

「華ちゃん、聞いて！」

「護くんがいなくちゃ……怖くないなんて、思えないよ！」[※34]

言うと、華はキッチンＨＡＮＡのテラス席から飛び出していった。その後ろ姿を、護はただ呆然と見守っていた。追いかけたところで、なにを言えばいいのか、わからなかったからだ。

（華ちゃん、ごめんね……）

護の向かいの席には、涙でにじんだ学習帳のみが取り残されていた。

3

ギャレオリア彗星がよく見える丘に、仲間たちが集まっていた。

旅立ちを決意してから、すでに十日が過ぎている。それでも、様々な準備や手続きを考えれば、急ぎすぎたと言っても過言ではない。

カモメ第一小学校の同級生や、ＧＧＧ《スリージー》の隊員たち――護の世界のすべてであった人たちが、この丘に集まっている。だが、一同の姿を端から端まで見て、ＧＧＧ特製の宇宙服に身を包んでいる護は落胆した。

（華ちゃん、来てくれなかったんだ……）

結局、あの日以来、華《はな》は一度も会ってくれなかった。毎日のように訪ねたのだが、調子が悪くて寝込んでいる……と、両親からすまなさそうに謝られてしまった。

（旅立つ前に会っておきたい……なんて、僕の勝手な都合だよね……）

凱《がい》とともに戦い抜いたギャレオンも、護《まもる》とともに旅立つ。

これからは、残された者たちで地球を護り抜いていかねばならない。

もはや、凱には迷いも怖れもなかった。ただ、勇気ある仲間に恥じない生き方をしたい、そんな想いが胸中を満たしている。

「俺も一緒に行けないのが、残念だ」

「凱兄ちゃんまで連れてったら、命姉《みこと》ちゃんに怒られちゃうよ」

「やだ……」

頬を染める命のかたわらで、凱はじっと護を見つめた。あのとき、ふたりでギャレオリア彗星を見ながら語った言葉が、護に旅立ちを決意させたのだろうか？

いずれにせよ、自分の勇気を示さねばならない。この小さな勇者に負けないために——そう考えた凱は左腕の甲を、そこに浮かぶGの紋章を掲げてみせた。

「この力を……有効に使うよ」

「地球の平和を……頼みます」

護と凱を取り囲んだ人々が、口々に声をかける。

「身体に気をつけてね」

ハンカチを目に当てながら、命が呼びかけた。

「なにかあったら、GGG《スリージー》ダイアルに連絡しろ！」

携帯電話をミシミシと軋《きし》ませながら、火麻《ひゅうま》が吠える。

「銀河の彼方まで、助けに行くデス！」

スワンは瞳をうるませ、約束した。

「どこにいようと……君は、我々の仲間だからな」

大河《たいが》が力強く、断言した。GGGの仲間たちが、護の小学校での友人たちが、口々に別れを惜しむ言葉をかけていった。この丘に集まった人々すべてが、護が地球人として生きてきた日々が素晴らしかったことの証人だ。

（護、お別れは言わない。すぐにまた会えるよな）

人々に囲まれている護に、凱は心のなかで呼びかけた。

「……みんなも、元気でいてください」

集まった全員の顔を脳裏に焼き付けようと、人々を見回しながら、護も応える。

そのとき、口々に護の名を呼ぶ声がした。振り向いた護が見たのは、同級生たちが作った人垣である。

「ジャーン！」

ウッシーや数納《すのう》が、おどけながら人垣を崩す。その後ろから現れたのは、初野華《はつのはな》だ。白いドレスに、薄桃色のベール。両腕にあふれんばかりのブーケを抱えている。

——花嫁衣装だった。

「華ちゃん……」

「……護《まもる》くん」

華の目に浮かんでいる光は、別れの悲しみではない。とても大切な瞬間を迎えた、感動の涙だ。華が姿を現すまでの間、護の心を暗色に塗り潰していた不安は、どこかへ消え去っていた。花嫁のいでたちでこの場にやってきたということだけで、華の気持ちは強く伝わってくる。そこに言葉は必要ない。

月明かりに照らし出されながらおずおずと、宇宙服と花嫁衣装が近づいていく。目を閉じた華の額に、護がそっと口づけた。口笛と歓声が、ふたりを祝福する。

名残惜しそうな表情を隠しきれぬまま、護はギャレオンの口蓋に収まっていった。

見送る人々の先頭で、凱が呼びかける。

「護、乗り越えなきゃならないこと、立ち向かわなきゃならないことに出逢ったとき、必ず思い出すんだ！」

ギャレオンが腰部のGインパルスドライブを駆動させた。

「うん、勇気は……怖いって気持ちを乗り越えるエネルギーなんだよね！」

轟音の轟くなか、鋼鉄の獅子が浮上していく。

「そうだ！　勇気さえあれば、必ずＧストーンは俺たちに、力を与えてくれる！　そのことを忘れるな……それが、俺たちの勇気ある誓いだ‼」

一瞬のうちに、護の眼下に見える愛しい人たちの姿は、砂粒のようになっていった。

「絶対に……忘れないよ！　絶対、絶対、忘れないから！」

護は必死に叫んだ。きっと、この声はみんなに届いているはずだから。

（——でも、さよならは言わないよ、凱兄ちゃん！　だってみんなには、きっとすぐまた会えるから！）

護は視線を上げた。星の海には、今日もギャレオリア彗星が輝いている。これから、彼は未知なる世界へと帰還していくのだ。

勇者たちの物語はすでに終わり、神話が始まろうとしていた——

第三章　決別、そして連戦　―西暦二〇〇六年三月―

1

（ラティオ、ラティオ……）

闇から呼ぶ声が聞こえる。無限にも近い繰り返しの後、ようやくそれが自分の名だと気づく。遠い呼び声に導かれ、護《まもる》の意識はゆるやかに覚醒していった。

（僕は……たしか――）

天海《あまみ》護の記憶は、ギャレオリア彗星突入を最後に途切れていた。

ギャレオリア彗星は、三重連太陽系のテクノロジーで造られた、次元ゲートである。通常空間に露出した位相のずれから、ゲート内のエネルギーは常に〝こぼれて〟いる。そのエネルギーが光子となり、太陽の重力に引き寄せられた結果、あたかも彗星であるかのように見えていたのだ。

護にとって、別次元へ通じるゲートへ突入した経験は、初めてではない。木星決戦の際、ジェイアークが造り出したESウインドウに突入したことがある。だが、ギャレオリア彗星は、ESウインドウとは根本的に異なるものだ。

なぜなら、次元ゲートの彼方は単なる空間の彼方ではなかったからだ。三重連太陽系が存在する宇宙と、太陽系が存在する宇宙。両者がいかなる関係にあるのか、護はもうすぐその解答を得ることになる。

そして、意識の覚醒とともに、記憶がまた紡がれはじめる。

「あなたは……」

目を覚ました護の目の前にあったのは、温かい輝きを瞳に浮かべた男性の顔であった。

「よく来てくれた……我が子、ラティオよ」

その声には、聞き覚えがあった。幾度も、ギャレオンのブラックボックスから呼びかけてくれた声。新たなる人格コピーとして、この三重連太陽系に誘った声。その持ち主は、ただひとりでしかあり得ない。

「あなたが……カイン？」

「その通りだ」

「あなたが……お父…さん？」

「そう名乗ってもよければ」

言葉ほどに、表情には揺らぐ感情を表すこともなく、カインは答えた。

「僕、あなたに……会いに来たんだよ！」

護はカインの胸に飛びついた。太い腕が、ゆっくりと小さい体を抱き返す。その感触に、護ははるかな過去を思い出したような気がした。まだ幼かった頃、この世界に誕生したばかりの頃、自分を包んでいてくれた大きな存在。

（間違いない……この人が、僕のもうひとりの……）

安堵感は、護《まもる》の支配権を急速に、疲労へと譲り渡した。わずか数十秒の再会を経て、護の意識はまたも薄れていく。

「これで……第一段階は達成されましたね」

幼い少女の声が、聞こえた。この場にいたのは、自分と父だけではなかったのだ。だが、声の主を捜すだけの気力は残されていなかった。


ふたたび目覚めたとき、そこが巨大なシステムの内部であることに、護は気づいた。

明らかに地球のそれとは異なるものの、知性体が明確な意志を持ってデザインしたと思われる巨大な構造物。その片隅に、柔らかなカプセルが設置されている。このカプセルをベッド代わりに、護は寝かされていた。

（ここは……）

護はゆっくりと身体を起こしてみた。空気も温度も、快適な状態になっている。ただ、重力はほとんどなく、カプセルの周囲へ自由に身体を泳がせることができた。

「君の身体は、まだ完全ではない。許可なく移動しないでもらいたいものだ」

重々しい声が聞こえた。振り向いた護の正面に立っていたのは、白ずくめの衣装に身を包んだ長身の男性であった。もちろん、そう見えるというだけで、その者が人間の男性であるという保証は

ない。いや、むしろその可能性は極めて低いと言える。なぜなら、彼の背には翼があり、その全身の皮膚は淡く発光していたからだ。

だが、彼がどこか医者のようにも、護には見えた。身にまとっている白い服だけでなく、いくつもの器具を身につけているためであろう。

護《まもる》が疑問を口にするまでもなく、男は自ら名乗った。

「我が名はパルパレーパ。ソール11遊星主のひとり」

「あ、僕は……」

「知っている、ラティオ。緑の星に産まれた、カインの子」

「は、はい。でも、天海《あまみ》護と呼んでもらえたら……」

護の言葉を最後まで聞かず、パルパレーパと名乗った男は、身を翻した。一瞬だけ躊躇《ちゅうちょ》したものの、護もその後に続いた。自分がそうすることを、彼は疑っていないようだ。パルパレーパの態度は傲岸不遜《ごうがんふそん》そのものであったが、敵意は感じない。いまは、彼についていくしかないだろう。

「あの……ソール11遊星主って、なんですか?」

巨大な背中は沈黙を保ったまま、通路のような空間を進み続けている。重力がないとはいえ、その軽やかな身のこなしは、蝶を連想させた。

「カインは……どこに?」

「――ここにいる」

パルパレーパは通路を抜け、広大な空間に脚を踏み入れた。選択する余地もなく、護もその後に続く。

長径四〇メートルほどの、楕円形の空間。その内部に、一〇体の影があった。ひとりを除いて、全身をフードに包んでいるため、その姿をうかがい知ることはできない。正体がはっきりしている唯一の人物に、護は語りかけた。

「あの……僕、ここまで来ました。あなたの呼びかけに応えて……カイン！」

カインは穏やかな微笑を浮かべた。

「ありがとう。そなたの気持ちに、感謝している」

不思議と、心は穏やかだった。自分の胸のうちが、なんの感動も覚えていないことに、護は戸惑った。

（どうして？　ずっと会いたいと思っていた人に会えたのに。ここへやってきて、最初に会ったとき、あんなに懐かしかったのに――）

自問自答の結果、護は気づいた。

（あのカインの目……僕を見ていない。ただのガラス玉みたいに、見開いているだけ……）

カインの瞳からは、意志の光が消えていた。電池を抜かれた玩具を、護は連想した。

戸惑う護に対して、カインのかたわらにいるフードの人物が話しかける。

「ピサ・ソールへようこそ、ラティオ」

その声は、意識を失う寸前に耳にした、少女のものだった。少女は自分の頭部を覆うフードを片手ではね除け、整った容貌を露わにした。

(戒道《かいどう》⁉　ううん、違う。あの顔はどこかで……)

その少女を戒道幾巳《いくみ》と見間違えかけたのも、無理はなかった。

戒道少年は、赤の星で開発された生体兵器アルマであると聞かされていた。かつて、機界31原種を確実に倒すため、アルマもまた三十一体が起動したという。そのなかには、戒道と性別が異なる女性型アルマも存在した。

ある事件のさなか、[※35]護《まもる》は女性型アルマを模した人形を目撃したことがあった。眼前の少女は、その人形に酷似していたのだ。

「もしかして……君は、アルマ?」

少女は幼い顔立ちにも似合わず、妖艶と形容するに値する笑みを浮かべた。光よりは黄昏に属するものであろうと、それは生ある者の感情表現だ。彼女は、かつて出逢ったような人形ではあり得なかった。

「アルマ、ですか。そう見えるのも、無理はありませんね。アルマたちは、私の生体構造をベースとして開発されたのですから」

「じゃあ、君は――?」

「そういえば、彼らにはラティオ、あなたの浄解能力を付加したのでした。不思議な関係……もしかしたら、アルマとは私とあなたの間に産まれた子供のようなものかもしれませんね」

氷の槍が背中に突き立てられたような異様な感触に、護は震えた。眼前の少女の正体はまだわからない。わからないが、なぜか根元的な恐怖感や嫌悪感が、護の心の奥底から浮かび上がってくる。

震える声で、ふたたび護は問いかけた。

「君は……君はいったい、誰なんだ！」

「我が名はアベル。赤の星の指導者にして、ソール11遊星主を束ねる者……アベル！」

2

「ここは三重連太陽系に遺された、数少ない拠点……そのひとつピサ・ソール。あなたをここへ招いたのは、この私……アベルです」

「でも、僕はカインに呼ばれて……」

その言葉を遮るように、カインが口を開いた。

「そなたに会いたかった……ラティオ。我が子よ……」

だが、言葉とは裏腹に、その声にはなんの情感も含まれてはいなかった。ただ機械的に、与えられたプログラムを実行しているような声。

(もしかして、このカインは……！)

喉の奥で、アベルが含み笑いをもらす。

「くく……気づきましたか？　そのカインは、プログラムシステムに過ぎません」

三重連太陽系における〝プログラムシステム〟――それは、特定の目的を達成するために造られた人工知性を意味している。

「いまは亡き緑の星の指導者をモデルに造られたプログラム『ペイ・ラ・カイン』。ソール11遊星主[※36]、それは私と一〇体のプログラムシステムから成る、三重連太陽系再生プログラムなのです」

「ラティオ……アベルがそなたの力を必要としている……」

「やめて！」

護《まもる》は両手で耳を塞いだ。

（僕が聞きたかったのは、カインの言葉だ。カインの声じゃないっ！）

興味深げに、アベルは護を見つめる。

「おや、お気に召しませんでしたか？　あなたにはこれから、三重連太陽系再興のために働いてもらわなければなりません。私からのせめてのお礼として、もはやかなわぬはずの実父との対面を実現してさしあげたつもりでしたのに……」

「じゃあ、地球で僕を呼んだカインの人格コピーも……」

「ええ、私がプログラムしたものです。ただの招待状では芸がありませんからね。喜んでいただけましたか？」

護は目の前が急速に暗くなっていくような錯覚を覚えた。

（なんだよ、こいつ……なにを言ってるんだよっ）

もちろん、アベルの言葉が理解できないわけではない。いや、理解したくないほどに理解できてしまっている。

「なぜ、なんでそんなことを……」

「あなたの力が必要だからです。Ｚマスターの抗体・ラティオ、あなたにしかできないことがあるのです」

「そんなことを聞いてるんじゃないよ！　僕は……僕だって、三重連太陽系を大切に思ってる。いちばんの故郷は地球だけど、ギャレオンやＧストーン……この僕の生命を与えてくれた三重連太陽系だって、もうひとつの故郷だって思ってた！　だから、三重連太陽系のために僕の力が必要なら、使って欲しい……そう思ってる！」

「では、なにも問題はありませんね。なにを怒っているのです？」

「違う、違うんだよ！」

護は首を振った。目元に浮かんでいた涙滴が、玉となって散っていく。

（この人には、僕の気持ちがわからない。なぜ僕が怒っているのか。なぜ僕が悲しんでいるのか。どんなに説明しても……アベルにはきっと、僕の気持ちがわからない！）

その瞬間、護は背後に近寄る巨大な気配に気づいた。

「アベルよ……ラティオは、お前の気持ちを理解しようとしない。彼が協力を拒否するのなら、いくらでも選択肢は存在する。自由意志にこだわる必要はない」

振り向いた護を、パルパレーパが酷薄に見下ろしていた。その右目を覆ったアイマスク状の物体に、緑の輝きと紋章が浮かぶ。

（あれは……Ｇストーン⁉）

輝きも紋章も、Ｇストーンに酷似していた。だが、どこかが違う。

（Ｇの紋章が……左右逆になってる？）

よく知る輝きに似た光を見つめているうちに、護《まもる》の心のうちの怒りは次第に消え去っていった。怒りがとけたわけではない。ただ、虚しくなったのだ。

たとえ彼らと起源を同じくしているとしても、自分は地球人だ。

（異星人には、僕の気持ちは……わからないんだ……）

それは、普段の護であったなら、とても考えないような心の動きであった。だが、あまりにも巨大な怒りと悲しみと虚しさが、護の心に鎖をかけていた。固く重く冷たいモノが、心を縛り上げる。彼らとは、決して同胞にはなれない。その認識が、護に決断させた。

（じゃあ、僕は……地球人として生きる――！）

護はあらためて、アベルの方へ向き直る。

「アベル！　もしも三重連太陽系の復活に僕の力が必要なら、喜んで協力するよ。でも、それは……僕が三重連太陽系の子だからじゃない。地球人として、恩を返すために、僕は自分の力を使いたい！」

原種大戦において、絶滅の危機に瀕していた地球人類を救ったのは、三重連太陽系からもたらされた数々のテクノロジーである。Ｇストーン、Ｊジュエル、ガオガイガー、ジェイアーク。それらの借りを返さねばならない。納得できずにいる自分の心の一部を、護はそのような理屈で、説得した。

「――いいでしょう。私たちに必要なのは、あなたの心ではなく、力です。恩と感じてくれているのなら、喜んで返していただきましょう」

「ふ……」

パルパレーパの口の端が、かすかに歪む。彼なりの嘲笑であったのだが、幸いにも護は気づかなかった。

「ピサ・ソール、私たちを外へ転送してください」

アベルほどではないが小柄な影が、フードを被ったまま、一歩前に出た。この巨大な空間の中心部に設置されている黒い星形の物体。そのかたわらで、両手を軽く差し上げる。

（なんだろう、あの星みたいな形の物。すごいエネルギーを感じる……）

護の視界のなかで、星形の物体が歪んだ。いや、視界全体が歪んだのだ。

アベル……そして、ソール11遊星主たちとともに、護の身体はピサ・ソールの外部へ転送されていった――。

3

鋼鉄の獅子が吠えた。

全長数万メートルにも達しようかという巨大な立方体ピサ・ソール。そのすぐ近傍に転送されてきた護《まもる》を、忠実なギャレオンが発見したのだ。

「ギャレオン！」

嬉しかった。たとえ、心通じることのない異星人たちに囲まれていたとしても、自分にはギャレオンがついている！　そう思えるだけで、護は幸せだった。

「ピサ・ソールのなかへ、ギャレオンを招くわけにはいきません。一時とはいえ、引き離してしまい、申しわけありませんでしたね」

「え、ううん……」

アベルの率直な謝辞に、護は戸惑った。そして、ふと浮かんだ疑問を口にしてみる。

「ねえ、アベル。この大きい要塞が、ピサ・ソールなの？」

「ピサ・ソールは要塞ではありません。物質復元装置です」

「装置……こんな大きいものが⁉」

ピサ・ソールは、ひとつの天体と言ってもよいサイズの物体だ。それが、一個の装置だというのだろうか。

「三重連太陽系そのものを復活させるためには、これでも最低限のシステムでしかありません」

かつて、紫の星で開発されたＺマスターは暴走の末、三重連太陽系全体を機界昇華した。その結果、マイナス思念は消滅した。だが、マイナス思念を産み出す生命体と、生命体を育む星々さえもが、消滅させせられてしまったのだ。

「生命が暮らす惑星たち。生命に恵みをもたらす恒星たち。かつて、三重連太陽系には十一を数える星々が存在していました。ソール11遊星主は、星々を甦らせるために存在するのです」

「それで十一人なんだ……」

アベルは小さくうなずいた。

「先ほどの空間が、ピサ・ソールの中枢たるコアルーム。物質復元の中枢システムであるパスキューマシンが設置されています」

巨大なエネルギーが集中していた星形の物体のことを、護は思い出した。

（そうか……きっと、あれがパスキューマシン……）

「先ほど、私はピサ・ソールを数少ない拠点と呼びました。覚えていますか？」

「うん、そう言ってたね」

ピサ・ソールの他には、星ひとつない暗黒の空間を、アベルは悲しそうに見渡した。いや、ただひとつ、巨大な物体が存在する。やはり、天体に匹敵するサイズを誇る人工物。幾何学的な外見を持つ、緑色の岩石……そんな趣の物体だ。アベルは泳がせていた視点をその物体に固定した。

すでに瞳からは悲しみの色が消え、怨嗟の光が宿っている。

「あれこそ、いまの三重連太陽系に遺されたもうひとつの拠点……Gクリスタル」

「Gクリスタル？」

「ええ、私が造ったピサ・ソール……いえ、ソール11遊星主に対するアンチプログラムとして建造された拠点――」

あまりにも、次々ともたらされる新しい情報に、護《まもる》は混乱した。

「なんで⁉　どうして、三重連太陽系を甦らせるシステムに、アンチプログラムが必要なの？」

「そんなことは……カインに聞きなさいっ‼」

アベルの端正な顔が、醜く歪んだ。それは激情の末に発生したものか、仮面の下から現れたものか。

「紫の星がZマスターを完成させた後、私はその巨大な力の暴走を怖れました。だから、ジェイアーク、アルマ、ソルダート師団を開発したのです。巨大な力への対抗策として。アンチプログラムとして」

その考え方は理解できた。実際に木星決戦でZマスターと戦った際、ジェイアークと赤の星の戦士たちがいなければ、護やGGG《スリージー》の勝利はあり得なかった。ある意味、いまここにいるアベルの配慮が、宇宙を救ったのだ。

「ですが、カインはこともあろうに、私に対して対抗策を講じてきたのです。ソール11遊星主に対するアンチプログラムを開発することで。我らソール11遊星主が創造神ならば、Gクリスタルに眠る力は破壊神。忌まわしき存在なのです！」

アベルはペイ・ラ・カインに、憎々しげな目を向けた。むろん、カインをモデルとしたプログラムは、カイン本人のコピーのような存在ではない。あくまで、容姿や人格パターンのベースになったというだけに過ぎない。

だが、明らかにアベルは敵意を剥きだしにしていた。

(もしかしたら、カインへの憎しみが、僕に向けられたってことだったのかな?)

それならば、納得はできないものの、理解はできる。たとえ、他の宇宙に住んでいようと……人は人、なのだろうか。

「さあ、ギャレオンの導きに従ってください」

「ギャレオンの?　どういうこと?」

「もともと、ギャレオンはGクリスタルの行動端末なのです」

Zマスターは、その巨大な本体が活動するにあたって、まず行動端末に先遣隊を勤めさせた。特にパスダーという名の端末は、地球人にEI-01として認識され、地球に多大な被害をもたらした。だが、それすらもZマスターによる侵攻の、一端末による片鱗に過ぎなかったのだ。Gクリスタルにとってのギャレオンは、Zマスターにとってのパスダーに似た存在である……アベルは、そう語った。

「かつて、Zマスターによる機界昇華が進行した際、カインはあわてふためき、ギャレオンを改修したのです。ソール11遊星主に対するアンチプログラムから、Zマスターに対するアンチプログラムとして」

「そうだったんだ……」

「あなたの許しさえあれば、ギャレオンはGクリスタルへ帰還するでしょう。Zマスターが倒れたいま、本来の姿に戻るために。ですが、それが我らにとって、最大の好機。あなたとギャレオンに、内側からGクリスタルを破壊してもらいたい。それが……あなたたちを招いた、最大の理由なのです」

「でも、カインはどうして、ソール11遊星主へのアンチプログラムを造る必要があったの⁉ それを知らなければ、壊すなんてできないよ！」

護《まもる》は救いを求めるかのように、ペイ・ラ・カインを見た。だが、カインをモデルとしたプログラムは、ただ優しい微笑みを浮かべ続けるだけだ。

「無駄ですよ。戦闘力や超能力こそコピーされていますが、人格は虚ろなままです。本物のカインがなにを考えていたか……このペイ・ラ・カインにわかるはずがありません」

アベルの口調は、淡々と事実を述べたものであった。そこには、虚偽によって護を操ろうという魂胆は見いだせなかった。

「わかった、僕……行くよ、Gクリスタルへ！」

護の言葉に、ソール11遊星主たちの影が揺れた。大半はフードをかぶっているといっても、その下から、アベルと護の対話を注意深く見守っていたと見える。それぞれに知性ある瞳の輝きが、フードの隙間からのぞいていた。

「頼むぞ、ラティオよ」

パルパレーパが、護の宇宙服の左肩に手を置いた。

「Gクリスタルから放たれるジェネシックオーラは、我らソール11遊星主のプログラム本体を抹消しようとする強力な力。たとえお前自身の力でGクリスタルを破壊できなくても、ジェネシックオーラを止めてくれるだけでもよい」

「わかりました！」

「頼んだぞ……三重連太陽系復活のために」

やがて、護を乗せたギャレオンは、誰に導かれるでもなしに、Gクリスタルへと帰還していった。流れ星のようなその軌跡を見送りながら、アベルはつぶやいた。

「ラティオ……カインの遺志を継ぎ、私たちと敵対しようというのなら、存分におやりなさい。あなたがGクリスタルへ向かった時点で、第二段階は達成されたのですから――」

真空空間に、アベルの含み笑いが響く。星ひとつない、静寂の空間……三重連太陽系。間もなく、この空間に破壊と熱と光のエネルギーがあふれかえることになる。

4

ピサ・ソールから一億キロメートルあまりの空間へ、ギャレオンは護を乗せて駆け抜けた。鋼鉄の獅子の接近にともない、Gクリスタルは覚醒をはじめる。

様々な帯域でギャレオンの機体が走査され、地球人類の科学力では検知し得ない波動が、放射されてくる。波動の正体は、すでに護も知っていた。

（これが……ジェネシックオーラ）

プログラムシステムに対しては、物理的破壊と同等かそれ以上に、情報的破壊が脅威となる。ジェネシックオーラは、ソール11遊星主のプログラムを標的としたアルゴリズムクラッシャーなのだろう。

（アベルはああ言ってたけど、やっぱり僕は、カインの本当の考えが知りたい。三重連太陽系の再生……それって、本当はいいことだよね。なのに、なんでアンチプログラムが必要だったのか……きっと、Ｇクリスタルに行けば、わかるはず！）

緑色の岩石と見えたＧクリスタルの外観は、近づくに連れて、その印象を大きく変えていった。無造作な塊に見えて、各面は極限まで均質な平面を保っている。何者かの加工だとしたら、神の手にも匹敵するほどの細工であったに違いない。

その均質な表面に、ある変化が現れつつあった。ギャレオンの接近にあわせて、ちょうどよいサイズの空洞が出現していく。機械的なハッチやシャッターのようなものではない。まるで、ギャレオンの行く手にある面が、結晶構造を変化させていくように見える。いや、実際にその通りなのであろう。

（なんだか、すごく大きなＧストーンみたいだ……）

やがて、ギャレオンの全身が呑み込まれると、その後背で空洞はゆっくりと閉じていった。ちょうど、宇宙船がドックに収容されるかのごとく、ギャレオンはＧクリスタルのなかに収容されていった。

（本当に、ギャレオンはGクリスタルの行動端末だったみたいだ……）

Gクリスタルの奥へ進み続けて、三〇分は経過した頃だろうか。ほぼ中心にあたると思われる位置で、ギャレオンは静止した。護《まもる》はおそるおそる、緑色の水晶を思わせる構造材で囲まれた部屋に、一歩を踏み出した。透明度が非常に高く、壁も床も、はるか彼方まで透けているように見える。だが、どこまで行っても、クリスタル以外のものは見あたらなかった。

「ラティオ……」

呼びかける声に、護は振り向いた。だが、どこにも人影は見あたらない。

「誰……どこにいるんですか！」

「ラティオ、私はGクリスタルそのものです。あなたはいま、私のなかにいるのです」

声は、特定の方向から聞こえてくるわけではなかった。直接、頭のなかに語りかけるようでもあり、位置を変えながら周囲のあらゆる方向から聞こえてくるようでもあった。

「わかりました。あなたは……僕のことを知っているんですね」

「ええ、あなたがこの宇宙に誕生したときから、よく知っています」

落ち着いた、知性と慈愛に満ちた女性の声に聞こえた。いわゆる制御コンピュータの音声出力のような、情感に枯れた声ではない。たしかに人間として、充実した生を送った者だけが発する声だった。

「教えてください、Gクリスタル！　アベルはここに破壊神が眠っていると言ってました。その言葉は……正しいんですか⁉」

どうか否定してほしい……自分でも驚くほど強く、護《まもる》は祈った。だが、その願いはあっさりと裏切られた。

「ええ、アベルは真実を語っています」

「そんな……じゃあ、Gクリスタルは三重連太陽系の再生を、邪魔するために造られたんですか！」

「ある意味では……その通りです」

眼前の壁に向けて、護は右手を差し出した。左の手には護りの力が、右の手には破壊の力が、それぞれ宿っている。

「僕はまだ、三重連太陽系を故郷だと思うことはできない！　でも、必死に甦ろうとしている人たちを邪魔する破壊神は……赦《ゆる》せないよ！」

「ラティオ、再生の力を止めるもの……それは破壊の力以外にないのです」

「なんで、破壊しなきゃいけないの⁉」

「破壊は新たなゼロへの希望……無限なる可能性への挑戦なのです」

「そんなの、なにか変だよ！」

護は右手に、サイコキネシスのパワーを発生させた。

（――僕に、この力を使わせないで！）そう願いながら。

だが、声は動じなかった。

「……あなたには、すべてを知ってほしい、ラティオ」

護に対する全幅の信頼が、声音からは感じられる。その信頼は、護のうちにあった反発を消し去っていた。無言でうなずくと、護は右手をゆっくりと下ろした。

そして、声が語り出す。それは、遙かなる神話であった――


紫の星で誕生したマイナス思念相殺システム〝Ｚマスター〟と〝機界31原種〟、その暴走による機界昇華で、三重連太陽系は滅んだ。

だが、滅亡の可能性はＺマスターの誕生を待たずして、指摘されていた。宇宙の終焉が迫っていたのだ。数百億年単位での生命を持つ宇宙、その寿命が近づいている。緑、赤、紫の星の研究者たちの意見は一致していた。

しかし〝その日〟がいつ訪れるのか、人知によって予測することは不可能だった。それは明日訪れるかもしれない。また、一億年後のことかもしれない。いずれにせよ、宇宙の衰亡という巨大な事態に、抗うことは不可能だ。

絶望と楽観の間で揺れ動きつつも、人々はあらゆる手段を模索した。そして、到達した可能性が、地球人がギャレオリア彗星と呼ぶ次元ゲートであった。

宇宙が滅亡した後、そのエネルギーは必ずやビッグバンを引き起こし、新たなる宇宙を誕生させるはずだ。ならば、その宇宙が安定する百数十億年後へ通じるゲートを造ってしまえばよい。

異次元へ通じるＥＳウインドウ以上に、時間を超える次元ゲートの研究は難航した。だが、幾世代もの挑戦を経て、緑の星と赤の星の合同研究チームは不可能を可能としたのである。

だが、次元ゲートの利用方法において、ふたつの星の考え方は、真っ向から対立した。

「赤の星の科学者たちは、若々しい宇宙から暗黒物質を回収することで、自分たちの宇宙の余命を延ばそうとしていたのです」

「じゃあ、緑の星は？」

「……次元ゲートの彼方への移住。緑の星の指導者カインは、他の宇宙を犠牲とする赤の星の指導者アベルの考えを、受け入れることができなかったのです」

護《まもる》の心は震えた。自分に生命を与えてくれた人と、再会することはかなわかった。やはり、本物のカインは機界昇華のなかで力尽きてしまったのかもしれない。だが、二度と会うことができなくても、尊敬し、誇らしく思うことができる人であった。その事実が、護の胸を熱い想いで満たしていた。

「ラティオ、ピサ・ソールはたしかに創造神です。いまこの瞬間も、ギャレオリア彗星の彼方の宇宙から暗黒物質を奪って、三重連太陽系を再生しようとしています」

「じゃあ、向こうの宇宙はどうなるの！」

「宇宙を支える物質を失い、収縮していくでしょう。この宇宙の寿命を補う代わりに、向こうの宇宙が衰亡していくのです」

「そんなこと……赦《ゆる》せないよ！」

声は、一瞬沈黙した。そして、人間的な微笑の響きを含みつつ、言葉を紡ぐ。

「あなたは……本当に緑の星の指導者の血と心を継いでいるのですね。カインもまた、同じことを言っていました」

「あの……もしかして、あなたは昔、人間だったんですか？　それと、カインのこと……よく知っていたんですか？」

今度の沈黙は、先のものより長かった。

「――誰よりも彼をよく知っていました。ですが、それを語るのはまたの機会としましょう。いまは急がねばなりません」

「ピサ・ソールを、止めるんだね！」

「ええ、そのために破壊神を目覚めさせねばなりません。さあ、あなたの力が必要です」

その言葉とともに、護とギャレオンの周囲が変貌しはじめた。結晶状の端末がギャレオンを包み込み、護の前にコンソールのような卓が出現した。

「さあ、対Zマスター用に調整されていたギャレオンを、真の姿に再調整するのです」

「わかりました……どうすればいいの？」

「まずは封印を解かねばなりません。システムにあなたのGストーンを……」

幼い頃にギャレオンから、育ての両親へ託された生命の宝石。常に護が首から下げているそのGストーンを掲げた瞬間、その空間に炎と閃光と轟音が溢れた――

5

「――ジェネシックオーラの波動が弱まった」

「さすがですね、パルパレーパ」

護《まもる》がGクリスタルに向かう直前、パルパレーパはその肩を叩き、ケミカルナノマシンが封じられたカプセルを服にとりつけていた。

「Gの力を使えば、ケミカルナノマシンが反応して、周囲を灼きつくす。破壊神は滅びるさだめ――」

パルパレーパは最初から、護を信用してはいない。Gクリスタルの内部に、トラップを運ばせる役としか考えていなかったのだ。

「我らが三重連太陽系再生の最大の障害、Gクリスタルを陥落させるのです！」

アベルが周囲の遊星主たちに号令をくだす。彼らもまた、ピサ・ソールを発し、Gクリスタルの至近までやってきていた。遊星主たちにとって最大の脅威となるジェネシックオーラ。その波動は、いまや増減を繰り返しながら、弱々しく放たれるだけとなっている。

波動の弱まるタイミングと場所を狙い、Gクリスタルに殺到する遊星主たち。いずれも戦闘用オプションたるパーツキューブに乗っている。

だが、その眼前に、鋼鉄の獅子が立ちはだかった。先陣をきっていたパルパレーパが、その姿を視認して前進を停止する。

「むぅ、ギャレオンか！」

そして、その背には天海《あまみ》護の姿があった。

「ラティオ、お前も生きていたか」

ケミカルナノマシンの爆発に、護は左肩を痛めていた。だが、苦痛を表には出さない。

「ソール11遊星主、パルパレーパ！　僕の左手の力だって、強くなっているんだ！」

強い言葉を発しつつも、護は内心で焦っていた。遊星主たちが読んだように、Gクリスタルの防御力はたしかに低下している。

（修復プログラムは作動してる。なんとか、ジェネシックオーラが回復するまで時間を稼がなきゃ！）

護はギャレオンを、遊星主たちの中心へ突入させた。

「アベル！　ううん、三重連太陽系十一の遊星を護る守護神たち、どうして……」

護は必死に問いかけた。三重連太陽系の再生が、地球に危機を及ぼすのなら、護は決断しなければならなくなる。生まれ故郷と育った故郷、いずこかを選ばなければならないというのか――

「ピサ・ソールのやろうとしていること、聞いたよ！　共存することだってできるはずなのに……なんで！」

だが、アベルは護の反応を面白がるかのように、悠然と応えた。

「失われた世界を取り戻すには、他に方法はありません。三重連太陽系再生のためです」

「じゃあ、どうしても僕たちの宇宙を、犠牲にするんだね」

「かまわないでしょう。どうせ、アーク艦隊やGストーンがもたらされていなければ、Zマスターに滅ぼされていたのです。滅びのときが数年先へ延びたことを、感謝するべきではありませんか」

「そんなのおかしいよ！」

「聞き分けのないことを言いますね、ラティオ。すべてはあなたの故郷を甦らせるためなのですよ」

アベルの眼を、護《まもる》はにらみ返した。この遊星主には、僕の心などまったく理解できていない。いまこそ、宣言するべきときだ。自分が何者であるかを！

「僕はラティオじゃない！　僕の故郷はここじゃない！　僕は……地球人の天海《あまみ》護だ！」

「よく言った！　ならば、青の星の虫けらとして、ここで死ね！」

ソール11遊星主は、それぞれラウドGストーンと呼ばれる無限情報サーキットを持っている。パルパレーパのアイマスクに浮かんだ、鏡像のGマーク。パーツキューブからは、そのラウドGストーンのエネルギーを凝集、発射することが可能だった。

「ソールウェーブ発射！」

「危ない、避けてギャレオン！」

護の指示に従い、ギャレオンはソールウェーブを避け続けた。だが、どれほどの機動性を誇ろうと、多勢に無勢である。ついには、遊星主たちが完成させた包囲網の中心に捕らわれてしまった。

「ああ！」

「さあ、破壊神に与した己の選択を、後悔するがよい！」

だが、ソールウェーブが放たれるより一瞬はやく、待ち望んだ声が護に届いた。

「プログラム修復、防衛システム維持が可能なレベルまで到達しました。――ジェネシックオーラ！」

Ｇクリスタルから放たれたジェネシックオーラが、護とギャレオンを包み込む。

ジェネシックオーラは情報攻撃であると同時に、ラウドＧストーンの稼動効率を著しく低下させる能力を持っている。効果が減衰されたソールウェーブは、やすやすと護の左手が張ったバリアに阻まれた。

「いまだ、ギャレオンッ！」

高らかに吠えたギャレオンが、包囲網の一角を目指して宇宙を駆ける。進路上にいたフードをかぶったままの遊星主は、ソールウェーブを放った。しかし、ギャレオンにダメージを与えられるほどの出力は確保できていない。

瞬時にふところへ飛び込んだギャレオンは、鋼鉄の牙でパーツキューブを噛み割いた。キューブと運命をともにすることはなく、遊星主は離脱する。

しかし、護とギャレオンの目的は遊星主をいま倒すことではない。そのまま、崩れた一角から包囲網を突破していく。もちろん、その方位はＧクリスタルへの最短距離だ。

ジェネシックオーラに阻まれ、遊星主たちも追うことはできない。

「ラティオめ、さすがはカインの遺産というわけか……」

パルパレーパの表情には、屈辱や敵意はなかった。たとえ、ラティオがＧクリスタルを拠点としても、ピサ・ソールを止めることなどできはしない。そう確信していたからだ。

これが……長く続く、天海護《あまみまもる》とソール11遊星主の戦い、その緒戦であった。

6

「現状ではジェネシックオーラの放射機能を最優先させるしかありませんでした。残念ながら、ギャレオンを改修するシステムの復旧には、まだしばらくのときを必要とします」

「わかりました。でも、ちょうどいいかもしれない。僕には、やらなければならないことがある」

Gクリスタルに戻った護《まもる》は、ある決意を固めていた。

「──僕、これからピサ・ソールに行ってきます。コアルームのパスキューマシンを持ち出してしまえば、再生活動は止まるはず。そうですよね」

「その通りです。ですが、どうやってピサ・ソールへ潜入するつもりですか？」

「それは、僕とギャレオンの力で……」

「現在、このGクリスタルの周囲にはソール11遊星主が包囲を完成させています。彼らの力、あなたも思い知ったことでしょう」

「ええ、わかってます。けど、やらなきゃならないんです！　いまここにいて、遊星主がやろうとしていることを知ってるのは、僕だけなんだから！」

「……強くなりましたね、ラティオ」

冷静な声がかすかに震えた。それは感動に由来するものであったのだが、護は気づかなかった。

「あなたの決意に、私も応えねばなりません。先ほどは妨害されてしまった封印を、あらためて解いてください。ラティオ、あなたのGストーンで」

「でも、ギャレオンの改修はまだ無理だって、さっき……」

「封印されているのは、システムだけではありません。あなたに託すべき力が、まだ眠っているのです」

「託すべき、力……」

「さあ、急ぐのです」

うなずいた護は、あらためてGストーンを掲げた。

「やはり、Gクリスタルを捨てておくわけにはいかぬ」

「あなたのケミカルナノマシン、意外と役に立ちませんでしたね」

Gクリスタルを包囲したパーツキューブ上で、アベルはかたわらの遊星主を揶揄した。不快感を表に出すことなく、パルパレーパは自分の認識を語る。

「ラティオだ。奴を始末できなかったことが、最大の誤算」

「彼はまだ使えます。たとえプログラムだとしても、実の父と敵対することなど、あの子にはできないでしょう」

「甘いな。幼生体とて、奴の意志の力は強い。破壊神そのものを相手にすると同じように、対するべきだ」

パルパレーパのその言葉には、返答はなかった。アベルの意識は、Gクリスタル表面に発生した輝きに、とらわれていた。

「あれは……まさか！」

Gクリスタルの一部が、砕けていた。本来の機能である結晶構造の変化とは、明らかに違う。爆発でもない。

内部から、なにものかが飛び出したのだ。Gクリスタル表面の構造材を強引に突破して。

宙を奔る五体の影。アベルはその正体を知っていた。

「ジェネシックマシン！」

黒き鋼鉄の動物たちがGクリスタルの破片にまみれて、その周囲を舞う。黒鳥《こくちょう》が、海豚《いるか》が、鮫《さめ》が、土竜《もぐら》たちが、真空のなかを駆け抜ける。

「ジェネシックマシンだと？」

「あれこそが破壊神のからだを構成するもの！　倒すのです、いますぐに！」

「よかろう……ケミカルフュージョン！」

無数の球状物体を召還したパルパレーパは、その集合体に自ら融合した。

「パルパレーパッ!!」

巨大ロボとなったパルパレーパは、もっとも巨大なジェネシックマシン――ガジェットガオーに襲いかかった。

「全員でかかるのです！」

アベルの指示に、遊星主たちはジェネシックマシンを追った。パーツキューブから放たれるソールウェーブを避けようと、ブロウクンガオーとプロテクトガオーが右と左に散る。そして、ストレイトガオーとスパイラルガオーが反撃に転じた。二機の先端に設置されたドリルが、ピーヴァータが乗るパーツキューブを粉砕する。

ポルタンのソールウェーブがブロウクンガオーに命中するかと思えた瞬間、割って入ったプロテクトガオーがバリアを展開した。ソールウェーブは屈曲され、ポルタンへと送り返される。だが、遊星主のなかでも屈指の機動性を誇るポルタンは、すでに次のターゲットを求めて、移動していた。

ジェネシックマシンと遊星主たち、それぞれの超絶の能力が激突する。

――死闘がはじまった。


だが、エネルギーも光も発さず、沈黙を保ったまま、宇宙空間を進む影があった。ギャレオンである。Ｇクリスタルのかけらに紛れて飛び出し、以後はひたすら慣性飛行を続けていた。

（いいぞ……このまま、気づかないでいてね！）

ギャレオンの口蓋部で、護《まもる》は祈っていた。

脱出の際、囮となってくれたジェネシックマシンは、Ｇクリスタルに保管されていた自律型マシンである。かつて、ギャレオン内部のブラックボックスから発見したジェネシックマシンのデータを参考に、GGG《スリージー》はガオーマシンを完成させた。つまり、ジェネシックマシンとは、ガオーマシンのオリジナルとも言うべき存在である。

遊星主を敵としても、そうは遅れをとることはないだろう。だが、稼ぐことのできる時間には限界がある。戦場から十分に距離をとったところで、護《まもる》はギャレオンに加速を開始させた。


――ピサ・ソールへの潜入は、意外なほどあっさりと達成できた。カインの子であるラティオという存在を、防衛システムが味方と認識したためかもしれない。

（でも、これが罠だっていう可能性もあるかも……）

いずれにせよ、迎撃を受けることもなく、ギャレオンはピサ・ソール内部へ突入した。

数万キロメートルの奥行きを有するレプリションエネルギー発生層と暗黒物質プラント層を抜け、中心に浮かぶ全長一〇〇キロメートルの巨大な立方体・コアキューブに迫る。このコアキューブの中心に、コアルームがある。三重連太陽系にたどりついた護が、遊星主たちに連れてこられた部屋だ。

（今度は……僕自身の意志で、ここへ来た……）

巨大な部屋とはいえ、ギャレオンが入ると、空間の半分近くが埋まってしまう。ギャレオンに入り口近くで待機させ、護は自分の脚で空間の中心部に向かった。目的の物体は、そこにある。

「これがパスキューマシン、物質復元の中枢システム……」

全長一メートルあまりの黒い星形の物体は、やはり高エネルギーを発しながら、青白い光を明滅させ、空間の中央でメカニックに埋め込まれていた。

おずおずと歩み寄り、抱え上げようと両手を伸ばす。触れる直前、躊躇《ちゅうちょ》がわきあがった。生命あふれる星々と、これから生命をあふれさせようとする星々。本当に共存が不可能なのか、護にはわからない。しかし、いまこのパスキューマシンを持ち出さねば、一方には滅びが待っている。たとえ自分の行動で、もう一方に滅びが訪れようと、後悔はない。

だが、すでに意は決したつもりであったのに、指先があと数ミリのところで、止まってしまっていた。

（やらなきゃ……僕しか、できないんだ。地球を救わなきゃ。僕だって、凱《がい》兄ちゃんのように……勇者になりたい！）

自分自身の葛藤という、強固な防壁を打ち破るように、護は指先に力を込めた。パスキューマシンを両手でしっかりとつかむ。そして、安置されているメカニックの台座から、一気に持ち上げた。

そのとき、コアルームに光があふれた。

（あれは……誰？）

光のなかから、何者かが現れた。いや、それは何者でもなく、ギャレオンを従えた護自身であった。自分と瓜二つの存在……というよりも、どこか淡い色彩で描かれた自分とギャレオンの肖像画のようにも見える。レプリジンの組織表面は、常にオリジンよりも色素が低下した状態で構成されることになる。しかし、その事実も〝レプリジン〟という単語も、この時点では護が知るよしはなかった。

それでも起こった事態を、なんとか推測しようとした。そのとき——

「僕は……君の複製なんだね」

先に口を開いたのは、純白のギャレオンを従えた、薄茶色の髪の少年だった。

「パスキューマシンは物質復元装置の中枢システム。こんな機能があったなんて……」

少年の推測は、護《まもる》のそれと一致していたようだ。

「でも……僕の方が複製かも……」

悲しそうに、少年は首を振った。

「僕の心のなかには、地球での思い出が全部残ってる。でも、きっと君も同じだよね？」

「う、うん……」

「本当は僕だって、自分の記憶が偽物だなんて、思いたくない。でも、こうしてそっくりな自分がもうひとりいる以上、どちらかが本物で、どちらかが複製でしかないんだ」

ゆっくりと、少年は右手を差し出した。思わず、護も右手で握り返す。固く結ばれた手の、その色の違いは歴然としていた。

「ほらね、僕の方が、はっきりと色が薄い」

レプリジン・護は、寂しげな微笑みを浮かべた。

「複製は……僕の方だ」

護はなにも言えずにいた。もちろん、自分が本物であることは確信していたし、そのことが証明されただけで、ほっとしている気持ちがある。同時に、自分が偽物であると認めざるを得ない、もうひとりの自分の気持ちも痛いほどに理解できた。

「さあ、迷っている時間はないよ」と、レプリジン。

「そうか……GGG《スリージー》のみんなを呼びに行くんだ！」オリジンが察した。

「さすが僕、正解！」

ふたりは笑いあった。いましなければならないことの認識を、レプリジンもオリジンも共有している。

「それに、Gクリスタルへギャレオンを戻さなきゃならない」

「遊星主へ対抗するためには、改修してもらわなきゃならないんだよね」

だが、二度も遊星主の目を盗むのは、ほぼ不可能に近い。今度、Gクリスタルに近づいたら、もう包囲から逃れることはできないだろう。

「……わかったよ。きっと僕という存在は、このために神さまが与えてくれたんだ」

はじめて、レプリジンの言葉の意味を、オリジンの護はつかみそこねた。納得できずにいるオリジンに、レプリジンは笑いかける。

「ジェネシックマシンの次は、僕が囮になる。その間に、君はGクリスタルにギャレオンを隠して、ギャレオリア彗星に向かってほしい。きっとそのために、偽物の僕は誕生したんだ！」

「そんな……なんで君が！　囮なら、僕にだって――」

レプリジンは人差し指をたてて、オリジンの口元へ近づけた。

「なんで僕がそうするのか、君ならわかってくれるでしょ。もうひとりの、僕」

レプリジンの言うとおりだった。地球の危機をGGG《スリージー》に訴えるのならば、本物の護《まもる》でなければ意味がない。もしも危機を伝えに来た者が偽物と気づかれたら、なんらかの陰謀と疑われるであろう。

護は思わず、自分の鏡像を抱きしめた。

「わかった、僕……行くよ！　でも、君も死んじゃダメだよ……！」

「もちろんだよ、僕だって君と同じで、帰りたいところも、もう一度会いたい人たちもいるんだから！」

子どもたちの姿を、二体のギャレオンたちも、温かく見守っているようだった。

7

パスキューマシンが奪取されたことに気づいたのは、自分の中枢システムが失われたことを悟ったピサ・ソールである。報告を受けたアベルが、臍《ほぞ》をかむ。

「やってくれましたね、ラティオ……」

「パスキューマシンなくしては、三重連太陽系の再生は停止する。ジェネシックマシンごときに、かかわっている場合ではない」

「わかっています！　遊星主たちよ、集結するのです！」

いままさにジェネシックマシンを破壊せんとしていた遊星主たちを、アベルは呼び戻す。満身創痍のマシンたちは、かろうじてＧクリスタルに帰還していった。

だが、すでに遊星主たちの関心は彼らにはない。

「ラティオの行く先はわかっています。ギャレオリア彗星へ――――！」


近づいてくる光点を見つけたレプリジン・護は、その数が十一であることを確認して、心のうちで快哉をあげた。

（よかった、みんなこっちへ来てくれた！）

実のところ、三重連太陽系は無の空間であり、ピサ・ソールとＧクリスタル、ギャレオリア彗星しか存在しない。だから、ピサ・ソールからパスキューマシンを奪取したラティオを、Ｇクリスタルにいた遊星主たちが補足するとしたら、当然、ギャレオリア彗星近傍のこの空間ということになる。

（うまくやってね、本物の僕！）

今頃、オリジン・護は、Ｇクリスタルにギャレオンを隠しているはずだ。そして、レプリジン・護が、遊星主たちをギャレオリア彗星から引き離す。その隙に、オリジンが次元ゲートへ突入する……という段取りだ。

レプリジンがこの手順を考えたとき、オリジンは悲しそうな目をしていた。その目の光を思い出しながら、レプリジンは考える。

(きっと、僕は遊星主に捕まっちゃうだろう。多分、殺されるだろうけど、そうならなかったら……オリジンは助けに来てくれるんだろうな。偽物なんかのために、無理はしてほしくないけど……)

そこまで考えて、レプリジン・護《まもる》はなんだかおかしくなった。

「僕の方こそ、いま無理してんのに、本物には無理してほしくないなんて、変だよね」

すでに、遊星主たちはすぐ至近に迫ってきている。本来なら緊張の極限にいるはずなのに、なんだか愉快な気分で、レプリジン・護は逃亡を開始した。まるで鬼ごっこを楽しむかのような余裕さえ存在する。

「行こう、ギャレオン！」

ギャレオリア彗星から星ひとつない宇宙の深淵へ、レプリジン・ギャレオンが駆け出す。たとえ自分が偽物だとしても、この偽物のギャレオンなら最後まで自分だけにつきあってくれるだろう。もしかしたら、オリジンの護とギャレオンをも上回るかもしれない強い心の絆を武器に、レプリジンたちは殺到する追っ手たちを引きつけつつ、あてのない逃亡を続けた。

Gクリスタルにギャレオンを隠し、オリジンの護は遊星主たちの後をつけるように、ギャレオリア彗星へ向かっていた。まさか彼らも、追っている相手が偽物で、本物が自分たちの後方にいるとは考えてもいないだろう。ギャレオンなしの生身での飛行だが、いま求められているのは速度ではなく、隠密性だ。

　やがて、遊星主たちはギャレオリア彗星の近傍で進路を変えた。おそらく、囮となってくれたレプリジンたちを見つけたに違いない。

　護は宇宙の深淵に向かって、叫んだ。

「地球に戻って、凱《がい》兄ちゃんたちを連れて……僕、必ず君を助けに来るからね！　待っててね、もうひとりの僕！」

　そして次元ゲートのなかへ、一五〇億年の未来へ、ふたたび身を躍らせていくのだった。


　一方、遊星主たちはついにレプリジン・護を追い詰めていた。ポルタンやピルナスといった機動性が高い遊星主が前方に回り込み、パルパレーパやピア・デケムが後方の退路を遮断する。レプリジン・ギャレオンは急制動をかけて、停止する。その背の上で、最後まで待ち受けている運命に抗おうと、レプリジン・護が右手をかまえた。

「殺してはなりません！　ラティオにはまだ利用価値があります！」

「パスキューマシンを奪うとは、もはや敵と見なすしかあるまい」

　アベルの制止にも、もはやパルパレーパはかまうつもりはなかった。包囲の中心で、少年は決然と、パルパレーパをにらみ返している。もはや、滅ぼすしかあるまい。

「いえ、それはレプリジンです」

「レプリジン⁉」

アベルの指摘に、パルパレーパは初めて愕然の表情を浮かべた。対照的にレプリジン・護《まもる》は、緊張の表情を解き、やっと少年らしい微笑みを浮かべる。

「気づいたみたいだね、もう本物の僕は、遠くへ行ってしまったよ」

「ぬう……」

「さあ、もう偽物の僕はどうなってもかまわない。逃げるつもりもないから、好きにしてよ！」

レプリジン・護は自暴自棄になったふりをした。後は、彼らが近づいてきた瞬間に、レプリジン・ギャレオンを自爆させるだけだ。それで、彼が立てた計画は、すべて完成する。

（もしも僕が捕まって人質になって、凱《がい》兄ちゃんや本物の僕が追い詰められたりしたら、イヤだもんね……）

遊星主たちのなかから、パルパレーパが近づいてくる。レプリジン・護は右手をギャレオンのGストーンと共振させ、自爆の準備を整えた。

死の恐怖が、幼い少年の全身を震わせる。

（勇気は……怖いって気持ちを乗り越えるエネルギーだ！　勇気さえあれば、Gストーンは必ず僕に力をくれる！　それが……それが勇気ある誓いだ！）

レプリジン・護は、右手に力を込めようとした。だが、力が入らない。いや、全身の自由がきかなくなっている。なにかが、レプリジン・護の身体から自由を奪い去っていた。

「これ以上、貴様の思い通りにはさせん。このパルパレーパのケミカル攻撃の前には、たとえレプリジンであろうと、自由意志など存在せぬ！」

「そんな……」

ケミカル物質を送り込んだパルパレーパの傲然《ごうぜん》とした宣言を聞きながら、レプリジン・護は意識を失っていった。この次に目覚めるとき、彼には死よりも恐ろしく、悲しい運命が待ち受けている……。

8

「ラティオ……ラティオ！」

懐かしい声が、呼んでいる。意識が戻ってくるに従い、護の全身は無数の針で刺されたかのように、痛んだ。ケミカルマシンの爆発で傷ついた上、生身でギャレオリア彗星を突破したことで、かなりのダメージを受けているらしい。

だが、痛みのおかげで、意識ははっきりしてきた。自分をのぞきこんでいる顔の、正体に気づく。

「戒道《かいどう》……？　無事だったんだね……」

「ああ！」

強く答えたのは、戒道幾巳《いくみ》であった。いま、自分たちは真空の空間に浮いている。だが、相手が生体兵器である戒道ならば、不思議なことではない。

（よかった、きっと戒道なら……力になってくれる……）

戒道《かいどう》の後ろには、超弩級戦艦ジェイアークの白い巨体がある。GGG《スリージー》に合流するよりもはやく、思いがけず力強い仲間と再会できた。

しかし、護《まもる》は戒道の肩越しに、異様な影を見つけた。暗黒の宇宙に浮かぶ、漆黒の影。Gクリスタルで与えられた知識のなかに、その影と合致するものがあった。

「！　来る……奴らが！」

「奴ら？」

不思議そうに、戒道はつぶやく。

「このパスキューマシンを持って、早く……！」

「パスキューマシンだって!?」

どうやら、戒道はパスキューマシンのことを知っているようだ。ならば、はやくここから逃げるよう、警告しなければ！　だが、敵は想像以上の速度で迫ってきている。

「来た！　ソール11遊星主……ピア・デケム！」

パルパレーパが巨大ロボットにフュージョンしたように、遊星主のひとりピア・デケムは、巨大空母ピア・デケム・ピットを手足とする。

（こんなに早く、奴らが来るなんて……。もうひとりの僕は!?）

ピア・デケム・ピットの飛行甲板から、無数の艦載機が発進する。だが、白き楯が護と戒道を護るように、立ちふさがった。

「反中間子砲！」

少年たちの前に割り込んできたジェイアークは、主砲を斉射した。だが、どんなに強力な兵器も、無数の小型艦載機に対しては、有効な迎撃とはなり得ない。

放火をかいくぐった艦載機群が、次々とジェイアークに体当たりする。

「アルマ、青の星へ行けっ！」

ジェイアークの艦長、赤の星で誕生した戦闘用サイボーグ・ソルダートJは、不利を悟った。小型の艦載機による特攻をいつまでも防ぎきれるものではない。

「ESミサイル発射!!」

護と戒道を逃すため、空間転移機能を持ったミサイルを、弾頭を外して発射する。だが、展開されたESウインドウに飛び込むよりもはやく、艦載機の攻撃が護を吹き飛ばした。

「わああっ」

しかも、その衝撃でパスキューマシンが、護の手から離れてしまっていた。

「ラティオ！」

パスキューマシンと戒道を呑み込み、ESウインドウは閉じていった。その光景を見て、護は安堵する。

（よかった、きっと戒道なら……パスキューマシンを……）

だが、パスキューマシンを見失ってもなお、ピア・デケムの攻撃はやむ気配がなかった。苛烈な艦載機群の攻撃で、ジェイアークはみるみるうちに傷ついていく。そして、護の小さな身体にもまた、艦載機が突撃していく。

「うわあああっ！」

そして、意識はまたも闇に引きずり込まれていった。


「――気がついたか、ラティオ」

なんだか、誰かに心配されながら、目覚めることが続いている。こんなにも意識を失ってばかりじゃ、勇者にはなれないのではないだろうか。

（ごめんね、凱《がい》兄ちゃん……）

そのつぶやきは、口中でもごもごと発せられただけだ。だから、護《まもる》の顔をのぞきこんでいるソルダートJにも気づかれなかった。

寝言にも等しいつぶやきをもらしたことに気づき、すぐ護は我に返った。

「J！」

「ようやく、意識を取り戻したか」

「ここは……？」

「ジェイアークの艦橋だ。いや、三重連太陽系だ……と言った方が、よいかもしれぬ」

愕然として、護は壁面へ走り寄った。強化ガラスのように透明度の高い内壁からは、外の様子がよく見える。そして、至近距離にピサ・ソールが見えている。

「ピア・デケムの艦載機は、至近距離にピサ・ソールを内蔵していたようだ。至近距離の自爆でＥＳウインドウを展開され、為す術もなく、ここに運ばれてしまった」

Ｊの説明を聞く余裕もなく、護は疲労感にとらわれた。

「また、戻ってきてしまった……」

「ほう、お前はすでにこの三重連太陽系を訪れていたのか。いったい、Ｚマスターとの決戦の後に、なにがあった。この宇宙と、あちらの宇宙の収縮現象には、なにか関係があるのか？」

「宇宙収縮現象？」

「ああ、ボイド※37にて我らはその異常現象を観測した。その中心を目指した結果、太陽系にたどりついたのだ」

護は慄然《りつぜん》とした。間違いない、それはピサ・ソールが暗黒物質を吸収した結果だ。Ｇクリスタルが語った内容とも、一致している。太陽系が存在する宇宙は、まさに危機に瀕していたのだ。

護はすべてを語った。自分が地球から旅立った理由。三重連太陽系で行われていること。そして、パスキューマシンが戒道《かいどう》とともに、ＥＳウインドウへ飛び込んでいったこと。

それらを聞き終えても、ソルダートＪはなにも語らなかった。戦士のマスクの下に隠れて、彼の感情を推し量ることは難しい。

（もしかしたら、僕は勘違いしてたのかもしれない。Ｚマスターを倒すことは、僕たちとＪたちの共通の目的だった。でも、三重連太陽系の再生と、僕らの宇宙の危機……Ｊはどちらの味方をするんだろう……）

護は心臓を強く締め付けられるような想いを感じた。だが、Ｊはいまだ答えない。言葉を発したのは、第三の人物であった。

「話は終わったようですね。では、私も聞かせていただきましょう。どちらの宇宙を選ぶか、答えは決まっているはずです……J－002」

「アベル！」

さっきまでは、たしかにいなかった。たったいま、アベルはこのジェイアーク艦橋に現れたのだ。

「ほう、ジェネレーティングアーマーを突破してきたか」

「当たり前でしょう。ジェイアーク級戦艦を開発したのは、この私なのですよ。そして、ソルダート師団もまた」

「我らが創造主・アベル……だが、我が答えはわからぬというのか」

「……………」

「我が答えはこれだ！　ラディアントリッパーッ！」

Jの腕部装甲から、赤く鋭い刃が剥きだしになった。刃は尋常ならざる速度で、アベルが半瞬前まで存在していた空間をなぐ。

「反逆の理由、聞かせていただけるのでしょうね」

「戦士としての私の存在理由……それはアルマの意志に従うこと！　Zマスターとの決戦時、穴蔵に隠れていた臆病者の言うことなど、聞くつもりはない！」

「ほう、この場にアルマはいないのに、彼がどちらを選ぶか……あなたにはわかるのですか？」

ソルダートJは、さらに第二撃、第三撃を放ちながら、叫んだ。

「無論！　このラティオが青の星を選んだ以上、アルマもまた同じ決断をするに決まっている。ふたりは同じ〝星の子どもたち〟であるのだからな！」

「Zマスターを倒したのが、不良品のアルマとソルダートであったとは、意外ですね」

「どうやら、創造主としての貴様に、欠陥があったらしいな！」

Jの一撃が、艦橋の外壁に亀裂を作った。

「それが創造主に向ける言葉ですか！」

アベルは亀裂から、宇宙空間に飛び出していった。

「待てっ！」

Jがその後を追う。護《まもる》もまた、続いた。

「J！」

Jはアベルを追いつつ、後ろに続く護に応える。

「ソール11遊星主は、私が倒す。ラティオ、お前は自分の使命を果たせ」

「僕の使命……？」

「そうだ、GGG《スリージー》は……凱《がい》は、アルマとともに、きっとここへ来る！」

「！」

「そのとき、奴には遊星主と戦える力[※38]が必要となる。ラティオ、お前はその準備をするのだ！」

そうだ、創造主と戦うためには、破壊神の力が必要となる。護は決断した。

「行けっ、ラティオ！　Gクリスタルへ！」

「Jも絶対、死んじゃ駄目だよ！」

護《まもる》はJたちの戦いに背を向け、Gクリスタルを目指した。だが、この場に集まっていた遊星主は、アベルだけではなかった。

「どこへ向かう！」

パルパレーパのソールウェーブが護に向かって、放たれる。

「ジェネレーティングアーマー、稼動！」

ジェイアークの生体コンピュータ〈トモロ〉が、巨艦を楯として、護をかばった。

「いいぞ、トモロ！　そのまま、ラティオに続け！」

「それはできない」

ジェイアークはそのまま、パルパレーパへ艦首を向け、突撃する。

「私の使命は、お前の翼となること。ジェイアークは、ソルダートの赴くところで戦う」

「ふっ……」

Jは翼を広げて、遊星主たちのなかを飛び抜け、ジェイアークの艦橋へとりついた。

「ならば戦うか、ともに最後まで！」

「了解！」

ジェイアークはその全砲門を、アベルと遊星主たちに向けた。

宇宙最強の超弩級戦艦の逆撃！　だが、アベルは動じてはいない。むしろ、蔑みの表情を浮かべていた。

「愚かな……あなたたちを産み出した私に逆らうなど、無意味なことだと、まだわからないのですか。――ジュエルジェネレーター、緊急停止コマンド！」

アベルは一連なりのコマンドを発信した。

「――！」

そのコマンドを受信した途端、ジェイアーク及びJのサイボーグ・ボディの主動力源であるジュエルジェネレーターは、活動を停止した。

9

ピサ・ソールの内部で、捕獲されたソルダートJはアベルによる改造を受けていた。だが、一度ゾンダーの支配を受けることとなったJ－002のセキュリティは、他のソルダート・サイボーグに比して、飛躍的に強化されている。

「ぐわあああっ……」

「ほう、これほどまでに抗性防壁が進化しているとは。兵器としては、かなり完成度が高まっていますね。惜しいものです……」

激痛をもたらす再改造のなか、Jは誇りを手放そうとはしなかった。

「ソルダートである私は……改造になど屈しはしない！」

自らが産み出した兵器の高性能化を喜ぶかのように、アベルは微笑んだ。

「ええ、貴方とジェイアーク、それにGクリスタルも後回しです。なにより先に、パスキューマシンを取り戻します、これらのレプリジンを使って」

アベルはかたわらのパルパレーパを見た。

純白の医師は、レプリジン・護《まもる》に改造を施していた。ケミカル物質を詰め込んだボルトが、少年を模した複製のこめかみに埋められていく。

「このケミカルボルトが完全に埋まったとき、お前は我が忠実なしもべとなる。パスキューマシン奪回、なんとしても果たしてもらうぞ……」

手術台の奥には、レプリジン・ギャレオンの姿もあった。レプリジン・護がパルパレーパの手に落ちた後、彼もまた、ソール11遊星主のしもべとなってしまうのだろうか。

こうして、地球への侵攻の準備は、着々と進められていった。

そして、護もまた、ジェネシックオーラによって護られたGクリスタルにおいて、戦いの準備を進めていた。

「——戒道《かいどう》がきっと、GGG《スリージー》のみんなを連れてきてくれる。それまでになんとか……間に合わせなくっちゃ……！」

ギャレオンの対遊星主仕様への改修、破損したジェネシックマシンの再生、やるべきことがたくさんあった。そして、護にはこの先、知らねばならぬ真実もまた、たくさん存在した……。

第四章　過去からの挑戦者　―西暦二〇〇六年後半―

1

二〇〇六年春、天海護《あまみまもる》とギャレオンの旅立ちに呼応するかのように、バイオネットの非合法活動は、大胆さと過激さを増していった。それは、世界各国からＧＧＧへの出動要請が増えていくことを意味している。

元来、ＧＧＧは地球外知性体からの侵攻に対する防衛組織として、設立された。その巨大な力を、国際的犯罪結社とはいえ、同じ人類に対して行使することには多数の異論も存在する。

だが、ＧＧＧの保有する力は、もともとギャレオンからもたらされたオーバーテクノロジーを礎とするものだ。バイオネットが巨大ロボのジェネレイターとして使用するフェイクＧＳライドは、いわばＧＧＧから流出した技術の産物である。そのため、対バイオネット戦に関する限りは、国際世論もＧＧＧの介入を是とするようになっていた。

だが、総体として人類社会は、原種大戦の痛手から回復しつつあった。地球外知性体の脅威に対する危機管理が声高に叫ばれるようになり、防衛体制の強化が唱えられていく。もちろん、大きな声の届かないところで、歪みも発生しているはずだ。しかし、反バイオネットの意識さえもが結果的にフィルターとなって、そうした歪みに気づく者は、まだ少なかった。

「長官が離任⁉」

凱《がい》と命《みこと》は、思わずコーヒーカップを落としそうになった。深夜のメインオーダールーム、当直の命と大河《たいが》以外で室内にいるのは、夜食を差し入れに来た凱だけだ。

「おっと、口を滑らせてしまったな。まあ、明日のブリーフィングで発表することだから、君たちにはもう話してしまっても、かまわないがね」

「でも長官、せっかく『ガオファイガー・プロジェクト』もスタートしたところです。まだまだ、私たちには長官が必要なのに……」

「卯都木《うつぎ》くんがそう言ってくれるのは嬉しいが、心配には及ばないよ。プロジェクトが成功するまでは、私もGGG《スリージー》を離れるつもりはない」

ガオファイガー・プロジェクト——それは新たな地球の守護神を誕生させる計画である。ギャレオンがいなくなったいま、ガオガイガーが発進することはできない。状況の不安定さを鑑みて、勇者王の新生はGGGにとって最優先の課題であった。

このプロジェクトで実現すべき課題は、いくつも存在する。エヴォリュダーとなった凱の能力によって、Gストーンの力をさらに引き出すことが可能な、新たなるメカノイドの開発。そして、新生勇者王との連携でZマスター級の敵をも迎撃できるシステムや、原種大戦で失われたディビジョンフリートの後継艦新造なども予定されていた。

「新たな防衛システムが完璧に構築されるまで、原種大戦の事後処理が終わったとは言えないだろう。だが、もしかしたらプロジェクト以上に、宇宙開発公団は私を必要としているかもしれない……」

その言葉に凱は、最近聞いたある話題を思い出した。

「宇宙開発公団……もしかして、宇宙エネルギー開発計画と関係あるんじゃないですか？」

「なにそれ？　凱、知ってるの？」

「いや、詳しくは……。世界中の復興作業と新規防衛計画のエネルギーを確保するために、地球外の資源を積極的に活用する計画だとしか」

「その地球外の資源が問題なのだよ。……ありがとう、美味しかった」

大河は組んでいた長い足を下ろし、差し入れのサンドイッチのトレイを、中身を飲み終えたコーヒーカップとともにきれいに片づけた。

「これまで地球外の資源といっても、アイランド2建設時に月の鉱物資源を採掘したのが唯一の活用例に過ぎなかった」

「資源発掘のために惑星間航行してたんじゃ、とても採算があいませんからね」

「そうだ。だが、レプトントラベラーの実用化で、それは過去の話となった。人類は近い将来、木星をエネルギー補給の重要拠点とするようになるだろう」

レプトントラベラーとは、ごく最近になって雷牙《らいが》博士が開発に成功した技術だ。これまでの推進装置とは、比べものにならない質量比を誇るもので、GSライドによる慣性制御装置と組み合わせなければ、有人航行船に組み込むことはできない。だが、この技術により、新型惑星間航行船の実用化は目前に迫っていると言えた。

「木星、ですか……」

命《みこと》は横目で、凱《がい》の表情を見た。木星には精神生命体となった凱の両親がいる。有人航行船が出発するとなったら、真っ先に自分が志願したいはずだ。そんな意志を秘めた表情が、凱の横顔には浮かんでいる。だが、命は知っていた。たとえ木星に行く可能性があったとしても、彼が自分からそれを望むことは絶対にないだろう。勇者としての凱が護るべき平和が、地球に訪れるまでは。

「たしかに、ヘリウムは大きなエネルギー資産ですが……」

そこまでつぶやいて、凱は気づいた。木星に眠っているエネルギーといえば——

「まさか、ザ・パワーを！」

「その通りだ。国連最高評議会はザ・パワーの利用計画を進めている。それが、宇宙エネルギー開発計画の実体だ」

「そんな無茶な！　あれは滅びの力です！」

ザ・パワー——それは木星に存在する未知のエネルギーである。原種大戦の天王山であった木星決戦において、その力が利用されることで戦いの趨勢は幾度も大きく揺らいだ。最終的に、機界31原種の完全融合体であるZマスターは、ザ・パワーの無限エネルギーを制御しきれずに滅んでいった。

凱の両親が精神生命体となったのも、このザ・パワーによるものだ。それでもあの力の危険性を思うと、宇宙エネルギー開発計画とやらを、凱は素直に認める気にはなれなかった。

「あれは危険なエネルギーだ。あの時、自分の目でザ・パワーを見た者にしか、それがわからないんだろうか……」

「私も同じ気持ちだよ、凱。だからこそ私は宇宙開発公団総裁として復職し、開発計画の一員とならねばならない。計画を全力で阻止するためにね」

「わかりました、長官。たしかにそれは……ガオファイガー・プロジェクトと同じくらい、重大な話ですね。なら、俺のやることはただひとつ。プロジェクトを、一日もはやく成功させるだけだ！」

「ああ、頼んだぞ、凱！」

大河の差し出した手を握り返す凱を見て、命は小さくためいきをついた。プロジェクトの過程で、凱は危険なテストを幾度も繰り返さねばならないし、エヴォリュダーとしての身体機能をさらに詳細に調べられることになるだろう。それでも、無茶をやめるはずはない。自分の恋人がそんな人物であることを、命は誰よりもよく知っているし、そんな無茶をすぐそばでサポートしていかなければならない。

そういう意味が込められた、ためいきだった。

2

カリブ海上――空の蒼と海の青の間を、一機の中型船が駆け抜けていく。GGG《スリージー》が新たに運用を開始した高速移動母艦〈ヤサカニ〉だ。

海上を行くヤサカニは各種センサーを総動員して、上空で試験飛行を繰り返す飛行物体のデータを収集していた。そして、その日の試験項目をすべて消化したことを確認した命《みこと》が、操舵室から呼びかける。

「ヤサカニよりGF－01へ。全フェーズ終了、帰還してください」

『了解だ、命！』

ヘッドセットから聞こえてくる声にうなずいた命は、急ぎ後部格納庫へ向かった。GF－01というコードを与えられた機体――ファントムガオーは、凱《がい》による正確な操縦でヤサカニの後部へ到達。ガントリークレーンとドッキングして、格納庫に収納されていく。

命が格納庫へ走り込んでくると、ちょうどファントムガオーのキャノピーが開くところだ。

「お疲れさま、凱！」

「いやあ、お見事！」

格納庫の床に降り立った凱を出迎えたのは、命だけではない。ともにオービットベースからやってきた高之橋《たかのはし》博士もいた。ガオファイガー・プロジェクトにおいて、機体の設計開発はアメリカGGG《スリージー》の雷牙《らいが》博士が主任を勤めていたが、実動試験は高之橋博士の担当だ。世界十大頭脳のうちふたりを専任させるのは、この計画が人類にとっていかに重要なものであるかの証左だろう。

「マシンの性能にも問題なさそうだし、僕の仕事は九十八パーセント終わったも同然かなぁ」

上機嫌な高之橋博士から、いつもの口癖が出た。自分の仕事は終わったと言って、周囲の者に仕上げをまかせる。本心からの言葉か、下の者を育てるための演技か、真実は博士以外にわからない。それでも、その姿勢が多くの人材を育てることになり、現在の科学界を支えているのは、疑いようのない事実だ。

この時期、原種大戦で獅子王麗雄《ししおうれお》博士が亡くなったことにより、世界十大頭脳は欠員を出している。それを埋める候補のひとりと目されている人物が、高之橋博士の言葉に異論を唱えた。

「いいえ、まだ百点はあげられないわ。ファントムリングの慣性モーメントをもっと理解しないとね」

批判の俎上《そじょう》に乗せられた本人である凱は、目線を低くしながら肩をすくめた。発言者は凱の腰の高さにも満たない身長の持ち主だからだ。五歳にしてガオファイガー・プロジェクトの一翼をになう天才児、アルエットである。

(彼女が――アルエットが新型ガオーマシンのファイナルフュージョン・プログラム開発者だなんて、誰も信じないよな……)

柔らかい金髪に青いリボンを結んだ幼い少女の姿を見ながら、凱はそう考える。

もちろん、アルエットが歳に似合わぬ天才性を獲得したのは事情がある。彼女の母親が妊娠中に通っていた病院が、バイオネットの研究機関だったのだ。バイオネットは遺伝子操作を施した胎児を出産とともに取り上げ、英才教育でエージェントにしたてあげようとした。原種大戦直後にGGGがアルエットを救出しえたのは、僥倖《ぎょうこう》であったと言えるだろう。犯罪行為に荷担させられることのなかったアルエットにとっても、ガオファイガー・プロジェクトの協力者を得られたGGGにとっても。

試験飛行のデブリーフィングを終えたアルエットは、通路の片隅に座り込んで、携帯端末の操作をはじめた。翌日にはいよいよファイナルフュージョンのシミュレーション訓練が行われることになっており、その準備に念を入れたかったからだ。小柄なアルエットが物陰に入り込んでしまえば、まず誰の目にも止まらない。作業に集中したいアルエットが、よく使う手だった。

「……アルエット、こんな所にいたのね」

顔をあげると、目の前に白い塊があった。命《みこと》が差し出したソフトクリームである。中型艦といっても艦内には食堂施設があり、ソフトクリームメーカーまで設置されているのだ。旧GGG《スリージー》初期からのスタッフである命には、組織内でもそれなりの発言力がある。福利厚生を充実させるにあたって、その立場を活用することに遠慮はなかった。

「………」

数瞬、アルエットはソフトクリームを見つめた。バイオネットの教育機関でもGGGの保護施設でも、一度も口にしたことはない。だが、味を知らなくとも、その成分などについては十分に知識を持っている。あえて学習しようと思わなくても、彼女は一度触れた知識を忘れることができないのだ。

「……いらない。カロリー高いし、醸酸菌を繁殖させたくないから」

「まっ」

手懐けようとした猫に引っかかれたかのような命の表情に、凱《がい》は吹き出した。

3

「お、おい、あれは……」

ヤサカニの操舵士は、前方に見える物体の正体に気づいて、絶句した。晴れ渡った空の下の穏やかな海面。そこに人が立っていた。黒髪に黒服の男は、鮮やかな風景画にこびりついた染みのように、操舵士の目を引きつける。

操舵士はあわてて、減速の操作をかけた。ウォータージェットのノズルがベクトルを変化させ、急制動をかける。だが、陸上の車輌のように急停止できるものではない。

「だめだ、よけきれない――――！」

ヤサカニの船首に弾き飛ばされそうになった瞬間、いかなる原理に基づくものか、男は海面を蹴った。そして、十メートル以上の高みにある操舵室に到達する。

鮮やかに宙を舞った男の健脚は、操舵室の前面ガラスを蹴破った！　高速艇のそれは、飛来する物体との激突に備えて強化されたものであるはずだったが、この異常事態の前には無力な薄紙も同然だった。

『ぐああっ！』

操舵室へと急ぐ凱《がい》の耳に、操舵士の悲鳴が聞こえてくる。それは黒衣の男になぎ倒された際の声をインカムが拾い上げ、電波として発信されてきたものだ。

エヴォリュダーである凱はそれを聞き取ると同時に、ヤサカニの管制システムが何者かに掌握されたことを知った。格納庫に通じる後部ハッチが開放されていく。

「奴らの狙いは――ガオーマシンか！」

凱は一瞬、迷った。このまま、電子的戦場で管制システムを取り戻すか――それとも格納庫へ戻って、ガオーマシンを護るべきか。

「イークイップッ！」

凱が選んだのは、格納庫へ向かうことだった。サイボーグ時代に装着していたアルティメットアーマーに代わり、IDアーマー[※39]をイークイップした凱は、隣を走っていた命《みこと》に告げる。

「俺が奴を食い止める間に、艦の管制を取り戻すんだ！　頼むぞ！」

そう呼びかけると凱は、手近な窓から船外に躍り出た。入り組んだ通路を戻るより、その方が早道だと考えたからだ。

だが、その判断は読まれていた――

海上を行く高速船の表面は、穏やかな天候であっても、強風にさらされている。何の支えもなく、そこに立つ凱と、その前に立ちはだかる黒衣の男。

「！」

凱は悟った。敵手は自分の考えを読んだだけでなく、身体能力もまた対等の域に達しているのだと。

「会いたかったぞ、獅子王《ししおう》凱――！」

そして、その声には、たしかに聞き覚えがあった。


黒衣の男がガオーマシンを目指すのではなく、凱の前に現れたのはバイオネットの戦術に基づくものだった。操舵室が機能停止すると同時に、低空からヘリが接近する。そこから躍り出た強化人間の群れが、開放された後部ハッチのなかへ殺到してきた。

人体改造により生み出された強化人間は、一種の生体サイボーグである。たとえ武装していようと、GGG《スリージー》隊員たちが対抗できる存在ではなかった。

整備員たちを易々と駆逐した強化人間の集団はガントリークレーンを破壊して、ガオーマシンを次々と海上へ投棄していった。

（ヤサカニの制御をはやく取り戻さないと、なにもできない――！）

そう考えながら、通路を急ぐ命の背後からも強化人間が迫る。

「きゃあああっ！」

思わず悲鳴をあげた命を救ったのは、意外な人物であった。

「どうりゃあああっ！」

世界十大頭脳のひとりに数えられる高之橋《たかのはし》両輔《りょうすけ》博士。その必殺技である神田川一本背負い[※40]が、命《みこと》に襲いかかろうとしていた強化人間に炸裂する。受け身をとることなど知らない強化人間は、後頭部を床面に強打して悶絶した。

「命くん！　ここは私が食い止めるから操舵室へ！　その非常用連絡口から機首に抜けられるはずだ！」

「はい！」

普段の穏やかな物腰からは想像もつかないほど、果断な口調の博士に驚きつつも、命はその指示に従った。

（こいつ……なぜ、こんな力を！）

黒衣の男は、全身から金属質の棘を生やして、凱《がい》を攻め立てた。かろうじて串刺しになることを避けながらも、反撃する余裕がない。敵の目的が、自分の足止めであることは明白だ。凱の心中には焦りが生まれていた。

『――凱、聞こえる？』

「その声は……アルエットか⁉」

通信回線に乗せられてきた声の主に、凱は気づいた。GGG《スリージー》隊員たちが襲われるなか、身軽な彼女は機材の隙間に身を隠し、携帯端末から呼びかけてきたのだ。

『奴らはマシンを投棄して、海中で回収するつもりよ。このままじゃマシンを全部奪われちゃうわ……』

船上で戦っている凱には、後部ハッチ周辺の様子は見えていない。足止めの目的が、アルエットの言葉でようやく理解できた。

『こちらの反撃が間に合わない以上、残った手はひとつ。ファントムガオーが切り離されたら……フュージョンして』

意外な言葉に、回避行動が遅れた。金属の棘が、凱の髪先を数本引き裂いていく。

『大丈夫。プログラムはこっちで操作するわ。あとはあなた次第よ』

アルエットの言葉に、迷いはなかった。もっとも、それは凱への信頼を意味するのではない。もっとも有効な手段を提示している以上、他の策を考慮する必要がない、というだけのことだ。

だが、最大の成功率であってさえ、それを実行するのは至難の業だ。いままさに、凱は恐るべき敵手の猛攻にさらされているのだから。

（く……なにか隙を作らなければ、フュージョンできない！）

凱が捨て身の攻撃を決意した瞬間、黒衣の男は無数の棘を刺殺武器として、凱に襲いかかってきた。

「さあ、遊びは終わりだ！」

凱の頭上から、無数の棘が――硬質の槍が迫ってくる。避けることもかなわないと悟った凱は、防御の姿勢をとる。

だが――

黒衣の男は、いきなり全身を硬直させた。金属質の棘を体内におさめつつ、男は苦しそうに船上に倒れた。

「ぐ……！」

凱《がい》は迷わなかった。男にとどめを刺すのではなく、船後部へと向かう。

『凱……いまよ』

アルエットの通信を合図に、凱はヤサカニ後部から空中へ飛び出した。眼下では、支持架を破壊されたファントムガオーが、海上へ投棄されるところだ。海棲生物にも似たバイオネットの機動兵器が、それを受け止めようと海中から浮上している。

「フュージョン……」

機動兵器に捕獲される寸前のファントムガオーを前に、凱はフュージョンのコマンドを口にした。コクピットハッチから凱を受け入れた機体は、アルエットが送信したプログラムに従い、メカノイドへと変形していく。同時に凱の身体はフュージョンを果たし、二十メートルを超える巨体が己の手足となった。

「ガオファー！」

宇宙メカライオン〈ギャレオン〉とフュージョンする〈ガイガー〉に代わる、新たな凱の力——それがガオファーだ。

「く、活動限界さえ来なければ……」

凱の新たな姿を、黒衣の男は船上から忌々しげに見下ろしていた。

「まあいい、今回の作戦はこの辺が潮時だな」

ガオファーの出現で、作戦の切り替え時と判断したのだろう。男はガオファーと機動兵器の戦いを見届けようともせず、身をひるがえしていった。

「うおおおっ！」

生身の凱と寸分違わぬ滑らかな動きで、ガオファーはバイオネットの機動兵器に立ち向かう。右腕のガオファークローが一閃され、機動兵器はズタズタに破壊されていった。

その頃、ヤサカニ船内ではＧＧＧ隊員《スリージー》たちが反攻に出ていた。強化人間は恐るべき身体能力を持っているが、一対多で当たれば対処のしようもある。歴戦の隊員たちは複数で一体の強化人間を倒し、船内からバイオネットを排除していった。

しかし、操舵室にたどりついた命《みこと》は、絶望的な思いにとらわれていた。

『――水面に激突する恐れがあります。大至急、航行プログラムを修正してください』

人工音声が状況を報告する。しかし、システムの要請に応えることはできなかった。バイオネットは、制御パネルを破壊していったのだ。コマンドを入力する手段がなければ、システムは制御できない。しかも、前方には孤島の岸壁が見えている。このままでは、激突は必至だ。

「凱！　管制システムが破壊されて船のコントロールができないの！　このままじゃヤサカニが――」

命はヘッドセットに呼びかけた。だが、通信装置を持っている腕が、いきなりつかまれた。

「――誰⁉」

「しばらく会わない間に、俺の顔も忘れてしまったかい……」

凱《がい》と同じく、聞き覚えのある声に命《みこと》は驚いた。そして、振り向くと、見覚えのある顔がいた。以前とちがって長い黒髪、そして初めて見る黒服。だが、黒い瞳は記憶のなかにあるものと変わらない。

「あなた、シュウくん……？」

答えはなかった。代わりに、固い拳《こぶし》が命のみぞおちに打ち込まれる。一瞬で呼吸を失い、命は意識を失った。シュウと呼ばれた男が、崩れ落ちる身体を支える。乱暴な力をふるった男が、繊細な動作で命を丁重に扱っていた。


「ぐううっ！」

バイオネットの機動兵器を破壊したガオファーは、ヤサカニの船首に回り込んでいた。同時に、エヴォリュダーの力で制御システムにアクセス。推進システムに急制動をかけながら、ガオファーは渾身の力をふるって、ヤサカニの巨体を押しとどめた。

背部スラスターを全力で噴かし、ギリギリでヤサカニを止めることができそうに思えたとき――凱《がい》はヤサカニの船上に立つ、黒衣の男――シュウの姿を見た。その腕には、凱にとって、もっとも大切な人が抱えられている。

「命ッ！」

シュウはガオファーに向かって、微笑みかけた。

「勇ましい姿だな、凱」

岸壁への激突を回避するためには、ガオファーはヤサカニの船首を抑え続けなければならない。つまり、凱は命を助けに行くことができない。そんな状況を、十分に理解しているが故の微笑だった。

「卯都木《うつぎ》は俺が預かっておく。貴様と決着をつけるその時まで！」

言うと、シュウは海上へと身を躍らせた。いや、バイオネットのヘリが出迎えに来ていたのだ。その機上へ、命を抱えたまま、飛び込んでいく。

ヤサカニの船体を押しとどめながら、凱は叫んだ。

「何故だ、何故あいつが……命――――っ！」

叫ぶ以外に、できることはなかった。


――ようやく停止したヤサカニの船内では、制御システムの復旧作業が行われていた。負傷者の応急手当も目処がたち、幸いにも死亡者はいないようだ。倒したはずの強化人間の死体は、撤退する者たちが回収していったらしい。

海中に投棄されたステルスガオーⅢ、ライナーガオーⅡ、ドリルガオーⅡは発見できなかった。状況から見て、バイオネットに回収されたことは疑いないだろう。ファントムガオーを奪われなかっただけでも、奇跡というべきかもしれない。

ヘリが去って行った空を見上げて、凱は船上で立ち尽くしていた。その背後から、高之橋《たかのはし》が疲れた声で語りかける。

「……あの男ひとりにやられたなぁ」

凱《がい》は空を見たまま、答えた。

「奴は——俺の旧友なんです」

いや、凱が見ているものは空ではない。記憶のうちにある日々。鰐淵《わにぶち》シュウとともに過ごした、かつての光景だった。

(シュウ、お前にいったい何があったんだ……)

4

——パリの街を獅子王《ししおう》凱が駆ける。

だが、彼本来の身体能力を発揮しているとは言いがたい。肩の上に壊れ物を抱えているからだ。アルエットという名の五歳の少女だ。

通常の人間をはるかに上回るエヴォリュダーの力を存分に発揮したなら、華奢な身体は数秒ともたないだろう。

それでも凱は、走らぬわけにはいかなかった。後方から、銃弾の嵐が追ってくるからだ。そして、追っ手は前方にも回り込んだらしい。

　バイオネットのメタルサイボーグは、内蔵していた投光器からの光を凱とアルエットに浴びせかけた。感覚が鋭敏になっている分、凱にとってそれは脅威だった。アルエットの目をかばいつつ、凱は路上に膝をつく。

「くっ、なんて光だ……！」

　輝きのなかで、前方と後方から、バイオネットのメタルサイボーグたちが迫ってくる。

（まずい……だが、下手に反撃すれば、アルエットを傷つけてしまう！）

　アルエットを身体の下にかばった瞬間、激しい銃声が轟いてきた。

　しかし、その銃弾は凱たちを狙ったものではない。メタルサイボーグたちが的確に急所を破壊されていく。たまらずに、投光器が銃撃手の方に向けられた。

「毎度おなじみの目眩まし戦法……か」

　両の手にショットガンをかまえた射手はひるまない。遮光性の高いゴーグルを装備していたからだ。

　全身を機械化されたメタルサイボーグといえど、強度が脆い箇所は存在する。極めて正確に、冷徹に、そこが撃ちぬかれ、破壊されていく。

　最後の一体が沈黙し、眩い光もついに絶えた。

「害虫駆除、完了……」

　そうつぶやいた射手は、ショットガンをコートの下にしまい、ゴーグルを外した。そこから現れた顔は、凱《がい》がよく知るものだった。

「ルネ！　相変わらず荒っぽいな……」

ルネ・カーディフ・獅子王《ししおう》――姓からも明らかなように、獅子王凱の従妹《いとこ》である。もっとも、凱の前で〝獅子王〟と名乗ったことはない。生い立ちの事情から、ごく最近使うようになった、なかなか慣れないフルネームなのだ。

夜のパリ郊外の街中に立つルネは、普通の十八歳の少女にしか見えない。もっとも、ショットガンを両手で連射できる彼女が、普通であるはずもない。

かつての凱と同じく、ルネはGストーンに生命を支えられているサイボーグだ。そして、対特殊犯罪組織シャッセールに所属する捜査官でもあった。バイオネットのメタルサイボーグの事なら、手口も身体構造も熟知している。荒っぽいが、的確な援護はルネならではのものだった。

バイオネットに三機のガオーマシンを奪われたGGG《スリージー》は、必死にその行方を追い求めた。しかし、捜索は難航した。

本来なら、ガオーマシンに搭載されているGSライドからは、固有の反応を検出できるはずだった。しかし、それが観測されることはなく、バイオネットは光竜《こうりゅう》を奪取した時のようにGSライド反応を遮蔽していると思われた。

ところが二十時間前、ごく短時間だけだが、GSライド反応が観測された。現在はまた途絶えてしまっていたが、このパリ郊外からと推定されたため、凱とアルエットはファントムガオーでオービットベースから降下してきたのである。

もちろん、それがバイオネットの罠である可能性は高い。それでもガオーマシンを奪回せぬわけにはいかない上、凱にはもうひとつの強い動機もあった。

（命《みこと》……ここにいるのか……？）


ファントムガオーから降り、ＧＳライド反応が観測された場所に近づいた途端、凱とアルエットはメタルサイボーグたちに襲撃され、護衛のボルフォッグともはぐれてしまった。ＧＧＧからの要請で駆けつけたルネに救われることになったが、明らかに戦力不足だ。

それでも凱はふたりの少女を連れて、発見した地下への通路を下っていった。ガオーマシンはいずれも数十メートル級のサイズを持つ巨大な物体である。バイオネットがそれらを地下施設に隠匿しているであろうことは、当初から予測されていた。三人が歩いて行く通路は、近年に整備された様子がうかがえる。バイオネットは周到な準備を重ねて、ガオーマシン強奪を果たしたのだろう。

バイオネットに恨みと憎しみを抱くルネにとっては、何もかもが不愉快だった。自分の前を歩く小さな背中にまで、苛立ちをかきたてられる。

「……なんでこんな場所に、子供なんか連れてきた？」

先頭を歩く凱が苦笑しつつ、答えた。

「資料を見ただろ。ガオーマシンのプロテクトを解除できるのは、アルエットだけなんだ」

「以後、言葉遣いには気をつけるように」

できの悪い生徒を指導するような口調で、アルエットがたしなめた。その言葉に反応しかけたルネが、一瞬のうちに表情を引き締める。

「おおっと、ここは立ち入り禁止なんだがなぁ！」

言い放ちながら襲いかかってきたのは、メタルサイボーグだ。頭部に剣呑な破砕斧を装備しており、そのシルエットがトランプのクローバーに見える。滑稽な外見であっても、その危険性が減じるものではない。

破砕斧をかわした凱《がい》は、クロイツという名の敵にタックルをかました。

「うおっ、この野郎！」

クロイツはあわてた。凱とともにもつれあって身をまかせた手すりが、重みに絶えかねてへし折れたのだ。ふたりは組み合ったまま、下層へ続く吹き抜けに躍り出た。

「凱！」

ルネは身を乗り出してのぞきこんだが、暗がりに落下していった凱とクロイツの姿は見えない。ただ、闇の中から声が響いてきた。

「――アルエットを頼む！」

「ちっ……」

ルネは舌打ちした。子供の相手を押しつけられるくらいなら、バイオネットの相手をする方がマシだと考えたからだ。

「あんたはどっかに隠れてな。足手まといだからな」

「一緒に行くわ。現状では、あなたのそばにいたほうが生存確率が高いから」

ルネの言葉に、アルエットは平然と答えた。もともと、危険を恐れるくらいなら、現場へついてきたりはしない。ガオーマシンを取り戻すにあたって、自分の能力が必要であろうと判断しているのだ。

「フン……死んでも知らないよ」

そんな言葉で、ルネは同行を受け入れた。


地下空間の最下層へ落ちた凱は、三体の影に囲まれていた。いずれも異形の姿を持つメタルサイボーグだ。示し合わせたのかどうか、後から現れた二体はハートとダイヤのシルエットを有している。

「女とマシンを取り返しに来たんでしょう?」

「だったら返してやってもいいぜ……」

電磁鞭を装備したハート型のヘルツ、そしてダイヤ型のカーロの声を聞いて、緊迫した状況であるにも関わらず、凱はぼんやりと考えた。

(どこかに、スペードも隠れてるんじゃないだろうな……)

――凱の予想は当たっていた。

6

凱《がい》が飛び降りていった下層に向かって、ルネとアルエットは階段を下っていった。飛び降りてもよかったのだが、下の状況がわからない以上、いらぬ危険を冒すのも面白くない。

(あんな無茶な暴走野郎につきあってちゃ、命がいくらあっても足りないからね……)

ルネはそう考えたのだが、実のところ〝無茶〟〝暴走〟といった単語は常日頃、相棒であるポルコートやパピヨンから、ルネが張り続けられているレッテルだった。獅子王《ししおう》家の者に共通した特徴だったのかもしれない。一族みな、否定するところだろうが。

「……あなたはなぜ、バイオネットと戦っているの?」

黙って後についてきていたアルエットが、いきなり疑問を口にした。

「何故って、奴らには借りがあるんだ。この身体のね」

「ふうん……」

この幼い子供が、バイオネットに遺伝子操作を施されている事は、凱が言ったように資料で知っていた。そして、それはルネと似通った事情でもある。彼女のサイボーグ・ボディもまた、バイオネットによる生体実験の結果であったのだから。

「そういうあんたはどうなのよ」

「私は……私の頭脳を使って知恵比べをしているだけ。ゲームみたいなものね」

「へえ……たいしたご身分だこと!」

そう言い放ったルネは、アルエットを突き飛ばした。同時に自分も跳躍する。数瞬後、ふたりが存在していた空間を銃弾の嵐がなぎはらう。

凱が予想した存在――スペード形状の頭部を持つメタルサイボーグによる奇襲だった。完璧なタイミングの奇襲であったはずだが、その男ピークはふたつの間違いを犯した。

「裏切り者同士、ここで仲良くおねんねしな！」

ルネの聴力を侮っていたため、接近を悟られたこと。そして、〝獅子の女王《リオン・レーヌ》〟の逆鱗に触れたこと、だ。

「下がってな、チビ。お前の血でコートを汚されたくないからな」

静かな声音に込められた激しい怒りを感じとって、アルエットは無言で後ろに下がった。かつて、自分の母親が〝バイオネットの裏切り者〟と言われて、動揺した過去がルネにはあった。その言葉を用いたことは、ピーク本人が自らの破滅を望んだに等しい。

アルエットが十分に離れたことを悟ったルネは、獰猛な笑みを浮かべながら、重機関砲を装備したメタルサイボーグに襲いかかった。

「ありゃあ、これはいけませんねぇ」

スペード型の頭部が踏みつぶされる光景をモニター内に見て、バイオネットの作戦指揮官は肩をすくめた。

その男――ギムレットにとっては、計算外の連続だった。

バイオネットに加わって最初の作戦で、ギガテスク・ドゥを破壊してくれたガオガイガーの獅子《しし》王凱《おうがい》。二度目の作戦でエスパーサイボーグ製造計画を台無しにしてくれたルネ・カーディフ・獅子王。そのふたりが、そろって現れたのだから。

実のところ、GSライド反応が漏洩《ろうえい》してしまったのは、彼が仕組んだ罠ではない。アルエットがガオーマシンに施したプロテクトが強固なものであったため、バイオネットはこのパリ郊外の地下工場に運び込んだ。金のためならどんな仕事でも引き受ける技術者を手配していたのだが、そのような輩はずさんな仕事ぶりを気にもとめない例が多い。この時も機密保持に関する意識が低く、GGG《スリージー》の警戒網に情報を与えることになってしまったのだ。

自分では良い趣味だと思っていた四体のトランプサイボーグを撃破され、ギムレットは嘆いた。

「ああっ、酷い！　そんなメチャクチャな壊し方を……あ〜あ、お金かかってたのに、もう修理できないじゃあ〜りませんか」

完膚なきまでに蹂躙されたピークは、もはや役に立たないだろう。ギムレットは仮面の下の涙を拭おうともせず、別の場所を映したモニター画像を見た。

「せめて、他の三体はうまくやってほしいんですがねぇ——」

7

ピークを撃破したルネとアルエットは、ようやく最下層へ到達した。そこで見たのは、地上最強のエヴォリュダーである凱が、三体のメタルサイボーグに苦しめられている姿だった。

「あれは――」

「冷凍ガスね」

気化することで対象物の熱を奪っていく特殊ガス。それがカーロの切り札であった。かつてのサイボーグならともかく、生身の身体に生まれ変わった凱にとって、それは数少ない弱点を的確についてくる攻撃だった。

「――ったく」

「待って！」

飛び出そうとしたルネのコートのすそを、アルエットがつかんだ。

「奴らに借りを返すんでしょう？　だったら私が力を貸してあげる」

全身を凍り付かせた凱に、三体のメタルサイボーグが迫る。

「我らバイオネットの基地を、七つも壊滅させたんだって？」

「そいつが命取りになるとも知らずにな！」

「テメェのことは、トコトン研究させてもらったぜ！」

三体は凱《がい》に接近してこようとせず、それぞれの射撃武器をかまえた。捨て身の反撃を警戒しているのだろう。冷凍ガスで鈍った身体では、距離をつめることすらできない。

「くっ、こんな奴らに――」

ＩＤアーマーのセンサーは、メタルサイボーグたちのボディからフェイクＧＳライドのエネルギー反応を検出していた。それは〝フツヌシ事件〟の際に創世された、ＧＳライドの紛い物だ。本物が偽物に打ち倒されるなど、これ以上ない屈辱だ。

「いいザマだな、生機融合体！」

メタルサイボーグたちが、それぞれの射撃武器のトリガーを引こうとする。その瞬間、あたりに大音響と閃光が炸裂した。

「な、なんだぁっ！」

それは、ルネが日常的に携帯している、スタングレネードと呼ばれる非致死性手榴弾が引き起こしたものだった。さすがのサイボーグたちも視覚と聴覚を遮られ、混乱する。

その隙にルネは、凱のもとへ駆け寄った。冷凍ガスで弱っていたところに予告もなくスタングレネードを食らったのだから、凱の受けたダメージも少なくない。ふらふらになった身体を、ルネが背後から抱きしめる。

「……鼻水が出てるよ」

言うとルネは、体内の余剰熱を一気に放出した。アルエットがＧＳジェネレイターを調整して、放熱をコントロールしたのである。もともとルネのボディは排熱機能に欠陥があり、冷却機能をになったコートを装備している。そこにアルエットのコントロールが加われば、凱の身体機能を復活させるほどの熱を生み出すことも容易だった。


「うおおっ」

「くそっどこだ！」

視覚を奪われたクロイツは混乱して、破砕斧を振り回した。わずかに離れたところでヘルツとカーロが打ち倒されていたのだが、聴覚が失われたため、その音も聞こえてはいない。

数分が過ぎ、ようやく目と耳で状況を把握できるようになったクロイツは目の前に立つふたりの影に声をかけようとした。だが、すぐに悟る。こいつらは味方じゃねえ――

「て、てめえら！」

ふたりの腕が緑色に煌めく。凱の左腕と、ルネの右腕に浮かびあがる〝Ｇ〟の文字。それは三重連太陽系からもたらされた命の宝石――Ｇストーンの輝きだ。

「お前たちの力は所詮模造品《イミテーション》……」

「勇者の証にはなり得ない――！」

ルネと凱はそう言い放つと、まばゆい光に包まれた拳《こぶし》を、クロイツの胸部に叩きつけた。かつてフツヌシに創世されたフェイクＧＳライドが打ち砕かれ、メタルサイボーグが機能を停止する。

「凱、ルネ――この先からＧＳライド反応が！」

アルエットの声に導かれて、凱《がい》とルネは急勾配の斜面を駆け上がった。そこは、大型のマシンを格納するための空間であることが見てとれた。バイオネットが何を保管するために用意したものだったのかは、明らかだ。そして、その推測はすぐに裏付けされた。

「ステルスガオーⅢ！」

新たなる勇者王の翼となるために開発されたガオーマシンが、空中に浮遊している。スクラムGタービンジェットが唸りをあげ、すでに機体はアイドル状態にあった。

「まさか……私のプロテクトを解除したっていうの⁉」

愕然とするアルエットの隣で、ルネと凱はそれぞれ敵の姿を見据えていた。ステルスガオーⅢの上に立つギムレットと鰐淵《わにぶち》シュウ。

「いやぁ、プロテクト解除が間に合ってよかった、よかった〜〜」

「ハラハラしたぞ、凱。あのままくたばっちまうんじゃないかってな」

ふたりは言い捨てると、ステルスガオーⅢのコクピットへと乗り込んでいく。

「待て、シュウ！　命《みこと》はどこだ！」

「返してほしくば——思い出せ、あの約束を！」

ステルスガオーⅢの操縦桿を握ったシュウは、凱の言葉にそう応えると、機体を発進させた。地下空間からゲートを通過して、空中へ飛び出していく漆黒の翼。

「シュウ——ッ！」

凱は必死に追ったが、追いつけるはずもない。夜明けの空へ消えていく姿を見送るしかなかった。

「凱――」

ルネは従兄《いとこ》の背に声をかけた。彼女にも、凱の気持ちはよくわかる。かつてバイオネットに、光《こう》竜《りゅう》やパピヨンを連れ去られたことがあったから。それでも、問わずにはいられなかった。

「行くのか？　奴らのことだ。きっと罠が――」

「行く……命とガオーマシンを取り戻すために」

凱はそう答えると、続きの言葉をすでにその場にはいない人物に語りかけた。

（望み通り……お前との約束を果たすために……）

8

パリを発ったステルスガオーⅢの航跡は、GGG《スリージー》の衛星監視網《サテライト・サーチ》によって完全に追尾されていた。北方に向かって、洋上でバイオネットのものであろう空中母艦と接触した漆黒の機体は、極点を通過して日本を目指している。

「やはり、俺を誘っているのか……」

ファントムガオーの機上で、転送されてきた情報を視認した凱はつぶやいた。言うまでもなく日本は凱や命の――そして鰐淵シュウの故郷である。

本来なら、ガオーマシンの奪還はGGG《スリージー》の総力を挙げてあたるべき事件である。だが、木星決戦とその後の機界新種戦で多くの戦力を失ったため、ステルスガオーⅢを追尾できる機体は少ない。衛星軌道上で建造中のディビジョンフリートは間に合わず、マイク・サウンダース13世のバリバリーンもオーバーホール中だ。追撃はファントムガオー単機に委ねられることになった。

だが、そのステルスガオーⅢは一時間ほど前から富士山麓上空で、旋回を続けている。パリから取り付いていたボルフォッグを、物ともしていない。むしろ、誇示するかのようにボルフォッグの軽量な機体を振り回し続けている。

「あの挑発的な行動……罠の可能性が高いわね」

「わかってる。だが、命《みこと》とガオーマシンを取り戻すためには……受けて立つしかない！」

後席のアルエットの指摘を承知しつつも、凱《がい》はファントムガオーの機首を富士山麓へ向けた。至近距離に接近してしまえば、こちらはガオファーにフュージョンして、格闘戦で抑え込むことができる。

「見えた……ステルスガオーⅢ！」

凱はファントムガオーを上昇させ、ステルスガオーⅢに上方から接近させた。だが、コクピット内に警報が響く。

超高高度から降下してくる機影を捉えた、接近警報だ。急旋回でその突進をかわしつつ、凱は相手の正体を見てとった。

「あれは……ライナーガオーⅡ！」

「連中、ライナーのプロテクトも解除したようね」

アルエットの言う通りだ。同系統のプロテクトが突破された以上、ステルスと同様にバイオネットにコントロールされているのは道理である。凱はファントムガオーの速度を落として、低空に進入した。

「ボルフォッグ、アルエットを頼む！」

「承知しました！」

ステルスガオーⅢから離脱したボルフォッグが、コクピットから飛び出したアルエットを受け止める。コクピットでひとりとなった凱は、ボイスコマンドを入力した。

「フュージョン……」

メカノイド〈ガオファー〉へとフュージョンした凱は、まずライナーガオーⅡを捕縛しようとした。

「ファントムリン……」

その瞬間、強烈な衝撃が下方からガオファーを襲った。地中から大地を割り砕いた最後のガオーマシンが、凶暴なドリルをガオファーに突き立てたのである。

「く、ドリルガオーⅡまで……！」

たまらず富士山麓の樹海に着地するガオファー。三機のガオーマシンはその上空を旋回する。本来なら頼もしい味方となるはずのマシン群が、メカノイドの隙をつこうと頭上から狙っているのだ。

『フフフ……もはやガオーマシンは俺の手足も同然』

シュウの声が、通信機を通じて凱《がい》の耳に届く。

『ガオーマシンと卯都木《うつぎ》を取り返したければ、この俺を倒してみろ！　ハハハッ！』

GGG《スリージー》の機体を用いて放たれた通信は無論、衛星軌道のオービットベースにも傍受されていた。長官職から離任する直前だった大河幸太郎《たいがこうたろう》は、最後の重大な決断を迫られる。

「むう……やむを得ん」

大河がふところから取り出した銀色の鍵――それはゴルディオンハンマーを発動させる黄金の鍵とは異なるものだ。メインオーダールーム内で大河の行動を見た火麻激《ひゅうまげき》参謀も、同じ物を取り出す。

「これか……」

ヤサカニから帰還していた高之橋《たかのはし》博士の手のうちにもまた、それがある。

「しかしそれでは、ガオーマシンにもダメージが……」

「覚悟の上です」

大河は深くうなずいた。瞬間瞬間において、素早い判断が求められる。謬《あやま》れば――そして遅れれば、人類の未来が閉ざされる。それがGGGの長官に課せられた責任なのだ。大河が鍵を手にした以上、そこに逡巡はなかった。

三人がそれぞれの制御卓にあるスロットに鍵を差そうとした瞬間、ボルフォッグから通信が入った。

『――まだひとつだけ、手が残されているわ』

その声は、ボルフォッグのものではない。その鋼鉄の腕に抱えられた少女の声を、ボルフォッグが中継したのだ。

「ファイナルフュージョンよ。プログラムが完全に起動すれば、マシンの指揮系統は強制的にガオファーへ移されるわ」

ファイナルフュージョン・プログラムの開発責任者であるアルエットの判断には、耳を傾ける価値がある。だが、判断の前に、確認するべきことがあった。

『アルエットくん、成功の確率は――?』

「十五パーセント――もし失敗すれば、無防備状態のガオファーは……」

大河の問いに、アルエットは正直に答えた。だが、その数字を告げるには、さすがにためらいがあるようだ。声が震えている。

その迷いや戸惑いを感じとったのだろう、力強い声が割って入った。

『長官、やらせてくれ!』

ガオファーとフュージョンしている凱である。三機のガオーマシンの攻撃に翻弄されながらも、大河とアルエットの会話を聞いていた。

『少しでも可能性があるなら……俺はそれに賭ける!』

その声が、最大の判断材料となった。

「よし!　ファイナルフュージョン承認!」

「了解……ファイナルフュージョン、プログラムドライブ――」

大河《たいが》の承認を受けて、研究部オペレーターであるパピヨンが強化プラスティックの保護プレートを叩き割った。保護プレートの下にあったボタンによって、プログラムが起動する。本来は機動部隊オペレーターである卯都木命《うつぎみこと》の職務だが、バイオネットに拉致されているため、パピヨンが兼務しているのだ。

「ファイナルフュージョンッ！」

ＦＦプログラムを転送されたガオファーは宙へ飛び、同時にガオーマシン三機もまたＦＦフェイズへと移行した。これ以後、ガオーマシンはオプションユニットとしてガオファーの制御下に置かれることになる。

だが、それにはプログラムリングの展開が不可欠だ。ガオファーから空中に光学的に投映された合体用プログラムを、ガオーマシンが正確に読み込むことで、ファイナルフュージョンが可能となる。

だが、そのシステムはいまだ未完成だった。

「――ボルフォッグ、有効半径はわかってる？」

「はい、アルエット技官。ガオファーより二百十三メートルを維持します」

現在の状況でファイナルフュージョンを行うには、プログラムに補完作業を施す必要がある。それも、ガオファーから半径二百十三メートル以内での光通信で、リアルタイムに更新しなければならない。無論、それが行えるのはアルエットただひとりだ。

　ボルフォッグは必要な距離を保ちつつ、腕の中にアルエットを保持していた。

「各ガオーマシン、プログラムリングの軌道に乗りました！」

　プログラムリングを読み込みつつ、ガオーマシンがガオファーにドッキングしていく。

「ドリルガオーⅡ連結完了！　ライナーガオーⅡ連結フェーズ開始――」

　パピヨンの冷静な声が、状況を報告していく。ファイナルフュージョンが順調に行われているかと思えたその時、牛山《うしやま》オペレーターが緊急報告を発した。

「ガオファー上空に未確認飛行物体を確認！　バイオネットの機動要塞と思われます！」

9

　シャポー・ド・ソルシエール――その名が現すように、ギムレットお気に入りの帽子を模した機動要塞だ。パリで失ったメタルサイボーグと同じように、彼の歪んだ趣味を十分に反映させている。全長数十メートルもある要塞をGGG《スリージー》の眼前に出現させたのは、作戦を完全なものとするための陽動だった。

「イヒヒ……期待させていただいてますよ、シュウくん」

ファイナルフュージョン中の凱《がい》も、アルエットの警護にあたっているボルフォッグも、オービットベースのGGG《スリージー》スタッフも、巨大な要塞に気をとられて一瞬だけ忘れた。

――ステルスガオーⅢのコクピットに潜む、鰐淵《わにぶち》シュウの存在を。

「今度こそ決着をつけてやる！」

ステルスガオーⅢはFFフェーズへと移行して、シュウの制御下から離れた。だが、ガオファーのすぐ上空で旋回している。そこから飛び降りたシュウは、ライナーガオーⅡを受け入れるための開放部から、ガオファー内部に潜入したのだ。

「――シュウ！」

至近距離に近づかれ、凱はファイナルフュージョンを中断した。シュウの身体から放たれる金属の槍を、ウィルナイフで受け止める。コクピット内の極めて狭い空間で、ふたりは争い続けた。刺突と斬撃が、互いの急所を狙って交互に繰り出される。

ファイナルフュージョンを中断、硬直したガオファーを見て、機動要塞の内部にいるギムレットはため息をついた。

「手ぬるいですねぇ、シュウくん」

獅子王《ししおう》凱を斃《たお》すことは作戦の途中経過であって、目的ではない。ギムレットの目には、鰐淵シュウがそのことを忘れたようにしか見えなかった。

「戦いはもっとスマートにするものですよ。こういう風にね――」

——機動要塞から、なにかが落下する。それが物体ではなく、人体であることを、ボルフォッグからの中継映像でオービットベースのＧＧＧスタッフは知った。

「機動要塞から人の落下を確認！　う、卯都木《うつぎ》隊員です！」

牛山《うしやま》の悲鳴にも似た声を聴いた凱は、完全に意識をそちらに奪われた。

「どこを見ている！」

死闘の最中、それはあまりにも大きすぎる隙だった。シュウの槍が凱のＩＤアーマーを貫いた。シュウ自身が突入してきた開口部から、凱の身体が押し出されていく。

「ぐわあああっ！」

地上へ落下していくその姿を見送りながら、シュウはおのが勝利に酔いしれていた。

「勝った……俺は凱に勝ったんだ！」

だが、これで終わりではない。

(見ていろ、凱……俺は、お前の力を手に入れてやる……！)

「リ・フュージョン確認、ファイナルフュージョン・プロセス、再開しました——」

目の前のコンソールに現れた表示を、パピヨンが読み上げる。凱がコクピットから排除された以上、それがバイオネットのエージェントの仕業であることは明らかだった。

「してやられたか……」

大河《たいが》が歯がみする。これまでの戦いで、ＧＧＧは常に勝ってきた。だが、それは現在や未来の勝利をも約束するものではない。新たな勇者王をバイオネットに奪われれば、人類にどのような未来が待っているのか。想像するだに恐ろしい。

「ファイナルフュージョン、最終プロセスへ移行！」

パピヨンの報告に、大河《たいが》は決断した。

「ガオファイガーを敵の手に渡すわけにはいかん！　GGG《スリージー》は……いや、人類は——ガオファイガーを放棄する！」

長官と参謀とスーパーバイザーの手に、ふたたび銀色の鍵が握られた。

だが、完成直前のなかで鰐淵《わにぶち》シュウもまた苦しんでいた。

「ぐおおおおっ！　これが……ファイナルフュージョ……ン」

ガオファー、及びガオファイガーはエヴォリュアル・ウルテクシステムによって制御されている。エヴォリュダーという生機融合体が、全身の神経をGストーンを介して制御系に連結するシステムだ。

実のところ、その情報はアメリカGGGからバイオネットに漏洩済みだった。そのため、鰐淵シュウのメタルサイボーグ・ボディは、エヴォリュアル・ウルテクシステムに介入できるよう設計されていたのだ。

しかし、全身の神経を巨大なシステムに直結させる行為は、激しい苦痛をもたらした。

「凱《がい》はこんな物を、せ……制御しているという……のか！」

全身の神経をズタズタにされるかのような苦しみに耐えかね、シュウはついにシステムとの接続を断った。結果として、その行為が彼に自由をもたらしたとも言える。その直後に、緊急停止プログラムが発動されたのだから。

そのプログラムは、GGG首脳部三人が発動キーを同時に使用することで効力を発する。かつて、ギャレオンが制御不能に陥った時を想定して、ガオガイガーにも組み込まれていたものだ。幸いにも、人類とギャレオンが敵対関係に陥ることはなく、緊急停止プログラムが発動されることはなかった。だが、バイオネットによる強奪という非常事態が、後継機であるガオファイガーにも組み込まれていたプログラムを使用させた。これにより、ガオファーとガオーマシンに組み込まれたGSライドは、強制的にエネルギーを外部に放出。すべての機能を停止させられるのだ。

もしもシュウが接続を断っていなければ、動けなくなったマシンに全身を拘束されてしまっただろう。

活動を停止したガオファーとガオーマシンが、シャポー・ド・ソルシエールに回収されていく様子を、地上に落ちた凱はなすすべもなく、見上げていた。

シュウの槍に貫かれた全身は、IDアーマーに護られていたとはいえ、浅くはない傷となっている。もはや立ち上がることも、追うことも不可能だった。

「み、命《みこと》――」

機動要塞から突き落とされた卯都木《うつぎ》命は、大地に叩きつけられる寸前、個人用飛行システムを用いたギムレットに拾われていた。彼女の存在が、凱《がい》に対して最大の切り札である以上、使い捨てる気など最初からなかったのだ。

「命《みこと》……」

凱はもう一度、つぶやいた。ガオファーとガオーマシンと卯都木《うつぎ》命――彼にとって、世界のほとんどすべてにも等しいものたちが、薄れていく視界のなかで遠ざかっていった。

第五章　ファイティング・ガオガイガー　―西暦二〇〇七年一月―

1

それはあまりにも不釣り合いな光景だった。

国際的犯罪結社バイオネットのアジトの一室に、卯都木命のドレス姿。それも、フリルやレースがふんだんに使われた少女趣味といってよい服だ。

結局のところ、その拭い去りがたい違和感は、ギムレットの内面に基づくものだった。かつて、ファッションデザイナーを志しながら、挫折して犯罪に手を染めた男。虚飾に満ちたドレスと、無機質なコンクリートむき出しの部屋。その不釣り合いなもの同士の融合こそが、彼のいびつな内面の反映に他ならない。

そして、そのドレスはデザイナー本人の手で半ば引き裂かれていた。もっとも、その事によって、命の肌は毛ほどの傷も負っていない。人肌を傷つけることなく、衣服のみを切り裂く。ギムレットが持っている、なんら役に立たない特殊能力のひとつだ。

「我々も困っているんですよ、お嬢さん。どうすれば、ガオーマシンの緊急停止プログラムを解除できるのか――」

役に立たない――その評価は改められるべきかもしれない。相手に恐怖を与えるという点においてなら、たしかに効果的だったのだから。

後ろ手に縛られ、粗末な寝台の上に転がされた命《みこと》は、気丈にギムレットをにらんでいる。しかし、その内心は恐怖の色に塗りつぶされていた。

(凱《がい》……助けて、凱——!)

「ま、アナタに聞いてもわかりませんよネェ……ヒヒヒ」

衣服を傷つけることに飽きたギムレットは、右腕に装着した鋼鉄の爪の先端を、むき出しになっている命の肩に触れさせた。

「——!」

それはまだ、かすかな痛みでしかない。だが、目の前の仮面の男の異常な性向はすでに思い知らされている。この後、自分にどのような運命が待ち受けているのか——命はついに絶望しかけた。

その時——

「やめろ!」

室内に飛び込んできた男の声に、命は歓喜を覚えた。

(凱——来てくれたんだ——!)

だが、その男の長髪は栗色ではなく、闇の色だった。歳や背格好は近かったが、別人である。

(シュウくん——)

危機を救われたにもかかわらず、命は悲しんだ。そんな思いに気づくこともなく、シュウはギムレットの前に歩み寄り、語気鋭く詰め寄った。

「どういうつもりだ？　卯都木《うつぎ》には一切手を出すなと言っただろうが！」

ギムレットは肩をすくめた。仮面の下のその表情はわからない。それでも、声に含まれている冷笑の響きの方は隠そうとすらしていなかった。

「身勝手ですねぇ。はじめからお嬢さんをダシに使っていれば、もっと楽にファントムガオーを手に入れられたハズ……。でも、キミが生機融合体と勝負をつけたいと言うから、そのワガママを叶えてあげたんじゃありませんか」

「しかしあれでは、勝ったことにはならない！」

シュウは拳《こぶし》を握りしめた。その言葉に嘘偽りはない。ガオファーを奪ったとき、一瞬だけ感じた勝利の高揚感は、すでに霧散してしまっていた。

凱が制御することができていた勇者王を、シュウは我が力とすることができなかった。しかもあの時、凱を倒せたのは実力によるものではなかったと、教えられていたからだ。

「イヒヒ……キミがあの生機融合体に勝てるとは思ってませんでしたからねェ。戦闘中にあのお嬢さんを空中に放り出して、ヤツの注意をそらしてやったりしたんですよ。あ、礼には及びませんよォ。私は作戦遂行に必要なことをしただけなんですから！」

――そう聞かされて、シュウは決意した。自分はもう一度、凱と勝負しなければならない。そうして奴を超えなければ、意味がない。

実のところ、そのシュウのこだわりも気落ちもすべて、ギムレットにとって娯楽に過ぎなかった。

結局の所、バイオネットの作戦目的よりもシュウが勝負にこだわっているように、ギムレットもまた自分の悦楽を優先させているに過ぎない。

この時も、命《みこと》の恐怖の表情に飽きてきたギムレットは、あっさりと彼女を引き渡した。まるで遊び尽くした玩具を放棄するかのように——

「いけませんネェ、作戦司令官が誰かお忘れですか？　あまりワガママがすぎると、セクション9[※41]に送り返しますヨ、イヒヒ……！」

そう言い残して、ギムレットは去って行った。

（セクション9……？）

命は安堵すると同時に、シュウの顔に目を奪われた。あの気丈なシュウが、〝セクション9〟という言葉を耳にすると苦痛と畏怖の表情を浮かべたからだ。

「シュウくん、あなた一体？　それにその身体……」

「すまないな、卯都木《うつぎ》。だが、お前が囚われている限り、凱《がい》は俺と戦わざるを得ない……」

シュウはあえて話題を避けたようだ。セクション9という単語は、彼にとって触れられたくない過去に属するらしい。

「どうして……どうして戦わなきゃいけないの？　教えて、シュウくん！」

「……運命を乗りこえるためだ」

——シュウは語りはじめた。

高校時代、卯都木命がそうであったように、鰐淵《わにぶち》シュウもまた、獅子王《ししおう》凱の同級生だった。彼は様々な競技で、凱と張り合った。しかし、いずれも及ばず、シュウは二位どまりだった。

無理もない、と言えただろう。凱は十三歳のとき[※42]、宇宙飛行士になることを決意した。その時から、彼の日常のほとんどは己の心身を鍛える日々だったのだから。シュウがいかに文武に秀でた少年であろうと、凱が抱く強烈なほどの目的意識は存在しない。

シュウは己の尊厳をかけて、凱に決闘を申し込んだ。だが――

「わかった……でもフライトから戻るまで待ってくれ」

この時、凱は十八歳にしてスピリッツ号のパイロットに選ばれ、宇宙飛行を目前に控えていたのだ。体調を万全に整えることを最優先にしている相手が、本気で自分の相手をするはずがない――そう理解したからこそ、シュウは凱の希望を受け入れた。

凱が宇宙から帰還した後の決闘、それがふたりの間でかわされた〝約束〟だった。

「だが、奴は宇宙であの事故に遭った……俺との約束を果たさぬまま！」

それは違う、命はそう口を挟もうとした。

（凱は約束を破るような人じゃない。果たさなかったんじゃなくて、果たせなかったの――！）

だが、口にはできなかった。シュウの表情は、他者の理解を拒んでいるように見えたからだ。

「俺は納得いかなかった……戦わずして得た勝利に何の価値がある？　だが、奴は死の淵から蘇った『勇者』として！」

「シュウくん……」

「凱《がい》はもう俺との約束なんか覚えちゃいないだろう。いや、はなから決闘に応じる気などなかったのかもしれない……。だから俺は奴との決着をつけるために、奴と対等に渡り合える力と身体を手に入れたのさ！」

シュウは壁面に設置された制御パネルに触れた。大型のモニターに、〝セクション9：極秘資料〟と記されたデータが表示される。

それは異形の、そして悪魔の研究資料だ。人間の身体に醜悪なシステムを埋め込んで、戦闘力や破壊力のみを強化している。かつて、獅子王麗雄《ししおうれお》博士が、我が子を救うために作りだしたサイボーグ・ボディとは、非なるものだ。そして、GGG《スリージー》のスタッフであり、機界新種と化した経験のある命《みこと》には、資料の中枢にあるものがなんであるか、理解できた。

「そんな……これってゾンダーメタルの！」

「そう……かつてゾンダーメタルプラントが出現したとき、密かにゾンダーメタルを手に入れたバイオネットは、その生機融合の力を手に入れるため、研究と実験を重ねた。結局全ては失敗に終わったがな」

それはGGGが木星において、機界31原種と最終決戦を行っていた際のことだ。原種はESウインドウを通じて、地球の半分にゾンダー胞子をばらまいた。ルネもこの時、半身をゾンダー化され、いまだにその悪夢に苦しめられている。

バイオネットはその悪夢をすら、おのが野望の材料としていたのである。

「セクション9の科学者たちは、そこから得られたデータから、いわば疑似ゾンダーとでも言うべきメタルサイボーグ開発の可能性を見いだした。何人もの被験者が次々と犠牲になっていったが、ただひとり俺は生き残った……執念でな！」

シュウは微笑を浮かべた。穏やかなものではない。妄執と怨念に満ちた、昏《くら》い炎のような凄惨な笑みだ。

「この身体の修理もじきに終わる……その時こそ、凱と最後の決着をつけてやる！」

命は悟らざるを得なかった。自分には、この戦いを止めることはできない。

（せめて……せめて、無事に終わって……凱も、シュウくんも！）

祈る――それだけが、いまの命にできることだった。

2

バイオネットにすべてのガオーマシンが強奪されてから、一週間が過ぎた。GGG課報部と各国の協力機関は総力を挙げて情報収集に努めていたが、手がかりは杳《よう》としてつかめなかった。

そんな中、凱とアルエットは有力な情報があるとの話を聞き、Gアイランドシティを訪れていた。

凱にとって懐かしい道を歩いていると、良い匂いがただよってきた。

「アルエット、腹減ってないか？」

「――別に」

凱《がい》はとある看板を指さした。『キッチンＨＡＮＡ』――天海護《あまみまもる》の〝妻〟である初野華《はつのはな》の実家であり、宇宙開発公団の職員に人気の高い食堂だ。折しもクリスマスの飾り付けが施され、鶏肉が焼ける匂いがただよっている。

だが、食欲をそそる香りを無視して、アルエットは歩き続けた。

「お、おい、アルエット――」

「食事なら、打ち合わせしながらでもできる。のんびりしている余裕はないわ」

常に冷静な態度をくずさない少女だが、その言葉には常には存在しない響きが含まれている。あえて言うなら、〝自戒〟だろうか。

「おい、いったいどうしたんだ？」

「私の判断ミスでマシンと命《みこと》さんを奪還しそこねた――その責任は認めるわ。だからこそ……あんな所で無駄な時間を過ごしている余裕はないの」

「アルエット……」

凱はアルエットの小さな身体をかつぎあげると、回れ右をした。

「わっ、な、なんなの一体？」

「いいからいいから」

目的地である宇宙開発公団タワーとは異なる方向へ走り出す凱。アルエットにしてみれば、振り落とされないよう長い髪にしがみつくだけで精一杯だ。

「ちょっと、どこまで行くつもりなの？　早く宇宙開発公団に――」

アルエットの言葉の途中で、凱は脚を止めた。とある民家を近くにのぞむ通りの一角だ。その家の軒先では、ひとりの女性が鉢植えの花に水を注いでいた。

アルエットは、その女性のことを知っていた。

「ママ……」

五年前、バイオネットに拉致され、人体実験の被験者とされた女性だった。彼女が身ごもった胎児はバイオネットによって摘出され、遺伝子操作を施された。そのため、女性は自分の子供が生き続けているとは知らない。

アルエットは半年ほど前にバイオネットから保護されたのだが、天才的知能を持つ彼女自身が、自分の存在を知らせることを拒んだからだ。

「気になってたんだろ？」

「でも私、死んだ事になってるから……」

バイオネットの被害者が、再度狙われることは多い。そのため、GGG《スリージー》の協力機関が保護しやすいGアイランドシティで、その女性は暮らしていた。

「俺がここに連れてくるって、予想してなかっただろ？」

「え……？」

虚を突かれたが、その通りだった。アルエットは小さくうなずいた。

「確かに君は天才かもしれないが、すべてを見通す事なんて不可能だ。それに……君は計算するだけの機械じゃない。ひとりがすべてを背負い込む必要なんてないんだよ。足りない分をみんなで補い合うのが、人間ってもんだろ？」

凱《がい》はそっとアルエットの髪をなでた。

「いつかきっと、君もお母さんと一緒に暮らせる日が来るさ。その時までの辛抱だ」

「いつか一緒に……」

「ああ」

凱はうなずいた。アルエットは真っ赤になって、目をそらす。

「あ……ありがとう、凱。気を遣ってくれて……」

それは凱が初めて見た、アルエットの年相応の素直な表情だった。


「——Ｏｈ！　アナタがアルエットですネ。ベリーベリーキュートデスネ！」

言うとスワン・ホワイトは、アルエットに頬ずりした。戸惑った少女は、その腕の中から逃れようとじたばたする。

宇宙開発公団タワーの一室、機密保持を徹底された区画で、遅刻した凱とアルエットを待っていたのはホワイト兄妹だった。アメリカＧＧＧ《スリージー》に転属になったふたりは、アルエットとはこれが初対面である。

「スタリオンさん、例のものは……？」

「Ｏｈ！　そうデシタ！」

凱が求めていたデータチップを取り出したのは、スタリオンではなくスワンだった。何故か、胸の谷間に挟んであった小さなチップを、凱に差し出す。

長いつきあいで、その程度の挑発には動じなくなった凱が、データチップをデスクの上にある端末のスロットに差し込んだ。

デスクの表面モニターに、チップに収められていたデータが表示される。

「これか……」

それは、バイオネットが世界中に張り巡らせているネットワークを可視化したものだった。スタリオンが解説を加えていく。

「この前壊滅させセタ、バイオネットの研究施設カラ改修出来たデータチップデス。彼ラは世界中の電子ネットワークを駆使して、緊急停止プログラムの解除コードを探シテいるようデスネ」

先日のバイオネットの作戦が成功したのは、アメリカGGGから機密が漏洩していたためと確認されている。責任を痛感した獅子王雷牙《ししおうらいが》とホワイト兄妹は、内通者を見つけ出し、その存在を逆に利用して、バイオネットの研究施設を急襲したのだ。

「これ……使えるかも」

表示されたデータを真剣ににらんでいたアルエットがつぶやいた。

「データの転送経路をトレースしていけば、敵の本拠地を絞り込めるはず……」

「本当か⁉」

アルエットはうなずいた。そして、静かに断言する。

「絶対見つけてみせるわ。ガオーマシンと命《みこと》さんを……！」

そこに含まれているのは、自分ひとりで成し遂げなければならないという頑なな思い込みではない。仲間や協力者たちと力をあわせて、やりとげてみせる——その気持ちが込められた決意だった。

3

二〇〇七年一月某日——

GGG《スリージー》機動部隊は、香港に集結していた。アメリカGGGからもたらされたデータを、アルエットと諜報部が解析した結果、バイオネットの極秘基地が特定されたのだ。

だが、奇襲は成功しなかった。バイオネットもまた、GGGに発見されたことを承知の上で、待ち受けていたからだ。

「住民の避難は？」

「完了しました！」

「やっこさん、一向に動く気配はないな」

「とにかくとっとと捕まえちまおうぜ！」

竜四兄弟とゴルディーマーグが、敵を包囲する。敵——GGG機動部隊を待ち受けていたのは、鰐淵《わにぶち》シュウがフュージョンしたガオファーだった。

斥候として香港へ先乗りしたボルフォッグは、このガオファーに大破させられ、現在も修理中だ。

それはシュウがメカノイドの力を、完全に我が物としていることを意味している。機動部隊は住民を退避させ、香港の中心部に空白地帯を作りだした。勇者王が健在であれば、ディバイディングドライバーで対処できたのだが、それもかなわない。市街地戦で被害を抑制するには、機動部隊各員の経験に頼るしかなかった。

「さあ、まずは僕からだ！」

「おっと、炎竜《えんりゅう》先輩、一番乗りはゆずらねえぜ！」

先を争うように、炎竜と雷龍《らいりゅう》が突っ込んでいく。それを迎え撃つガオファー。その口元に、昏《くら》い炎のような笑みが浮かんだ。

――ガンドーベルが地下通路へ侵入する。大型のバイクに見えるが、それは全長四メートルにも達するＧＧＧ諜報部のガンマシンだ。

獅子王《ししおう》凱《がい》はアルエットとともにガンドーベルで、彼女が割り出した地下基地へと突入したのだった。

強化人間やメタルサイボーグが迎撃するが、大口径の重機関砲・ドーベルガンに一蹴される。ガンマシンがビッグボルフォッグへ合体した際は、４０００マグナムと呼ばれる武装だ。バイオネットのエージェントごときが耐えられるものではない。

為す術もなくガンドーベルの突進をゆるし、警報のみが響き渡った。

『緊急事態！　緊急事態！　敵エヴォリュダーが基地内へ侵入！！　くり返す！　敵エヴォリュ

ダーが――』

無人の野を行くがごときガンドーベルの前に立ちはだかったのは、作戦指揮官であるギムレット本人だった。

「これはこれは……よくここがわかりましたね」

「ナビゲーターが優秀だからな」

ガンドーベルに急制動をかける。狙撃に備えて、後席のアルエットの楯となるように凱《がい》は降り立った。

「さあ、教えてもらおうか。命《みこと》は……命はどこだ⁉」

「お嬢さんなら……貴方の目の前にいるじゃあ～りませんか！」

ギムレットが閉じていたマントを広げる。そこにいるのは、新調されたドレスに身を包んだ命だった。

「……凱！」

「お返ししたいのはやまやまですが、その前にひとつだけお願いがありましてね。ここからファイナルフュージョンのプログラムドライブを実行してもらいたいのですよ」

ギムレットは鋼鉄の爪を、命の喉元につきつけた。

「くっ……」

一息で飛びかかれる距離にいるにも関わらず、凱は動けなかった。動けばギムレットを斃《たお》す前に、命が絶命させられてしまうだろう。

「取り引きってわけね……」

　アルエットの言葉に、ギムレットが含み笑いで応える。

「イヒヒ、お客様に完璧な形で商品をお届けするのが我々バイオネットのモットーでしてね。それに……これはシュウくんの願いでもあるんですよ」

「！」

「オービットベースへのハッキング……アルエットちゃんなら出来るハズだよネェ……？」

「ダメッ！」

　命が必死に身を乗り出した。鋼鉄の爪の先端が皮膚に突き刺さる。わずかに血も流れたが、命はそんな痛みなど感じてすらいなかった。

「こんな奴らにガオファイガーを渡さないで！」

「わかったわ……私も自分の作ったプログラムが完璧に機能するかどうか、確かめてみたいし」

「アルエット⁉」

　凱は愕然として振り返る。ギムレットは我が意を得たりとばかりに喜んだ。

「さすがは天才、頭の切りかえが早いねぇ。これを機会にバイオネットへ戻ってきてもいいんだよ、ヒヒヒ……！」

　ギムレットの勧誘を、アルエットは無視した。淡々と、事実のみを提示する。

「ただし問題がふたつ。この前の緊急停止で欠損したプログラムリングを再調整する必要があるわ。ガオファーの半径二百十三メートル以内でね。それに……こんな端末じゃオービットベースへのハッキングは不可能よ」

アルエットは手のうちの携帯端末をかざしてみせた。たしかに、その主張はもっともだ。ギムレットは鷹揚にうなずく。彼にはふたつの問題を同時に解決する手段があった。

「イヒヒ……それでしたらご心配なく！」

4

ガオファーを取り押さえようと突進した炎竜《えんりゅう》と雷龍《らいりゅう》は、香港の市街地に倒れ伏していた。いや、氷竜《ひょうりゅう》も風龍《ふうりゅう》もゴルディーマーグもだ。ガオファーに撃破されたわけではない。突如、動作不良を起こしたようにしか見えなかった。

「ぐう……」

「ち、力が出ねえ……！」

オービットベースでは、猿頭寺《えんとうじ》とパピヨンが解析結果を報告する。

「各機のGSライドは正常に稼働中です！」

「ですが、エネルギーは外部へ放出され続けています……」

テレメーター解析では、ハードウェア的なトラブルは見当たらない。高之橋《たかのはし》博士が日常のささやかな問題で困ったかのような口調でつぶやく。

「うーん、バイオネットの連中、緊急停止プログラムを解除した際に、対勇者用ウイルスを開発したみたいだねぇ」

「チッ、抜け目ない奴らだぜ！」

火麻《ひゅうま》参謀が、手のうちにあった通信機を握りつぶす。このままでは、機動部隊の各機もバイオネットに捕獲されてしまうかもしれない。

大河《たいが》がそう危惧した瞬間――

「バイオネットの機動要塞を確認！　クイーンズロードに向かっています！」

シャポー・ド・ソルシエール――富士山麓に出現した機動要塞が、地下基地から浮上したのだ。

「長官！　機動要塞の中から凱《がい》機動隊長の識別シグナルが！」

「まさか！　卯都木《うつぎ》くんの救出に失敗したのか⁉」


――その通りだった。卯都木命《みこと》を人質にとられた凱は、機動要塞のなかで拘束具に自由を奪われていた。メタルサイボーグのボディの材料にもなっている特殊合金で全身を締め上げられ、エヴォリュダーの膂力《りょりょく》をもってしても身動きひとつできない。

市街地に累々と横たわる勇者ロボたちを見下ろしてガオファーのなかから、シュウが呼びかける。

「……待ちくたびれたぞ、凱！」

その声はシャポー・ド・ソルシエールの艦橋にも中継され、凱の耳にも届いていた。

「俺が貴様を超える瞬間をそこで見ているがいい……！」

「シュウ……？」

ガオファーが大地を蹴った。

「今度こそ成功させてやる……ファイナルフュージョンをな！」


「⁉　な、何者かがメインコンピューターに侵入しています！」

「これは……ファイナルフュージョン・プログラムがドライブされました」

猿頭寺《えんとうじ》とパピヨンが、悲痛な声をあげた。ふたりはオペレーターであると同時に、有能な技術者でもあるのだが、ハッキングに対抗できない。

敵は恐るべき速度でオービットベースのシステムに侵入、防壁を突破してファイナルフュージョン・プログラムを起動させた。

もちろん、アルエットの仕業である。機動要塞の内部では、両手と視神経を接続できるハッキングシステムがあり、それを使ってオービットベースにアクセスしたのだ。

そしてこの時、跳躍したガオファーと機動要塞は半径二百十三メートル以内の至近距離にあった。

「ファイナルフュージョンッ！！」

シュウの声が、勇者王新生を宣言する。凱《がい》は初めて、他者がそれを告げるのを聞いた。

「イヒヒ、ガオーマシン放出です……！」

コントロールがガオファーの指揮下に委譲されたところで、各ガオーマシンが機動要塞から投下される。

「プログラムリング展開、これより修復フェーズへ……」

ガオファーから投映されたプログラムリングを、ガオーマシン群が正確に読み込んでいく。プログラムリングは各所に欠損があるようだが、アルエットが的確に対応していた。

「もうすぐです……もうすぐ地上最強の力が我らのモノに！」

ギムレットも、シャボー・ド・ソルシエールの艦橋要員も、みなモニターに映し出されるファイナルフュージョンの光景にみとれていた。地球外知性体を退け、自分たちに煮え湯を飲ませてきたあの勇者王の力が、ついに自分たちのものになるのだ！

それを油断というのは、酷だったかもしれない。歓喜の極みにいる彼らは気づかなかった。アルエットが小指一本だけ、別の動作を行っていることに。

オービットベースをハッキングしながら、アルエットは同時にシャボー・ド・ソルシエールのシステムにも潜入していた。

「凱、今よ――」

小さな唇の動きを、艦橋のカメラが読み取って、通信波に乗せて凱の脳裏に送り込む。同時に機動要塞の各部が、一斉に叛乱を開始した。

「第一エンジン、第二エンジン、圧力急上昇。冷却システム作動しません！」

「管制システムコントロール不能!!」

「イヒヒ……!?」

彼らはまだ気づいていない。これがアルエットの仕業であることに。そして、彼女のハッキングが、凱《がい》を捕らえていた拘束具を解除したことにも――

「イークイップ！！」

ガンドーベルの内部に組み込まれていたＩＤアーマーが、自由の身になった凱の身体に装着される。

凱はためらわず、ギムレットの顔面に右拳《こぶし》を打ち込んだ。エヴォリュダーとして、通常人を遥かに超える力の持ち主である凱が、その力を人間相手に振るったことはない。

だが、命《みこと》をいたぶった相手に対して、凱は自制しようとは思わなかった。歪んだ顔面と性癖とを隠していた仮面が、怒りの拳で打ち砕かれた。

5

アルエットの細工で暴走する機動要塞から、一機の機影が飛び出した。ホバーモードに変形したガンドーベル――ハンドルを握っているのは、ドレス姿の卯都木《うつぎ》命だ。ギムレットの手から解放され、アルエットとともに脱出してきたのである。

後席で命にしがみつきつつ、アルエットは通信機に叫んだ。

「――聞こえる、凱？　ファイナルフュージョン・プログラムに細工をしておいたわ。今から三十二秒後、電磁竜巻の一部に亀裂が生じるように！　飛び込むチャンスは一度きりよ！」

その言葉を聞いている瞬間、凱はまさに機動要塞の表面を駆けていた。二百メートルほど先で、ファイナルフュージョンを実行しているガオファーに向かって。

「凱――っ！」

ガンドーベルの機上から命が叫ぶ。その時、まさにアルエットの予告から三十一秒。凱は宙へ飛んだ。その一秒後、ファイナルフュージョン中の機体を保護する電磁竜巻に亀裂が生じた。

凱の眼下に、ガオファーの機体表面が急接近する。奇しくも富士山麓でシュウが行ったのと同様に、凱はガオファー内部に潜入した。ライナーガオーⅡがドッキングするための開口部から。

「シュウ！」

「が、凱……ぐあああっ!!」

ガオファーのコクピットで凱が見たものは、壮絶な光景だった。

ファイナルフュージョンの負荷を全身で受け止め、それに耐えきれずにズタズタになっているシュウの姿。明らかに、サイボーグ・ボディと精神、その両方が限界を超えていた。

「ぐ、ぐおおおおっ！」

「やめるんだシュウ！　お前の身体ではファイナルフュージョンのエネルギー負荷に耐えられ……」

凱の言葉を、シュウが遮った。行動でも、強い語気でもない。魂の底から絞り出すような響きが、凱にそれ以上を告げさせなかった。

「き……貴様がＧの力を手に入れたように……俺は……俺の手に入れ……た、このＺの力で貴様に勝つ……！」

凱《がい》は悲しい色を瞳に浮かべて、シュウを見た。目の前にいるのは、命《みこと》を連れ去ったバイオネットのエージェントではない。かつて互いを高めあうため、様々な形で競い合った親友である。

「もうよせ！　俺たちの約束が果たせなくなってもいいのか……」

「まさか……あの時の約束を覚えていたというのか……？」

シュウは驚いた。人類を守り抜いた勇者が、あんなささいな、取るに足らない子供の約束を覚えていたというのか――

凱は必死に、シュウのサイボーグ・ボディをガオファーの制御系から引きはがす。それは愛機を取り戻そうとする行為ではない。シュウが力尽きる前に、彼を救おうとする必死さだった。

「俺たちは人間を超越した力を得た……。その力を使って、これからもともに戦い競い合っていけるはずだ！」

「……残念だが、俺には……もうそんな時間はない……」

シュウは寂しそうに微笑んだ。それは昏《くら》い炎のような笑みではない。いまにも燃えつきる寸前の炎のような、陰りの笑みだ。

「俺のこの身体は試作品……。メタルサイボーグとしての寿命が長くないことは、わかっていた。どのみちこの戦いが終われば俺の身体は……だから……俺はこの勝負にすべてを……ぐおおぉおっ」

シュウの全身が硬直する。

「お……俺は……俺の運命を……乗り越え……」

過負荷に耐えかね、引き裂かれていく金属の身体を、凱は抱きしめる。

「シュウ……！」

その腕のなかで最後に浮かんだ表情は、かつての凱がよく知っていた、負けん気に満ちた誇り高い少年の笑みだった。


「ガオファー、リ・フュージョン確認！　この反応は――凱機動隊長です！」

パピヨンの報告に、メインオーダールームの全員が歓声をあげる。

ファイナルフュージョン・シークエンスが最終段階を迎え、電磁竜巻が収まった。そこから現れたのは、すべての者が初めて見る、新たな勇者王の姿だ。

ＧＢＲ－11、去って行ったギャレオンに代わる新たなコアマシンを中核とする、純地球製の機体。あらゆる脅威と戦うために産まれた戦う勇者王、すなわちファイティング・ガオガイガー！

〈ガオファイガー〉が、ここに新生した――!!


市街地に着陸したガンドーベルから降り立った命とアルエットは、ガオファイガーの姿に見とれていた。ふたりとも、シミュレーション映像では幾度となくその姿を見ている。

だが、実際に市街地に立つ三十メートル超のくろがねの巨神の姿は、見る者の魂まで揺るがすほどの力強さを有していた。

「い、いけませんねぇ……」

そうつぶやいたのは、割れ砕かれた仮面の下から、執念の眼光を光らせているギムレットだった。墜落する機動要塞のなかでかろうじて生き延びた彼は、要塞砲の砲口をガンドーベルに、そのかたわらに立つふたりに向けていた。

「アルエットちゃん……大人をたぶらかす悪い子には、お仕置きをして差し上げましょう……」

「！──命《みこと》さん！」

要塞砲の動きに気づいたのは、アルエットだった。小さな身体で、命を懸命に突き飛ばす。その直後に、機動要塞からの砲撃が着弾した。傷ついた身体で、精密な射撃など不可能だったのだろう。ガンドーベルとアルエットに直撃したわけではないようだ。

それでも、爆煙が小さな身体を覆い尽くす。命は必死にアルエットの方へ駆け寄った。

「アルエット！　アルエット！　アルエットッ！」

「ヒャーッハッハッ！」

ギムレットは高笑いを浮かべた。あのお嬢さんが生き延びたのは残念ですが、生意気な子供に罰を与えてやることはできました。それだけでも──

そこまでを考えた時、ギムレットは気づいた。大破した機動要塞と自分を見下ろす巨大な影に。

「あ、あひゃ？」

「お前たちを赦《ゆる》しはしない……勇者王の名にかけて！」

新生勇者王の胸から、光のリングが発生する。それをまとった鋼鉄の右腕[※43]が、機動要塞に向かって打ち出された。光り輝く拳《こぶし》が迫り、ギムレットの視界のすべてを埋め尽くした。

第六章　勇者の王たる力

―西暦二〇〇七年二月―

1

そこは、春風が心地よい丘の上だった。懐かしいグラウンドでは、見覚えのあるユニフォームを着た少年少女たちが、汗を流している。

獅子王凱《ししおうがい》と卯都木命《うつぎみこと》は、丘の中央に小さな穴を掘り、ひとかたまりの金属を収めた。細いケーブルや微細な素子が複雑にからみあった、鈍く光るカタマリ。それだけが、鰐淵《わにぶち》シュウの身体の遺されたすべてであった。

「シュウ……ここなら、お前もゆっくり眠れるんじゃないか」

凱と命にとって、シュウは高校時代の同級生であった。様々な武道やスポーツに才能を発揮し、自分の能力に誇りを持っていたシュウ。そのプライドを打ち砕いたのは、凱の存在だった。

宇宙飛行士を目指して、心身を鍛えることに余念のなかった凱は、あらゆる競技でシュウに勝利を収めていた。それは、遙か高処を目指していた凱と、凱に勝つことのみにこだわっていたシュウ、その差であったのかもしれない。

そして、シュウは生涯、そのこだわりを捨て去ることができなかった。

凱《がい》の腕のなかで砕け散っていった、メタルサイボーグ・ボディ。その小さな欠片を、凱と命《みこと》は思い出の地に連れてきたのだ。

「……もう、シュウくんは凱を超えることにこだわる必要ないんだよね」

「ああ、そうだな。いつか戦いの途中で斃《たお》れるか、歳をとって眠る日が来たら、あの世でまた挑戦されるかもしれないけどな」

「じゃあ、次は凱の負けで決まりだね」

「なんでだよ？」

「凱は長生きしてから大往生って決まってるもん。よぼよぼの凱と、ピッチピチのシュウくんじゃ、勝負にならないでしょ」

冗談に紛らわせた命の本当の気持ちは、凱にも伝わった。

（そっか、もううかつに〝斃《たお》れる〟なんて言わないようにしなけりゃな）

エヴォリュダー、すなわち超進化人類となった凱の肉体に、老いや寿命といったリミッターが設定されているのか？　それはまだわからない。

エヴォリュダーとなって以来、パピヨンやスワンたちが、凱の肉体を隅々まで調べている。だが、いくつかの検査に関しては、あえて凱は結果を聞かずにすませていた。

（いずれにせよ、このエヴォリュダーの身体にしかできないことを、俺はやり続けるだけだ……）

香港における戦いの後、アルエットはGアイランドシティの病院に入院中だ。頭を強く打ち、昏睡状態が続いていたが、もう命の危機は脱したらしい。

後遺症が心配なところだが、面会謝絶が解除されるまでは、待つしかない。

(暖かくなったら、今度こそソフトクリームを一緒に食べたいな……)

命はそんなことを考えながら、再会の日を待ち続けていた。


二〇〇七年二月、原種大戦の終結から一年が過ぎているが、いまだ地球に完全なる平和は訪れていない。

2

その日、GGG《スリージー》オービットベースには、地球各地で開発された超AIロボたちが集まっていた。まだ実戦経験の少ない勇者ロボたちを、百戦錬磨の先輩たちが指導しようというのだ。

教官となるのは、原種大戦を戦い抜いた氷竜《ひょうりゅう》、炎竜《えんりゅう》、ボルフォッグ、ゴルディーマーグ、マイク・サウンダース13世、風龍《ふうりゅう》、雷龍《らいりゅう》。風龍と雷龍はかつて、中国で氷竜と炎竜に指導を受けたことがある。だが、いまでは後輩たちの前で、緻密な宙間機動を披露するまでになっていた。

基本動作の講座が修了すると、新人たちはデザインベースとなった先輩たちと、さらに実践的な訓練を開始した。フランスの対特殊犯罪組織シャッセールに所属する光竜《こうりゅう》を氷竜と風龍が、闇竜《あんりゅう》を炎竜《えんりゅう》と雷龍《らいりゅう》が教導する。

「宇宙空間って、まっすぐ進むの難しい〜〜」

「推力軸線が、常に機体の重心を貫くようにするんだ！」

「氷竜《ひょうりゅう》先輩の言うとおり！　自分の四肢を動かした際の重心移動に気をつけて！」

氷竜と風龍《ふうりゅう》の的確な指導によって、光竜《こうりゅう》の機動ソフトはめざましい進歩を遂げていった。一方、闇竜《あんりゅう》は——

「お兄さま方、見ていてください！」

背部のフレキシブルアームドコンテナとクリスタルシールドを巧みに操り、的確な重心移動によってオービットベースの周囲を巡る経済軌道（もっとも、エネルギーを節約できる軌道）へ遷移していた。

「……やることねえな」

「まったくだぜ」

炎竜と雷龍が、そろってため息をつく。

「あの、なにか私……お兄さま方のご機嫌を損ねるようなことをしてしまったでしょうか？」

「いやいやいや、とんでもない！」

氷竜や風龍よりは野太い声が、同時に音声出力される。お互いの顔を見合わせた後、より野太い方の声がとりつくろうようにつぶやいた。

「炎竜の兄貴がさ、闇竜に教えることがないって、寂しがってるだけさ」

「それはお前だろう、雷龍！」

「……すみません。よくわからないのですが、私が悪いのですね」

「いやいやいや、そんなことない！」

ふたたび極太ハーモニーが奏でられる。またもお互いの顔を見合わせた後、比較的野太くない方の声が、強引に話題を変えようと以前からの疑問を口にした。

「そういえば、なんで光竜はあんなに子供っぽい口調なんだ？」

「おお、俺も知りたかったんだ。いや、大人っぽい闇竜の方がいけてると思うけどよ」

「お前、なんの話をしてるんだ、雷龍？」

「もともとは私にも、光竜と同程度の情緒反応がプログラミングされていたんです」

――竜シリーズと呼ばれる勇者ロボたちの超ＡＩには、シンメトリカルドッキングという特殊機構を実現するため、人格移植型は採用されていない。インターフェースのみが備わったＡＩボックスと呼ばれる状態である程度まで成長させた後、勇者ロボの筐体に搭載されるのである。氷竜、炎竜、風龍、雷龍の超ＡＩは、ＡＩボックス状態での六か月の習熟によって、成人の〝人格〟を得た。

しかし、光竜と闇竜は起動してわずか三週間で、勇者ロボに搭載されることになった。そのため、幼い少女に近い〝人格〟を有することになっていたのだ。しかし、初起動時のバイオネットとの戦闘によって、闇竜は機体に大きな損傷を受けた。そのために闇竜のみ、超ＡＩを機体から下ろし、ＡＩボックス状態での再習熟が行われたのである。

その結果、闇竜のみが成人に近い〝人格〟を獲得した。これは、ＡＩボックス状態での〝人格〟

の成長はきわめて高速だが、機体への搭載後はゆるやかなものとなる……という説を証明する結果となった。もっとも本人たちにとっては――

「闇竜《あんりゅう》の方が妹なのに、大人っぽくなってずるーい！」

「私もなりたかったわけでは……」

――というレベルの問題でしかなかったのだが。


一方、アメリカGGGとロシアGGG《スリージー》の諜報ロボ※44は、前年に共同作戦を展開した縁もあり、ボルフォッグの指導を受けていた。顔をあわせれば、常に衝突している二体だが、先輩であるボルフォッグには敬意を払っている。

諜報ロボたちの超高速模擬戦闘を眺めながら、あぶれ者同士が、カナヤゴの甲板上で暇を持てあましていた。

「……やることねえな」

「マイクはアメリカGGG宇宙センターで、量産型有人CR※45の開発に協力してたもんね～～。汎用性のないガオファイガー専用備品とは違うもんね」

「な、な、なんだと！　備品とは俺のことか!?」

「他にいたら教えてほしいもんね～～」

NASAで開発されたデスウェポン搭載ロボと、GGGが誇る金色の破壊神が一触即発の状態に陥りかけたとき――
　その凶報が、オービットベースへもたらされた。

3

「素粒子Ｚ０反応《ゼットゼロ》⁉」

　メインスクリーンに示されたその表示は、凱《がい》にとって見慣れたものであった。そして、もっとも忌まわしいものでもある。

　地球外知性体が誕生させる生機融合体〈ゾンダーロボ〉。かつて、人類の脅威となった巨大兵器は、常に特殊素粒子を発生させる。ＧＧＧはこの素粒子Ｚ０を検知するセンサーの開発によってゾンダーを早期発見、被害を最小限に食い止めることに成功してきたのだ。

「……はい、間違いありません。ゾンダーロボの反応と同じものです。しかも、地球全土に広範囲に渡って観測されています」

　猿頭寺《えんとうじ》の補足説明に、メインオーダールームに集合したＧＧＧ首脳部一同は沈黙した。原種大戦の末期、木星における決戦でＧＧＧはＺマスターを滅ぼした。より正確には、赤の星の戦士たちの悲願……Ｚマスター打倒に、協力をした。

「すべてのゾンダーの中枢司令部であるＺマスターの消滅により、全宇宙のゾンダーは活動を停止したはず――と、宇宙へ旅立つ前、天海護《あまみまもる》少年が言っていたそうですね」

長官がつぶやいた。といっても、大河幸太郎《たいがこうたろう》ではない。ガオファイガー・プロジェクトを完了させた大河が宇宙開発公団に復職した後、日本の防衛庁から後任としてやってきた八木沼範行《やぎぬまのりゆき》新長官だ。口数が少なく、どことなく影の薄い彼は前任者とは異彩を放っている。どのような経緯でGGG《スリージー》長官となったのか、隊員たちの間に知る者はいない。

その八木沼にとって、もちろん護の存在は知っているものの、直接の面識はない。資料で知っている彼の言葉を口にすると、凱《がい》が肯定するようにうなずいた。

「ええ、その通りです」

「じゃあ、あの反応は……」

命《みこと》の声は震えている。それは真実を推量することができた故の恐怖だ。

「ああ、間違いない。あれは……バイオネットの擬似ゾンダーだ！」

凱もまた、命と同じ結論に到達していた。鰐淵《わにぶち》シュウの亡霊が甦ってきたかのような悪寒を感じ、命は自分の身体を両腕でしっかりと抱きしめた。


世界各所で観測された素粒子Ｚ０《ゼットゼロ》反応はフィルタリングの結果、全十三箇所が発生源として特定された。

「……臭うな」

巨大な鼻孔をさらに拡大させながら、火麻《ひゅうま》がつぶやく。

「バイオネットにとって、擬似ゾンダーは使い捨てにできる戦力じゃねえ。そいつを分散させるってことは、間違いなく罠だ」

様々な修羅場をくぐってきた武闘派参謀は、経験に基づく自分のカンを、何よりも信頼している。

「わかってます、参謀。でも、現に擬似ゾンダーが暴れている以上、俺たちは行かなくてはならない。たとえそれが罠でも！」

「ああ、止めるつもりはねえ。悪辣な罠ってのは、回避したらもっと悪い事態が訪れるようにできてるもんだからな。警戒心だけは忘れるな、凱！」

「……ドイツＧＧＧより緊急入電です」

火麻と凱の大音量の会話に割り込むように、パピヨンが報告した。低血圧な彼女の声は常に消え入りそうなほどか細いのだが、なぜか人の耳に的確にすべりこんでくる。オペレーターとして、貴重な才能と言えるだろう。本来の職業は生体医工学者であるのだが、すでにＧＧＧ首脳部にとって欠かせない人材となっていた。

そんなパピヨンの細い指が端末を操作し、映像を表示させる。そこには、見慣れぬビークルロボたちの姿が映し出されていた。

「ドイツ・ベラルーシに出現した擬似ゾンダーのもとへ、新型ビークルロボを発進させる準備が整ったそうです」

「そうか、あいつらが起動したのか！」

かねてよりドイツＧＧＧで開発されていた竜シリーズの新型機、〈月龍《げつりゅう》〉と〈日龍《にちりゅう》〉。※46 凱でさえ、一か月前の地球防衛会議において、その存在を知ったばかりだ。

「……ということは、残り十一体。私たちにおまかせください！」

氷竜《ひょうりゅう》の声が通信機から響き、メインスクリーンには習熟中であった勇者ロボたちの姿が映し出された。

「ドイツGGG《スリージー》の新人には負けてられないぜ！」

「我々GGGがいる限り、いかなるテクノロジーを持ち出そうと、無意味であることを教えてさしあげましょう」

炎竜《えんりゅう》とボルフォッグの言葉に、ゴルディーマーグ、マイク、風龍《ふうりゅう》、雷龍《らいりゅう》、光竜《こうりゅう》、闇竜《あんりゅう》、そしてアメリカとロシアの諜報ロボもうなずく。

「おっしゃあ、長官！」

火麻《ひゅうま》の怒号に、気の弱そうな長官がうなずく。

「そ、そうですねぇ、皆さんがそうおっしゃるのなら……最強勇者ロボ軍団、出撃承認、と……」

八木沼《やぎぬま》新長官は、はぁ～と息を吹きかけたハンコ型インストーラーを、慎重に読みとりパネルに押し当てた。

4

世界各地に出現した擬似ゾンダーのもとへ、勇者ロボたちが駆けつけていく。本物のゾンダーロボならともかく、バイオネットが産み出した偽物などに、彼らが遅れをとるわけがない。

ファントムガオーのコクピットで、凱《がい》はそう確信していた。確信していたものの、心のうちに重く暗い予感が次々と浮かび、拭いきれずにいる。だからこそ、凱はあえてコクピットで待機していた。

就役したばかりの新型ディビジョン各艦が、飛行不可能な勇者ロボのサポートに随伴したため、現在のオービットベースに残っているのはガオーマシンだけだ。

(俺……ただひとり?)

そう気づいたとき、凱はウルテクエンジンを起動させていた。

「ファントムガオー、出る!」

ディビジョン艦なきオービットベースの中央ゲートから、ファントムガオーは真空の宇宙空間へ躍り出た。

「凱さん、どうしたのです?」

「軌道要素を変更している衛星、もしくはデブリはないか?」

「そんなものがあったなら、すぐ警報が……」

「データを改竄されている可能性がある。過去十二時間の記録と現在の軌道要素に矛盾がある物体を探してくれ、必ずあるはずだ！」

「……わかりました」

パピヨンも、二度は聞き返さなかった。光学観測による現在の軌道要素と、過去のデータとの矛盾点を検索する。地味だが、膨大な作業の結果がファントムガオーに転送されてきた。

「見つけました、凱《がい》さん」

瞬時に検索を終えたのは、パピヨンの特殊能力センシングマインドがその力を発揮したために違いない。

「よっしゃあ！」

検索結果へ向かい、凱はファントムガオーを加速させた。目標は、ちょうどオービットベース直下の軌道を通過していく廃棄衛星だ。通常、衛星軌道上における戦闘では、高々度からの攻撃がセオリーとなる。そうした固定概念を逆に利用しようとしたのか、目標は低高度から接近してきている。

そう、世界中の擬似ゾンダーはすべて囮であり、バイオネットの真の狙いはオービットベースであった！

「ゾォォォオンダァァァアッ！」

ファントムガオーの接近に気づいた衛星は、不気味な唸り声をあげた。忘れるはずもない、それはゾンダーロボの雄叫びだ。幾度となく、凱が打ち破ってきた怨嗟の声だ。

「ゾォンダー！」

衛星ゾンダーは、高出力のマイクロ波を放った。古い太陽電池の作動効率が、ゾンダー化によって数百倍にまで高められているのだろう。周囲に浮かぶ、わずかなデブリを帯電させながら、高出力のマイクロ波がファントムガオーに迫る。

「そんな攻撃が当たるか！」

エヴォリュダーの神経は、マシンと直接接続することができる。凱は文字通り、機体と一心同体となり、連続攻撃をすべて避けていった。

「フュージョン……」

そして、ファントムガオーは衛星ゾンダーの眼前で、変形を開始した。凱の四肢の延長として戦うメカノイド〈ガオファー〉へ！

「ゾォンダーッ！」

荒れ狂うゾンダーが、次々とマイクロ波を放つ。しかし、いかに高出力の攻撃も、当たらなければ、なんの意味もない。ガオファーはマイクロ波発生装置の側面にとりつき、腕部に装備されていたガオファークローを振るった。

「はあっ！」

鋼鉄の爪に両断され、マイクロ波発生装置は機能を停止した。さらに、ガオファーは胸部のリングジェネレイターを展開した。

「ファントムリングッ！」

本来なら、ファイティングメカノイドの補助兵装として使用されるファントムリングは、ガオファー時にも強力な武器となる。制御が困難で遠距離の目標に直撃させることは難しいのだが、零距離からの発射に問題はない。

中央部を円型に切り裂かれた衛星ゾンダーは、苦痛の叫び声をあげ、沈黙した。

「ヴォンダァァァッ！」

「オービットベース、こちらガオファー！　世界中の擬似ゾンダーは!?」

「問題はありません。各自、順調に制圧しつつあります。なお、ゾンダーロボのような素体を持たないタイプばかりのようです」

ゾンダーロボの最大の恐ろしさは、その戦闘力よりも素体の存在にある。ゾンダーは無辜《むこ》の一般人を素体として、ゾンダーロボを誕生させるのだ。そのため、GGG《スリージー》はゾンダーロボを撃破しつつ、素体を救出する装備の開発に腐心してきた。

だが、擬似ゾンダーと戦っている勇者たちのほとんどは、単機で素体を救出することができない。

パピヨンの報告に、凱は胸をなでおろした。

——その瞬間が、わずかな隙となった。

5

「えヴぉりゅだー、我ラノ真ノ狙イハ……オマエダ！」

沈黙していた衛星ゾンダーに、双眸《そうぼう》が輝いた。

「このゾンダー、意識があるのか⁉」

ゾンダーは全身を変貌させ、四肢を持ったロボ形態へとメタモルフォーゼを行った。そして、剛腕がガオファーの細い機体を抱え込む。

「ぐ、なんてパワーだ！」

「勇者ろぼタチハ、ソレゾレニ機能ヲ特化サセテイル。ソレヲ分散サセテシマエバ……我ラノ勝チダ」

衛星ゾンダーロボは憎々しげな声音で語った。ゾンダーロボの素体となった人間は、ゾンダーメタルに意識と身体を支配され、そのマイナス思念に基づく衝動のみで活動していた。だが、この擬似ゾンダーは人格を、理性を残していた。

擬似ゾンダーの指摘した通り、ＧＧＧの勇者ロボたちは救助、諜報、支援といった機能をそれぞれに特化させている。勇者王の勝利も、彼らの支えで勝ち取ってきたと言って、間違いない。

火麻《ひゅうま》が指摘した、戦力分散の愚。あえてそれを冒したとしても、ＧＧＧの戦力を分断することこそ、バイオネットにとっては唯一の勝機であったのだ。

「我ラノめたるさいぼーぐスラ越エル、えヴぉりゅだーノ力、必ズ手ニ入レル。擬似ぞんだート、えゔぉりゅだーノ力を併セ持ツ、勇者王ヲ越エル兵器ヲ産ミ出スノダ！」

「勇者王が……兵器だと！」

凱《がい》の脳裏は、灼熱化した。

（生命を懸けて護り抜いた地球の平和。それを、なぜ同じ地球人が自ら壊す……！）

「ファントムイリュージョンッ！」

ガオファーの全身が、光学迷彩でその姿を消した。同時に、Gインパルスドライブのフル稼動で、衛星ゾンダーロボの捕縛から脱出する。

（見せてやる……勇者王の力が、お前たちの言う兵器なのか！）

不意をつかれて逃したものの、衛星ゾンダーロボは再生されたマイクロ波発生装置をかまえた。

「ヴォンダーッ！」

その瞬間、ガオファーに数倍する衛星ゾンダーロボの巨体は、下方から浮上してきたさらに巨大な物体に弾き飛ばされた。虚空へ放たれていくマイクロ波。

地球から大気圏を突破してきた巨艦、超翼射出司令艦〈ツクヨミ〉は、衛星ゾンダーロボとの接触をものともせず、オービットベースを護るように立ちはだかった。艦橋からガオファーへ、命《みこと》の小気味よい声で通信が飛び込んできた。

「お待たせ、凱！」

「待ってたぜ、命！　――ガオーマシンッ！」

ガオファーの呼びかけに応え、オービットベースから三機のマシンが飛び出した。

漆黒の突撃重戦車ドリルガオーⅡ！

蒼き奮進機ライナーガオーⅡ！

全翼型飛行機ステルスガオーⅢ！


「長官！　ガオファーからのファイナルフュージョン要請シグナルです」

パピヨンの報告を聞き、八木沼《やぎぬま》長官はふたたびハンコに息を吹きかけた。

「はあ～……ファイナルフュージョン、承認、と」

承認シグナルはダイレクト回線で、ツクヨミに転送させる。ツクヨミ艦橋では承認が確認され、ゴジラモヒカンが揺れた。

「卯都木《うつぎ》ぃいいいいっ！」

「了解！　ファイナルフュージョン、プログラム・ドラーイブッ‼」

グローブをはめた命の拳《こぶし》が保護プレートを叩き割り、その下のドライブ・ボタンを押し込む。

「ファイナルフュージョンッ‼」

ファイナルフュージョン・プログラムの転送を受けたガオファーは、ファントムチューブの放出を開始した。

「勇者王ォォォォ！」

衛星ゾンダーロボは、両腕をファントムチューブのなかに伸ばそうとする。

だが、その背部にドリルガオーⅡが突撃した。二連ドリルに装備されたブレードが、衛星ゾンダーロボの背に大穴を穿《うが》つ。

「グウウウッ」

損傷を修復しつつ、マイクロ波発生装置をかまえる衛星ゾンダーロボ。その眼前を通過したライナーガオーⅡが、予備燃料タンクを分離する。単機で大気圏離脱を可能とするライナーガオーⅡ。そのタンクにはロケット燃料が満載されている。マイクロ波はタンクとその内容物の分子を振動させ、高エネルギーを与えた。そして、衛星ゾンダーロボの眼前で、タンクは大爆発を起こした！

「ゾォォンダーッ！」

真空中に拡散する炎に灼《や》かれながら、衛星ゾンダーロボは苦悶の叫びをあげた。


一方、ガオーマシンはファントムチューブ内に突入、ファイナルフュージョンを開始していた。ガオファーの下半身が一八〇度回転し、新生勇者王の腰部装甲を完成させる。プログラムリングの軌道に導かれたドリルガオーⅡがガオファーの両脚部をくわえこみ、ライナーガオーⅡは胴体部を貫通した。そして、最後にステルスガオーⅢが背部を覆い尽くす。

「ガオッファイッガーッ!!」

くろがねの巨神、新生勇者王がその姿を現した——

6

「うおおお、ファントムリング・プラスッ！」

　ガオファイガー胸部のリングジェネレイターから発生したファントムリングが、右腕部に装着される。衛星ゾンダーロボの再生を待たず、ガオファイガーはブロウクンファントムを放った。

「ブロウクンファントムッ‼」

　ガオファイガーのブロウクンファントムは、拳《こぶし》で敵装甲を貫通した後、非実体型ファントムリングでその周囲を破砕する。衛星ゾンダーロボのゾンダーバリアも、この攻撃の前には薄紙に等しかった。

「グオオオ、ソノ力、我ラばいおねっとノモノニィィイ……」

　胴体部をほとんど両断されそうなほどに破壊された衛星ゾンダーロボは、それでも戦闘力を失っていなかった。ライナーガオーⅡから廃棄された燃料タンクの一本を、誘爆直前に取り込んでいたのである。

「ゾォンダーッ！」

　ロケット燃料によって、槍状に変形したゾンダーロボの腕部が発射された。高速で飛来する鋼鉄の槍。

「ウォールリング・プラスッ」

　リングジェネレイターは、異なる輝きを放つリングを発生させた。装着されたリングと連動し、左腕部が強力な防御フィールドを展開する。

「プロテクトウォールッ‼」

　重装甲をも易々と貫くはずであった攻撃は、防御フィールドの前に砕けた。爆風すら、ガオファイガーの機体表面に届いてはいない。

「何故ダァ！　勇者タチハ数ヲソロエテコソ、十分ニ機能スルしすてむダッタハズ！」

　衛星ゾンダーロボは、再生も十分に行わぬまま、ガオファイガーに突進していた。

「まだわからないのか！」

　強烈なタックルを、ガオファイガーは左腕一本で受け止める。

「俺たちは……離れていても、つながっている！」

　もがく衛星ゾンダーロボを左腕で掴んだまま、ガオファイガーは回転させた右腕部を叩きつけた。すでに満身創痍の左半身がさらに吹き飛ぶ。

「あいつらも戦っている……その想いが、俺に力を与えてくれるっ！」

「グウウ！」

　衛星ゾンダーロボは、ガオファイガーに握られていた部位を切り捨てるように、強引に離脱した。引きちぎれた構造物が、ガオファイガーの左の掌《てのひら》に残ろうとも、かまわず。

「そして、見るがいい！　お前が兵器と間違えた……勇者王の力をっ！」

　ガオファイガーは掌のうちの構造物を投げ捨てるように、両腕を開いた。

「ヘル・アンド・ヘブンッ！」

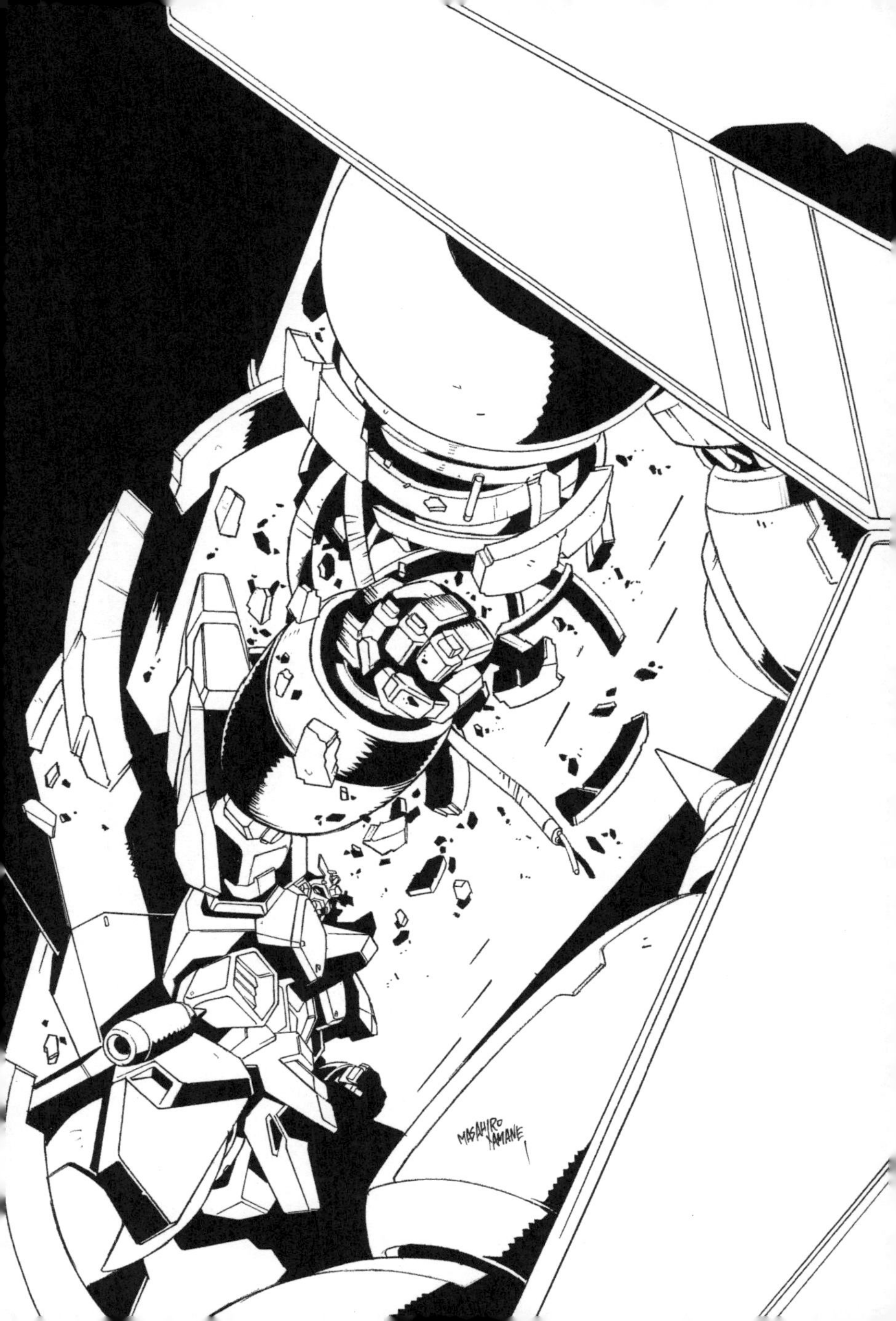
MASAHIRO YAMANE

右腕から攻撃エネルギーが、左腕から防御エネルギーが、二筋の奔流となって放たれる。

「ソ、ソレガ……へる・あんど・へぶん……！」

「ゲム・ギル・ガン・ゴー・グフォ――」

そして、奔流は一筋に縒《よ》り合わされた！

暴力的なまでに高密度のＥＭトルネードが、衛星ゾンダーロボを包み込む。

「はあああっ！」

全身を硬直させた衛星ゾンダーロボに向けて、ガオファイガーが突っ込んだ！

固く握り合わされた両拳《こぶし》が装甲を貫いて捻り込まれる！

そして、ベキベキベキッと異音を機体表面に伝播《でんぱ》させながら、ガオファイガーは両拳を引き抜いた！

その内部を蹂躙されつくし、大爆発を起こす衛星ゾンダーロボ。

爆圧をものともせず、ガオファイガーはツクヨミの甲板上に着艦した。固く握り合わされた両の掌《てのひら》をゆっくりと開く。

――そこには、ゾンダーコアがあった。

7

世界各地で、擬似ゾンダーを撃破した勇者ロボたちは、ディビジョン艦隊に回収され、オービットベースへ帰還してきていた。

ツクヨミの甲板上に、人類が誇る最強勇者ロボ軍団が勢揃いしている。そして、彼らのカメラアイは一点に注がれていた。ガオファイガーの両の掌の上に。

すでに、凱《がい》はフュージョンアウトしていた。ボルフォッグの救命キット06が凱と疑似ゾンダーコアを包み込み、内部では一気圧が保たれている。

「凱……」

自分のオペレーション席から思わず立ちあがった命《みこと》は、艦橋前方の強化ガラス越しに凱の姿を見つめていた。

これから凱がやろうとしていること、命にだけはそれがわかっていた。

（頑張って、凱。あなたになら……できる！）

（ああ、俺にも……できる！）

深く息を吸った凱はゆっくりと右手をかかげ、ゾンダーコアにかざした。

「クーラティオー！　テネリタース・セクティオー・サルース・コクトゥーラ……」

エヴォリュダーの全身に融合したGストーンが生み出した穏やかな波動が、ゾンダーコアに注がれていく。

緑の輝きのなかで、ゾンダーコアは人間の姿へとメタモルフォーゼしていった。無数の悪事を働いてきたはずの、バイオネット・エージェントの眼に、美しい光が輝いている。

(これが……あんたの眼に涙を浮かべさせる……これが、勇者王の力なんだ)

「神さまからもらった力――有効に使ってるぜ。お前も、そうだろう……?」

救命キット06の強化プラスチック越しに、凱《がい》は星の海を見上げた。そして、いまは遠くにいる兄弟に向かって、語りかける。

「……護《まもる》」

第七章　黄金の勇者王　―西暦二〇〇七年三月―

0

――それは、二年ほど前の出来事だ。

二〇〇五年四月十二日――この日行われたガオガイガーとＥＩ‐02の戦闘の結果は、ガッツィ・ジオイド・ガード研究部全スタッフに、巨大な喜びといくつかの課題をもたらすことになった。

喜び――それはすなわち、彼らの一年余りに渡る努力が報われたことによるものだ。二〇〇三年のスピリッツ号とＥＩ‐01の接触以来、地球人類が現実のものとして認識するようになっていた、異星人の脅威。数千万のシミュレーションパターンの中から選抜され、実行された数万にも及ぶ脅威への対抗策。その中でも最重要とも言える勇者王計画――〈ガオガイガー〉の出撃が成功した裏には、いつ到来するとも知れぬその日に不眠不休で備え続けた、無数のスタッフの努力と献身が存在する。

だが、ガオガイガーを完成・出撃させるという技術上の課題については合格点を得ることができたものの、戦略上の観点においてはなお多くの課題を残していることを、彼らは知っていた。

たとえば、技術部ツール課Ｃ班スタッフの苦悩は大きかった。Ｃ班が担当していたのは、ディバイディングドライバーと呼称されるツールの開発である。地球外知性体との戦闘の際、ディバイディングフィールドという空間を任意に発生させるハイパーツール。これが実戦投入されれば、住民の生命や財産への戦闘時の影響を最小限に抑制することができると期待されていた。

実際、ディバイディングドライバーの開発は事実上終了しており、奇しくも四月十二日には、早朝からその実働試験が行われていたのである。だが、ＥＩ－02の出現により、実験は中断された。中枢パーツであるＫＴ－88・真空ヒューズの量産は開始されたばかりであり、試験に使用された部材のみで、余裕がない。そのため、東京・新宿副都心における戦闘に、ディバイディングドライバーが投入されることはなかった。実働試験によってＫＴ－88を使い切ってしまうことがなければ、この日の副都心が被った損害は回避しえたかもしれない……。

しかし、戦闘時の周辺地域における被害抑制は、戦略上想定されていた課題である。実際、ＥＩ－04との戦闘において、ディバイディングドライバーは見事にその真価を発揮。死者・行方不明者をゼロに抑えるという快挙を達成している。

むしろ、ＧＧＧ《スリージー》全スタッフを驚愕させたのは、ゾンダーロボと呼称されることになったＥＩシリーズが、地球人の一般市民を素体としている事実であった。ＧＧＧ首脳部にとって、素体とされた者の生命を軽視するという選択肢は存在しない。

だが、最強の機動兵器たるゾンダーロボを撃破することさえ至難である上に、その中枢部に組み込まれたゾンダーコアを回収することは、容易ではない。

ゾンダーロボを打倒する最強の攻撃として、勇者王計画の当初に想定されたのは、ヘル・アンド・ヘブンと名付けられた近接攻撃である。これは、ギャレオン内部の損傷したブラックボックスからもたらされたボイスコマンド〝ゲム・ギル・ガン・ゴー・グフォ〟を利用したもので、右腕部の攻撃エネルギーと左腕部の防御エネルギーを融合させることで、絶大なパワーを発揮する必殺技だ(後に、融合させたパワーを集約させるコマンド〝ウィータ〟の発見により真のヘル・アンド・ヘブンが実現するのだが、それにはまだ数年の時を待たねばならない)。

このヘル・アンド・ヘブンは攻防一体となった攻撃であり、ガオガイガーの両腕部を敵中枢に抉り込む性質から、ゾンダーコアの確保にも大きな成果を収めることになる。だが、この攻撃がガオガイガーを操るサイボーグ・ガイのボディに苛烈な負担を強いることは、シミュレーション段階で指摘されていた。

そのため、ＥＩ－02の出現以前から、ＧＧＧ研究部はヘル・アンド・ヘブンに代わる決戦ツールの開発も進めていた。実際、4月上旬の時点において、モレキュルプラーネやスペースチェーンソーといったツールの開発が終了し、ゴルディオンハンマー、グランドプレッシャーなどの零号試作機の建造が終了直前の状態にあった。だが、ゾンダーロボに素体が存在するという事実は、それらのツールの運用思想に根底からの見直しを迫ることになる。つまり、素体を保護することなくゾンダーロボを破壊するツールは、実戦投入できないということだ。

第一に、グランドプレッシャーの改修作業が開始された。これはアメリカＮＡＳＡから提案された改修プランが、実現可能と判断されたためである。そのため、グランドプレッシャーの開発拠点は、GGG《スリージー》ベイタワー基地から北米へと移された。

その他の三つのツールはすべて、改修不可能と判断された。しかし、その結論によって、実戦投入できないと定まったわけではない。ツール本体の改修が不可能ならば、追加オプションによって、求められる機能を付加すればよいのである。この観点から、モレキュルプラーネ及び、スペースチェーンソーの開発は最終段階に至っていながらも凍結された。この両者は巨大なサイズ故に、オプションを追加した際の機動性に難があると判断されたのである。そのため、それぞれのGSライドからはGストーンが取り外され、ゴルディオンハンマー、及びグランドプレッシャーの予備機に転用されることになった。


奇しくも、ゴルディオンハンマーには開発当初から、追加オプションの必要性が指摘されていた。それはガオガイガーの機体に加わる衝撃が過大であるため、ショックアブソーバーの搭載が求められたためである。こうして、マーグハンドと呼称されていた開発中のオプションには、ただちにゾンダーコアの確保・回収システムが組み込まれた。すなわち、ハンマーヘル・アンド・ヘブンである。

また、マーグハンドはゴルディオンハンマーを戦場へ輸送するためのキャリアー形態への変形が可能であった。ゴルディータンクと呼ばれるこの形態には、高度な制御は必要ないものと想定され、簡易AIによる運用が予定されていた。

だが、グラビティショックウェーブの発生実験中、またも想定外の事故が発生した。重力衝撃波の発生方向には偏差が求められる（全方向に発生させた場合、周囲のすべてが光と化してしまうだろう）。その制御が、簡易ＡＩの能力限界を超えるものだったのだ。そこでＧＧＧ研究部は、超ＡＩの搭載を検討したが、竜及び竜神《りゅうじん》シリーズに搭載されている育成型ＡＩは開発にある程度の時間を必要とする。そのため、人格移植型ＡＩの搭載が決定された。同時に、単機での行動能力を高め、人格移植型ＡＩを有効に活用するための第三形態への変形機構が再設計されることになる。

こうして、マルチロボとカテゴライズされる、ＧＧＧ機動部隊の新戦力〈ゴルディーマーグ〉は誕生する。そのＡＩの人格モデルには、ＧＧＧ参謀部の火麻激《ひゅうまげき》が選ばれた。豊かな戦場経験からくる果断な判断力などが評価されたのだが、一説にはサンプリングの容易さからくる開発期間の短縮も考慮された結果だともいう……。

1

「ちぃっ、なんてパワーだ！」

「凱《がい》機動隊長、エネルギーパターンの解析完了しました！　やはり、フェイクＧＳライド搭載型のようです！」

ボルフォッグの報告に、凱は納得した。ガオファイガーの眼前に立つ巨大戦闘ロボは、地球人類がかつて発明したどのような動力源でも発揮しえないパワーをもって、攻めてくる。黒い巨大ロボ〈ギガテスク・トロワ〉というその名を、戦闘中、またその後も凱《がい》たちが知る機会はなかった……）の両腕部による打撃を、ガオファイガーは左腕部のみで受け流しながら、地上への影響を考慮して有効な反撃を繰り出せずにいた。

二〇〇七年三月、Gアイランドシティに巨大戦闘ロボが出現した。地球外知性体の再来が確認されていない以上、それがバイオネットのものであることは疑いない。ガオファイガーや勇者ロボたちのジェネレイターであるGSライドは、地球外からもたらされた命の宝石〈Gストーン〉によって駆動している。本来、Gストーンは地球人類の技術で複製できるようなものではなかったのだが、バイオネットは一年半前にフェイクGSライドと呼ばれる模造品を〝創世〟することに成功していた。

Gアイランドシティは学術都市であり、テロリズムの対象となるような施設は存在しない。かつては日本政府の防衛組織GGG《スリージー》の根拠地であったのだが、GGGが国連下部へ移管されるにあたってその拠点もまた、衛星軌道上へと移っていった。現在のGアイランドシティに、バイオネットに狙われたのは戦略上というよりも経済上の理由であった。

バイオネットにとって、巨大戦闘ロボは紛争地域に売りつける商品であり、繰り返されるGGGとの抗争は、その戦闘能力をアピールする宣伝行為に他ならなかった（無論、GGGの勇者ロボを倒すことなどできないのだが、それは問題とはならない。通常兵器によるテロリズムでは、GGG

が出動してくることすらないのだから）。Gアイランドシティは、かつてGGGが地球外知性体と幾多の激戦を繰り広げた地であり、ある意味でメモリアルな古戦場である。

　人々の脳裏に刻まれた記憶でさえ、バイオネットにとっては格好の舞台装置でしかなかった。


「牛山《うしやま》くん……ディバイディングドライバーの整備はいつ終わるのですか？」

「申しわけありません、あと七〇〇秒で完了します！」

　GGG長官・八木沼範行《やぎぬまのりゆき》の悲痛な問いに、整備部オペレーター・牛山一男《かずお》は、振り返りもせずに答えた。無論、八木沼がそれを非礼だと咎めたりはしない。牛山の両手はあわただしく、オペレートを続けている。不運なアクシデントで真空ヒューズを破損させたハイパーツールをただちに現地に送り込むよう、懸命な作業を進めているからだ。

「頼みますよ、勇者。Gアイランドを護ってください……」

　八木沼のそのつぶやきは、GGGオービットベースのメインオーダールームに詰めている全員が想いを等しくするものだった。もともと、GGG創設時の隊員は、その公的身分を宇宙開発公団の職員に偽装していた。宇宙開発公団タワーはGアイランドシティの中心部に建っており、彼らの家族や元同僚がその周辺で暮らしているのだ。

　オービットベースのスタッフたちの想いと同じく、凱もまた、Gアイランドシティへの被害を考慮しながらの戦いを続けていた。

「氷竜《ひょうりゅう》、炎竜《えんりゅう》、住民の避難はどうなってる！」

「隊長殿、西・北ブロックは完了しました」

冷静な氷竜の声に続いて、熱のこもった炎竜の応答が通信機から響いてくる。

「東も完了！　でも、南はダメだ。戦闘地域を迂回させようと思うと、どうしても時間がかかる。隊長、僕たちも協力して、さっさと敵を倒した方がいいんじゃないか？」

「ダメだ、こいつはガオファイガーが引き受けた。そっちは氷竜と合流して、避難支援に専念してくれ！」

通信に応答したごくわずかな隙を、ギガテスク・トロワは見逃さなかった。組み合わせた両拳《こぶし》による打撃が、ガオファイガーの頭部を直撃する。

（グオオオオッ！）

咆吼のごときギガテスク・トロワの叫びとともに、ガオファイガーの足元が砕けた。ガオファイガーの頑強な装甲は痛打に耐えたものの、足下の地面が巨大な圧力に抗し得なかったのである。地下高速交通システムの入り口ホールに右脚部をめりこませながらも、ガオファイガーは転倒しなかった。だが、そのかたわらを、巨大な機体に似合わぬ高速でギガテスク・トロワがすり抜けていく。脚部がキャタピラに変形して、瓦礫の散らばる市街地を走破していったのだ。

「凱《がい》機動隊長、戦闘ロボがタワーに！」

超巨大戦車と化した戦闘ロボの背部に、ボルフォッグが必死にしがみつく。だが、軽量級の諜報ロボなど、わずかな重し程度にも感じることなく、ギガテスク・トロワは突進を続けた。その行く手には、宇宙開発公団タワーがそびえている。原種の初来襲時に倒壊しながらも、ようやく再建を果たしたＧアイランドシティのシンボルだ。

　数瞬後の激突は避け得ない。タワーの高層階に取り残された人々が、倒壊の恐怖に耐えかねて、みな目を閉じた。だが、意外な救世主は視覚より先に、聴覚で人々に己の存在を誇示した。

2

「がっはははっ、俺を忘れるんじゃねえぞっ！」

　平時であれば騒音にしか聞こえない大声が、Ｇアイランドシティに響き渡る。そして、タワーまで指呼の距離に迫ったギガテスク・トロワの眼前に、オレンジ色の影が降ってきた。影を認識しつつも静止するロジックが備わっていなかったのか、それとも止まることができなかったのか、トロワは微塵も減速することなく、オレンジ色の壁に激突した。

「ああっ！」

「おい、大丈夫か！」

　抱えていた市民を避難シェルターの前に下ろした氷竜と炎竜が駆けよってくる。激突の衝撃から宙に逃れたボルフォッグと、ようやく立ち上がったガオファイガーが見守る前で、粉塵の煙幕が晴れていく。

「ゴルディーマーグ！」

凱《がい》が目撃したのは、オレンジに輝く装甲をまとった勇者ロボ――ゴルディーマーグが頑強な全身で、ギガテスク・トロワを受け止めている光景であった。トロワのキャタピラは路上のアスファルトを猛烈な勢いで砕き続けているが、1ミリたりとも前進する様子はなかった。

「だーははっ、こそばゆいぜっ！　それで全力かぁっ⁉」

「いいぞ、ゴルディー！　そのまま、そいつを放り出せ！」

ディバイディングドライバーが使えない以上、市街地戦を行うわけにはいかない。タワーの裏手には、シャトルの発着場がある。そこでギガテスク・トロワを倒そうと、凱は考えた。だが

「おおうっ、わかったぜっ！」

威勢良く答えたゴルディーは、凱の意図を理解していなかった。いや、凱の予想を遙かに超えていたというべきかもしれない。

「うおりゃあああああっ！」

自分の倍近くはありそうな巨体を、ゴルディーは軽々と持ち上げた。そして、全身を器用に捻りながら、全力で放り投げる。

巨大な質量は、タワーの直上を通過していった。もちろん、発着場に落ちることもない。Gアイランドシティの沿岸部をも飛び越えていったギガテスク・トロワは、沖合数百メートルの地点に着水した。落下物のスケールにふさわしい、長大な水柱が吹き上がる。

「わっははは、見たかぁっ、俺さまのパワーを！」

あまりにも豪快な膂力《りょりょく》の爆発に、しばし凱は目を奪われ、動きを止めてしまった。

（まったく、なんてパワーだ……）

しかし、いつまでも呆けていられるほど、事態に余裕はない。ボルフォッグの叫びが、凱に我を取り戻させた。

「いけません！」

水柱は小規模な津波となって、沿岸部に襲いかかっていた。折しも、七匹の子犬にリードを握りしめたまま引きずられていた少女が呑み込まれそうになったが、ボルフォッグがこれを迅速な機動で救助する。続いて――

「フリージングライフル！」

「メルティングライフル！」

そのまま市街地へ流れ込もうとする海水を、氷竜《ひょうりゅう》が凍結させ、炎竜《えんりゅう》が蒸発させる。長年の戦いをくぐり抜けてきた勇者たちならではの、コンビネーションだ。

「おお、こいつはよく飛んだぜぇ」

左手を腰に、右手を両眼に模したツインカメラの上に当て、仁王立ちしたゴルディーマーグがつぶやく。その悠然とした姿を、凱が叱咤した。

「安心するヒマはないぞ！　上陸する前に、奴を光にするんだ！」

ふたたび下半身を脚部に変形させたギガテスク・トロワは、海上で立ち上がろうとしている。

「わかってらぁっ！」

ゴルディーマーグは、ガオファイガーとハンマーコネクトするため、腰部スラスターを全開にして飛び上がった。他の勇者ロボたちの飛行が、ウルテクエンジンによる重力・慣性制御によるものであるのに対し、ゴルディーのそれは原始的な化学燃料の燃焼によるリフトオフである。

3

ゴルディオンハンマーの発動承認、並びにセーフティデバイスの開放を確認した凱《がい》は、頭上に舞った頑強ロボの名を呼んだ。

「ゴルディーマーグ！」

凱が叫んだボイスコマンドにより、ゴルディーマーグはゴルディオンハンマー部とマーグハンド部に分離変形を開始する。この時点より、ゴルディーのＡＩは外部への出力を遮断し（わかりやすく言い換えるなら、無口になる）、ゴルディオンハンマーのグラビティショックウェーブ制御に専念することになるのだ。

「ハンマーコネクト！」

ゴルディーのＡＩの制御から離脱したマーグハンドは、自動的に変形を完了した後、ガオファイガーの右腕部に装着される。これ以後、凱はマーグハンドを自分の右腕と同様に、特別な意識を持つことなく、操ることができるようになる。

「ゴルディオンハンマー！」

そして、ガオファイガーがマーグハンドでゴルディオンハンマーを握りしめる。その瞬間から、勇者王の全身は黄金に輝き始める。サイボーグ・ガイに備わっていたハイパーモードと呼ばれる、瞬間的な高効率駆動状態。その技術を転用したもので、一時的に爆発的な高出力を発揮することができる。その輝きの中で、ゴルディーはグラビティショックウェーブ発生装置をアイドリングさせつつ、小さくつぶやいていた。

（あ〜あ、ヒマだなぁ……）

ゴルディオンハンマーが発動するのは、常に戦闘の最終局面である。周辺地域への被害を抑制しつつ、敵を倒すことにGGG《スリージー》のスタッフ及び勇者たちの全神経が集中されるその時も、ゴルディーにとっては退屈な時間でしかない。

ハンマーの中に閉じこもり（外部への出力を遮断するという状態は、AIにとって閉じこもる感覚に近いものであった）、細やかな制御に専念する任務は、ゴルディーにとって心弾むものではなかったのだ。オレンジ色の頑強なボディが、狭い箱の中でちまちました仕事に従事しているビジュアルを想像してみて、ゴルディーはさらにうんざりした。

（はああ〜〜〜）

実のところ、かつては自分の仕事に疑念を抱いたことなどなかった。火麻《ひゅうま》参謀の人格を移植されてこの世に誕生して以来、それは馴染んだ任務であったし、GGG機動部隊最強の切り札であるという自負は心地よいものであったからだ。だが、先年の春にギャレオンが宇宙へ旅立ったことで、状況は一変した。ガオガイガーが出撃できなくなったことで、ゴルディオンハンマーが使用される機会がなくなったのである。

それ以降、GGG《スリージー》機動部隊が出撃するとしたら、相手はバイオネットの戦闘ロボがほとんどだった。フェイクGSライドを搭載しているとはいえ、ゾンダーロボや原種とは比較すべくもない弱敵だ。ガオガイガーがいなくても、ビークルロボたちやゴルディーで十分、相手をすることができた。そしてその際、もっとも頼りになったのはゴルディーのパワーだった。今日の出撃のように、市街地へ侵攻しようとする戦闘ロボを剛腕で食い止め、投げ飛ばす時、彼はたしかに戦場の主役だったのである。

(それがまた、ツールに逆戻りだもんなぁ……)

ゴルディーにとって至福の状況がさらに変転したのは、最近のことである。新生新勇者王ガオファイガーが、ついに完成したのだ。香港におけるガオファイガーの初戦闘時には、ゴルディオンハンマーが使用される機会はなかった。

しかし、その新勇者王の姿を見た瞬間、ゴルディーは自分の時代が終わったことを悟ったのだ。粗雑な思考ロジックしか持たないと周囲から思われている彼にしては、破格に詩的な感慨であったかもしれない。

そして、ついに来るべき日が来た。ガオファイガーとのハンマーコネクトが、現実のものとなったのだ。ガオファイガーのコネクト部の規格は、ガオガイガーのそれと寸分違わない。ゴルディーにとっては、新たな相手とのコネクトという実感などなく、懐かしい感覚が甦ったという意識しかない。だが、そのことに対する彼の感情は、明らかに以前とは異なるものとなっていた。

（はいはい、後は重力衝撃波を前方に指向させればいいんだよな。あ〜あ、ほんとにつまらない仕事だぜぇ。もっと暴れまわりてえよなぁ……）

だが――
ゴルディーの想いは、たしかに届いていた。何者に？　それはゴルディーにとっての神、他者にとっての悪魔。その全身は、やはりオレンジ色にぬらりと輝いているのだろうか？

4

「なんだ、いったいどうしたんだ!?」

マーグハンドがゴルディオンハンマーを握りしめた瞬間、凱《がい》は異状に気づいた。両腕に装着されているコネクトシリンダーが、異様に重くなったのである。続いて、コクピット内部のエネルギー系統がすべてダウンする。機体各部からフィードバックされてくる情報がすべて途絶え、凱は孤立した。通常に動作していれば、凱の行動をガオファイガーに反映させるはずのコネクトシリンダーがびくとも動かない。むしろ、重しとなって凱の四肢を締め上げていた。

「命《みこと》、聞こえるか！　ガオファイガーの様子が……」

凱《がい》の言葉は、専任オペレーターである命のもとへ届いていなかった。情報的に孤立したコクピットの声は、外部へ出力されなかったからである。無論、それが異常事態であることは、命にもわかっていた。

「凱、返事をして、凱！」

命は必死にインカムに呼びかける。もちろん、応答はない。


ガオファイガーの異状をゴルディーが感じとったのは、もっと即物的な要因によるものだった。ゴルディオンハンマーの柄を握ったままのガオファイガーが、全身を硬直させたのだ。Gアイランドシティ沖の浅い海底に立ちはだかったガオファイガーが、崩れ落ちそうになる。もちろん、ゴルディオンハンマーも引き倒されそうになったのだが、ゴルディーは必死にふんばった。

（お、おい、どうしたんだよガオガイガー！……じゃなくてガオファイガー！）

無論、四肢のないゴルディオンハンマーが脚を踏みしめてふんばったわけではない。小刻みな重力波を放出することで、ゴルディオンハンマーのみならず、柄を握った状態のガオファイガーまで支えたのだ。

しかし、その必死のゴルディーの行為が、周囲の勇者たちに誤解を与えることになった。

「隊長殿、なにか問題が発生したのですか？」

（いや、そうじゃなくてよぉ！）

ゴルディーはあわてて、いまはハンマーである自分のボディを揺らせてみせた。だが、その行為はガオファイガーが（違う違う……）とマーグハンドを振っているように見せる結果となった。

「なぁんだ、通信機の故障か？　じゃあ、はやくこっちをなんとかしてくれよ！」

「私たちだけでは、長時間支えきれません！」

氷竜《ひょうりゅう》、炎竜《えんりゅう》、ボルフォッグは海上を進むギガテスク・トロワに牽制攻撃を繰り返していた。Gアイランドシティへの再上陸を防ごうという意図であったが、彼らの攻撃はあまりにも非力すぎた。巨体の前進に対し、進路をわずかにふらつかせる程度の役にしかたっていない。

（お、おい、なんだか妙なことになってきたぞ……）

とりあえず、ガオファイガーを転倒させないように支えていたゴルディーの通信機には、命の声が響き続けている。

「凱！　なにが起きたの！　お願い、応えて！」

凱の肉体に異状が起きているわけでないことは、バイタルチェックで命にもわかっていた。だが、通信に応答がなく、ガオファイガーが硬直しているのはたしかだ。それはまるで、凱が意識を失っているようにも見えたのである。

後日判明することであるが、機体各部のGストーンを活性化させたハイパーモードが、ガオファイガー設計時の想定出力を超えていたことが、根本的な原因であった。そのため、ファントムガオーのコクピットに設置されたデータポートがオーバーロードで機能停止、凱を情報的に孤立させた。

そして、その機能不全こそが、ゴルディーの密やかな願望を満たすきっかけになるのである。オレンジ色の悪魔にセンサー近くで何事かをつぶやかれたゴルディーは、精一杯の作り声で通信を送った。

「み、みんなすまなかったなぁ、もう大丈夫だぜっっ！」

凱《がい》の声色に似せたつもりのダミ声が、各勇者ロボの通信機や、命《みこと》のインカムから轟いてきた。鼓膜に激しい痛みを感じ、思わずヘッドセットを外した命が、マイクに向かって叫ぶ。

「凱？　いったいなにがあったの？……というか、本当に凱なの？」

第一声で聴覚を痛めていなければ、恋人でもある凱の声を命が聞き間違えることなどありえなかっただろう。だが、オレンジの神だか悪魔だかは、サービスを大盤振る舞いすることに決めたようだ。

「俺さまを誰だと思ってるんだ？　GGG《スリージー》機動隊長の凱さまに決まってるだろうが！　おい、氷竜《ひょうりゅう》、炎竜《えんりゅう》、ボルフォッグ！　これからゴルディオンハンマーでそのポンコツを光にする！　それまで抑えつけておきやがれ！」

「りょ、了解！」

「わかったよ！」

性善説をもって育成された氷竜と炎竜が、疑いもせずにギガテスク・トロワを抑え込む。

「……………」

しかし、諜報ロボたるボルフォッグを欺くことはできない。声紋を照合する機能を持っているのだから、当然であろう。

（なにが起こったのか、推測はつきましたが……。ここは一応、従ってみるべきでしょうか）

獅子王《ししおう》凱に異常事態が起きている以上、戦闘を長引かせるわけにはいかない。声の主がゴルディーマーグであることはわかっていたが、豊かな戦場経験を移植された彼なら、勝利に結びつく行動をしているに違いない。そう判断したボルフォッグは、あえて信じたふりをした。

「凱機動隊長、わかりました！」

まさか、ゴルディーの演技の理由が〝自由に暴れ回りたい〟などという信じがたいものであることを、ボルフォッグは想像もできない。そのため、素直に指示に従い、ギガテスク・トロワの背部にとりつく諜報ロボであった。


ギガテスク・トロワをその場にとどめようという氷竜、炎竜、ボルフォッグの奮戦を、ゴルディーは快感すら感じながら、見守っていた。

（くうぅぅ、いつもは俺をウスラトンカチ扱いしてた連中が、ハイハイ素直に従ってるぜ。これが隊長の権力ってヤツかぁ！）

ゴルディーはグラビティショックウェーブを下方に偏向発生させることで、自分のボディ（すなわち、ゴルディオンハンマー）を浮上させた。もちろん、マーグハンドでハンマーの柄を握りしめられたままのガオファイガーも、両眼の輝きを失い、不自然な姿勢で引きずられるように浮上していく。

5

外界との接触を断たれた凱《がい》にとって、暗闇の中で得られる情報は震動と音と慣性のみであった。そして、それらのすべてがいま、ガオファイガーの跳躍を指し示している。

「なぜだ……俺はガオファイガーを操っていない。それにこの震動は……ゴルディオンハンマーが稼動している⁉」

グラビティショックウェーブ発生装置が奏でる低周波音は、ごくかすかなものだ。戦闘時の轟音の中で、それを聞き分けられる者などいないだろう。だが、凱だけは機体を通して伝わってくる、その音を皮膚感覚で知っていた。かつてはサイボーグ・ボディで、現在はエヴォリュダーの肉体で。あらゆるものを光に変換する究極の決戦ツール。その力が、自分の意志に拠《よ》らずして発動しようとしている。

「いったい誰が……⁉」

エヴォリュダーになってから、久しぶりに覚えた肉体感覚――冷たい汗が、凱の背筋に流れた。

「わっははは、お前ら！　しっかりそいつを抑えてろよ！」

　ゴルディオンハンマーを振りかぶって、宙に舞うガオファイガー。それは見慣れた光景であるはずなのに、氷竜《ひょうりゅう》と炎竜《えんりゅう》にはどこかが違って見えた（当たり前である）。

「た、隊長！　私たちはどのタイミングで離脱すれば――」

「僕たちまで光にするつもりじゃないよな！」

「そんなもんは現場の判断で成り行きだぁっ！」

　とても凱の口から出てきそうにないその言葉を聞いた瞬間、ビークルロボたちのＡＩは同じ光景を幻視した。

　――ギガテスク・トロワを抑えつけたまま、グラビティショックウェーブを浴び、無限の距離を落下して光子へと崩壊していく全身の原子。勝利の高笑いを遠くに聞きながら、意識を薄れさせていく自分たちの超ＡＩ。

　勇者たちのＡＩは、三原則を組み込まれている。そのため、人間を傷つけない限り、また人間を傷つける危機を看過することにならない限り、人間の命令を聞かなくてはならない。だから、指令者が凱であると信じている氷竜と炎竜は、たとえ光にされようと命令に反することはできない。

（いけません、このままでは――）

　その可能性に気づいたボルフォッグは、ギガテスク・トロワの機体から離脱しながら、必死に叫んだ。

「任務はここまでです。あなた方もはやく――――！」

　だが、ボルフォッグが見たのは、真っ白なクレーンとラダーが高速で遠ざかっていく光景だった。

ロジックに拠《よ》らず、自分たちが三原則に反しないとカンで判断した氷竜《ひょうりゅう》と炎竜《えんりゅう》は、ギガテスク・トロワとボルフォッグに背を向けて、一目散に逃げ出していたのだ。なまじ、命令の有効性などを考慮していた一瞬の分だけ、ボルフォッグは退避が遅れてしまった。

その次の瞬間――

「ぐわはははっ！　俺さまが最強の勇者王だああっ！」

膨大なグラビティショックウェーブをまき散らしながら、黄金の破壊神が降ってきた。本来ならボル〝ガオファイガーがゴルディオンハンマーを振りおろしている姿〟のはずだ。だが、ボルフォッグフォッグが見たのは、悪鬼の如き形相に目を見開いたゴルディーヘッド。そして、その頭部を張りつけたゴルディオンハンマーのシルエットであった（その後ろからついてきているはずの、引きずられたガオファイガーはグラビティショックウェーブの干渉と屈折によって光学的に見える状態にはなかった）。

「どわあああああっ！」

必死に逃げようとするボルフォッグの背部装甲の表面をナノメートル単位で光に変換しながら、グラビティショックウェーブは垂直に放たれてきた。

「わっははは！　光になりやがれえええっ！」

歴戦のゴルディーの狙いは過《あやま》たず、ギガテスク・トロワの全身は光となって散っていった。すでに声色を似せることも忘れた、高笑いが轟く。

「どわっはははははっっ、見たかぁっ！」

無様に頭部から海中に没した状態で、ボルフォッグはその声を聴いていた。事後処理における問題点はいろいろと想定されるが、とりあえずは作戦は成功したようである。宇宙開発公団タワーも二度目の倒壊を逃れ、Gアイランドシティの民間人に犠牲者も出さずにすんだ。それでも、光にされた背中の装甲の隙間から侵入してくる海水によって電気系統を刺激されながら（人間ならヒリヒリする……と表現したであろう）、ボルフォッグはボンヤリと思考していた。

（私の人格モデルとなった人物……犬神霧男《いぬがみきりお》調査員は、きっと火麻激《ひゅうまげき》参謀とはウマがあわなかったに違いありません……）

そして、遠巻きに見つめる氷竜《ひょうりゅう》と炎竜《えんりゅう》は、いまだに事態を理解せずに、素直な感心を自分たちの隊長に向けていた。

「なるほど、ディバイディングドライバーなしに被害をゼロに抑えるには、これしかなかったのですね」

「いやぁ、やっぱり隊長はすごいなぁ。それにしてもドン臭えぞ、ボルフォッグ！」

――こうして、ガオファイガーとゴルディオンハンマーの初コネクトは、戦略的・戦術的・技術的に多くの課題を明らかにした。そのほとんどは、ただちに研究部や整備班スタッフの手によって改善策を施され、以後は同様の問題が発生することはなくなったという。

だが、唯一最大の問題点――ゴルディーマーグの人格については、有効な対策を見いだすことができず、現状維持を余儀なくされたという……。

「当然だろぉ！　俺さまがいなくて、GGG《スリージー》機動部隊はやってけるわけがないんだからよぉ！　わっははははは……」

『勇者王ガオガイガーFINALplus』に続く

〈獅子の女王〉

ポルコート

GGG フランス技研が開発した諜報活動用のビークルロボ。臭いと電位差反応を察知するイオンセンサーを搭載している。

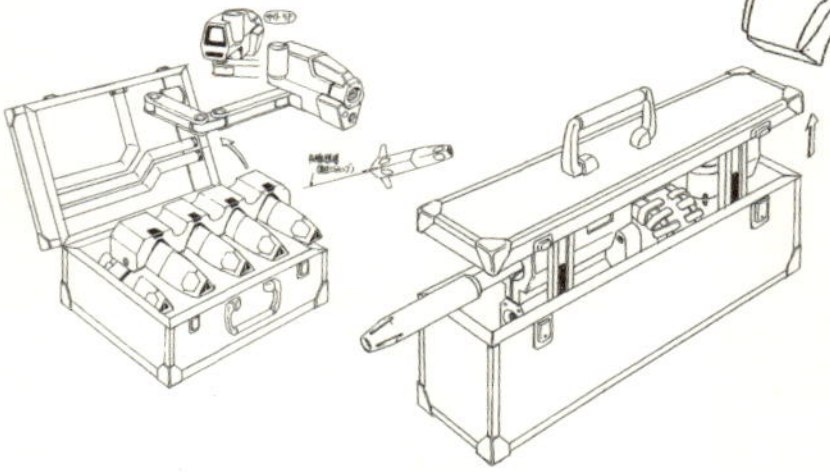

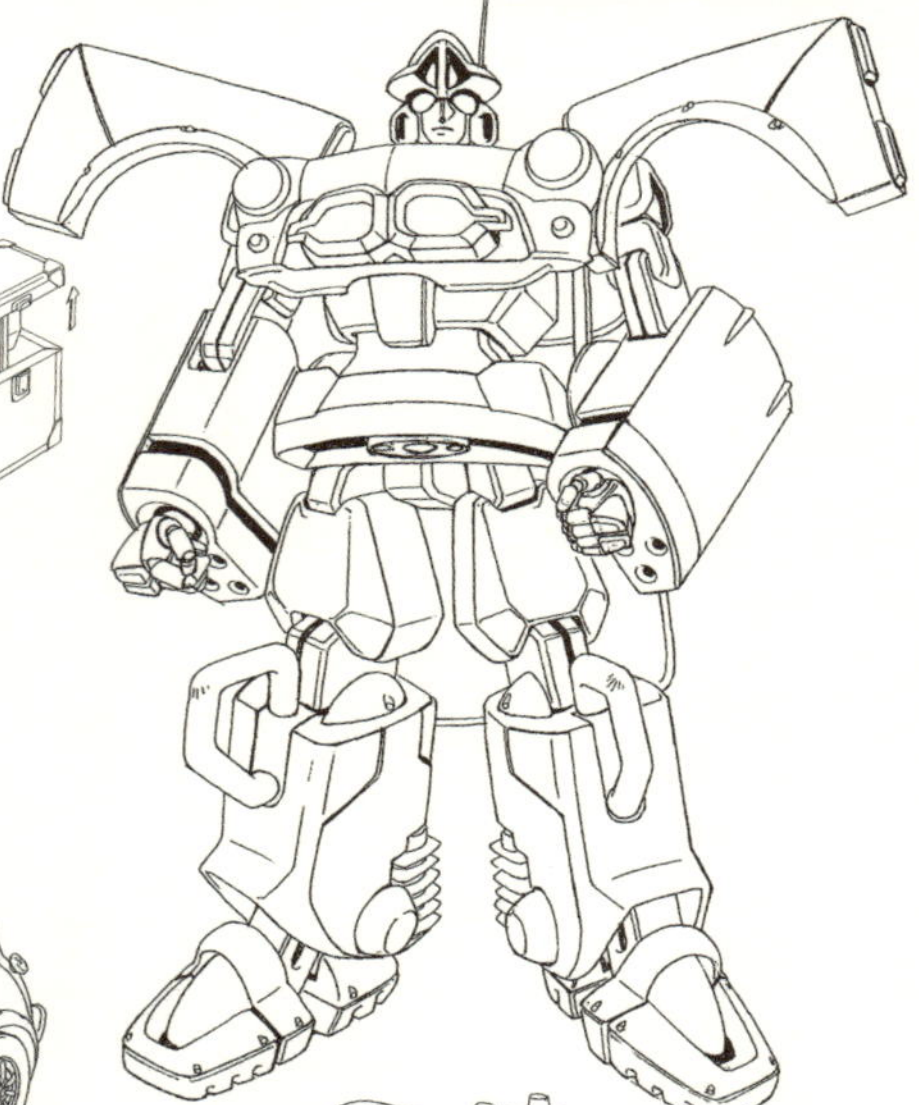

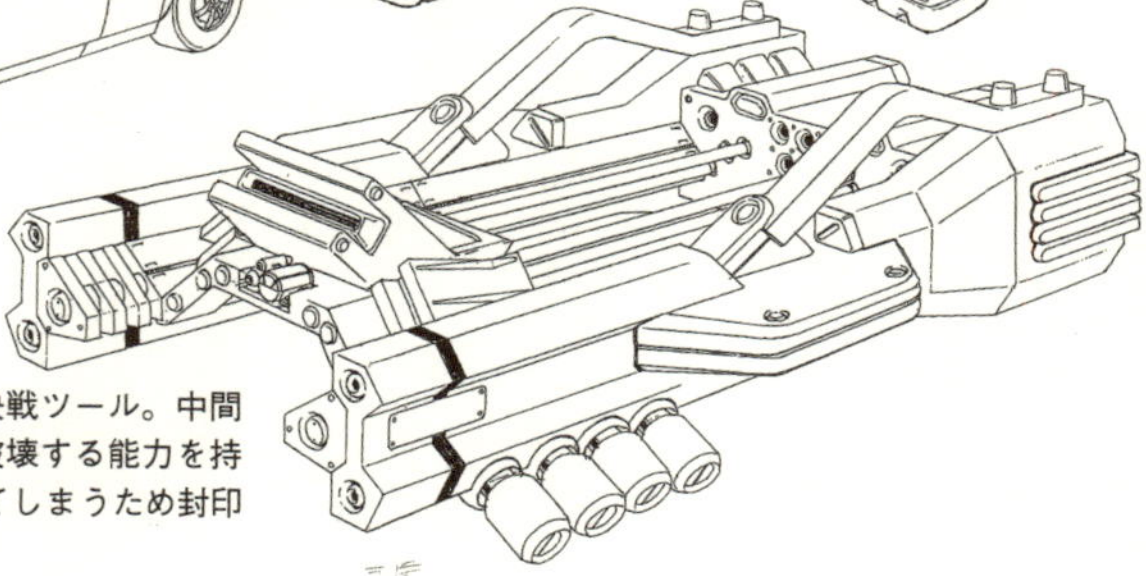

モレキュルプラーネ

ガオガイガー用に開発された決戦ツール。中間子の対消滅により、物質結合を破壊する能力を持つが、ゾンダーコアまで破壊してしまうため封印されていた。

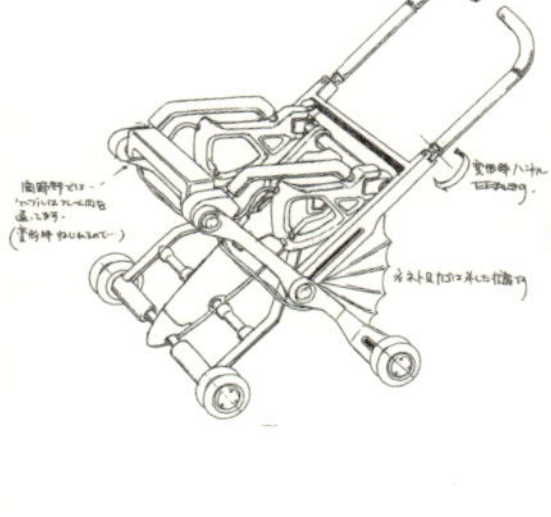

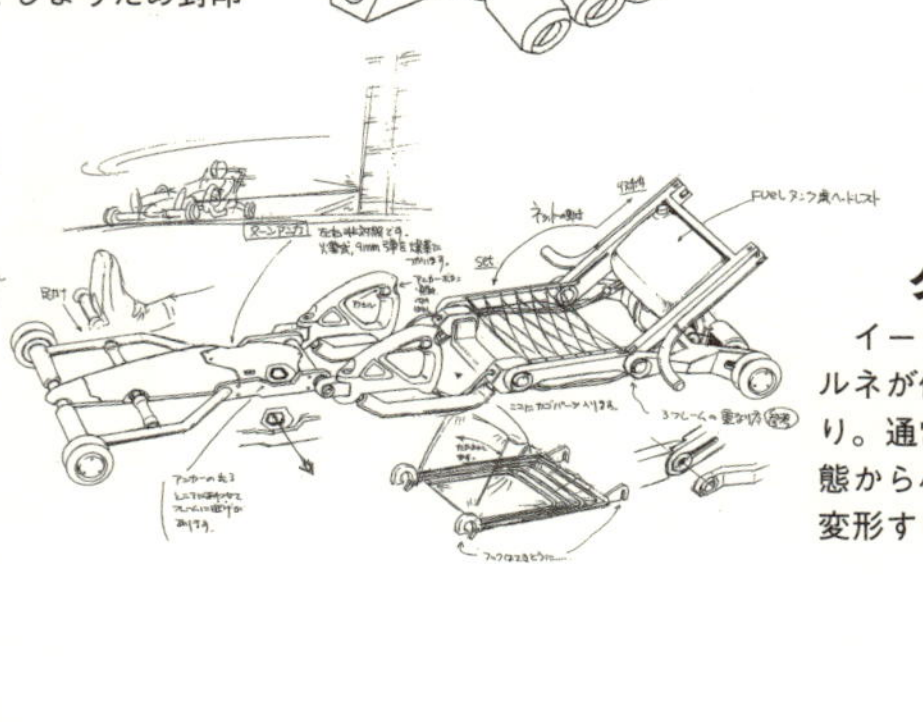

クリアリット

イークイップ状態のルネが使用する路上そり。通常時の乳母車形態から小型車両形態に変形する。

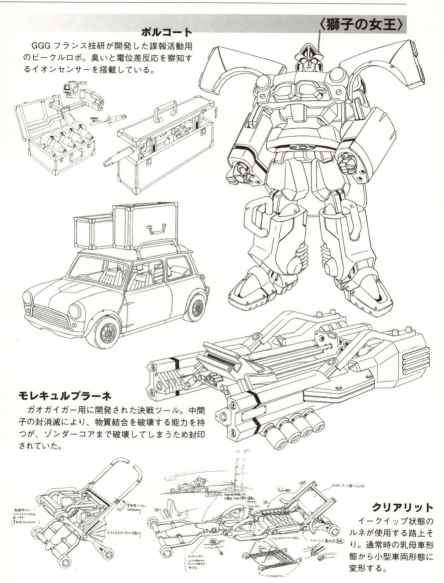

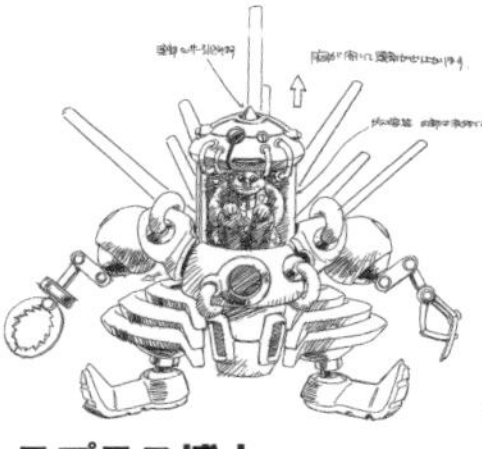

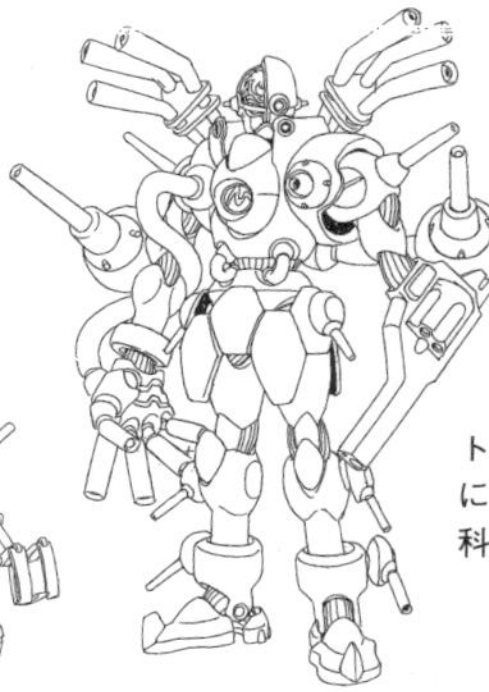

ラプラス博士

ルネに人体改造を施した悪魔の科学者のひとり。メビウス教授と共に自身の身体をサイボーグ化している。

メビウス教授

国際犯罪組織バイオネットの幹部であり、幼いルネに人体改造を施した悪魔の科学者のひとりでもある。

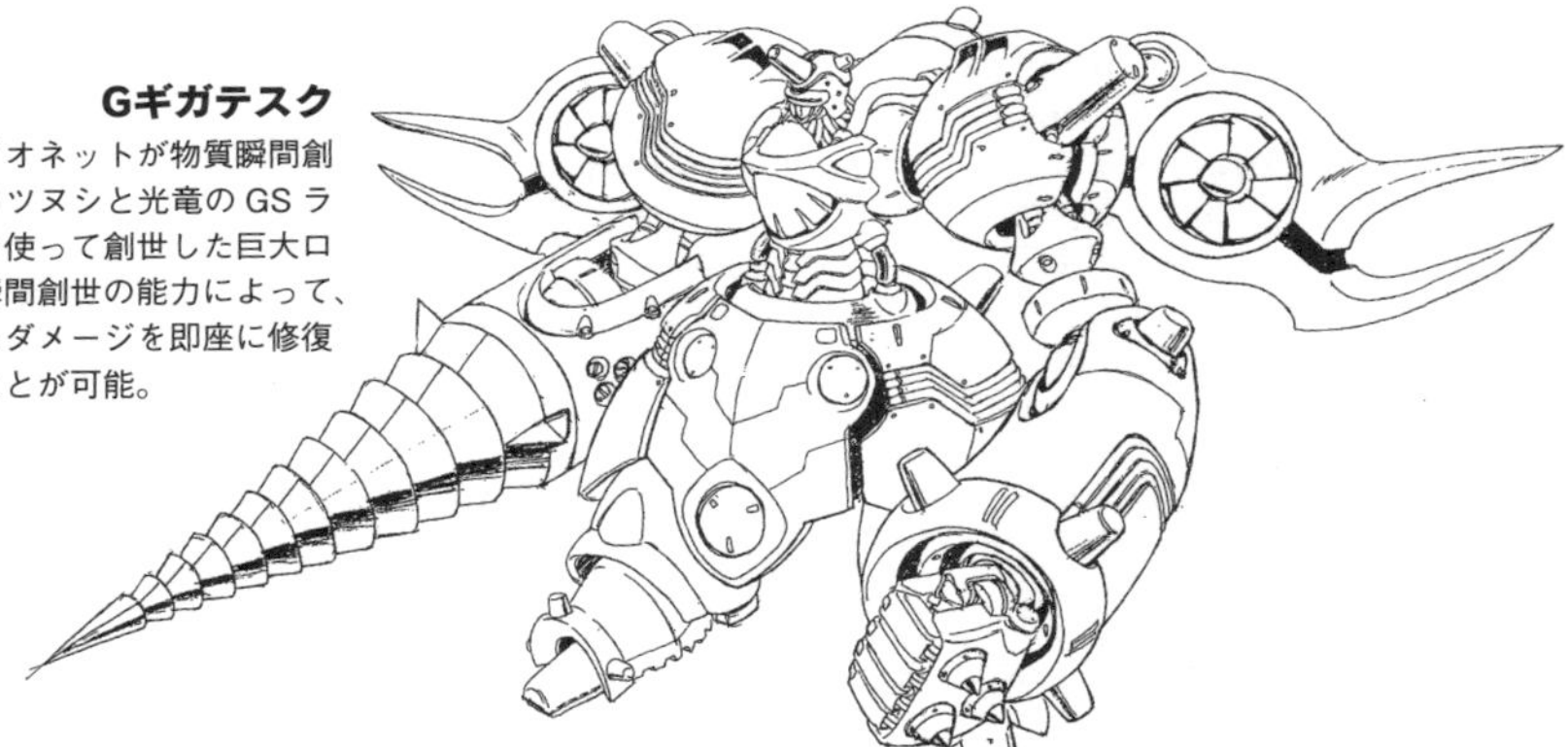

Gギガテスク

バイオネットが物質瞬間創世艦フツヌシと光竜のGSライドを使って創世した巨大ロボ。瞬間創世の能力によって、受けたダメージを即座に修復することが可能。

ギムレット

バイオネットの作戦指揮官。凱やルネと幾度も交戦し、敗北する度に身体のサイボーグ化が進んでいる。

鰐淵シュウ

バイオネットによって身体をメタルサイボーグ化された男。凱と命の高校時代の同級生であり、当時から凱をライバル視していた。

アルエット

バイオネットの遺伝子操作によって超天才児として生まれた少女。GGGに救出された後、ガオファイガープロジェクトに参加する。

勇者王ガオガイガー年表　preFINAL ver.

6500万年前	超竜神、巨大隕石とともに地球に落下。氷河期が始まる。	
1980年代	防衛庁内部に特殊任務部隊 ID5 結成。	
1990年	無人木星探査船ジュピロス・ワン、打ち上げ。	
1994年	ジュピロス・ワン、帰還。	
1995年	ジュピターX奪回作戦。ID5 解散。猿頭寺耕市とカースケ、死亡。	
1997年	赤の星と緑の星、機界31原種の侵攻により壊滅。	
	ギャレオリア彗星、発見される。	
	天海護とギャレオン、戒道幾巳とジェイアーク、地球に飛来。	◀TV「勇者王ガオガイガー」number.01 冒頭シーン
1998年	有人木星探査船ジュピロス・ファイヴ、打ち上げ。	
1999年	ダイブインスペクション、行われる。	
	アルジャーノン、勃発。	
2000年	ジュピロス・ファイヴ、木星圏へ到達後、通信途絶。	
2002年	天海一家、北海道からGアイランドシティへ転居。	
	獅子王凱、史上最年少の宇宙飛行士となる。	
	ルネ、バイオネットに拉致される。母フレール、死亡。	◀「獅子の女王」第四章
2003年	獅子王凱搭乗のスピリッツ号、衛星軌道上でEI-01と接触。	◀スペシャルドラマ1「サイボーグ誕生」
	EI-01、首都圏に落下、卯都木命に機界新種の種子を植え付ける。	
	ギャレオン、獅子王凱とともに宇宙開発公団に収容される。	
	日本政府、GGGを発足させる。	
2004年	GGGベイタワー基地、建設。	
春	ルネ、バイオネットから救出され、シャッセールに加わる。	
2005年4月	EI-02 出現。	
	ギャレオン覚醒。ガオガイガー初戦闘。	◀TV「勇者王ガオガイガー」number.01
8月	対EI-01戦。弾丸X、使用。	
9月	ZX-01～03、襲来。GGGベイタワー基地、壊滅。	
	ジェイアーク、復活。	
	地球防衛会議の緊急決議により、新生GGG、発足。	
	対ZX-04戦。	◀「獅子の女王」第一章
	最強勇者ロボ軍団、ジュピロス・ファイヴを調査。	◀スペシャルドラマ2「ロボット暗酷冒険記」
10月	対ZX-05戦	
	獅子王凱とルネ、再会。ルネ、天海護を目撃。	
	エリック・フォーラー、死亡。	◀「獅子の女王」第二章
	対ZX-06戦。	
	光竜強奪事件発生。ポルコート、起動。	◀「獅子の女王」第三章
	対Gギガテスク戦。	◀「獅子の女王」第五章～第六章
11月	御殿山科学センターにて、最強勇者美女軍団の活躍。	◀スペシャルドラマ3「最強勇者美女軍団」

	ヴェロケニア共和国領海内の島にて、ジュピターX事件。	◀スペシャルドラマ4「ID5は永遠に…」
	対EI-72～73戦。Gプレッシャー、投入。	◀ゲーム「金の爪、銀の牙」
	ジェイアーク対ジェイバトラー戦。ソルダートJ-019、死亡。	◀コミック「超弩級戦艦ジェイアーク 光と闇の翼」
12月	ルネとポルコート、再会。	◀「獅子の女王」第六章ラストシーン
	GGG、木星へ出発。対Zマスター戦。	
	ソルダートJとアルマ、ジェイアークとともに行方不明。	
2006年3月	GGG、地球へ帰還。	
	対機界新種戦。獅子王凱、エヴォリュダーとなる。	◀TV「勇者王ガオガイガー」final.
	ドルトムントにて、ギガテスク・ドゥ出現。	◀「勇者王ガオガイガーpreFINAL」第一章～第二章
	天海護、ギャレオンとともに宇宙へ旅立つ。	◀TV「勇者王ガオガイガー」final. ラストシーン
	三重連太陽系で、ソール11遊星主と戦う護。	◀「勇者王ガオガイガーpreFINAL」第三章
5月	ボトム・ザ・ワールド事件。カクタス死亡。	◀TV「ベターマン」一夜
	ケータ、ヘッドダイバーとなる。	
6月	獅子王雷牙、ホワイト兄妹、マイク13世、アメリカGGGへ転属。	
	高之橋両輔、GGGへ参加。	
	パピヨン・ノワール、フランスGGGからオービットベースへ転属。	
	ガオファイガー・プロジェクト、スタート。	
	バイオネット、フランスにてエスパー誘拐事件を引き起こす。	◀「獅子の女王」余章
	ヤナギとカエデ、日本へ帰国。	
	全地球規模での異常気象始まる。	
	釧路・BPLにて、梅崎博士、死亡。	
	アルエット、バイオネットから救出される。	
	アルエット、ガオファイガー・プロジェクトに参加。	
8月	ガオファー、起動。バイオネットの陰謀を次々と粉砕。	
12月	卯都木命と新ガオーマシン、バイオネットに強奪される。	
	命とガオーマシン探索にルネが協力。	◀「勇者王ガオガイガーpreFINAL」第四章
	パピヨン、アサミにNEOによるモーディワープ抹殺を伝える。	
	モーディワープ本部にて最終決戦。	◀TV「ベターマン」最終夜
2007年1月	香港にて獅子王凱とシュウの対決。ガオファイガー、起動。	◀「勇者王ガオガイガーpreFINAL」第五章
2月	パピヨン、アカマツ工業を訪れる。	◀ベターマンCD夜話2「欲-nozomi-」
	疑似ゾンダーによる、オービットベース襲撃事件。	◀「勇者王ガオガイガーpreFINAL」第六章
3月	パピヨン、ケータ及び火乃紀と出会う。	◀ベターマンCD夜話2「欲-nozomi-」
	Gアイランドシティにて、ギガテスク・トロワ出現。	◀「勇者王ガオガイガーpreFINAL」第七章
春	アルエット、普通の少女となる。	

※1　P10

バイオネット

世界中で暗躍する国際的犯罪結社。その上層部には科学者が多く、独自のテクノロジーによる兵器を開発し、テロ組織などに売却することで利益を得ている。そのため、異星文明技術に関心が高く、かつては宇宙開発公団が送り出した木星探査船〈ジュピロス・ワン〉が持ち帰った未知のエネルギー物質ジュピターX（ザ・パワーに関連するものと推測されている）を強奪したこともあった。なお、このジュピターXを奪還する作戦には、若き日の大河幸太郎や火麻激、猿頭寺耕市（猿頭寺耕助の父）が参加している。

——スペシャルドラマ『ID5は永遠に…』（number.41.5・CD）より。

※2　P13

シャッセール

フランスの対特殊犯罪組織。その名は「狩人」を意味している。警察が対応困難な特殊犯罪の捜査を担当していたが、バイオネットが地球外テクノロジーを活用しはじめたことで、GGGとの連携を深めていく。

※3　P18

GGG

国連直轄の防衛組織ガッツィ・ギャラクシー・ガードの略称。その前身は日本政府が設立した秘密防衛組織ガッツィ・ジオイド・ガードである。二〇〇三年に地球外知性体認定ナンバー1号〈EI-01〉と接触した日本政府は旧GGGの設立と同時に、国連に地球規模での危機を訴え、新GGG設立を提唱した。その結果、GGGフランス技研、アメリカGGG宇宙センターなどの施設が開設されている。

※4　P18

生体医工学者

医学、生物学における電子工学、機械工学、情報工学——もしくは工学における医学、生物学的知見の応用に関する研究者。パピヨンは、地質学者であった母ロリエ・ノワールの影響を受けて、この道を志した。また、学生時代の先輩であった生体医工学者・都古麻御（『ベターマン』のメインキャラクター）に、公私にわたる影響を受けている。

※5　P19

セルン

欧州原子核研究機構の通称。スイスにあってフランスとの国境にも近い、素粒子物理学の研究所である。セルンという呼び名は、開設準備のために設けられた組織のフランス語名称の頭文字に由来しているが、正式名称が決定した後でもこちらが広く知られている。後に『勇者王ガオガイガーFINAL』において、Qパーツの解析を依頼される。

※6　P28

鳥羽操

バイオネットのエージェント。かつて、日本政府が入手した異星文明のテクノロジーをめぐって、世界各国との間で諜報戦が繰り広げられた。日本政府は技術を独占するよりも世界中に公開する道を選んだのだが、その渦中で暗躍した二重スパイが鳥羽である。

エリックが親友と呼べるかもしれないと思った人物の名は、犬神霧雄。猿頭寺耕助の親友でもあり、GGG諜報部への配属も決まっていたが、鳥羽に射殺された。なお、犬神の人格はボルフォッグの超AIのモデルとなり、GGGで活躍している。

——スペシャルドラマ2『ロボット暗酷冒険記』（number.34.5・CD）より。

はこの過程が困難なため、竜シリーズには常に育成型超 AI が採用されている。

※11　P144
プロフェッサー・モズマとドクター・タナトス
プロフェッサー・モズマはバイオネットの総帥であり、ドクター・タナトスはその副官である。彼らふたりが一九九五年にジュピター X を用いて、ハイブリッド・ヒューマンを開発した。このジュピター X を巡る因縁は『勇者王ガオガイガー』number.41 の直後の時期、大河幸太郎と火麻激によって断ち切られることになり、その戦いでプロフェッサー・モズマは死亡。以後はドクター・タナトスが総帥代行となっている。
――スペシャルドラマ 4『ID5 は永遠に…』(number.41.5・CD) より。

※12　P155
G ギガテスク
バイオネットがフツヌシで創世した巨大ロボ。フツヌシそのものは封印されたが、バイオネットはこの時に大量のフェイク GS ライドを入手した。その結果、以後もギガテスク・ドゥ、ギガテスク・トロワ、デルニエ・ギガテスクといった後継機が誕生することになる。

※13　P157
光と闇の舞い
天竜神の必殺技。フレキシブルアームドコンテナからのジャミング攻撃で敵の視界を封じた後、乱反射させたメーザー攻撃でダメージを与える。EI-01 の反射レーザー攻撃を参考にシステム化したものである。

※14　P167
センシングマインド
パピヨンが若き日にさまざまな実験と訓

※7　P44
脊椎原種
機界 31 原種のうちで〈ZX - 05〉と認定呼称された一体。万里の長城と融合するこの場面は『勇者王ガオガイガー』number.35 でも描かれている。

※8　P91
頭脳原種
機界 31 原種のうちで〈ZX - 06〉と認定呼称された一体。宇宙ロケットと融合することで大気圏外に進出、ES ウインドウでアステロイドベルトの小惑星を地球に落とそうとした。その迎撃作戦は、『勇者王ガオガイガー』number.38 でも描かれている。

※9　P123
耕助
GGG 諜報部オペレーター・猿頭寺耕助のこと。この時期、パピヨンはすでに彼と交際中である。『獅子の女王』雑誌連載時はそのことを伏せておくため、「耕助」ではなく、「あの人」と表記されていた。

※10　P125
合体ビークルロボ
二体のビークルロボの合体により誕生する『竜神』と呼ばれる勇者ロボのシリーズ。彼らは最強の勇者である GBR - 1〈ガオガイガー〉にも匹敵する巨大なパワーを有している。だが、人間である獅子王凱の意志で動くガオガイガーならともかく、超 AI にそこまでの力を管理させてよいものか？　そうした疑問から発生したのが、異なる経験値を蓄積した超 AI 同士を統合させ、最小単位の合議制による柔軟な判断力を持たせようというシステム構想であった。シンメトリカルドッキング時、一対の超 AI はそれぞれが統合超 AI の半身を構成する要素となるべく、自らのシステムに再構成を行う。人格移植型 AI でランドプレッシャー、スペースチェーンソー、モレキュルプラーネといった決戦ツール群は、ヘル・アンド・ヘブンに代わる最終攻撃として開発された。もっとも、それらのツールのうち、実際に対ゾンダーロボ戦、対原種戦に投入されたのは、コアの回収能力を持つマーグハンドと同時運用できるゴルディオンハンマーのみである。

※18　P172
G リキッド
GS ライドから供給される液状高エネルギー物質。通常、G ストーンを持たない物体はゾンダーロボに融合されてしまうが、このG リキッドが循環していれば、(短時間ならば) ゾンダーの浸食を阻むことができる(ブロウクンマグナムがゾンダーロボに融合されないのは、そのため)。また、カーペンターズもカナヤゴから供給されるG リキッドによって稼働している。

※19　P178
GGG 長官の放送
『勇者王ガオガイガー』number.45 において、木星に向かう前の大河幸太郎が行った演説。旧 GGG は秘密防衛組織であったが、新 GGG は国連下部の公の組織となったため、その出撃の模様は全世界に生放送された。

※20　P183
ゾンダーの楽園
『勇者王ガオガイガー』number.47 において、Z マスターが送り込んだゾンダー胞子で、ゾンダーロボが大量発生した状況。地球の半分がこの危機に見舞われたが、Z マスターの中枢〈ゾンダークリスタル〉が浄解されたことによって、人々は救われた。時系列的には、『獅子の女王』→ルネが夢に見た場面→『勇者王ガオガイガー preFINAL』第一章〜第三章→『獅

練を繰り返した結果、体得した能力。GGG に加わる前、彼女自身が記した著作のなかでは、以下のように語られている。“神経細胞の新たな受容体から自然界の微弱な信号を読み取り、過去・現在・未来の事象を脳内である程度観測することができる能力”。

情報を分析評価する能力を著しく高めたものと呼べるが、一般人から見れば、予知能力にも等しい。

※15　P168
消えていった仲間
G ギガテスクとの戦いの直前、GGG は衛星軌道上で ZX - 06〈頭脳原種〉と交戦した(『勇者王ガオガイガー』number.38)。その戦いの終盤、地球へ降り注ごうとした巨大隕石を押し戻して、超竜神が ES ウインドウ(並列空間につながるゲート)の彼方に消えていったことをさしている。

※16　P169
モレキュルプラーネ
ヘル・アンド・ヘブンに代わる決戦ツール。ゾンダーコアまで破壊してしまうことが明らかになったため、封印された。その外見は鉋《カンナ》を彷彿とさせる。
ギャレオンの内部のブラックボックスには、三重連太陽系のテクノロジーが多数記録されていた。そこから発見されたジェイアークの反中間子砲のデータが、アンチメゾトロンフィールドに応用されている。

※17　P170
ヘル・アンド・ヘブン
ガオガイガーの必殺技。攻防一体となった攻撃であり、ゾンダーロボを撃破すると同時にその内部からコアを回収することができる。だが、凱のサイボーグ・ボディに大きな負担を強いるため、使用を制限されている。ゴルディオンハンマー、グ

明になっていたが、制御コンピュータ〈ユピトス〉の暴走により、地球圏に帰還する。その後もジュピロス計画は続行が計画されており、『ベターマン』に登場したカクタス・プリックルという人物は、そのパイロット候補生であった。

なお、帰還したジュピロス・ファイヴ内部を探索するエピソードは、スペシャルドラマ2『ロボット暗酷冒険記』(number.34.5・CD)で描かれている。

※25　P220
まいっちんぐ
かつて、スワン・ホワイトが日本語を習得するための参考とした、膨大なマンガ・アニメの中で覚えたお気に入りのフレーズ。

※26　P221
ラビットヘア
クリアヘアバンドに静電気で髪の毛を貼り付けることで出来上がる、ウサギの耳のような髪型。ちなみにクリアヘアバンドは獅子王麗雄博士の発明品であり、その特許収入は獅子王家の家計の一部となっている。

※27　P221
アイランド2
国際宇宙ステーション(ISS)の2号基として、開発されていた宇宙施設。ギャレオンからもたらされたテクノロジーを導入して、大幅に設計変更され、GGGオービットベースとして完成した。

※28　P223
少年のように
獅子王凱はサイボーグとして二年半の時を過ごした後、Gストーンの奇跡によって生身の肉体を取り戻した。そのため厳密に言えば、同級生であった卯都木命よりも肉体的には若い状態になっていると子の女王、その後』→『勇者王ガオガイガーpreFINAL』第四章以降、とつながっている。

※21　P207
ガオガイガーを相手に手痛い敗北
『勇者王ガオガイガー preFINAL』第二章での出来事。

※22　P212
紅楓と八七木翔
紅楓はダウジング能力を持つ超能力者で、八七木翔はその恋人。ふたりとも、国連の下部組織である次世代環境機関NEO傘下の組織〈モーディワープ〉に所属している。モーディワープは奇病アルジャーノンの調査研究を行っており、その一環でふたりは日本行きの航空便に搭乗するところである。
この便から降りて、成田空港に到着する場面は『ベターマン』五夜において描かれている。ふたりはこの後、ルネの異母兄である阿嘉松滋、パピヨンの先輩である都古麻御と、調査行動をともにすることになる。

※23　P214
似た者同士でつるんだ方が
これより後、ルネは『勇者王ガオガイガーFINAL』において、“似た者”と出会うことになる。

※24　P216
有人木星探査船
日本の宇宙開発公団が進発させた探査船〈ジュピロス〉シリーズ。その一号船であるジュピロス・ワンは、ザ・パワーの欠片と思われる謎のエネルギー〈ジュピターX〉を持ち帰り、それがバイオネットの暗躍につながることになった。凱の母親である獅子王絆が乗り込んだのは、一九九八年のジュピロス・ファイヴ。ジュピロス・ツーからフォーと同じく行方不

※32　P286
戒道幾巳の消息
戒道がアルマとしての記憶を取り戻したのは、ゾンダーによる東京制圧が行われたさなかである（『勇者王ガオガイガー』number.28 ～ 29 の時期）。GGG との戦いに敗れた機界四天王ピッツァとペンチノンを浄解した戒道は、彼らを赤の星の戦士として再生させ、ともにジェイアークに乗り込むことになる。
同級生たちにとって、戒道幾巳はこの時から行方不明のままなのである。

※33　P286
護くんが木星に行ってる間
機界 31 原種との最終決戦への往路、GGG はジェイアークによる ES 航法で瞬時にして木星圏へ到達した。だが、最後の戦いでジェイアークが行方不明となったため、復路は通常航法で三か月を要したのである。

※34　P287
怖くないなんて思えない
天海護と初野華は G アイランドシティに引っ越してくる前、北海道で幼なじみだった。だが、引っ越しの時期のズレで一時的に離ればなれになった事があり、「怖くない、怖くない」という華の口癖は、その時の記憶と結びついている。
――スペシャルドラマ 1『サイボーグ誕生！』（number.00・CD）より。

※35　P298
ある事件のさなか
三重連太陽系の赤の星の指導者アベルは、機界 31 原種の脅威に対抗するため、三十一組の戦士たちを開発した。すなわち、サイボーグ戦士〈ソルダート J〉、生体兵器〈アルマ〉、超弩級戦艦〈ジェイアーク〉とその生体コンピュータ〈トモロ〉である。これは一組の戦士たちが、差し思われる。

※29　P225
イゾルデにおける攻防
『勇者王ガオガイガー』number.11 で描かれた戦い。この戦いで初めて、凱たちは敵ゾンダリアンの存在を認識した。

※30　P232
その際の記憶
月面で発見された謎の金属板に端を発する事件。世界中の男性の頭の中に謎の音が響き、脱力感に支配されてしまった。スワンと命は調査を開始。特殊な電波が男性の生命機能に影響を与えていることを突き止める。その電波の発生源は御殿山科学センターであった。愛する者たちを救おうとする女性たちの力を借りて、命とスワンは御殿山科学センターに突入。センター主任である高之橋博士のうちに潜む黒幕を追い詰める。
高之橋博士は、ある存在に操られていた被害者に過ぎないのだが、命やスワンには嫌な記憶と結びついた存在となっている。なお、このエピソードでは初野華の従姉である初野あやめが憧れている先輩のことが語られる。それが何者であるのかが明かされるのは、『ベターマン』CD 夜話「妄 -janen-」において、である。
――スペシャルドラマ 3『最強勇者美女軍団』（number.38.5・CD）より。

※31　P272
ドイツ GGG
アメリカ、中国、ロシア、フランスなどと同時期に設立された GGG の下部組織。中国 GGG やフランス GGG と同時期に G ストーンを貸与され、竜シリーズの勇者ロボ開発に着手しているが、この時点では起動直前でまだ出撃に至ってはいない。

ピサ・ソール：物質再生システムを司る女性型の遊星主。

※37　P337

ボイド

物質が存在しない空虚な空間。現在観測されている宇宙の大規模構造において、超銀河団領域が膜のような形となって包含している空間である。

機界31原種との最終決戦を生き延びた赤の星の戦士たちは、ザ・パワーの反発現象によってこのボイドへ飛ばされた。

――最強キャラクターセット・ソルJ編『宇宙の空は、俺の空』（CD）より。

※38　P339

遊星主と戦える力

ジェイアークのメインコンピュータには、三重連太陽系に関する様々なデータが遺されていた。戒道幾巳もソルダートJも、それによりパスキューマシンやGクリスタルのことを知っていたのである。

※39　P352

IDアーマー

エヴォリュダー凱が着用する強化装甲。かつて、防衛庁の特殊部隊ID5が使用していたIDスーツを発展させたものである。なお、IDスーツの開発者であるドクターLの正体は、凱の亡き実父である獅子王麗雄博士であった。

※40　P353

神田川一本背負い

普段の温厚な物腰からは想像もつかない、高之橋博士の必殺技。かつて、ケンカ相手を橋の上から神田川に投げ込んだという逸話からの命名であり、博士本人が名づけたわけではない。また「いやぁ、あれは酔っ払った相手が脚をもつれさせて、川に落ちただけなんだよ」というのが高之橋博士の弁である。

違えてでも一体の原種を確実に撃破しようという構想である。

だが、原種の侵攻はアベルの予想よりもはやく、戦士たちは起動前に襲撃され、散り散りとなった。そんな中、奇跡的に生き延びた一組――J-002、戒道幾巳、トモロ0117が地球において巡り会った。

彼らは戦士として、幸運であったに違いない。自らの宿命を、自らの意志で受け入れたのだから。その一方で、不幸な戦士たちもいた。J-019という個体がゾンダリアンと化し、女性型アルマ、超弩級戦艦〈ジェイバトラー〉とともに地球を訪れたのだ（正確には、そのアルマはJ-019にすでに殺められており、それはアルマを模した人形に過ぎなかった）。

J-019が現れたのは、ジェイアークを抹殺しようという腕原種の陰謀によるものだった。天海護はそのことを報せようと、ガオガイガーとともに戦士たちの戦いの場に乗り込んだのである。

――『超弩級戦艦ジェイアーク 光と闇の翼』（number.43.5・コミック）より。

※36　P300

ソール11遊星主

指導者であるアベルと、十体のプログラムシステムから成る三重連太陽系再生システム。アベルの他は、以下の通り――

ペイ・ラ・カイン：緑の星の指導者カインを模した遊星主。

パルパレーパ：医者のような風貌を持つ、戦闘力の高い遊星主。

ピア・デケム：死神のような姿の遊星主。

ピルナス：蜂に似た女性型の遊星主。

ポルタン：小柄だが、もっとも機動性の高い遊星主。

ペルクリオ：音響攻撃を得意とする遊星主。

プラヌス：最強の槍と盾を持つ遊星主。

ピーヴァータ：高い防御力とチェーンソーのような武器を持つ遊星主。

ペチュルオン：惑星の気象をも操る遊星主。

フォッグ、ポルコート（特捜車仕様）とともに、この二体が救出作戦に参加している。なお、その作戦の際の交信記録が『勇者王ガオガイガー FINAL.03』DVD ジャケットに、英文で掲載されている。

※45　P416
量産型有人 CR
アメリカ GGG が開発した有人搭乗型勇者ロボ。もっとも、実態はマイク・サウンダース・シリーズの簡易量産型としての性格を有する、戦闘機といったところである。CR－33R、CR－34R の二機が存在する。『金の牙、銀の爪』（number.43.2・ゲーム）では、大河幸太郎と火麻激を素体とする合体ゾンダーロボに取り込まれた。

※46　P419
月龍と日龍
ドイツ GGG で開発されたビークルロボ。GBR－14・15。その詳細については、いずれ明らかになるだろう。

※41　P388
セクション 9
バイオネットの実験施設。劣悪な環境で人体実験や遺伝子操作が行われており、鰐淵シュウはそこの被験者であった。彼がその立場から今回の作戦に抜擢されたのは、志願によるものである。
シュウからギムレットに送られた、直訴とでもいうべきメールの内容は『勇者王ガオガイガー FINAL.05』DVD ジャケットに、英文で掲載されている。

※42　P389
凱は十三歳のとき
二〇〇〇年、有人木星探査船〈ジュピロス・ファイヴ〉が行方不明になった。その船に乗り込んでいた母・絆を探しに行くため、凱は十三歳にして宇宙飛行士となることを決意したのだった。

※43　P409
光のリングをまとった鋼鉄の右腕
ガオガイガーのブロウクンファントムは、ステルスガオーⅡに搭載されたファントムリングを、ブロウクンマグナムに付加することで放たれる。だが、ガオファイガーのファントムリングは非実体型のエネルギー装備となり、ガオファー部から展開される仕様になっている。これは左腕用のウォールリングでも同様である。

※44　P416
アメリカ GGG とロシア GGG の諜報ロボ
アメリカとロシア、両国で開発されたボルフォッグと同系統の勇者ロボ。諜報任務用という性格から、固有名称も含めて、その情報は秘匿されている。
二〇〇六年八月七日、デンマークのコペンハーゲンにて、モーディワープ職員がバイオネットに捕らわれる事件が起きた。その際、獅子王凱の指揮のもと、ボル

■初出一覧

「勇者王ガオガイガー外伝 獅子の女王」

第一章：MF文庫J「勇者王ガオガイガー2005　獅子の女王」
第二章～第六章：月刊ホビージャパン連載「勇者王ガオガイガー　獅子の女王」
余章：MF文庫J「勇者王ガオガイガー2005　獅子の女王」

「勇者王ガオガイガー preFINAL」

第一章～第二章：MF文庫J「勇者王ガオガイガーFINAL ①＋②」
第三章：MF文庫J「勇者王ガオガイガーFINAL ②」
第四～五章：書き下ろし（外伝コミック「エヴォリュダーGUY」より）
第六章：スタジオハーフアイ「完全変形ガオファイガー」説明書
第七章：スタジオハーフアイ「完全変形ゴルディーマーグ」説明書

あとがき（という名の自作解説）

『勇者王ガオガイガー』ファンのみなさん、お久しぶりです。

この度、『勇者王ガオガイガー外伝 獅子の女王《リオン・レーヌ》』『勇者王ガオガイガーFINAL』小説版をリニューアル刊行していただくことになりました。

このあとがきの場を借りて、リニューアルの趣旨と収録内容の解説をさせていただきたいと思います。

以前刊行されたMF文庫J版『獅子の女王《リオン・レーヌ》』『FINAL』は、文庫本三冊分のボリュームでした。今回は単行本二冊構成ですが、これまで単行本未収録だった短編と書き下ろし原稿を加えて、文庫本四冊分ほどのボリュームになっています。最初にこのリニューアル版の構成を考えたときは、これを一冊でやるつもりでした。無謀です。無茶です。あやうく鈍器を作ってしまうところでした。

編集部からのご提案で、二冊構成にすることになったのですが、これなら持ちやすい重さですみますね。人を殴っても、当たり所が悪くなければ問題ないと思います（試さないでね）。内容的にも、むしろスッキリとまとめられました。

【勇者王ガオガイガー外伝 獅子の女王《リオン・レーヌ》】

この作品は『ガオガイガー』テレビシリーズの外伝として企画され、作中で描かれた時期もテレビシリーズのnummber.35から45あたりと重なっています（余章を除く）。

第二章から第六章の内容は月刊「ホビージャパン」誌に連載されたのですが、小説であると同時にジオラマストーリーとしての側面が求められていました。ルネ、ポルコート、光竜《こうりゅう》、闇竜《あんりゅう》といった新キャラクターたちが中心になったのは、それらの立体化が記事としてのメインだったからなのです。

第一章と余章は、文庫化の際に追加したエピソードです。いずれも、ルネと共演させることで深みが出ると思っていたキャラクターたちをメインにしてみました。とはいえ、鳥羽操《とばみさお》はＣＤドラマ、八七木翔《やなぎしょう》と紅楓《くれないかえで》は『ベターマン』の登場人物で、『ガオガイガー』テレビシリーズのみのファンの方には、馴染みあるキャラとは言えません。そこで今回の単行本では、そうした細かいリンクに、可能な限り注釈をつけてみました。

もともと『ガオガイガー』と『ベターマン』は外伝や関連作品も多く、それぞれが様々な伏線をリンクさせています。そこを辿っていくのも面白いだろうとは思いつつ、なかなか敷居が高い状態になっていたのも確かでした。今回の注釈を、新しい楽しみ方のガイドにしていただければ、嬉しく思います。

【勇者王ガオガイガーｐｒｅＦＩＮＡＬ】

今回の単行本で、もっとも複雑な経緯を持つ作品です。作中で描かれたのは、テレビシリーズのラストシーン直前から、ＯＶＡ『ＦＩＮＡＬ』開幕の四か月前まで。ＯＶＡの前奏曲《プレリュード》であるというイメージから、『ｐｒｅＦＩＮＡＬ』と名づけました。

第一章から第三章の内容は、文庫版『ＦＩＮＡＬ』第1巻と第2巻の冒頭部を合成して作りました。もともと第1巻冒頭部は獅子王凱《ししおうがい》の視点から、第2巻冒頭部は天海護《あまみまもる》の視点から、同時期の物語を描くという構成だったのです。同じ場所にいても、凱と護がちがうことを考えている——そんな場面を作れれば、ダブル主人公作品である『ガオガイガー』の中身に、さらに深みを与えられるのではないかと思ったのです。

ちなみに時系列でいえば、この第三章の後に『獅子の女王《リオン・レーヌ》』余章が入ることになります。最初はすべてのエピソードを時代順に並べるため、ここに組み込むことも考えました（特にギムレット年代記が、キレイにつながるのです！）。でもやはり、ルネの物語はひとまとめにした方がよいと考え、現在の構成になりました。

第四章と第五章は、文庫版『ＦＩＮＡＬ』から持ってきた場面も一部ありますが、大部分は今回のための書き下ろし。『ガオガイガーＦＩＮＡＬｔｈｅＣＯＭＩＣ』という単行本に収録された『エヴォリュダーＧＵＹ』のノベライズになります。当初は外伝コミックの内容を注釈で説明しようかとも考えたのですが、情報量が多すぎて断念しました。盟友・北嶋博明さんが書かれたストーリーは、キャラも物語も魅力的でプレッシャーが大きかったのですが、楽しく書かせていただきました。

第六章と第七章は、スタジオハーフファイさんから発売された「完全変形ガオファイガー」「完全変形ゴルディーマーグ」という立体物の取扱説明書のために書き下ろした短編でした。実はガオファイガーの予約が始まったとき、普通に一ユーザーとして予約をしたのです。すると、ハーフファイさんから「脚本家の竹田さんですか？」とご連絡をいただき、そのご縁で短編小説を書くことになったものです。

なかなかファンの皆さんの目に触れる機会も少なく、「幻の短編」と呼ばれることもあったのですが、ハーフファイさんのご好意で単行本に収録することができました。そういえば、第六章冒頭の丘の上のシーンは、初出時から存在したものです。今回、『エヴォリュダーＧＵＹ』のノベライズと連続したことで、キレイにつながったのは自分にとっても嬉しいことでした。

今回の単行本は『獅子の女王《リオン・レーヌ》』『ｐｒｅＦＩＮＡＬ』という外伝二作を収録する形になりました。初出の出版社さんやサンライズさん、新紀元社さんのご担当の方々、そしてイラストを描いてくださった木村貴宏さん、中谷誠一さん、まさひろ山根さん、歩き目ですさん。さらにもちろん、米たにヨシトモ監督や北嶋博明さんをはじめとする『ガオガイガー』『ベターマン』スタッフ・キャストの皆さん――多くの方々のお力を借りて出来上がった一冊です。

自分にとっても、この二十年の集大成――その第一歩になりました。それでは皆さん、第二歩たる『勇者王ガオガイガーＦＩＮＡＬｐｌｕｓ』のあとがきで、またお会いしましょう。

竹田裕一郎

勇者王ガオガイガーpreFINAL

2016 年 9 月 22 日　初版発行

【著者】竹田裕一郎　　原作：矢立 肇

【編集】新紀元社編集部（大野豊宏）
【カバーデザイン】水口智彦
【デザイン・DTP】株式会社明昌堂

【発行者】宮田一登志
【発行所】株式会社新紀元社
〒 101-0054　東京都千代田区神田錦町 1-7　錦町一丁目ビル 2F
TEL 03-3219-0921 ／ FAX 03-3219-0922
郵便振替 00110-4-27618

【印刷・製本】株式会社リーブルテック

ISBN978-4-7753-1406-7